Kate Lord Brown

Die Schritte zu deinem Herzen

PIPER

Zu diesem Buch

New York City, 1961: Tess Blythe führt ein idyllisches, glamouröses Upper-Eastside-Leben mit ihrem Ehemann Kit. Von ihrem Penthouse kann sie über den ganzen Central Park blicken. Doch hinter der perfekten Fassade verbergen sich schon seit Langem schwerwiegende Geheimnisse. Als Kit aus heiterem Himmel um die Scheidung bittet, nur wenige Stunden, bevor ihr einziger Sohn Bobby seine Verlobung verkündet, steht Tess vor einem Scherbenhaufen. Gerade, als das Leben ihres Sohnes beginnt, fühlt es sich an, als hätten sich ihre eigenen Jugendträume und Hoffnungen in Luft aufgelöst. Bis nach Bobbys Hochzeit müssen Kit und sie vorgeben, alles sei normal. Aber kann Tess weiterhin die Rolle ihres Lebens spielen – die der guten Ehefrau? Oder wird es Zeit, sich endlich der Vergangenheit zu stellen, um Schritt für Schritt ihr Herz für eine neue Zukunft zu öffnen?

Eine epische Geschichte von Leidenschaft, elterlicher Hingabe und großen Träumen – ein Roman über die Entscheidung, sein Leben in vollen Zügen auszukosten, egal, in welchem Akt.

Kate Lord Brown wuchs in der englischen Grafschaft Devon auf. Nach ihrem Studium am Courtauld Institute of Art war sie zunächst als internationale Kunstberaterin tätig. Später zog sie mit ihrer Familie nach Valencia und widmete sich dort dem Schreiben. »Das Haus der Tänzerin«, ihr erster auf Deutsch erschienener Roman, stand mehrere Wochen auf der Spiegel-Bestsellerliste und wurde in sieben Sprachen übersetzt. Heute lebt sie in Großbritannien.

Kate Lord Brown

Die Schritte zu deinem Herzen

Roman

Aus dem Englischen
von Elke Link

PIPER

Mehr über unsere Autoren und Bücher:
www.piper.de

Von Kate Lord Brown liegen im Piper Verlag vor:
Das Haus der Tänzerin
Das Sonntagsmädchen
Ein Märchen im Winter
Sommerlilien
Die Schritte zu deinem Herzen

Sprichwort S. 7:
Erstmals erschienen 1927 in *The Times*.
Deutsche Übersetzung von Elke Link.

Zitat S. 331:
Dante Alighieri, *Die Göttliche Komödie, Fegefeuer, Achter Gesang*.
Deutsche Übersetzung von Karl Witte.

FSC
www.fsc.org
MIX
Papier aus verantwortungsvollen Quellen
FSC® C083411

Deutsche Erstausgabe
ISBN 978-3-492-31587-6
November 2020

Titel der englischen Originalausgabe:
»Silent Music«, Großbritannien 2020

Redaktion: Ilse Wagner
Umschlaggestaltung: zero-media.net, München
Umschlagabbildung: arcangel/Ildiko Neer; FinePic®, München
Satz: Kösel Media GmbH, Krugzell
Gesetzt aus der Stempel Garamond
Druck und Bindung: CPI books GmbH, Leck
Printed in the EU

Für Guy

»Die Tanzenden wurden für verrückt gehalten von denjenigen, die die Musik nicht hören konnten.«

Sprichwort

Vorbemerkung der Autorin

»Ich hätte da etwas für Sie.« Es ist wirklich erstaunlich, wie viele Menschen einem ihre Geschichte erzählen wollen, sobald sie erfahren haben, dass man schreibt. Aber Tess Blythe bewahrte ihre Geheimnisse stets in ihrem Herzen. In dem Augenblick, als ich sie kennenlernte, verstand ich, warum jedermann Tess liebte. Die Tür ihres alten Hauses auf Cape Cod, unten im East End von Provincetown, war stets offen, etwas Köstliches stand auf dem Herd, und um ihren roten Lacktisch scharten sich Familienmitglieder und Freunde, die dorthin gepilgert waren. Tess sagte, die Form von Cape Cod erinnere sie an den erhobenen Arm einer Tänzerin in der vierten Position, und deshalb habe sie sich dort niedergelassen.

Mit über neunzig Jahren war Tess gebrechlich, aber sie besaß die innere Schönheit, die mit der Zeit immer strahlender wird, selbst wenn manche Menschen schrumpfen wie welkes Laub. Ihre kühlen grünen Augen schimmerten wie Quellwasser über glatten Kieselsteinen, in dem sich das Licht fängt. Ich hatte das Gefühl, hinter diesem stillen Lächeln verbarg sie lebenslange Geheimnisse, aber Tess war kein Mensch, der über sich sprach. Ich hatte viele Fragen, aber sie wollte immer nur wissen, wie es mir gehe, ob ich mit dem Buch vorwärtskomme, ob ich noch verliebt sei, ob ich den Tanzunterricht ausprobiert habe, den sie empfohlen hatte. *Sie müssen tanzen, meine Liebe! Seien Sie nicht so gehemmt. Kinder werden tanzend geboren. Entspannen Sie sich, amüsieren Sie sich ein bisschen.*

Nach einem Abend bei Tess am Tisch hatte man das Gefühl, sein tiefstes Innerstes preisgegeben zu haben – erst später begriff man, dass sie einen dazu ermutigt hatte, die ganze Zeit zu reden. Sie war ein Rätsel.

Ich muss im Winter bei ihr zu Hause gewesen sein, aber in meiner Erinnerung herrschte dort ewiger Sommer, die Türen und Fenster ließen die warme Brise vom Meer herein, die durchscheinenden Vorhänge blähten sich, das Licht der Sonne fiel durch die Blätter. Es war eines der Häuser, die einen zu umfangen scheinen, sobald man eintritt. Es war nichts Besonderes, nur ein kleines, mit Holzschindeln verkleidetes Haus nahe am Wasser, doch es enthielt zahlreiche chinesische Antiquitäten – hohe Hochzeitstruhen, ein Opiumbett im Gästehäuschen, glatte Pillowboxes voller Notizen und Kleinode. Tess erzählte nie von ihrer Vergangenheit, daher war ich neugierig, was sie mit Asien verband.

Tess war der ruhige Mittelpunkt des Kaleidoskops. Sie schien das funkelnde Licht, das Gelächter, die Musik auszustrahlen. Wenn ich an Tess denke, denke ich an das Glitzern von Pailletten, Glitter, Gold und Diamanten. *Ich bin eine Elster, meine Liebe. Auf den Stil kommt es an – guter Geschmack ist furchtbar öde, finden Sie nicht?* Wenn sie entspannt am Kopf ihres alten Tisches saß und allen zusah, wie sie redeten und aßen, erinnerte mich ihr Gesicht an einen See, nachdem der Wind sich gelegt hat und die Oberfläche den Himmel spiegelt. Ich fand nie heraus, was sie unter dieser schönen Ruhe verbarg. In Archiven habe ich Aufnahmen von ihr aus den späten Sechzigerjahren gesehen: Ihre eindrucksvolle Präsenz konnte jedes Gespräch urplötzlich verstummen lassen. Tizianrote Haare, alabasterfarbene Haut. Alle sagten, sie hätte das Zeug zu einer Primaballerina gehabt – warum trat sie dann nie auf?

Nun saß sie am Tisch wie eine gütige Königin, aufrecht, aber entspannt. Mit der einen Hand strich sie anmutig dem Pekinesen auf ihrem Schoß über den Kopf, mit der anderen hielt sie ihren einen Martini, den sie täglich trank. Sie war diszipliniert – was ihre Gewohnheiten, ihren Haushalt, ihren Beruf betraf. Das würden alle Tänzerinnen und Tänzer bestätigen, die mit ihr gearbeitet haben. Sie erwartete das Beste von sich selbst und von ihrem Umfeld. Ihre Arbeit als Choreografin war sicherlich legendär, aber ihre Liebenswürdigkeit ungeheuer liebenswert. Das blieb mir vor allem von ihr in Erinnerung. Ihre Freundlichkeit. *Man muss stets den Geist, das Herz öffnen. Es wird besser, vertraut mir. Die Welt ist ein magischer Ort.* Wir waren alle ein bisschen verliebt in sie.

Es waren stets Leute da, junge Künstler, Tänzer, Schriftsteller wie ich, die nach Provincetown gekommen waren, um mit einem Stipendium ihrer Stiftung in Tess' Häuschen unten in den Dünen zu arbeiten – in der Hütte, wie sie es nannte –, und denen es so gut gefallen hatte, dass sie immer wieder in den Ort zurückkehrten. Es war fast so, als könnte man sich nicht lösen, sobald man einmal in Tess' Umlaufbahn geraten war. An den meisten Tagen sah ich sie und ihren Sohn Robert den Hund unten am Strand ausführen, und wir vertrieben uns gemeinsam die Zeit, oder sie lud mich ein, sonntags zum Mittagessen hinauf ins Haus zu ihr zu kommen.

Als ich letztes Jahr eines Abends zufällig Robert auf einer Party in der Stadt traf, nahm ich allen Mut zusammen, ihn nach seiner Mutter zu fragen. »Ah«, sagte er, »das wissen Sie gar nicht? Eine große Liebesgeschichte. Kommen Sie doch morgen Abend zum Essen vorbei, dann zeigen wir Ihnen all ihre Unterlagen. Sie hat unzählige Schachteln mit Briefen und Zeitungsausschnitten. Es sollte wirklich mal jemand ein Buch über sie schreiben.« Und genau das tat ich.

Februar 2018

Prolog

Hongkong 1939

»Elizabeth Martha Montgomery, willst du diesen Mann zu deinem rechtmäßig angetrauten Ehemann nehmen …?«

Will ich? Für Tess war es so ungewohnt, nach ihrer Meinung gefragt zu werden, dass es ihr einen Augenblick lang die Sprache verschlug. Sie wagte es nicht, in Kits hoffnungsvolles Gesicht zu blicken, schließlich könnte er ihr ihre Unsicherheit anmerken. Er sah blendend aus, war so perfekt, so *gut.* Kurz malte sie sich aus, mit ihrem Strauß aus weißen Chrysanthemen auf ihn einzuschlagen. *Mrs Christopher Blythe, Mrs Christopher Blythe,* wiederholte sie im Geiste immer wieder, und ihre Blicke irrten durch den kühlen blauen Schatten der St John's Cathedral, in der Hoffnung auf eine sichere Antwort. Sie wusste, er war irgendwo dort, unter den Hochzeitsgästen, die sich in der Kirche versammelt hatten. Ihr Bauchgefühl sagte ihr, sie solle »Nein!« rufen, weglaufen. Sie stellte sich vor, wie sie durch den Mittelgang flüchtete, durch das Wäldchen mit Banyanbäumen und Palmen entkam, Chiffon, Spitze, Blütenblätter hinter sich herziehend, und der Blumenstrauß flog durch die Luft, während Kakadus und Papageien sie anfeuerten. Aber diese vielen Leute hier. Die Besucher waren gleichmäßig auf den Bänken verteilt worden wie ausgepflanzte Setzlinge, denen Platz eingeräumt wurde, um den Mangel an Gästen von Kits Seite her zu verbergen. *Habe ich eine Wahl?* Sie suchte nach der Tür, ihr Herz flatterte wie ein Vogel, der hinter einer Glasscheibe gefangen war. *Ich kann das nicht durchziehen. Es ist nicht gerecht gegenüber Kit.* Sie sah ihre Eltern. Die Miene ihres Vaters war undurchdringlich wie gewöhnlich, er hatte die stolze Haltung eines Marineoffiziers der China Station eingenommen. Ihre Mutter, Elizabeth die Erste, wie Tess sie bei sich nannte – immer Elizabeth, niemals Liz oder Lizzy, geschweige denn Tess, versuchte vergeblich, die Mischung aus Erleichterung und Überraschung, die sie während der letzten zwei Wochen permanent präsentierte, zu verschleiern. Immer wieder warf sie verstohlen fröhliche Blicke nach hinten zu den Gästen. Elizabeth Montgomery sprühte vor Energie, sie bewegte den Kopf auf und ab wie ein Kanarienvogel und überprüfte, ob die Prominenz der Kolonie auch angekommen war, statt sich auf Tess und Kit zu konzentrieren: *Sind schon alle da? Sind sie beeindruckt? Was für ein Bravourstück, Sir Percy auf der Hochzeit meiner Tochter zu haben.*

Die enge Haube von Tess' Schleier drückte gegen ihre pochenden Schläfen, Hitze breitete sich über ihrer Wirbelsäule aus wie Flammen, die trockenes Gras verschlangen, und eine Schweißperle lief ihr über den Rücken. Sie wünschte, ihre Mutter hätte nicht auf einer so furchtbar schweren Seide für das Kleid bestanden. Funken tanzten ihr vor den Augen, und sie fühlte sich einer Ohnmacht nahe. *Ich hätte etwas frühstücken sollen, egal, was Mutter gesagt hat.* Ihr leerer Magen krampfte sich zusammen, ihr wurde wieder übel. *Ich darf nicht umkippen.* Sie zwang sich, sich auf die Worte zu konzentrieren, die der Priester intonierte. *Will ich? Will ich?* Sie schöpfte tief Atem und zuckte zusammen. In der Eile hatte die Schneiderin eine Nadel im Ärmel des schweren Seidenkleids übersehen. Seit Tess das Haus ihrer Eltern auf dem Peak verlassen hatte, pikste die silberne Spitze sie in ihren zarten, bleichen Unterarm.

O Gott, ist es denn wichtig, dass ich nicht bis über beide Ohren in Kit verliebt bin? Wie ihre Mutter mit einer Beständigkeit, die der telefonischen Zeitansage Schande machen würde, betonte, war sie nicht in einer Position, wählerisch zu sein. *Ich kann ihn doch lieben lernen.* Sein Antrag kam zu einem so guten Zeitpunkt, war eine so große Erleichterung. Sie sollte doch eigentlich glücklich sein!

Tess blickte hinunter auf die Spitzen ihrer Seidenschuhe, die unter den Röcken hervorlugten. *Wenigstens kann man in dem Kleid deine Riesenfüße nicht sehen,* hatte ihre Mutter angemerkt.

»Willst du …?«

Was habe ich für eine Wahl? Ich muss das Richtige tun. Bruchstücke aus Unterhaltungen stellten sich ein: *»Wer hätte das gedacht? Was für ein Glück für dich. Siebzehn Jahre jung und verliebt in den heiratswürdigsten Junggesellen in Hongkong. Kit ist ein großartiger Fang.«* Tess unterdrückte ihre Übelkeit. Sie hätte alles für einen Schluck kaltes Wasser gegeben, ihr trockener Mund öffnete sich unwillkürlich, als sie an ein beschlagenes Glas dachte. Sie spürte Kit, er wartete auf sie, und sie blickte ihm endlich in die ruhigen, freundlichen blauen Augen. *Er ist wirklich freundlich. Und gebildet, und in seiner Marineuniform sieht er furchtbar gut aus. Alles sagen, wie* *glücklich ich mich schätzen kann. Alle.* Dahinter sah sie das aschfahle Gesicht des Trauzeugen, der sie beide mit geröteten Augen anstarrte. *Ist er verkatert? Er sieht aus, als hätte er geweint.* Tess zwang sich, sich auf Kit zu konzentrieren. Sie wagte es nicht, einen Blick auf die versammelten Gäste zu werfen. Sie wusste, er war da, sah zu.

»... bis dass der Tod euch scheidet.«

Das Schweigen durchdrang die Kirche, sammelte sich in den dunklen Ecken, wartete. Tess blickte starr auf die Spitzen ihrer weißen Seidenschuhe, und plötzlich schoss kalte Angst durch sie hindurch, die Erinnerung an einen Blutstropfen, einen sich ausbreitenden Fleck. Sie blinzelte das Bild fort. Sie spürte ein Flattern im Bauch, als ihr die Endgültigkeit bewusst wurde, die Zukunft, die sich unendlich vor ihr ausstreckte wie der Looping einer Achterbahn in Richtung eines unsichtbaren Ziels.

Er ist ein guter Fang für ein Mädchen wie dich, hatte eine Bridgepartnerin ihrer Mutter ein paar Abende zuvor gesagt.

Ein Mädchen wie mich?

Unabhängig. Klug. Er wird dich an nichts hindern.

Er ist wirklich ein guter Mann, dachte Tess jetzt. *Zu gut für mich. Ich bin schlecht, und ich bin beschädigt.* Wenn Tess sich ihr Inneres vorstellte, dann dachte sie an zerbrochene Spiegel, an Eisscherben. Als hätte sich die Nadel in ihrem Ärmel von ihrem Herzen gelöst und würde sie ins Gewissen stechen. *Ich bin kaputt.*

Sie erinnerte sich, wie sie als Kind mit den Fingern unter Wasser einen Käfig gebildet und einen Goldfisch darin gehalten hatte, erinnerte sich, wie sein schimmernder Schwanz sie sanft berührt hatte. *Ein guter Fang.* Die Bewegung in ihrem Bauch unter der beruhigenden Handfläche war genauso leicht, genauso nachdrücklich und voller Leben.

Es ist zu spät, dachte sie. *Was habe ich denn für eine Wahl?*

Das Schweigen schien sich auszudehnen, das Blut rauschte ihr in den Ohren. Da lächelte Kit und zwinkerte ihr zu. Sie kehrte zurück in den Augenblick, nahm das Licht aus den Fenstern des Kirchenschiffs wahr, hörte jenseits der bleichen weißen Wände die Stadt, die sie liebte. *Will ich?*

Wenn Tess in den folgenden Jahren von diesem Moment träumte, hörte sie das Kreischen einer fallenden Mörsergranate. Dann nichts mehr. Die Vernunft sagte ihr, dass Hongkong erst im Dezember 1941 erobert wurde, dass sie und ihr Sohn damals längst in Somerset und in Sicherheit waren. Aber nicht Kit. Und ihre Eltern auch nicht. Vielleicht hatte Tess seit diesem Augenblick ihrer Hochzeit einfach das Gefühl, dass sich etwas Explosives in ihrem Leben befand. Die Gefahr, dass etwas jeden Moment hochzugehen drohte.

ERSTER AKT

Tess Blythe' Debüt *Der Tanz des Lebens* offenbart den Puls, die Musik in unserem innersten Herzen. Sie drückt etwas aus, das nicht in Worte zu fassen ist. O ja, ihre Choreografie ist schön und poetisch, aber sie ist unnachgiebig. Sie zwingt uns dazu, uns selbst gegenüberzutreten. Sie hält unserer Liebe, unserer Wut, unserer Einsamkeit den Spiegel vor. Sie greift falsche Idole, Autoritätsfiguren an – Kriegstreiber, Politiker, den Klerus. Sie führt ihr Publikum von einer kargen, dunklen, mit Erde bedeckten Bühne in den versteckten Wald. Aus dem Bühnenboden wachsen und blühen Bäume. Ihre Bilder sind archetypisch, zeitlos, aber mehrdeutig. Sind ihre eleganten, gehörnten Tänzer Hirsche? Sind sie Hahnreie? Ist ihre weiß gekleidete Solotänzerin mit den roten Schuhen eine jungfräuliche Braut, eine Mutter, eine Hure? »Es wird nie aufgelöst, wer die brennende Frau ist«, sagte sie. »Ich bin stets auf der Suche nach den allgemeingültigen Wahrheiten, die uns als Menschen vereinen. Die magnetische Anziehungskraft des Begehrens ist der Motor dieses Balletts. Hoffentlich spürt jeder, der es sieht, diese stumme Musik.«

Ballet Today 1968

1

New York, Oktober 1961

Vielleicht hatte Tess es nur geträumt. Alles kam ihr viel zu normal vor. Am Morgen, nachdem er seine Frau um die Scheidung gebeten hatte, frühstückte Kit Blythe wie jeden Tag pünktlich um acht Uhr hoch oben über dem Central Park im Esszimmer seines Penthouseapartments in der 5th Avenue 1040.

»Ich würde ja zu gerne dem Direktor schreiben«, fuhr Kit fort. »Stell dir nur vor, Matisse' ›Le Bateau‹ verkehrt herum aufzuhängen. Wie ich zu Mr und Mrs Hoffman sagte, wenn das Museum of Modern Art es nicht hinkriegt, wie soll es dann der Plebs schaffen?«

Er schlug die frische Ausgabe der *New York Times* auf, die sein Gesicht vor Tess' Blick verborgen hatte, und streckte die Hand nach einer weiteren Scheibe Toast aus. Die Morgensonne schimmerte auf dem goldenen Siegelring an seinem kleinen Finger, seinen säuberlich manikürten Nägeln. Tess hatte es immer geärgert, dass Kit so schöne Hände hatte. Es kam ihr irgendwie ungerecht vor, dass seine Nägel vollkommene Ovale waren, im Gegensatz zu ihren eigenen, die sich stur weigerten zu wachsen und ständig splitterten oder abbrachen. Die Titelschlagzeile *Riesige Saturnrakete gestartet* fiel ihr ins Auge.

»Ich bin froh, dass wir zivilisiert damit umgehen, meine Liebe«, sagte Kit.

Zivilisiert?, dachte Tess und setzte sich an ihren Platz ihm gegenüber. Am liebsten hätte sie ihn am Kragen seines Brooks-Brothers-Hemds gepackt und ihn geschüttelt. Sie wollte kohlschwarze Tränen um ihre Ehe weinen und das Gesicht an seiner gestärkten weißen Brust vergraben. Es musste doch etwas geben, das die Zerstörung ihres Lebens sichtbar machte? Es war unerträglich, dass sie sich beim Aufwachen einer Welt gegenübersah, die so normal wirkte.

»Ich würde nicht gerne …«, sagte Kit.

»Glaubst du wirklich, am Ende dieses Jahrzehnts wird es Menschen auf dem Mond geben?«, unterbrach sie ihn.

»Lächerlich.« Kit tupfte sich mit einer schweren Damastserviette einen Krümel vom Mundwinkel. Die Art, wie Kit die Silben dieses Wortes aussprach, ließ sie an Glasmurmeln denken. *Also, ich könnte Ihrem Mann den ganzen Tag zuhören,* hatte eine seiner Kundinnen ihr einmal atemlos gestanden. *Was für eine schöne Stimme.* Niemand von ihnen wusste, wie das Leben mit Kit wirklich war. Erst letzte Woche hatte eine Freundin zu ihr gesagt: *Du bist die einzige Frau, der ich meinen Mann anvertrauen würde. Du und Kit habt die letzte gute Ehe in der ganzen Stadt.*

»Ich würde gerne auf den Mond.« Tess blies in ihre dampfende Tasse mit heißer Zitrone.

»Du?« Er lachte hinter seiner Zeitung.

Wieso nicht?, dachte sie. »Ich kann doch jetzt machen, was ich will.«

»Sei nicht so, Schatz.« Kit trank einen Schluck Kaffee. »Iih!«, stieß er aus. »Kein Zucker.« Die Tasse klapperte auf der Untertasse. »Andererseits, wenn Kennedy jetzt will, dass wir alle Atomschutzbunker bauen, dann bist du auf deinem Mond vielleicht besser dran.«

Sie stand auf, ließ eine Grapefruit unangetastet auf ihrem Teller liegen und gab zwei Zuckerwürfel in Kits Tasse. »Du wirst dich daran gewöhnen müssen, dich selbst um dich zu kümmern.« Sie wandte sich den raumhohen Fenstern zu und betrachtete die Morgensonne, die sich durch den Dunst über dem Reservoir und dem Park brannte. Tess stellte sich vor, wie sie durch den Weltraum trieb und die Erde und all ihre unbedeutenden Probleme immer kleiner wurden, und Ruhe und Frieden erfüllten sie.

»Außerdem habe ich gehört, dass *Bloomingdale's* nicht zum Mond liefert.«

»Idiot«, sagte sie leise. Ihre tizianroten Haare fielen ihr offen über eine Schulter, ihr nilgrüner Seidenkimono lag auf dem Boden auf. Sie hob die durchscheinende Porzellantasse an die Lippen und blies wieder sanft darüber, sodass der Dampf die Sonne verschleierte. *Er isst geräuschlos,* dachte sie. *Das ist wenigstens etwas.* Im Vergleich zu den Ehemännern mancher ihrer Freundinnen hatte Kit immer tadellose Manieren gehabt. Wie oft hatten Leute zu ihr gesagt: *Du hast so ein Glück, mit Kit verheiratet zu sein. Er ist ein wahrer Gentleman und hat so einen guten Geschmack.* Die Verkörperung des Engländers in New York.

»Wie hast du geschlafen?«, fragte sie. In diesem Moment empfand sie es nicht so, als hätte sie besonderes Glück.

»Nicht schlecht.«

»Ich habe kein bisschen geschlafen.« Tess rieb sich die

Schläfen. Sie stellte sich eine Armee winziger Figuren vor, die die funkelnden Höhlungen in ihrem Hirn mit Spitzhacken bearbeiteten. »Ich hatte deine Tür gehört …«

»Bist du jetzt mein Gefängniswärter?«

»Fang nicht an, Kit.«

»Ich wollte dich nicht wecken.«

Tess schloss die Augen, zwang sich, langsam zu atmen, bevor sie antwortete. Sie kannte diesen bockigen Ton gut. »Kannst du auch nicht schlafen?«, fragte sie freundlich. »Es … es war ein Schock. In meinem Badezimmer sind Schlaftabletten, falls du …«

»Herrgott noch mal, Tess. Mir war einfach nach einem Spaziergang.« Kit blätterte um. »Ich werde erst entspannen können, wenn die Arbeit für die Hoffmans erledigt ist. Habe ich dir erzählt, dass Mrs Hoffman auf goldenen Delfinwasserhähnen und einer Tapete mit Tiki-Print für das Hauptbadezimmer besteht? Ich hatte gehofft, ich hätte sie ein bisschen erzogen …«

»Du hast also nicht ein Mal über uns nachgedacht?« Tess schüttelte den Kopf.

»Wir wollen doch zivilisiert damit umgehen.«

»Ach, *Verzeihung.*« Tess' Hand zitterte, als sie sich setzte und die Tasse auf die Untertasse stellte. »Natürlich. Hoffman. Hoffman. … Die in der Park Avenue? Goldene Delfinwasserhähne und Tiki-Print-Tapete? Nicht schlecht.« Kit verzog das Gesicht. »Ach, das wird wunderschön. Alle deine Projekte sind gut.«

»Sobald ich damit fertig bin und wieder klar denken kann, treffen wir alle Vorkehrungen.«

»Vorkehrungen?« Tess blickte auf ihre Hände.

»Die Scheidung, Tess. Wir müssen entscheiden, was wir mit Bobby machen, mit dieser Wohnung.«

»Du warst derjenige, der dieses lächerliche Mausoleum wollte.« Sie machte eine ungestüme Geste, sodass die Porzellantasse zu Boden fiel und zerbrach. »Du und deine verdammte Obsession mit *Zeit der Unschuld.*«

»Du Tollpatsch.« Kit schnalzte mit der Zunge.

Sie blickte hinunter auf die feinen Scherben, die in einer sanft dampfenden Wasserpfütze auf dem Parkett lagen. »Das war die Letzte von dem Set aus Hongkong.« Irgendwie schien das zu passen. Tess kämpfte gegen die Versuchung an, zur Anrichte zu treten und jedes einzelne Stück wertvolles Porzellan und jeden Bone-China-Teller wie ein Frisbee durch den Raum zu schleudern. Bei der Vorstellung, wie Kit in Deckung ging und versuchte, sie zu retten, lächelte sie in sich hinein. »Kit, können wir nicht darüber reden, bitte …« Sie unterbrach sich, als es an der Tür klopfte, und warf einen Blick über die Schulter, immer noch mit dem wilden Geklapper der Pfoten ihres Hundes auf dem Parkettboden rechnend. »Er fehlt mir«, sagte sie.

»Wer?«

»Bingo.«

Draußen begrüßte ihre Haushälterin Bessie jemanden. Aus dem Vorraum drangen das beruhigende Brummen des Staubsaugers und das gedämpfte Klingeln des Aufzugs, als die Wohnungstür ins Schloss fiel.

»Wie auf ein Stichwort.« Kit legte seine Zeitung zusammen und lächelte zu Bessie auf, die einen großen Weidenkorb zum Tisch trug. Kits leicht gebräuntes Gesicht war frisch rasiert, seine goldfarbenen Haare waren noch feucht von der Dusche. *Er sieht immer noch gut aus,* dachte Tess. Die Erkenntnis, dass es bald einen Tag geben würde, an dem er nicht mehr der erste Mensch war, den sie am Morgen sah, traf sie wie ein Schlag auf die Brust, und sie schnappte unwillkürlich nach Luft. Irgendwann einmal hatte sie ihre Ehe, ihre Familie im Herzen getragen wie ein Geschenk, wie einen kostbaren, vom Meer geglätteten Stein. Sein Gewicht war zuverlässig und echt. Er erdete sie, ruhig und sicher. Wie konnte es sein, dass ihr nicht aufgefallen war, dass er weg war? Als Kit ihr sagte, er wolle sich scheiden lassen, spürte Tess, wie ein unergründliches dunkles Loch in ihrem Herzen entstand und alles wegriss, was sie kannte, alles, was sie liebte. Nun sah sie ihn an, leicht benommen und erschüttert. »Danke!« Kit nahm den Korb. »Mach die Augen zu«, sagte er zu Tess.

»Kit, ich bin jetzt wirklich nicht in der Stimmung für Spielchen.« Sie war den Tränen nahe.

»Vertrau mir«, sagte er sanft und wartete, bis Bessie gegangen war. »Mach die Augen zu.« Hinter ihren Augenlidern verblasste ein Strahlenkranz, bis alles ganz dunkel war, und Tess lauschte aufmerksam. »Hier, bitte«, sagte Kit, und sie fuhr überrascht zusammen, als sie Krallen in dem Korb scharren, ein erbärmliches Wimmern vernahm.

»Kit, was hast du dir bloß gedacht?« Tess stellte sich ein weißes Fellknäuel mit einer roten Satinschleife vor. »Du hast doch nicht …«

»Ich weiß, wie niedergeschlagen du bist, seit Bingo tot ist, und nachdem Bobby jetzt am College ist, na ja …«

»Du dachtest, ich wäre einsam.« Sie spürte das Gewicht des Hundes auf ihrem Schoß, die zitternde Flanke, den schnellen Herzschlag durch das weiche Fell und die dünnen Rippen. »Das ist wirklich typisch. Man kann sich darauf verlassen, dass du so etwas planst und es unmöglich machst, dich zu hassen.«

»Ich liebe dich, Tess, das weißt du.« Kit strich ihr über das Kinn. »Ich werde dich immer lieben, aber …«

»Aber das genügt dir nicht mehr.«

»Uns beiden nicht.«

Sie hielt die Augen geschlossen, als sie sich an ihn lehnte, versuchte, sich zu fassen und die Tränen zurückzuhalten. »Ich ertrage das nicht, Kit. Du bist nicht nur mein Mann, du bist mein bester Freund. Wie soll ich denn …?«

»Bitte nicht. Weine nicht. Du brichst mir das Herz.« Kit kniete sich neben Tess auf den Boden und nahm ihre Hand, drückte ihre Finger an die Lippen. »Wir werden immer Freunde sein. Du bist stark, Tess. Du wirst stark sein, und du wirst wieder glücklich sein. Nur das ist mir wichtig. Wir brauchen das beide.« Er räusperte sich. »Willst du sie dir denn mal ansehen?«

Tess' Augen glänzten, als sie blinzelte und auf den Pekinesen hinabblickte. Er sah mit einem klaren, dunklen Auge zu ihr auf. Das andere war zugenäht, eine zackige Reihe von dunklen, zitternden Fadenwimpern, das Fell kurz geschoren.

»Ach, du armes Ding. Was haben sie dir denn angetan?«, flüsterte Tess und legte die Hand an die Flanke des Hundes. Sie spürte, wie die Anspannung des kleinen Tiers bei ihrer Berührung dahinfloss wie Regen in trockene Erde. »Sieh dir die Kleine an, Kit. Unvorstellbar, dass sie Menschen immer noch traut, nach allem, was sie durchgemacht hat.«

»Weißt du noch, in was für einem Zustand Bingo war, als du ihn adoptiert hast? Ich dachte mir, wenn jemand dieser Kleinen zu einem guten Leben verhelfen kann, dann du. Man hat sie angebunden auf einem Hof in der

Canal Street gefunden. Keine Spur von einem Besitzer.« Kit ging in die Hocke. »Wie nennst du sie?«

Tess dachte einen Augenblick nach. »Looty II, nach meiner ersten Pekinesenhündin. Ich habe sie nach der von Queen Victoria benannt«, sagte sie. »Danke! Es ist nett von dir, dass du …« *Dass du dir vorstellst, wie allein ich bin.* Tess biss sich auf die Lippen, ihr Magen zog sich vor Angst zusammen. *Ich weiß nicht, wie das geht. Ich weiß nicht, wie man allein ist.*

»Ich habe jedes Tierheim in der Stadt nach einem Pekinesen abgesucht, hundertmal telefoniert …«

»Was ist denn mit ihr passiert?«, unterbrach sie ihn.

»Sie glauben, sie wurde angegriffen oder getreten. Armes Ding. Sie konnten ihr Auge nicht retten.«

Sie sieht so aus, wie ich mich fühle, dachte Tess, als sie zu ihr hinunterblickte. *Versehrt.* Der Hund duckte sich, als sich ein Schlüssel im Schloss drehte und die Tür in der Diele zuschlug. »Alles gut.« Tess drückte sie fester an sich. »Keine Sorge, dir wird nie mehr jemand wehtun.«

»Guten Morgen! Was für ein wunderbarer Morgen«, rief Bobby und warf seinen grauen Filzhut auf den Hutständer. Er schlüpfte aus seiner Jacke und hängte sie über die Lehne seines Stuhls am Tisch. »Was, zum Teufel, ist denn das?« Er zog eine Grimasse, als er den Hund betrachtete.

»Halt dir die Ohren zu, Looty«, sagte Tess. »Sie ist ein Geschenk von deinem Vater. Du weißt, wie es mir gefehlt hat, einen Hund zu haben. Bessie«, rief sie die Haushälterin, »ihre Nase ist ein bisschen trocken, geben Sie ihr doch bitte etwas Wasser – und im Kühlschrank ist noch etwas kaltes Hähnchen. Ach ja, und könnten Sie Bingos altes

Bett aus der Abstellkammer holen?« Sie reichte ihr den Hund. »Danke!«

»Guten Morgen!«, begrüßte Kit Bobby. »Oder gute Nacht?«

»Ich habe mir Sorgen gemacht.« Tess ging auf ihren Sohn zu.

»Ich bin schon groß, Mom.« Er legte ihr den Arm um die Taille und hob ihre Hand, um sie im Kreis zu drehen. »Ich war tanzen. Dagegen hast du doch bestimmt nichts?«

»Die ganze Nacht?« Kit zog eine Augenbraue hoch.

»Wozu sind denn sonst die Freitagabende da? Komm nächstes Mal einfach mit!«, sagte Bobby zu Tess. Die Hüfte schwingend, tanzte er von ihr weg. »Twist, Mom! Die jungen Leute fahren alle total darauf ab. Du wärst begeistert.«

»Ich bin zu alt für den Twist.« Tess lachte und setzte sich an den Kopf des Tisches, gegenüber von Kit. Die Falten ihres Kimonos glänzten wie Perlmutt. Als sie das Gesicht ihres Mannes betrachtete, das ihr so vertraut war wie ihr eigenes, fand sie, er sah müde aus, seine hellen Haare wurden dünner, ein lilafarbener Schatten umgab seine Augen. Sie warf einen kurzen Blick auf Bobby. Als sie Kit kennengelernt hatte, hatte er dieselbe jugendliche Energie gehabt wie ihr Sohn. Er spielte Tennis. Er war groß, hatte die Figur eines Schwimmers – breite Schultern und schmale Hüften. Seine Entschlossenheit, sein brutales, elegantes Spiel faszinierten sie. Bei der Erinnerung durchfuhr sie ein plötzliches Begehren. Noch bevor sie ein Wort gewechselt hatten, hatte sie entschieden, dass sie ihn wollte. *Was ist passiert?*, dachte sie. »Ich kann mich gar nicht erinnern, wann wir das letzte Mal tanzen waren. Du?«, sagte sie.

Kit widmete sich wieder seiner Zeitung, ohne sie auch nur anzusehen, und ihr Lächeln schwand.

»Stell dir vor. Ich habe sie gefragt«, sagte Bobby zu seiner Mutter und zog seinen Stuhl heraus. Tess beugte sich vor, um ihm eine Tasse Kaffee einzuschenken. »Ich habe Frankie gefragt, und sie hat Ja gesagt.« Er nahm sich zwei Scheiben Toast aus dem silbernen Ständer, und Tess hielt beim Einschenken inne.

»Du heiratest?« Sie goss die Tasse voll und stellte die Kaffeekanne wieder auf den Untersetzer.

»Ach, erfahren wir das auch schon!« Kit blickte kurz von seiner Zeitung auf. Nur Tess spürte die Beunruhigung, die sich hinter seiner unverändert ruhigen Miene verbarg.

»Schatz, bist du sicher, dass jetzt der richtige Zeitpunkt ist? Du fängst doch gerade erst mit dem Jurastudium in Boston an«, meinte sie.

»Ich habe es euch aber im Sommer gesagt.« Bobby lehnte sich zurück. »An dem Tag, an dem ich Frankie kennengelernt habe, habe ich gesagt, dass sie das Mädchen ist, das ich heiraten werde.«

»Aber es besteht doch wohl kein Grund zur Eile?« Tess bemühte sich, locker und ruhig zu sprechen.

»Wir sind verliebt, Mom. Ich will, dass sie bei mir ist, in Boston. Ich halte es nicht aus, getrennt von ihr zu sein.«

Das hatte er in dem Sommer, in dem er elf Jahre alt wurde, auch gesagt, als er ins Ferienlager fuhr: *Ich halte es nicht aus, getrennt von dir zu sein.* Dann kehrte er mit einer neuen Zurückhaltung aus dem Sommerlager zurück. Zuvor hatte er sie ganz offen umarmt, hatte seinen biegsamen Körper an sie gedrückt. Sie erinnerte sich an das Gewicht seines Kopfs an ihrem Schlüsselbein, an seine

Haare wie Fell in ihrer schützenden Hand. Nach jenem Sommer brauchte er sie weniger. Bobbys Lachen holte sie zurück in die Gegenwart.

»Das Timing ist nicht gerade ideal«, sagte sie. »Dein Vater …«

»Hat gerade eine Menge Arbeit.« Kit starrte sie eindringlich an. »Deine Mutter und ich sind zu beschäftigt, um kurzfristig eine Hochzeit zu organisieren.«

Tess hatte das Gefühl, der Raum um sie herum würde wegbrechen. Er würde es Bobby nicht erzählen, nicht jetzt. *Was soll ich denn machen? Einfach so tun, als wäre alles ganz normal?*

»Mein Projekt ist in einer entscheidenden Phase, und die Tanzschule hat nach der Sommerpause gerade erst wieder aufgemacht, deine Mutter hat also keine Zeit zu …«, fuhr Kit fort.

»Ihr müsst überhaupt nichts machen. Frankies Ma erledigt alles«, unterbrach Bobby ihn.

»Wir kennen das Mädchen noch gar nicht und ihre Familie auch nicht …«, begann Kit.

»Sie kommen heute Abend vorbei, um euch kennenzulernen.«

»Heute Abend?«, fragten Kit und Tess einstimmig.

»Wozu warten? Ich dachte, wir könnten zusammen tanzen gehen. Um das Eis zu brechen.«

Tess stellte sich den Abend vor, Kit mit seinem üblichen Charme. Bobby und seine Freundin, strahlend, verliebt. Sie malte sich aus, wie sie selbst unablässig lächelte. *Das Eis brechen.* Sie stellte sich ihr zu Eis erstarrtes Herz vor, wie es zersplitterte.

»Tanzen?«, sagte Kit. »Aber nicht in einem dieser schäbigen Rock-'n'-Roll-Clubs in Midtown, wo ihr euch immer herumtreibt? Hast du dort dieses Mädchen kennengelernt?«

»Nein, ich habe sie zuvor in einem Café in der Nähe der Universität gesehen.«

»Ist sie Studentin?«, fragte Tess.

»Sie besucht die Abendschule. Sie will Übersetzerin werden.« Tess hörte den Stolz in seiner Stimme. »Tagsüber arbeitet sie einfach im Café ihrer Mutter.« Bobby nahm sich noch eine Scheibe Toast und strich dick Butter darauf. »Und manchmal im Pep. Du solltest sie sehen, Mom, Frankie bewegt sich zwischen den Tischen hindurch, als würde sie tanzen.« Er hielt den Toast wie ein Tablett über den Kopf, schwang die Hüften und glitt durch den Raum.

»Eine Kellnerin, Bobby?« Kit verschränkte die Arme. »Hast du das gehört, Tess? Unser Stammhalter ist drauf und dran, eine Kellnerin zu heiraten. Na, das ist ja mal ein Knaller. Wir haben einen erfreulichen Abend vor uns.«

»Achte nicht auf deinen Vater.« Tess stützte das Kinn auf die Hand. Wenn Kit so tun konnte, als wäre alles ganz normal, dann würde sie das auch tun. Sie bekam das hin. Sie konnte ihre Rolle spielen. »Du Snob«, sagte sie zu Kit.

»Hoffnungslos romantisch«, schoss er zurück.

»Ihr versteht das schon, wenn ihr sie seht.« Bobby biss in seinen Toast.

»Na gut, dann lade sie ein«, meinte Tess. »Nichts Förmliches. Wir haben …« Sie blickte nach Bestätigung suchend zu Kit.

»Vier.« Kit hielt inne. »Nein, ich verschiebe die Hoffmans auf später. In Anbetracht der Umstände. Ich glaube, Mrs Hoffman hatte für morgen sowieso vor, die Stadt zu verlassen, in die Abnehmklinik …« Er blies die Backen auf.

»Sei nicht so gemein, Kit«, sagte Tess.

»Moment – was denn für Umstände?«, fragte Bobby.

»Dein Vater meint nur, dass wir Frankie und ihre Familie gerne im privaten Rahmen kennenlernen würden …«

»Ich schäme mich nicht für Frankie.« Bobby sah seinen Vater mit gerunzelter Stirn an. »Warte einfach, bis du sie kennenlernst. Du wirst schon sehen.«

»Das meinten wir doch nicht.« Tess nahm seine Hand. »Ich freue mich für dich, Schatz. Wirklich.« Sie warf einen kurzen Blick zu Kit hinüber. »Dein Leben fängt gerade erst an.«

2

Tess stand vor Kits Geschäft auf dem Gehsteig der East 61st. Der Verkehr und die Menschen wirbelten um sie herum. Sie betrachtete das rote Lackkästchen im Fenster des Antiquitätenladens. Irgendwie dachte sie zurzeit öfter an Hongkong. Selbst nach all den Jahren in Amerika trug sie Asien noch in sich wie eine Melodie – ein dunstiges Licht, ein übel riechender, schwerer Duft, der sich immer noch durch ihre Träume zog. Ihre Mutter hatte eine Sammlung von Lackkästchen gehabt, genau wie dieses. Jetzt beschwor es für Tess eine verlorene Zeit herauf. Eine ganz bestimmte Welt aus glänzenden Teakholzböden, weiß verputzten Wänden, sich drehenden Ventilatoren und grünen Palmen hinter den Fensterläden. Blutroter Hibiskus und der Duft von Frangipani. Das rege Treiben am Anleger der Kowloon Ferry am Ende der Ice House Street und das Klatschen des dunklen, von Sternen funkelnden Hafenwassers am Rumpf der Fähre. Der Geruch von Citronella an einem Sommerabend. Lavendelfarbene Berge. Kit.

Wir waren doch einmal glücklich? Tess widmete sich wieder ihrem eigenen glänzenden Spiegelbild in der Fensterscheibe. Da wurde ihr klar, dass sich schon seit Jahren nichts mehr sicher anfühlte. Sie lebte in einer schwimmenden Welt, und jetzt trieb sie völlig frei umher, nachdem Kit, der letzte Anker, gelichtet worden war. Nach dem Kino war sie ziellos umhergelaufen, wollte nicht nach Hause in das Apartment gehen, und stand plötzlich vor Kits Bürogebäude. Es war eine unausgesprochene Regel, dass Tess ihn nicht an seinem Arbeitsplatz besuchte. In dem Gebäude befanden sich ausschließlich Antiquitätenläden und Designer. Es war Kits Bereich. Es bereitete ihm stets Unbehagen, wenn Privates und Geschäftliches aufeinandertrafen, aber sie hatte gehofft, zufällig auf ihn zu stoßen, um vor heute Abend noch einmal mit ihm reden zu können. *Ich ertrage das nicht. Der einzige Mensch, mit dem ich darüber reden will, ist derjenige, der mir das Herz gebrochen hat.*

Das gedämpfte Schlagen mehrerer Uhren in dem Gebäude war zu hören. Tess musste gleich Unterricht geben, und sie musste sich konzentrieren. *Ich kann das,* wiederholte sie in Gedanken und ging los. *Ich kann es. Ich kann es.* Auf der anderen Straßenseite sah sie die schlanke Gestalt einer jungen Frau, der Saum ihres dunklen Mantels, der um ihre schmalen Fesseln schwang, als sie einem Taxi winkte. Tess lächelte, sie erkannte sie wieder. Sie entdeckte ihre Mädchen auf fünfzig Schritte Entfernung – die Ehemaligen der Blythe Dance Academy strahlten eine kühle Gelassenheit aus, besaßen eine elegante Haltung, die sie von den schwitzenden Pendlern mit den hochgezogenen Schultern, die sich nachmittags durch die Straßen drängten, unterschied. Auf dem Gehsteig bei der Ampel – *grün, rot* – sah sie, wie das Mädchen noch einmal in einem anmutigen Bogen den Arm hob. Sie stellte sich anschwellende Orchestermusik vor, die Menschenmenge, die sich teilte, um das Mädchen allein auf der Straße tanzen zu lassen. *Level fünf mit Auszeichnung,* dachte sie. *Ein Naturtalent.* Das gelbe Taxi hielt, schaltete das Licht auf dem Dach aus. Ein Mann mit einem schwarzen Filzhut, der darauf wartete, die Straße überqueren zu dürfen, öffnete dem Mädchen die Tür des Taxis und tippte sich an den Hutrand.

Tess lächelte zufrieden und schritt im Licht der Herbstsonne über den Bürgersteig, als hörte sie Musik. *Ich kann das … Ich mache mein Glück. Ich schaffe mir ein eigenes Leben.* Der erste Schock nach Kits Ankündigung hatte sich gelegt, und Tess spürte Entschlossenheit in sich aufsteigen. Ihre Stöckelschuhe mit den metallenen Absätzen knallten wie Pistolen. Ihr Pillbox-Hut, ihre weißen Handschuhe und der Mantel waren wie eine Rüstung. In dieser Welt aus Stahl und Glas war sie zu Hause, sie war vertraut mit den grellen Lichtern, den vom Dunst verschwommenen Rändern. An der Ampel an der 2nd Avenue war eine Baustelle, ein Arbeiter lehnte sich auf seine Spitzhacke, den Helm hatte er ein wenig zurückgeschoben. Tess fiel auf, dass sie ihm auffiel. Sie starrte geradeaus.

»Kopf hoch, Süße«, rief er ihr zu.

»Idiot«, murmelte sie. *Nicht jetzt. Bitte nicht jetzt.*

»Hey, Rotschopf. Genau, du.« Er schob den Zahnstocher, auf dem er kaute, in den anderen Mundwinkel. Tess schloss die Augen, stellte sich vor, wie er sich daran verschluckte. »Komm schon, Puppe. Hast du was verloren? Kopf hoch – wie wär's mit einem Lächeln?«

»Kopf hoch?«, sagte sie ruhig. Ihre Halswirbel knackten, als sie das Kinn hob, den Kopf ruckartig zur Seite wendete. Der Mann hörte auf zu kauen und riss erschreckt die Augen auf. »Kopf hoch?«

»Schon gut, Süße. Ich meinte es ja nicht so.« Er hob abwehrend die Hände.

»Sind Sie vielleicht mal auf den Gedanken gekommen, dass ich etwas Wichtiges verloren haben könnte? Etwas Lebenswichtiges sogar.« Sie erhob die Stimme über den Verkehr hinweg und ging langsam mit schwingendem Rock auf ihn zu. »Was ich verloren habe, fragen Sie? Wie wäre es damit?« Tess stemmte die Hände in die Hüften. »Angenommen, Sie lernen jemanden kennen. Angenommen, Sie bauen sich ein Leben auf …«

»Oha.« Der Mann wich zurück.

»Angenommen, die Person hat – na ja – zahllose heimliche Affären.« Sie trat näher zu ihm, und ihre Augen glänzten. »Und Sie fragen, was verloren ist? Sie erdulden das, weil Sie ein Versprechen gegeben haben. Sie haben ein Gelübde abgelegt. Aber jedes Mal geht etwas verloren. Sie verlieren Ihren Funken. Sie verlieren Ihre Hoffnung. Sie verlieren jeden Tag ein kleines Stückchen von sich selbst. Sie verlieren ein ganzes Leben, ohne es zu bemerken. Denn es passiert Tag um Tag, jeden kleinen Funken um Funken, und Sie sehen nicht, wie das Licht in Ihnen erlischt.« Sie hob die Hand, mit den Fingerspitzen ahmte sie kleine Feuerwerkskörper nach. »Und dennoch machen Sie Tag um Tag um Tag weiter, Ihres Kindes wegen, Ihrer Familie wegen – Sie tun Ihr Bestes für Ihren Mann, und Sie machen sich schön und bleiben schlank und begehrenswert, obwohl …« Tess hielt inne. »Und wenn der andere dann um die Scheidung bittet – so, wie es mein lieber Mann erst gestern Abend getan hat –, dann wachen Sie unvermittelt auf und stellen fest, dass nichts mehr von Ihnen übrig ist.« Sie ließ die Hände sinken, die Finger schlängelten sich wie Rauch. »Puff!« Der Mann konnte sie nicht ansehen. »Wenn Sie also das nächste Mal den Drang verspüren, einem armen Mädchen zu sagen: *Kopf hoch, Süße, was hast du denn verloren?«* – ihre Augen glühten –, »dann behalten Sie das besser für sich, denn vielleicht, ja, vielleicht hat sie das Wichtigste auf der Welt verloren, nämlich sich selbst.«

Tess schloss die Tür des Studios in der Gasse auf der Rückseite des alten Brownstone-Hauses an der East 79th auf und schaltet die Neonröhren an. Die Luft war still und staubig, und es roch noch nach Sommer. Sie wusste, bald kamen die Tage, an denen es draußen dunkel war, die Dachfenster von Schnee bedeckt waren und die alten Heizkörper spuckend und gurgelnd Wärme in den Raum schickten. Tess fröstelte bei dem Gedanken an einen weiteren Winter in New York, während sie ihre schweren rotbraunen Haare zu einem Dutt drehte und sie feststeckte, sodass die Haarklammern sie am Kopf kratzten. Mit erhobenen Armen hielt sie inne. *Alles hat sich geändert,* wurde ihr bewusst. *Vielleicht bin ich nächsten Winter nicht einmal mehr hier.*

Ihr Magen krampfte sich vor Unsicherheit zusammen. *Ich kann das,* sagte sie sich. *Ich schaffe das.* Sie warf einen Blick auf die Golduhr an ihrem Handgelenk. *So spät schon? Die Mädchen werden gleich hier sein.* Tess eilte in die Umkleide. Sie versuchte, sich von den immer wiederkehrenden, panischen Gedanken, die ihr durch den Kopf schossen wie eine Möbiusschleife, abzulenken, indem sie *Moon River* summte, während sie sich ihre helle Strumpfhose über ihre schmalen Füße streifte. Sie rollte sie hoch, strich den Stoff glatt über die harten Knochen ihrer Knöchel und Knie, die festen Muskeln ihrer Waden und

Schenkel. Das Trikot war frisch gewaschen. Tess dachte daran, wie warm es in Bessies Arbeitsraum war, während sie es straff über die Hüften und die Arme zog, sich vorstellte, wie sich die Tür zu dem hellen, weiß gefliesten Raum im Zentrum ihrer Wohnung öffnete, wie beruhigend sich die Trommel des Wäschetrockners drehte, den Duft frischer Wäsche. *Das wird alles bald weg sein.* Tess stellte sich vor, wie sie eine dunkle, regennasse Fifth Avenue entlangging, einen kleinen Koffer in der einen Hand, Looty auf dem Arm.

Wo gehen wir hin? Tess richtete sich den Schulterriemen und blickte in den Spiegel. *Ich kann überallhin. Paris. Rom …* Sie sah aus wie immer, aber sie fühlte sich so zerbrechlich wie die letzte der chinesischen Porzellantassen, aus denen sie jeden Morgen ihre heiße Zitrone trank. Durchscheinend. Kaputt. *Nach Hause,* dachte sie. *Ich will einfach nach Hause.* Sie atmete tief und zitternd ein und vergrub das Gesicht in den Händen. *Hör auf damit! Reiß dich zusammen! Die Mädchen sollen dich nicht so sehen.* Sie wischte sich die verschmierte Wimperntusche unter den Augen weg und konzentrierte sich auf den silbernen Abdruck, den ihre Handfläche auf dem Glas hinterlassen hatte, sah zu, wie er langsam verschwand. *Genau so. So fühle ich mich. Alles, was ich kenne, alles, was ich liebe … es verschwindet.* Tess schlüpfte in einen dünnen Chiffonrock und griff nach ihren Schuhen. In ihrem Schrank waren mehrere Paare verstaut – weiche Ballerinas und Spitzenschuhe in Schwarz und Rosa. Wie viele Tage, Wochen, Monate hatte sie das schon gemacht – sich ihre Tanzschuhe für den Unterricht angezogen? Bald würde es ein letztes Mal sein. Wieder überkam sie eine Welle der Unsicherheit. *Die Wohnung werden wir aufgeben müs-*

sen, die Schule. Alles wird sich ändern müssen. Tess zögerte. Ganz hinten im Spind war ein einzelner roter Spitzenschuh aus Satin. Sie holte ihn hervor. Der Stoff war kühl und glatt, die Schleife ringelte sich aus der Dunkelheit, eine Provokation. Eine Verführung. *Trau dich,* flüsterten die Bänder. Sie dachte an einen Lieblingscheongsam aus roter Seide, den sie noch aus der Zeit in Hongkong hatte, den Kit als »zu laut« empfand. Tess hatte Kit getrotzt und ihn behalten. Sie trug ihn manchmal, wenn sie allein war und sich andere Lebenswege vorstellte. *Genau das muss ich machen. Mir ein neues Leben bauen.* Tess erinnerte sich an das aufregende Gefühl der Seide auf ihrer Haut. *Jetzt trage ich ihn, wann immer ich will.* Sie stellte sich ihren Abgang noch einmal vor, malte sich aus, wie sie durch die graue Menschenmenge auf der Fifth Avenue schritt, ein scharlachroter Aufschrei.

Das Geräusch der Straße trieb zu ihr, und die Tür schlug zu, als die ersten Schülerinnen zum Nachmittagsunterricht kamen. Gladys spielte sich am Klavier ein, Tonleitern und Akkorde hallten durch das Studio. Tess steckte den Schuh weg und wählte praktische schwarze Ballerinas, bog das Leder durch, schnürte eilig die Bänder und steckte die Enden fest. *Ich kann das.* Sie war bereit.

Die Mädchen, zehn, elf Jahre alt, hüpften und rannten schwatzend aus der Umkleide in den Unterrichtsraum. Ein paar Mütter machten sich wie Hennen um sie herum zu schaffen, befestigten lose Strähnen, zogen an verdrehten Gummibändern. Tess bemerkte ein kleines, pummeliges Mädchen mit einer dicken Schildpattbrille, das mit steifen Armen und eingezogenem Kopf allein dastand. An den zitternden Schultern erkannte Tess, dass sich das Mädchen bemühte, nicht zu weinen. Sie blickte sich im Raum um. In einer Ecke standen drei Mädchen beieinander und warfen Blicke wie Giftpfeile in Richtung des Mädchens. Tess kniff die Augen zusammen und klatschte laut in die Hände.

»Patsy, Betty und Matilda, macht euch schon mal warm …«

Eine Mutter unterbrach sie. »Mrs Blythe, ich würde gerne mit Ihnen sprechen, ob man Betty nicht einen Level höher einstufen könnte.« Das leichte Wollkostüm der Frau erinnerte Tess an den klebrig süßen Geschmack von gebrannten Mandeln.

»Nach dem Unterricht, Mrs Dean«, sagte sie, ohne langsamer zu werden, als sie durch das Studio ging. »So.« Sie kniete sich vor dem einzelnen Mädchen hin. »Lass uns mal diese Bänder ordnen, Hazel, ja?« Sie blickte auf. Das Gesicht des Mädchens leuchtete rot von heißen Tränen der Demütigung. »Willst du mir davon erzählen?« Das Mädchen presste die Lippen zusammen und schüttelte den Kopf. Tess bemerkte, dass sie zu den drei Mädchen ganz hinten sah. »Nicht dort«, rief sie. »Betty, Patsy, Tilda, ganz nach vorn, bitte.« Tess löste die Bänder um die Knöchel des Mädchens und band sie neu. »Kennst du die Geschichte vom hässlichen Entlein, Hazel?«

»Ja, Mrs Blythe«, sagte sie blinzelnd.

»Ich war dieses hässliche Entlein, meine Kleine. Als ich, na ja, so neun oder zehn war, etwa in deinem Alter, hatte ich vorstehende Zähne, eine Klappe über meinem schielenden Auge und diese großen, langen Füße.« Sie wedelte mit den Händen, als wären sie Flossen, und Hazel lachte.

»Sie, Mrs Blythe? Aber Sie sind doch schön. Das glaube ich nicht.«

»Es ist aber wahr.« Tess zog die Schleifen fest und steckte die Enden hinein. »Und meiner Erfahrung nach können manche Mädchen unglaublich grausam sein.« Sie machte eine Pause. »Möchtest du das Geheimnis wissen, das ich erfahren habe?«

»Ja. Ja bitte.«

»Menschen, die gemein sind, Menschen, die andere schikanieren, fühlen sich selbst schrecklich. Sie hacken auf anderen herum, weil sie sich selbst so sehr hassen. Ist das nicht traurig? Sie sollten uns leidtun. Wehre dich gegen sie – entschieden und freundlich, aber lass dich nie auf ihr Niveau herab – und glaub an dich, Liebes. Eines Tages wirst du ein Schwan.«

»Ein Schwan?«, sagte das Mädchen und richtete sich ein wenig auf.

»Wenn du das Kinn hochhältst und der Welt ins Auge blickst, dann gibst du dein Bestes, ja, dann wirst du fliegen. Während sie noch herumflattern und quaken wie die dummen Enten, die sie sind.« Tess neigte den Kopf und erwiderte Hazels Lächeln. »Na also, das ist ja schon viel besser.« Sie führte sie ans hintere Ende des Raums und blickte die drei Mädchen streng an. »Hier ist jetzt dein Platz«, sagte sie. »Auf diese Weise sieht dich niemand an, und niemand ist unfreundlich. Du kannst dir so viel Zeit lassen, wie du willst, bis du dich sicher fühlst.«

Das Mädchen blickte zu ihr auf. »Danke, Mrs Blythe!«

»Du hast aber schöne goldfarbene Augen. Kein Wunder, dass deine Mutter dich Hazel genannt hat.« Sanft korrigierte sie die Haltung des Mädchens. »Die Schultern zurück, das Kinn hoch«, sagte sie. »Stell dir vor, eine unsichtbare goldene Schnur zieht deinen Kopf, deine Wirbelsäule hoch, immer höher.« Sie wich zwischen den anderen Mädchen zurück, bis sie ganz vorn stand, und gab der Klavierspielerin ein Zeichen. »Gladys, wir fangen an.«

Gladys steckte ihre Noten in eine weiche alte Ledermappe und hängte sie sich mit ihrer Handtasche aus Krokodilleder über den Arm. »Hast du Hunger, Tessie?«

»Schatz, ich habe seit dreißig Jahren Hunger.« Sie schüttelte ihr Haar aus und löste die Spannung in ihren schmalen Schultern. »Geh du ohne mich. Ich mache hier alles dicht.« Tess stellte sich auf die Zehenspitzen und blickte aus dem seitlichen Fenster, als sie Gelächter und Frauenstimmen hörte. »Außerdem wartet Bettys Mutter immer noch, um in der Gasse über mich herzufallen. Na los, geht schon«, murmelte sie, als die Mädchen aufbrachen. Gladys zog einen silbernen Flachmann aus ihrer Handtasche und schwenkte ihn fragend. »Scotch? Du bist ein Engel.« Tess nahm einen Schluck und schloss dankbar die Augen. »Danke! Es war ein höllischer Tag.«

»Der Sommer kommt einem bereits vor wie eine ferne Erinnerung, findest du nicht?«

»Es ist verrückt, Glad. Warum arbeiten wir das ganze Jahr über, damit wir uns nur einen Monat lang wie wir selbst fühlen können?« Tess' Herz wurde von Sehnsucht erfüllt. Sie dachte an kühle Morgendämmerungen, den Nebel über dem Meer, Sand auf Holzplanken, nach Salz schmeckende Haut. Sie könnte jetzt einfach ins Auto springen, und in fünf Stunden wäre sie in ihrem Strandhäuschen in Provincetown. Sie stellte sich vor, wie sie mit offenem Verdeck über die Sagamore Bridge fuhr, die salzige Luft einatmete, den Duft zerdrückter Kiefernnadeln. Ihr Magen knurrte bei dem Gedanken an einen Teller mit gebratenen Muscheln von ihrem Lieblingsimbiss an der Straße.

»Du bist ja lustig. Am besten, wir denken gar nicht darüber nach, wir müssen alle arbeiten. Tag um Tag, das ist die einzige Möglichkeit. Wie hat dir eigentlich der Film gefallen?« Gladys nahm einen großen Schluck aus dem Flachmann und lehnte sich an das Klavier.

»Ach«, seufzte Tess. Sie hob ein heruntergefallenes Wickeltop vom Boden auf, fasste sich mit der Hand an die Brust und drehte eine langsame Pirouette. »Du musst dir *Frühstück bei Tiffany* unbedingt ansehen, Gladys. Er ist ...« Sie runzelte die Stirn, dachte daran, wie sie an diesem Nachmittag allein im Kino gesessen hatte, während ihr die Tränen über die Wangen liefen. »Er ist wirklich sehr nett. Audrey Hepburn sieht umwerfend aus.«

»Wo läuft er denn?«

»In der Radio City.« Tess faltete das kleine rosafarbene Jäckchen zusammen und legte es auf einen Stuhl.

»Heute Abend gehe ich rein.« Gladys öffnete den Schnappverschluss ihrer Handtasche, ließ den Flachmann hineinfallen und nahm ein goldenes Lippenstiftröhrchen heraus. »Willst du ihn dir noch mal ansehen?«

»Ich würde gerne, aber wir bekommen Besuch.«

»Spielverderberin.« Sie machte einen Schmollmund. »Mit einem Abendessen kann ich dich nicht locken, mit einem Film auch nicht. Sind es wenigstens nette Gäste?«

Tess holte tief Luft. »Wir lernen heute Abend Bobbys Verlobte kennen.« *Wie absurd,* dachte sie. *Typisch Kit.*

»Verlobte?« Gladys wandte sich ihr mit aufgerissenen Augen zu, den Lippenstift in der Hand.

»Offenbar.«

»Seit wann?«

»Seit unser Stammhalter beschlossen hat, dass er ohne sie nicht am College studieren kann.« Tess biss sich auf die Lippe. »Sie sind zu jung. Ich habe keine Ahnung, warum er nicht warten kann, bis er sein Jurastudium beendet hat.« Sie hielt inne. »Na ja, ich weiß es doch. Aber was habe ich damit zu tun? Ich bin nur seine Mutter.«

»Die jungen Leute heutzutage wollen nicht warten.« Gladys ließ ihre Tasche zuschnappen. »Ich vergesse immer wieder, dass du schon alt genug bist, um ein Kind auf dem College zu haben.«

»Wie nett von dir. Ich bin ruckzuck vierzig.«

»Das sieht man dir jedenfalls nicht an.« Gladys legte den Kopf schief. »Aber ein bisschen traurig siehst du aus. Ich kann dir wirklich nicht helfen?«

Tess zögerte. Sie sehnte sich danach, jemandem, irgendjemandem zu erzählen, wie Kit ihr ganz ruhig gesagt hatte, dass ihre Ehe vorbei sei. Sie waren zu zweit beim Essen im *Rainbow Room* gewesen. *Vielleicht hatte er Angst, dass ich eine Szene mache? Deshalb hat er es mir lieber in einem Restaurant gesagt statt zu Hause. Kit hat von seinem Tag erzählt, von einem Bild, das er bei einer Auktion gekauft hatte. Und dann ist er einfach damit rausgerückt,* stellte sie sich vor, Gladys zu erzählen. *Ich will mich scheiden lassen. Ich glaube, ich habe gelacht. Ich dachte, er macht einen Witz. Du kennst ja seinen Humor. Ich war schlichtweg schockiert. Es ist doch normal, zu lachen, wenn man schockiert ist, oder?* Stattdessen nahm sie Gladys' ausgestreckte Hand und drückte sie. »Ich komme schon klar. Na los, beeil dich. Wenn du jetzt gehst, schaffst du den Film noch.«

»Morgen wie immer Frühstück mit den Mädchen?«
»Wir sehen uns im Diner.«

~

Sobald sie allein war, legte Tess eine ihrer liebsten Singles auf, *The Right Time* von Ray Charles. Sie fuhr sich mit der Hand durch die Haare und ließ mit geschlossenen Augen den Kopf kreisen, um die Spannung in den Schultern zu lösen. Ihre Haare waren seidenweich. Kit mochte es nicht, wenn sie sich die Haare zurückkämmte, wie es gerade Mode war, und sie mit Haarspray gefügig machte. Er mochte es, ihr einen einfachen, eleganten Knoten oder einen Dutt zu machen. Darin bestand eine ihrer intimen Gesten, die sie von Anfang an gepflegt hatten. Er bürstete ihr jeden Abend die Haare. Mit einhundert Strichen. Nicht mehr, nicht weniger. *Hat gebürstet,* dachte sie und probierte es aus. *Mein Mann – mein Ex-Mann – hat mir jeden Abend die Haare gebürstet.*

Tess legte sich die linke Hand auf das Brustbein, streckte den anderen Arm aus und bewegte sich, als würde sie mit einem Partner tanzen, langsam, geschmeidig, geleitet von der Musik. Der Rhythmus stieg in ihr auf, der vertraute Drang zu tanzen war wie eine impulsive Reaktion. Sie verlor sich kurze Zeit in der Musik und schloss die Augen. *Ich kann das.* Zum ersten Mal spürte sie eine Art Erleichterung. *Es ist vorbei.* Der falsche Schein war vorüber. Im Herzen wusste sie, dass Kit recht hatte. Die Erinnerung an die Jahre ging ihr durch den Kopf. Die Streitigkeiten. Das Schweigen. *Den Schein wahren,* dachte sie, und sie ließ den Arm sinken, als ihr klar wurde, wie spät es war. Als sie an ihr Gespräch mit Kit und Bobby an diesem

Morgen dachte, glitt sie mit der mühelosen, flüssigen Anmut eines fallenden Seidenschals neben dem Plattenspieler auf den Boden und lehnte den Kopf an den Lautsprecher. Sie hatte keine Lust, heute Abend die gute Frau, die gute Mutter zu spielen. Sie wollte spüren, wie die Musik in ihr widerhallte. *Mein Leben,* dachte sie, *es besteht nur aus Höhen, ohne Bässe.* Sie drehte die Lautstärke auf. Die Musik drang durch die ruhige Abendluft im Studio, legte sich über den warmen Holzboden. Die Töne waren tief, voll. Sie sehnte sich danach, dass ihr Herz heftig pulsierte, als die Musik in ihr aufstieg. Sie sehnte sich danach, berührt zu werden. *Sich lebendig zu fühlen.*

3

Tess klopfte an die Tür von Kits Arbeitszimmer. »Der Pförtner hat angerufen, sie sind da.« Als er nicht antwortete, trat sie ein, gefolgt von Looty. »Kit, es ist Zeit, zu gehen«, sagte sie und drückte die schwere Holztür auf. Ein wenig Widerstand leistend, glitt sie über den dicken Teppich im Arbeitszimmer, und durch den Windzug flackerte das Feuer im Marmorkamin auf. Schatten tanzten an den preußisch-blauen Wänden, der Schein des Feuers wärmte die goldenen Rahmen der Radierungen mit Motiven aus Somerset. Kit saß an seinem Mahagonischreibtisch, einen feinen Pinsel in der Hand. Eine Tischlampe mit schwarzem Schirm und einer antiken dorischen Säule als Ständer beleuchtete ein Moodboard. Die Innenseite des Lampenschirms war in Handarbeit mit Blattgold ausgekleidet worden, was ein düsteres Leuchten hervorrief. Das war das charakteristische Element bei allen Entwürfen von Kit. Er blickte zu Tess auf, nahm die halbmondförmige Schildpattbrille ab und legte sie auf eine Ausgabe von *Die Gefangene.* Vorsichtig hielt er ein türkisblaues Ei in der Handfläche, tupfte ein letztes bisschen Farbe mit dem feinen Pinsel darauf und setzte es schließlich auf einen Ständer.

»Wie findest du es?«, fragte er.

»Es sieht perfekt aus.« Sie betrachtete es genauer. Kit hatte die spitzen Enden des ausgeblasenen Eis versiegelt und genau die richtige Farbe dafür gewählt.

»Fast wie unsere Ehe, nicht wahr, meine Liebe?« Er lachte traurig und wischte den Pinsel ab, den er dann wieder in die Tuchrolle neben sich steckte.

»Bitte, das ist nicht lustig.« Tess fuhr sich mit der Hand über das Gesicht. Sie dachte an ein junges Paar, das sie im Park gesehen hatte, als sie Looty ausführte. Sie war dem Mann schon mehrmals begegnet, wahrscheinlich wohnte er in der Nähe. Er war eine große, dunkle, leere Leinwand für ihre Begierden. Es hatte andere, namenlose Fremde gegeben, mit denen eine Art gegenseitiges Erkennen stattgefunden hatte. Deren Blick hatte gefragt: *Würdest du? Zu einer anderen Zeit, an einem anderen Ort, würdest du? Spieglein, Spieglein, siehst du mich?* Er war derzeit ihr Liebling. Aber heute war er mit einem kleinen, zwei oder drei Jahre alten Mädchen unterwegs gewesen, das auf seinen Schultern saß, und einer Frau, die eindeutig seine Ehefrau war, so, wie sie sich bei ihm untergehakt hatte. Die Sonne schien auf die beiden wie ein Segen durch das schimmernde Laub. Tess ging unbemerkt an ihnen vorbei – kein kurzer Blick wie sonst: *Ich bin eine Frau, du bist ein Mann.* Heute hatte er nur Augen für seine Frau. *Genau so, wie es sein sollte,* dachte sie. Wenn sie das nächste Mal aneinander vorübergingen, würde Tess seinen Blick nicht erwidern. Das brachte ihr nichts, wenn sie die Geschichte im Hintergrund kannte. Sie wollte Romantik, einen heimlichen Tagtraum, nicht die Realität. Sie beneidete das junge Paar, spürte das krude, fehlende Etwas im Herzen ihrer eigenen Ehe.

»Wir sind aber doch wenigstens Freunde, oder?«, sagte sie. »Das waren wir schon immer, und du warst Bobby ein wunderbarer Vater.« Ihr wurde klar, dass sie bereits in der Vergangenheitsform von ihrer Ehe dachte. Ihr war schwindelig, als würde die Welt schwanken und ruckeln, eine Rakete, die sich losriss. Sie betrachtete die aufgereihten Vogeleier in den makellosen Mahagonivitrinen, die in Kits Arbeitszimmer verteilt waren. *Welches war es?* Es bereitete ihr ein heimliches Vergnügen, zu wissen, dass irgendwo zwischen den vollkommenen ausgeblasenen Eiern das eine war, mit dem sie Bobby als Kind beim Spielen erwischt hatte. Bessie hatte ihn erschreckt, und er hatte es fallen lassen, sodass es auf einer Seite zerbrach. Tess hatte es einfach ersetzt und die angeknackste Stelle verborgen. Es war ihr Geheimnis. *Ein Betrachter würde das niemals bemerken.* Sie nahm ein blaues Lackkästchen in die Hand, das auf Kits Schreibtisch stand.

»Heute habe ich in einem Laden eine kleine Pillowbox gesehen. Weißt du noch? Mutter hat sie gesammelt.«

»Ob ich das weiß? Ich habe ihr die meisten verkauft.« Er dachte nach. »Das Leben ist schon ulkig. Hätte ich dich damals nicht zufällig auf der Hollywood Road getroffen, dann gäbe es Bobby nicht.«

Tess erinnerte sich. Sie hatte in Hongkong am Fuß einer der steilen Treppen, die hinauf zu der schmalen Straße mit Antiquitätenläden führten, gestanden. Ihr war übel von dem Gestank von Fisch, Abwasser, Räucherwerk, gebratenen Nudeln. Sie hielt sich an dem eisernen Geländer fest und bemühte sich verzweifelt, sich nicht zu übergeben. Jemand hatte dort neben die Treppe eine kleine Statue gestellt, einen improvisierten Altar, mit rosafarbenen Räucherstäbchen, die in die schmutzige Abendluft hineinrauchten wie die Staubgefäße einer exotischen Lilie. In einer Hand hielt sie eine Papiertüte mit Kräutern umklammert.

»Tess?«, hatte Kit gesagt. »Tess?« Er berührte sie am Arm, und sie fuhr überrascht herum. Kit schob das schwere Paket, das in eine alte Ausgabe der *China Mail* eingewickelt war, auf den anderen Arm und führte sie zur Straße. Tess musste sich bemühen, vor lauter Rührung über seine Liebenswürdigkeit nicht in Tränen auszubrechen, und zwang sich, sich auf das Paket zu konzentrieren: *Kriegsgefahr* lautete die Schlagzeile. Sie hätte sich ihm am liebsten in die Arme geworfen, das Gesicht in dem beruhigend frischen Leinen seines Sakkos vergraben. Sie blieben stehen, um die Menschen, die in den Man-Mo-Tempel drängten, durch die Tore vorzulassen. Sie dachte an die rot lackierten Wände, an das sich kräuselnde Räucherwerk, das von den Dachbalken hing, an die scharfsichtigen Götter und drückte sich ihr Taschentuch auf den Mund, um gegen die Übelkeit anzukämpfen.

»Was, um alles in der Welt, machst du denn hier drüben?«

»Ich bin den ganzen Nachmittag mit den Fähren gefahren«, sagte sie. »Mutter lässt nicht locker. Ich musste mal raus. Ich kann einfach nicht klar denken. Kit, ich weiß nicht, was ich tun soll.« Tränen stiegen ihr in die Augen.

»Na, komm.« Kit bahnte ihr einen Weg durch das Gewimmel. »Du siehst furchtbar aus. Wir besorgen dir jetzt erst mal ein Glas kaltes Wasser. Was machst du denn hier drüben ganz allein?« Er blickte auf die zerdrückte Tüte in ihrer Hand. »Medizin? Geht es dir nicht gut?«

»Das … das ist *dong quai.* Und noch andere Sachen. Ich weiß nicht. Ich …« Als sie errötete und zu schluchzen anfing, legte Kit den Arm um sie.

»Was ist denn los, mein Mädchen? Wie kann ich dir helfen?«

»Hast du sie schon gesehen?«, fragte Kit jetzt. »Wie sind sie?« Schwungvoll zog er sein Sakko von der Stuhllehne und schlüpfte hinein. Sie konnte sich nicht erinnern, wann Kit sie zum letzten Mal in die Arme genommen, geschweige denn getröstet hatte.

»Noch nicht.« Tess blinzelte.

»Schön siehst du aus.« Er trat einen Schritt zurück, um ihr taubenblaues Taftkleid zu begutachten.

»Ich kann das nicht, Kit. Ich kann nicht so tun, als wäre alles …«

»O doch. Du kannst das. Wir können das.« Er sah sie an, sah ihr in die Augen. »Alles wird gut. Wir können Bobby mit unserer Nachricht nicht die Hochzeit verderben.«

»Aber …«

»Nimm die Kette ab.«

»Zu viel?«

Kit nickte und löste den Verschluss der schweren Perlenkette für sie.

»Wirklich? Jackie Kennedy sagt, Perlen sind immer angemessen.« Tess schickte sich an, ihm zu folgen, blieb aber kurz stehen, um sich in dem Spiegel über dem Kaminsims zu überprüfen, fuhr unsicher mit den Fingerspitzen über ihr nacktes Schlüsselbein. Sie hatte das beunruhigende Gefühl, dass sie es schon wieder irgendwie falsch verstanden hatte. »Kit …«

»Nicht jetzt, Tess.« Sie wartete darauf, dass er es aussprach. »Wir haben nach der Hochzeit Zeit.«

»Diese Scheidung …«

»Nicht jetzt, Tess.«

»Wann denn dann?« Ihr versagte die Stimme. »Du kannst mir nicht einfach so etwas an den Kopf werfen und dann von mir erwarten, so zu tun, als wäre alles in Ordnung.«

»Wir müssen an Bobby denken. Wie würde das denn aussehen?«

»Wer schert sich denn darum, was die Leute denken«, sagte Tess. »Ich habe doch recht, oder? Gibt es jemand anders?«

»Ja.«

»O Gott!« Tess' Beine gaben nach, sie stützte sich an der Stuhllehne ab.

»Warum tust du das? Warum stellst du mir solche Fragen, wenn du die Antwort nicht hören willst? Ich habe dich noch nie angelogen, Tess.«

»Danke! Das ist sehr großzügig von dir.«

»Willst du jetzt wirklich streiten? Gerade, wenn sie ankommen? Mein Gott, du hast wirklich ein großartiges Gespür für Timing.«

»Ich will einfach nur die Wahrheit wissen, Kit.«

»Die Wahrheit?« Er tat ihre Bemerkung kurzerhand ab, indem er schnaubend lachte, und ging an ihr vorbei.

Tess berührte ihn am Arm. »Weiß sie von deinem … von deiner …«

Er zögerte. »Das stellt kein Problem dar.« Die Worte *für sie* hingen unausgesprochen in der Luft.

»Ich nehme mal an, sie hat Geld.« Tess lachte, Tränen brannten ihr in den Augen. »Das muss sie auch, denn meines hast du ja komplett ausgegeben.«

»Ich hatte Pech, das ist alles.«

»All die Pläne, die Träume …« Tess schüttelte den Kopf.

»Gott weiß, dass ich alles für dich und für Bobby getan habe.«

»Das ist mir bewusst.« Tess atmete aus und legte ihm den Kopf an die Schulter. »Wirklich.«

»Ich habe immer wieder versucht, dir das Leben zu ermöglichen, an das du gewohnt warst.« Kit wandte sich ihr zu. Er sprach leise und hielt die Tür geschlossen. »Es war einfach nur Pech. Wir hatten eine Vereinbarung. Meinen Teil habe ich eingehalten. Ich habe den Anstand gewahrt und zu dir gehalten …«

»Anstand?« Tess wich zurück wie vom Schlag getroffen. »Na bravo, Kit. Ich hatte keine Ahnung, dass das Leben mit Bobby und mir so beschwerlich war.«

»Ich bete euch beide an, das weißt du. Aber Bobby ist ausgezogen, und nach allem, was ich für euch beide getan habe, darf ich jetzt doch verdientermaßen an mich selbst denken und mich auf eine angenehme Zukunft freuen.«

Tess hätte am liebsten laut gerufen: *Was ist mit mir? Bobby ist weg, du bist weg, wo soll ich jetzt hin?* »Und das gesteht sie dir zu? Keine Bedingungen?«

»Sie ist schon älter …«

»Natürlich. Und was stellst du dar? Einen Begleiter? Das passt perfekt.« Tess fuhr sich mit dem Daumen über die Lippe. »Hast du mich je geliebt? Ich weiß noch, wie ich in St John's stand, und mein Bauchgefühl riet mir, wegzulaufen. Weißt du das?« Sie schnappte sich ihre Perlenkette und legte sie sich trotzig wieder an. »Ironie des Schicksals. Ich dachte, ich schließ dich nur ein, und du hättest etwas Besseres verdient.«

»Wir haben uns gegenseitig verdient«, sagte er bedächtig.

»Weißt du, Kit, mit der Zeit habe ich gelernt, dich zu

lieben. Ich liebe dich und Bobby und unser Leben, und jetzt wird alles in tausend Teile gesprengt. Du hast mir das Herz gebrochen.« *Das ist wirklich so,* wurde ihr klar. Sie spürte es körperlich. Sie war verletzt und trauerte. *Kümmert ihn das überhaupt?* Sie nahm den Hund auf die Arme. »Das ist dir egal, oder? Ich soll das durchziehen – diese *Farce,* um ein großes Fest zu veranstalten und uns bei der Prominenz lieb Kind zu machen, damit sie dir weiterhin Tausende von Dollars dafür zahlen, dass du ihre Ferienhäuser in den Hamptons und ihre Wohnungen in der Park Lane renovierst? Ich soll hier die glückliche Familie spielen und mich dann in aller Stille scheiden lassen, wenn es dir gerade passt?« Tess hob das Kinn. »Das mache ich nicht.«

»O doch.«

»Warum sollte ich? Wieso sollte ich so tun als ob?«

»Für Bobby.« Kit starrte sie an, und Tess ließ den Kopf hängen. »Wir werden beide noch eine Weile so tun als ob. Und wenn sich das glückliche Paar dann in Boston niedergelassen hat, trennen wir uns einvernehmlich …«

»Einvernehmlich?« Tess biss die Zähne zusammen. »Aber sicher.«

»Ich will glücklich sein.« Er steckte Tess eine Haarsträhne hinter das Ohr. »Ist das zu viel verlangt?«

»Vielleicht gehört das eigene Glück nicht immer zu den wichtigsten Dingen im Leben. Hast du darüber schon einmal nachgedacht, Kit?«

»Oh, die Opfer der Heiligen Tess von der Upper East Side«, murmelte er.

»Mom? Dad?«, rief Bobby aus der Diele.

»Sie sind da.« Tess senkte die Stimme. »O ja, ich habe alles für dich geopfert.«

»Wir haben dadurch beide bekommen, was wir brauchten. Und nachdem Bobby jetzt heiratet, habe ich meine Pflicht erfüllt.«

»Ist das alles, was ich für dich war? Eine Pflicht?« Ihre Wangen röteten sich.

»Man liebt nur, was man nicht besitzt«, sagte er, und sie runzelte die Stirn. Er deutete auf das Buch. »Proust.«

»Zum Teufel mit Proust. Du hast mich nie besessen …«

»Vielleicht nicht«, unterbrach Kit sie und beendete das Gespräch. Schwungvoll öffnete er die Tür des Arbeitszimmers. »Ah, da ist er ja, unser Stammhalter.« Mit großen Schritten ging er durch den Korridor auf Bobby zu. »Dann wollen wir mal diese Kellnerin kennenlernen. Du bist dir sicher? Es ist noch nicht zu spät. Du hättest wirklich besser abschneiden können.« Kit blickte zu seinem Sohn hinüber. »Ich hatte gehofft, du würdest nach dem College für eine Weile nach Hause kommen, dir ein geeignetes Mädchen suchen …«

Nach Hause, dachte Tess und folgte Kit durch die Diele. Wie kommt es, dass Menschen wie sie, die Großbritannien seit Jahren nicht mehr betreten hatten, die in Asien, in Afrika oder in Australien aufgewachsen waren, es immer noch als ihr Zuhause bezeichneten.

»Dad, da gibt es noch etwas, das ich dir noch nicht erzählt habe.« Bobby beugte sich näher zu ihm.

»Lass mich raten. Sie ist schwanger?«, fragte Kit.

»Nicht so laut«, flüsterte Tess. »Sie hören dich noch.«

»Das ist sie ganz bestimmt nicht.«

»Warum habt ihr es dann so eilig mit dem Heiraten?« Kit knöpfte sich das Sakko zu, dann standen sie nebeneinander in der Diele und warteten. »Eine Hochzeit im Frühjahr wäre doch reizend. Wer heiratet schon im November?«

»Ihr Onkel Marco fährt bald zurück nach Italien, und Frankie möchte, dass er als Familienoberhaupt die Braut übergibt. Das ist alles.«

»Wir überstürzen also sämtliche Vorbereitungen, nur um irgendeinem Bauern entgegenzukommen?«

Tess zuckte zusammen, während sie zusah, wie der Lift nach oben fuhr und die Lampen aufleuchteten. *Ein geeignetes Mädchen.* Sie wusste genau, was Kit damit meinte. Erziehung. Geld. *Genau wie ich.* Trotzige Mutterliebe meldete sich in ihr. *Bobby macht das gut. Sie beide machen das gut. Mögen sie glücklich werden bis ans Ende ihrer Tage, und zum Teufel mit Kits Snobismus.*

Mit einem Glockensignal hielt der Aufzug. Sie fasste sich. Sie wollte Bobby den Moment nicht verderben. Rasch fuhr sie sich über die Augenwinkel und hob das Kinn. *Ich kann das,* sagte sie sich und betrachtete die Profile ihres Sohnes und ihres Mannes, der eine dunkel, der andere hell. Sie atmete tief durch und sammelte sich wie früher, bevor sie auf die Bühne ging. Die schweren goldfarbenen Türen öffneten sich. *Die perfekte Frau. Die perfekte Mutter.*

4

»Willkommen! Willkommen!«, rief Bobby, umarmte Claudia und Francesca und nahm Marcos Hand in seine beiden. Tess bemerkte einen Anflug von Unsicherheit bei ihrem Sohn, aber er überspielte das sofort. »Mom, Dad, das ist Frankie, Francesca.« Er schob ein schlankes Mädchen mit olivfarbener Haut nach vorn, dessen glänzende schwarze Haare von der Stirn weg zu einem schlichten, lockeren Knoten zusammengefasst waren.

»Welch eine Schönheit!«, sagte Kit und küsste ihr die Hand.

»Guten Tag, Mr Blythe, Mrs Blythe«, sagte Frankie und schüttelte Tess die Hand. Tess sah ihr einen Moment lang in die Augen, spürte die innere Ruhe des Mädchens, die Selbstsicherheit. An ihrer Haltung sah sie, dass Frankie als Kind getanzt hatte. *Gut. Alles wird gut*, dachte sie. *Ich hatte befürchtet, Bobby hätte sich eine Frau ausgesucht, die etwas hermacht, aber schwach ist.* Das Mädchen war ihm mehr als gewachsen, das sah sie. »Darf ich Ihnen meine Mutter Claudia und meinen Onkel Marco vorstellen?«

Claudia stolzierte auf Tess und Kit zu, eine üppige Nerzstola rahmte den tiefen Ausschnitt ihres schwarzen Etuikleids ein. Ihre dunklen Haare waren im eleganten

Jackie-Kennedy-Stil zurückgekämmt. Sie strahlte eine Großzügigkeit aus, die Tess sofort gefiel. *Diese Frau hat das Aussehen von Sophia Loren und die Energie eines Panthers.* Tess lächelte in sich hinein, als sie sich Claudia wie Baghira zwischen den Ästen eines Baums vorstellte.

»Willkommen!« Kit beugte sich vor, um Claudia einen Handkuss zu geben.

»Was für Umgangsformen!«, sagte sie. »Dieser Akzent!« Tess fiel auf, dass Frankie errötete. *Ihre Mutter ist ihr peinlich.* Zuerst war Tess so konzentriert auf Claudia, dass sie Frankies Onkel gar nicht bemerkte. Marco trat in den Vorraum, kurz bevor sich die Türen hinter ihm schlossen wie die Flügel eines Altars. Sein feiner Wollanzug war so dunkel, dass er das Licht zu absorbieren schien. Sie dachte an Holzkohle, an Asche.

»Buongiorno«, sagte er zu Kit und bot ihm die Hand. »Ich bin Marco Affini.«

Marco, dachte sie, *Marco.* Sein Profil erinnerte sie an die Illustrationen des Buchs mit Sagen und Legenden, das sie als Kind so geliebt hatte. Seine schwarzgrauen welligen Haare trotzten der Pomade und lockten sich über seiner hohen Stirn, und seine gebrochene Adlernase akzentuierte gefährlich seine vollen Lippen. *Gebrochen und deshalb umso schöner.* Sie erinnerte sich, wie sie den Umriss der Illustration in ihrem Buch mit der Fingerspitze nachgefahren war. Sie hatte sich aus der Bettdecke ein Zelt gebaut und im Licht der Taschenlampe gelesen. Sie erinnerte sich an das intensive Glücksgefühl, das ihr das damals bereitet hatte. Als sie Marco jetzt ansah, verspürte sie dieses Gefühl wieder. Seine Schultern waren leicht gebeugt, strahlten eine gewisse Müdigkeit aus, als hätte er auf dem Heimweg viele Kämpfe ausgefochten.

»Kit Blythe«, sagte er und schüttelte Marco fest die Hand. »Guten Tag!«

»Darf ich Ihnen Hut und Mantel abnehmen, Sir?« Bessie legte sich den Mantel, zusammen mit Claudias Nerz, sorgfältig über den Arm.

»Grazie«, sagte Marco. Tess fiel auf, welche Wirkung er auf Bessie ausübte, deren Wangen erröteten.

»Darf ich Ihnen meine Frau Elizabeth vorstellen?« Der leichte Druck von Kits Hand auf der Rundung ihrer Hüfte rief Tess' Aufmerksamkeit zurück.

»Tess«, sagte sie und blickte in Marcos klare, dunkle Augen. Es war ein Schock. Eine Erkenntnis. *Du,* dachte sie. *Du.* Etwas in ihr befreite sich wie Vögel, die von einem zugefrorenen See aus losflogen. Sie war verwundert, ihr Puls ging schneller. Er merkte ihr etwas an. Normalerweise konnte Tess andere Menschen gut einschätzen, las ihre Gefühle, aber jetzt war sie sich unsicher. War dieses angedeutete Lächeln freundlich oder nicht? Er war auf der Hut. Das Stimmengewirr in dem marmorverkleideten Vorraum schwand. In diesem Moment schienen sie allein zu sein. Sie war keine Ehefrau, keine Mutter, sie war einfach nur sie selbst, entblößt. »Guten Tag!« Ihre Hand in seiner, das ließ sie an etwas denken, das sicher und warm im Untergrund ruhte. Der Drang, nicht loszulassen, war unerträglich. Sie stellte sich vor, wie um sie herum die Bühnenbeleuchtung ausging, wie ihre Gesichter von einem Scheinwerfer angestrahlt wurden. Eine Melodie – etwas Wehmütiges, Klarinette oder Oboe – erklang, und sie drehte sich mit einer langsamen Pirouette in seine Arme, ihr Rücken an seinem Bauch, er umfing sie mit dem Arm.

»Und wen haben wir hier?« Marco senkte den Blick.

»Das ist Looty II«, sagte Tess. »Passen Sie lieber auf, als der Lieferant vorhin kam, war sie ein wenig bissig, sie muss sich erst eingewöhnen.«

»Müssen wir das nicht alle?«, meinte Marco.

»Sagen Sie, Marco, haben Sie den Kampf von Cassius Clay im Fernsehen gesehen?«, fragte Bobby und schlug ihn auf den Rücken.

»Miteff soll durch ein technisches K. o. in der sechsten Runde verloren haben?«, mischte sich Kit ein.

»Was verstehst du denn schon vom Boxen, Dad?« Bobby lachte und tat so, als würde er zuschlagen. »Marco hat geboxt, oder? So richtig.«

»Ich habe ein paarmal gewonnen, ein paarmal verloren.« Marco zuckte die Schultern. Tess kniff die Augen ein wenig zusammen, lächelte aber noch. *Bobby bemüht sich zu sehr,* dachte sie und blickte von Marco zu ihrem Sohn. *Er mag ihn nicht,* wurde ihr klar. *Marco ist nicht einverstanden.* Instinktiv wollte sie ihren Sohn schützen, bedingungslos für ihn eintreten.

Tess berührte die glatten Perlen in ihrem Nacken. »Kommen Sie doch herein, bitte.« Sie zeigte auf das Wohnzimmer. »Hatten Sie eine lange Anreise?«, fragte sie Claudia.

»Nein, nein, nur aus Queens«, erwiderte Claudia. »Howard Beach.« Kits Gesichtsausdruck hinter Claudias Rücken erinnerte Tess an ihre alte Perserkatze, wenn sie einen Haarballen im Hals stecken hatte. Sie bemühte sich, nicht zu lachen.

»Was für ein Raum!« Claudia ging voran, ihre Hüften schwangen wie ein Pendel. »Und diese Aussicht.« Die Sonne versank über dem Central Park, vergoldete die Baumkronen, und der Verkehr auf den Straßen unter ihnen übertönte das Gezwitscher der Vögel. Eine warme Brise fuhr in die feinen Härchen auf Tess' bloßen Unterarmen. Sie spürte seine rastlose Präsenz direkt hinter sich, als sie alle den Ausblick genossen. *Marco.* Sie warf einen kurzen Blick über die Schulter. Er stand ein Stück hinter der Gruppe, mit beiden Beinen fest auf dem Boden, einen Daumen in die Tasche gehängt. Mit der anderen Hand rieb er den Daumennagel langsam gegen den Zeigefinger, als würde er ein Messer schärfen. Er war größer als Bobby, so groß wie Kit, aber breiter, muskulöser. Tess blickte von einem Mann zum anderen, und sie machte sich Sorgen, wie das für Bobby ausgehen würde.

»Ich finde, Champagner wäre jetzt angebracht.« Kit ging mit großen Schritten zur Bar. Er nickte Bessie zu, die in der Küche verschwand, um die Kanapees zu holen. Kit nahm eine Flasche Krug aus dem Eiskühler, wickelte ein blütenweißes Stofftuch darum und drehte den Korken behutsam heraus.

»Darf ich?« Bobby reichte jeder Frau ein Glas.

»Für mich nur ein Mineralwasser, bitte«, sagte Marco.

»Aber sicher.« Kit holte ein schweres Glas aus der Ablage der Bar und füllte es mit dem Soda-Siphon. »In welcher Branche sind Sie, Marco?«, fragte er, während er eine Flasche aus dem Kühlschrank begutachtete.

»Ich mache Schuhe«, sagte Marco. »Heutzutage boxe ich nicht mehr so viel.«

»Wie schön.« Kit zeigte auf seine eigenen, handgefertigten Schuhe. »Ich lasse meine immer bei Lobb machen. In London.«

»Natürlich. Sie sind …« Marco suchte stirnrunzelnd nach dem richtigen Ausdruck.

»Sie müssen meinen Onkel entschuldigen.« Frankie

wandte sich Tess und Kit zu. »Sein Englisch ist nicht sonderlich gut.«

»Dein Italienisch auch nicht«, brummte Marco und blickte sie finster an. Dann lächelte er träge und sah kurz zu Tess. Sie spürte ein Kribbeln im Nacken. »Klassisch, das ist das Wort, das ich suchte.«

»Woher kommt Ihre Familie denn eigentlich, Mr Affini?«, fragte Tess.

»Sagen Sie doch Marco, bitte.« Seine Stimme ließ sie an zähflüssigen, dunklen Molassesirup denken. »Wir stammen aus Florenz.« Tess tat so, als würde sie zuhören, als Frankie sich einmischte und aufgeregt von dem Viertel erzählte, in dem ihre Eltern aufgewachsen waren, und über die Familie, doch im Geiste stellte sie sich Straßen aus Stein und Schatten vor, die Piazza del Duomo. In ihrer Fantasie tanzten junge Paare in der Dunkelheit, weiße Lichterketten leuchteten unter der Kathedrale, und Marco kam mit ausgestreckter Hand auf sie zu.

»Tess«, sagte Kit. »Tess?« Sie blinzelte. »Ich habe gerade gesagt, wir haben seit Jahren vor, die Grand Tour zu machen, nicht wahr?« Er reichte ihr einen Kristallkelch mit Champagner. »Das ist das Problem, wenn man so lange als Expat unterwegs ist, lässt man die normalen europäischen Ziele aus.«

»An Florenz ist nichts normal«, sagte Marco zu Tess. Sie bemerkte, dass er sie beobachtet hatte, und ihr stieg Hitze in die Wangen. Er deutete auf den Plattenspieler. »Sie mögen italienische Opern, sehe ich?« Er zog *La Bohème* heraus. »Diese Aufnahme gefällt mir sehr gut.«

»Tess ist hier der Opernfan«, erklärte Kit. »Ich finde das leider rührselig, diese ganze …«

»Emotion?« Tess hob eine Augenbraue. »Genau deswegen.« Sie nahm Marco die Platte ab und legte sie auf den Plattenteller.

»Ach, ich auch«, sagte Claudia, als die Musik den Raum erfüllte. »Endlos, das Geschrei und Geheul.«

»Also.« Kit erhob das Glas. »Stoßen wir auf Bobby und Frankie an. Yum seng, wie wir immer sagen …« Er zögerte, als Marco das Glas nicht ebenfalls erhob.

»Yum seng?«, fragte Claudia.

»Das ist ein alter chinesischer Trinkspruch.« Tess stieß mit ihr an. »Prost!«

»Onkel«, murmelte Frankie, »du hast es versprochen.«

»Stimmt etwas nicht?« Kit drehte die Musik leiser. Tess stellte ihr Glas, ohne getrunken zu haben, auf die kühle Marmorbar und versuchte, Claudias Körpersprache zu interpretieren. Marco stand mit gesenktem Kopf da, und Claudia flüsterte ihm einige Wörter auf Italienisch zu. Sie ärgerte sich über etwas.

»Es tut mir leid«, sagte Frankie und griff nach Bobbys Hand. Tess kannte den Gesichtsausdruck ihres Sohnes. Sie erinnerte sich an einen Vorfall in der Schule. Er war gestolpert, als er am Ende des Tages über den Schulhof auf sie zugerannt kam, und ein größerer Junge hatte ihn ausgelacht. Statt sich zu schämen und zu weinen, hatte sich Bobby auf den Jungen gestürzt und unablässig auf ihn eingeschlagen. Tess hatte ihn wegzerren müssen.

»Frankie«, sagte Tess. »Bobby hat uns erzählt, Sie studieren an der Abendschule? Das ist bestimmt …«

»Diese Heirat kommt zu früh«, unterbrach Marco und verschränkte die Arme. »Sie sind zu jung. Ich muss Sie fragen« – er zeigte auf Kit –, »woher sollen wir wissen, dass Ihr Bobby Frankie nicht nur wegen des Geldes heiratet?«

»Ich muss doch bitten.« Tess sah zwar, dass Kit ein unverändertes Pokerface zur Schau stellte, aber an den Flecken auf seinen Wangen konnte sie erkennen, dass er vor Wut kochte.

»Ein – wie sagen Sie noch? –, ein Goldgräber.«

»Wie können Sie es wagen …«, sagte Kit ruhig. Er platzierte sein Glas präzise auf dem Lacktisch neben sich, richtete die Scheibe am Fuß des Glases genau an der Kante der goldenen Linie aus. Er betrachtete es und verschob es ein klein wenig, während sich die Sehne in seinem Hals anspannte. »Unser Sohn ist ein feiner Mensch, der aus gutem Hause stammt …«

»Er mag ja vielleicht einen guten Stammbaum haben, aber keinen guten Kontostand«, unterbrach Marco ihn.

»Moment, ich habe das vertraulich erzählt.« Bobby wandte sich ihm zu. »Außerdem habe ich gesagt, dass ich für Frankie sorgen werde. Wirklich! Ich werde, verdammt noch mal, der beste Anwalt in der Stadt …« Tess fragte sich, ob er Marco wohl gleich einen Schlag verpassen würde. »Von mir aus können wir gerne einen Ehevertrag aufsetzen. Ich will keinen verdammten Cent von Frankies Geld.«

»Verzeihen Sie dem Bruder meines Mannes.« Claudia legte Marco die Hand auf den Arm. »Roberto ist ein guter Junge, Marco.«

Roberto?, dachte Tess. Sie staunte über dieses Leben ihres Sohnes, diese Familie, zu der sie nicht gehörte. Früher einmal war ihr Leben so eng mit dem ihres Sohnes verbunden, dass kein Blatt Papier zwischen sie passte. Sie war alles, was er wollte, alles, was er brauchte. Sie erinnerte sich noch, wie sie ihn als Baby auf der Hüfte getragen hatte, wie er zusammengerollt wie eine Schnecke auf ihrem Bauch geschlafen hatte. Sie erinnerte sich an Sommersprossen und aufgeschürfte Knie und daran, wie sie winzige, vollkommene Nägel geschnitten hatte wie kleine silberne Mondsicheln. Niemandem auf der ganzen Welt war sie näher gewesen, wurde ihr bewusst. Bei ihrer eigenen Mutter hatte es immer Kindermädchen gegeben, die ihr die Haare bürsteten und die Nägel schnitten. Mit Bobby sollte es anders sein. Er gehörte ihr, und sie gehörte ihm. *Und jetzt gehört er ihr,* dachte sie und betrachtete Frankie mit einem kleinen, wehmütigen Lächeln. Sie hatte gespürt, wie er sich mit der Zeit immer weiter entfernte. Sie blickte aus dem Fenster, dachte an die Rakete, an den Weltraum. *Roberto.*

»Du musst dich nicht für mich entschuldigen«, sagte Marco und trank einen Schluck Wasser. Tess betrachtete sein Spiegelbild im Fenster. Er starrte mit grimmiger Miene die Skyline an, und seine Finger zuckten ungeduldig, als würde er zum Takt der Musik klopfen. Oder betrachtete er wiederum ihr Spiegelbild? Sie wandte rasch den Blick ab. »Als Oberhaupt der Familie ist es meine Pflicht, sicherzugehen, dass die Kinder meines Bruders gut heiraten. Sie sollen geeignete Partner haben.«

Ein geeigneter Junge? Tess musste in Anbetracht dieser Entwicklung unwillkürlich lächeln. Bobby würde sich wunderbar schlagen, das wusste sie. Sobald er sprechen gelernt hatte, konnte er sich mit Charme und Argumenten durchsetzen, er war ein geborener Anwalt. *Aber Kit.* Tess fragte sich, ob ihr Mann wohl gleich einen Herzinfarkt bekommen würde.

»Mr Affini, ich kann Ihnen versichern …« Bobby setzte sich auf einen Barhocker. Tess bemerkte, dass er sich bemühte, lässig und ungerührt zu wirken.

»Spar dir das, Bobby«, bellte Kit. »Du musst dich vor … vor so einem Schuster nicht rechtfertigen.« Marco drehte sich langsam zu Kit. »Ihre Nichte könnte sich glücklich schätzen, meinen Sohn zu heiraten.«

»Aber, Dad, du verstehst das nicht.« Bobby schwang auf seinem Barhocker herum. »Mr Affini macht sich völlig zu Recht Gedanken. Die Affinis besitzen nämlich eine der erfolgreichsten Schuhfabriken in Italien.«

»Du hast behauptet, sie hätten ein Café«, sagte Kit.

»Das dachte ich auch, bis ich mit Marco und Claudia gesprochen habe, um um Frankies Hand anzuhalten.«

Tess erinnerte sich, wie Bobby einmal eine von Kits wertvollen Staffordshire-Figuren kaputt gemacht hatte. *Er hat damals gelogen, und er lügt auch jetzt.*

»Die Bar in der Mulberry Street gehört mir«, sagte Claudia. Sie warf Tess einen kurzen Blick zu. »Was soll ich denn tun, nachdem mein Mann gestorben ist? Den ganzen Tag herumsitzen und mich bemitleiden?« Sie warf den Kopf zurück und tat diese lächerliche Vorstellung mit einer Geste ihrer tadellos manikürten Hand ab.

»Ich habe keine Kinder«, sagte Marco. »Das Unternehmen wird eines Tages Francesca und ihren Brüdern gehören. Sie wird eine wohlhabende Frau sein.« Tess blickte aus dem Augenwinkel zu Kit hinüber und dachte an die Comiczeichnungen, bei denen sich Dollarzeichen in den Augen der Figuren drehten.

Bobby sprang auf. »Mr Affini, wie ich neulich schon zu Ihnen gesagt habe, ich liebe Ihre Nichte« – er wandte sich Claudia zu –, »Ihre Tochter, von ganzem Herzen.« Frankie stand auf und griff nach seiner Hand. »Es wäre mir egal, wenn sie keinen Penny besitzen würde. Ich will den Rest meines Lebens damit verbringen, für sie zu sorgen und sie zur glücklichsten Frau der Welt zu machen. Ich werde hart arbeiten, um ihr alles zu geben, was Sie sich für sie wünschen – Sicherheit, Glück und Liebe.«

»Das reicht, Onkel Marco. Ich liebe Bobby.« Frankie stand erhobenen Hauptes an seiner Seite und bot ihrem Onkel Paroli. »Er muss sich nicht verteidigen, und seine Familie auch nicht. Ich habe mich für ihn entschieden, verstehst du? Wenn dir das nicht gefällt, kannst du dein Erbe vergessen …«

»Francesca …«, sagte Marco.

»Nein. Ich meine das ernst. Bobby ist ein guter Mann. Zweifelst du wirklich an meinem Urteil?« Frankies Stimme wurde sanfter. »Ich habe mein ganzes Leben zu dir aufgeblickt. Glaubst du wirklich, ich würde jemanden wählen, der dir nicht ebenbürtig ist?«

Leidenschaft, dachte Tess. *Da ist sie. Das ist gut für die beiden.* Sie wandte sich Marco zu und legte Bobby die Hand auf den Arm. »Ich kenne meinen Sohn«, sagte sie fest und blickte von Marco zu Claudia. »Wir haben ihn zu einem guten Menschen erzogen, freundlich und treu, mit festen Moralvorstellungen. Er ist klug und intelligent und fleißig, und ich bin sehr, sehr stolz auf ihn.« Sie sah Frankie an. »Wenn ihr ineinander verliebt seid, dann freut mich das für euch. Sehr.« Ihr versagte die Stimme. Frankie nahm ihre Hand und drückte sie. Tess sah Frankie in die Augen. »Meinen Segen habt ihr.«

»Das genügt«, sagte Claudia. »Frankie heiratet Bobby, aber sie heiratet auch seine Familie. Sieh doch, Marco – sieh doch, wie viel Liebe hier ist.«

»Allora …«, seufzte Marco und betrachtete Tess schweigend. »Ich hoffe, du weißt, was du tust«, sagte er schließlich zu Frankie.

Weiß das irgendeiner von uns?, dachte Tess und erwiderte seinen Blick standhaft. *Meine Eltern wirkten früher immer so erwachsen. Sie schienen alles im Griff zu haben. Ob sie wohl genauso verwirrt und verloren waren, wie ich mich jetzt fühle?* Vor einer Weile hatte sie zu Kit gesagt: *Wir sind jetzt so alt wie meine Eltern, als wir uns kennengelernt haben, als sie starben. Ich fühle mich nicht erwachsen, du?*

Marco wandte sich um und sah Bobby an. »Denk dran, Roberto, ich lebe vielleicht nicht mehr lange genug, um eure Kinder heranwachsen zu sehen, aber die Familie …«

»Die Familie?«, sagte Kit bedeutungsschwanger.

»Ja.« Marco zuckte die Schultern. »Die Familie.«

»*Basta,* Marco!« Claudia erhob sich. »Das reicht jetzt.«

Marco neigte den Kopf zu Tess. »Nicht alle Italiener sind Mafiosi. Ich meinte nur, dass Francesca sieben Brüder hat. Ich werde euch im Auge behalten – und dann werden sie euch im Auge behalten. Wenn du dich Frankie gegenüber danebenbenimmst, dann …« Er ballte die Faust und boxte Bobby leicht gegen das Kinn. Zuerst lachten alle, aber hinter dem Spaß sah Tess etwas in seinen Augen, das Adrenalin durch ihren Körper pumpte. Eine gewisse Ruhe. Stärke, Gewalt. Sie dachte an Schwarzpulver, Kordit, Feuerwerk über der Bucht.

»So. Genug. Frankie hat sich entschieden. Diese jungen Leute sind verliebt und wollen heiraten. Es ist abgemacht. Wenn Sie zustimmen«, sagte Claudia zu Kit und Tess, »dann hätten wir gerne, dass die Hochzeit so bald wie möglich stattfindet, solange Marco noch hier ist. Wir möchten, dass er als Familienoberhaupt die Braut übergibt.«

»Bist du katholisch?«, fragte Marco Bobby.

»Protestantisch. Genauer gesagt, gehöre ich der Church of England an.« Bobby hielt seinem Blick stand. »Ist das ein Problem?«

»Aber wir heiraten in Our Lady of Grace«, mischte sich Frankie ein. Sie blickte rasch von Claudia zu Marco und drückte Bobbys Hand. »Wir heiraten da, wo ich aufgewachsen bin, wo unsere Familie lebt und wo unsere Kinder großgezogen werden, so wie ich.«

»Was halten Sie davon?« Marco drehte sich langsam Kit zu.

»Ich? Ich bin Atheist, mein Lieber. Was den Ort betrifft, so wäre uns Manhattan natürlich lieber, weil viele unserer Freunde hier wohnen. Aber wir werden uns hinüber nach Queens wagen.« Tess stellte sich vor, wie sich Kit in Tropenhelm und Safarianzug über die Park Lane auf den Weg machte, und biss sich auf die Lippen, um nicht zu lachen. Sie warf einen kurzen Blick zu Marco und bemerkte, dass er sie ansah, die Augenbrauen fragend und amüsiert angehoben.

»Howard Beach ist ein gutes Viertel«, sagte Claudia fest und blickte Kit dabei an. »Unsere Familie, unsere Freunde sind dort.«

»Natürlich.« Kit machte eine lässige Geste. »Für mich ist nur das Hier und Jetzt wichtig, und dass diese beiden jungen Leute sich lieben.« *Unsinn,* dachte Tess. *Dir ist doch nur wichtig, ob das verdammte Howard Beach die Hoffmans genügend beeindruckt.*

Was halten Sie davon?, dachte Tess, als sie mit einem schweren Stoffbündel über den Armen durch den beleuchteten Korridor ging. *Was halte ich davon? Ich bin diejenige, die Bobby jede Woche in die Sonntagsschule gebracht hat, die ihn taufen ließ.* Zum ersten Mal seit langer Zeit dachte sie an Reverend Hardy. *Philip.* Sie dachte an ihr ungezwungenes Gelächter. Wie sie an Weihnachten Girlanden gebastelt hatten, dachte an Weihnachtslieder, an von Laternen beleuchtete Gesichter. Sie dachte an das Rot der Beeren von Stechpalmen, an das Rot ihres Lippenstifts. Irgendwo hatte sie ein Foto, es steckte in einem alten Buch von Georgette Heyer, eine Gruppenaufnahme mit ihr und Philip in der Mitte. Sie strahlte innerlich, lächelte. *So habe ich seit Jahren nicht mehr gelächelt,* dachte sie. *Glücklich. Ich war glücklich mit ihm. Ich hätte mit ihm glücklich sein können.* Sie erinnerte sich, wie sie im Februar über den Kirchhof gegangen waren, vor ihnen ein Konfettiteppich aus lilafarbenen Krokussen und Schneeglöckchen. Es war wunderschön. Sie blieb auf der Schwelle zum Wohnzimmer stehen und schloss die Augen, um sich wieder zu fassen. Die Vergangenheit überfiel sie und zog an ihr wie eine Welle. *Ich kann das.*

»Bevor wir aufbrechen, habe ich noch ein Geschenk für dich, wenn du es möchtest«, sagte Tess lächelnd zu Frankie. Sie blickte hinüber zur Bar, wo sich Kit, Marco und Bobby unterhielten. »Du musst es nicht annehmen, vielleicht gefällt dir ja die Farbe nicht, aber ich habe es aufgehoben. Wahrscheinlich habe ich gehofft, dass ich eines Tages eine Tochter bekommen würde …«

»Und jetzt ist es so weit«, sagte Frankie und nahm Tess' Hand und die Hand ihrer Mutter. »Meine Ma hat immer zu mir gesagt, pass auf, wie ein Junge über seine Mutter redet und wie er sie behandelt. Die Art, wie ein Mann mit seiner Mutter umgeht, verrät viel über ihn. Bobby liebt Sie über alles, Mrs Blythe.« Irgendwie passte das nicht ganz zusammen. Tess spürte, dass das Mädchen es gut meinte, aber am liebsten hätte sie geschrien: *Das weiß ich. Natürlich liebt er mich über alles, wir könnten einander nicht näher sein.* Stattdessen lächelte sie.

»Ich hoffe, wir werden alle gute Freunde.«

»Das hoffe ich auch«, sagte Tess, und sie meinte es ernst. »Und sag doch bitte Tess zu mir.« Sie kniete sich neben den Sofatisch und schlug den nach Lavendel duftenden Stoff auf. »Meine Mutter hat viel zu viel Seide für mein Hochzeitskleid gekauft. Jetzt findet er endlich Verwendung, aber nur, wenn er dir gefällt.« Die ganzen Jahre über hatte der meterlange Seidenstoff wie ein Vorwurf zusammengefaltet in Tess' Zedernholztruhe gelegen. All die Taufen, zu denen es nie kam, Phantomtöchter, deren Kleider nie geschneidert wurden.

»Wie schön!«, sagte Frankie und hob die schwere austerngraue Seide hoch.

»Was für eine Qualität!« Claudia nahm ihr den Stoff ab und drapierte ihn um das Dekolleté ihrer Tochter. »Die Farbe steht dir ausgezeichnet.«

»Zu dir passt es viel besser als damals zu mir.« Tess zeigte auf einen silbernen Rahmen auf dem Klavier. Frankie sprang auf und brachte das Bild zu ihrer Mutter. »Das wurde auf der Treppe des *Peninsula Hotel* in Hongkong aufgenommen.« Der Wind hatte Tess' Kleid zu einer Wolke aus Seide und Chiffon aufgebläht. Kit hatte sich ihr zugewandt, sie lächelten, lachten. *Unbeschwert.*

»Wie glücklich ihr seid!«, sagte Frankie.

»Sind Sie das?« Marco zeigte auf eine verblasste sepiafarbene Aufnahme von einem jungen Mädchen im Matrosenanzug, das vor einem alten schwarz-weißen Haus steht.

»Ja«, sagte Tess. »In dem Haus bin ich aufgewachsen, auf dem Peak.«

»Ich mag diese kleinen Hunde«, sagte Marco und rief Looty. »Wie heißen sie noch?«

»Pekinesen«, erklärte Tess. »Ich hatte immer einen. Das sind so treue kleine Kerle. Mein Hund Bingo ist gerade gestorben, deshalb hat Kit mir Looty geschenkt.«

»Das tut mir leid.« Marco blickte sie an. »Sie sind wie ein Teil der Familie.«

»Marco mag Hunde lieber als Menschen«, sagte Claudia lachend.

»Und das ist Roberto?« Marco beugte sich vor und betrachtete ein Babyfoto. Er stand so nahe bei Tess, dass sie seine Wärme spürte, den Duft von Sandelholz, frisch gewaschenem Stoff.

»Kaum zu glauben, dass ich ihn einmal auf dem Arm tragen konnte«, sagte Tess. *Roberto?*

»Ach, Mom.« Bobby nahm Frankie in die Arme.

»In solchen Momenten dürfen Mütter sentimental sein«, sagte Claudia. »Jeder meiner sieben Jungs …«

»Sieben?« Tess kam sich irgendwie unzureichend vor. Sie sah sich auf der Bühne, ein kleines weißes Strichmännchen, ein Zwerg im Vergleich zu einem aufragenden, sinnlichen, im Scheinwerferlicht stehenden Symbol der Weiblichkeit. Claudia, eine Venus, ausgestattet mit Pelzen und hohen Absätzen.

»Rocco ist der Älteste. Dann zweimal Zwillinge …«, fuhr Claudia fort, ohne dass ihr beiläufiger Tonfall ihren Stolz verborgen hätte.

»Meine Güte!«

»Fünf Kinder unter fünf Jahren.« Claudia schüttelte den Kopf. »Manchmal frage ich mich, wie ich das geschafft habe. Dann kamen die beiden Jüngsten. Jede Nacht sind sie alle zu meinem Herzschlag eingeschlafen.« Sie klopfte sich auf die Brust. »Und dann schließlich kam Frankie, meine kleine Prinzessin, mein kleines Mädchen.« Claudia legte den Kopf schief. »Finden Sie nicht, sie sieht aus wie Natalie Wood?«

»Hör auf, Ma!«, rief Frankie.

»Haben Sie schon die *West Side Story* gesehen?« Claudia wiegte sich in den Hüften und schnippte mit den Fingern. Kit bekam große Augen. »Sie müssen das sehen.« Claudia neigte sich zu Tess. »Wenn Sie einen guten Friseur brauchen, dann können wir zusammen einen Termin bei Alfredo's machen. Er ist ein Genie.« Nachdenklich runzelte sie die Stirn. »Für dich stelle ich mir eine florentinische Madonna vor, Frankie. Ich habe es gerade in Good Housekeeping gesehen. Sie scheiteln die Haare so ...« Sie deutete einen Mittelscheitel an. »Dann nehmen sie sie hoch und stecken die Spitzen zu einer Banane fest. Das würde dir gut stehen, mein Schatz. Ganz edel.«

»Ach, Ma.« Frankie sah auf ihre Hände hinab. Tess warf Kit einen Blick zu. Er bildete mit den Lippen lautlos das Wort *»edel«* und verzog das Gesicht. Tess zog warnend die Augenbrauen hoch.

»Für meine Frankie nur das Beste.«

»Ihre Schuhe gefallen mir sehr«, sagte Tess zu Claudia, während sie ihr half, den Stoff wieder zusammenzulegen.

»Die sind toll, nicht wahr? Marco hat sie mir vor Jahren gemacht.« Claudia drehte den Fuß hin und her. Tess hörte den Stolz in ihrer Stimme. »Er macht natürlich keine Schuhe mehr selbst, er entwirft sie nur. In den Fabriken in Italien arbeiten Hunderte von Leuten für uns.« Sie drückte Tess' Hand. »Aber er muss Ihnen Schuhe für die Hochzeit machen.«

»Das geht doch nicht.«

»Nach Ihrem Geschenk ist dies das Mindeste, was wir tun können. Marco ist der beste Designer von ganz Italien.« Claudia starrte Tess' Füße an. »Ziemlich groß, nicht?«

»Mir fällt es immer unglaublich schwer, Schuhe zu finden.« Tess verriet ihr Geheimnis. »Das ist im wahrsten Sinne des Wortes meine Achillesferse.« Sie lachte verlegen, als Claudia und Frankie ihre Füße anstarrten, all die Jahre der Scham stürzten auf sie ein. Wie hatte diese Frau so schnell ihre Schwachstelle entdeckt? Claudia schritt durch das Wohnzimmer, und ihre schmalen Absätze klackten auf dem polierten Parkett. Sie redete auf Italienisch auf Marco ein, der reserviert wirkte und sichtlich verlegen die Schultern zuckte. Tess' Nervosität zog sich in ihrer Brust zusammen und kristallisierte dort, sie wünschte, sie könnte sie wie einen Pfeil ausstoßen und die Frau verstummen lassen. *O Gott, sei doch still, bitte … hör auf!* In ihrer Vorstellung fiel der Panther vom Baum und wurde vom Dschungel verschlungen.

»Marco«, sagte Claudia schließlich auf Englisch, »keine Diskussion. Ich habe gesagt, du musst Mrs Blythe ein Paar Schuhe machen.«

»Bitte, sagen Sie doch Tess«, rief Tess und versuchte, unbekümmert zu klingen.

»Aber mein ganzes Werkzeug ist in Italien.«

»Du hast schon in der Werkstatt hier gearbeitet, das weiß ich.«

»Ich wollte in der übrigen Zeit eigentlich noch ein bisschen von New York sehen.«

»Vielleicht wäre Mrs Blythe so freundlich, dich danach herumzuführen?«

»Nein, das ist undenkbar. So überstürzt kann ich keinen Schuh entwerfen.«

»Wir haben nur wenig Zeit«, sagte Claudia, freundlicher jetzt. »Na los, amüsiert euch. Wir müssen alle arbeiten, die jungen Leute sind im College, Mrs Blythe' Tanzschule hat tagsüber nicht geöffnet, das stimmt doch, oder?« Tess nickte, unfähig, zu protestieren. »Das wäre doch in Ordnung?« Sie blickte von Kit zu Tess. »Sie können Marco die Sehenswürdigkeiten zeigen, bevor er nach Italien zurückkehrt? Hey, vielleicht könnten Sie ihm sogar ein paar Tanzstunden geben. Was sagst du dazu, Marco? Du willst doch die Familie nicht blamieren, wenn du mit Frankie tanzt?« Claudia lachte über ihren eigenen Witz.

»Ich tanze nicht«, erklärte Marco.

»Wo wir gerade davon reden, gehen wir doch alle ins Pep.« Bobby lachte über Kits Gesichtsausdruck. »In die *Peppermint Lounge.* Das ist ein Club auf der anderen Seite der Stadt.« Bobby nahm Frankie an der Hand und twistete weg von ihr. »Lebt ein bisschen. Na los, was haltet ihr davon?«

5

Die Reihe der auf Einlass Wartenden erstreckte sich bis zum Broadway, Gruppen von Teenagern, die sich in der kühlen Nachtluft zusammendrängten und sich zu der Rock-'n'-Roll-Musik bewegten, die durch die offenen Türen der *Peppermint Lounge* dröhnte. Zwei NYPD-Streifenwagen hielten an, mit eingeschaltetem Blaulicht. Tess betrachtete die Polizisten, ihre Silhouetten vor dem Dampf, der von den Gehsteigen aufstieg. Sie winkten, bliesen in ihre Pfeifen, versuchten, das Verkehrschaos quer durch die Stadt in den Griff zu bekommen. Musikfetzen pulsierten in ihr. Sie malte sich aus, wie die Männer auf die Dächer ihrer Autos sprangen und die Arme im Rhythmus der Musik hoben.

»Ist das immer so, Bobby?« Kit bog schützend eine Hand um sein Feuerzeug, um Claudia Feuer zu geben. Er trat zur Seite, als ein Mann im Smoking seine mit einem Pelzmantel bekleidete Frau ans vordere Ende der Wartereihe führte. »Ich bin in der falschen Branche.«

»Aber klar.« Er hob das Kinn und sah Frankie über die Köpfe der Menschen hinweg, die vor ihnen standen, an. Sie winkte wie wild und bedeutete ihnen, nach vorn zum VIP-Eingang zu kommen.

Tess ließ ihre weiße Samtstola von den Schultern rutschen. Die kühle Herbstluft strich ihr sanft über den Hals. Sie fühlte sich lebendig, beflügelt vom Kreischen der Sirenen, dem Puls des nächtlichen Stadtverkehrs, dem Hupen, der Musik aus dem Club. Der Türsteher nahm die schwere rote Kordel ab und geleitete sie hinein.

»Gut gemacht, Kleines«, sagte Claudia und gab Frankie einen Kuss auf die Wange, während sie sich nach drinnen drängte. Tess folgte ihr, ihre Augen gewöhnten sich langsam an das düstere Licht in dem Club. Der Geruch von Whiskey, Rauch und Schweiß erregte sie, die Bässe schlugen in ihrem Herz. Auf der Bühne spielten Joey Dee and the Starliters *Peppermint Twist,* und unter ihren Füßen bebte die Tanzfläche: Menschen, die die Arme in die Luft streckten und die Hüften kreisen ließen. »Sehen Sie, meine Frankie hat Connections.« Claudia ergriff Tess am Arm, als sie zu ihrem kleinen Tisch am Rand der Tanzfläche geführt wurden. »Wollen wir einen Cocktail trinken?«, fragte Claudia. »Martini?« Tess nickte lächelnd. Kit zog die Stühle heraus und setzte sich, um das Schauspiel zu genießen. Tess fiel auf, dass Marco sich an der Bar mit zwei Italienern in dunklen Anzügen unterhielt. Hinter ihnen führten die drei Barkeeper ihre eigene Choreografie auf, und ihre Spiegelbilder tanzten in den verspiegelten Wänden, die Chivas-Flaschen hoch erhoben, aneinander vorbei.

»Was ist das denn für ein Lärm?«, fragte Kit.

»Das war die heißeste Band in New Jersey, Dad …«, begann Bobby.

»Da hätten sie von mir aus auch bleiben können. Das ist ja obszön.« Kit konnte den Blick nicht von den Tanzenden abwenden.

»Du bist aber prüde.« Tess beugte sich vor und stützte das Kinn auf die Hand. »Ich finde, es macht Spaß.«

»Sieh dir dieses Mädchen an, das da davonwirbelt.« Kit schlug die Beine übereinander und machte dem Kellner Platz, damit er die Gläser auf den Tisch stellen konnte.

Welch ein Spektakel, dachte Tess, und eine kalte Welle der Übelkeit erfasste sie.

»Ich habe gesagt …«

»Ich habe gehört, was du gesagt hast.« Plötzlich war sie wütend. »Ich finde das großartig. Warum sollten junge Mädchen und Jungen nicht einfach zu jeder verdammten Musik tanzen, die ihnen gefällt.«

»Na, na«, sagte Marco, der neben Tess stand.

»Sollen wir ihnen zeigen, wie es geht, Mom?«, fragte Bobby. Er ließ die Hüfte kreisen und verdrehte die Hände dazu. »Man muss sich nur vorstellen, man tritt eine Zigarette mit dem großen Zeh aus.«

»Ach, zieht ihr jungen Leute doch los und tanzt«, sagte Tess. »Ich sehe gerne zu.«

»Sie sollten tanzen, Tess!«, sagte Claudia und zeigte mit einer einladenden Geste auf Marco. »Tanz mit ihr, Marco.«

Tess lächelte. Ihre Miene verriet nichts, aber sie nahm sich immer noch in Acht vor ihm.

»Ich tanze nicht«, sagte Marco.

»Kein Problem, wirklich.« Tess trank einen Schluck von ihrem Martini und versuchte, Marco nicht anzusehen, während Claudia in schnellem Italienisch auf ihn einredete.

»Entschuldigung, ich habe das zufällig mit angehört.« Ein blonder junger Mann am Nachbartisch wandte sich zu ihnen um. »Darf ich?«, fragte er Kit.

»Ich halte das nicht für angemessen …«, setzte Kit an.

Tess warf ihm einen kurzen Blick zu und ergriff die Hand des Jungen. »Es ist nur ein Tanz, Kit. Herrgott noch mal!«

»Na los«, sagte Claudia und scheuchte sie zur Tanzfläche.

»Frankie kellnert hier?«, fragte Kit Claudia. Er sprach lauter, um die Musik zu übertönen.

»Kellnerinnen, Tänzerinnen, alle Mädchen machen so was. Ich schätze, so ist Ihr Bobby auf Frankie aufmerksam geworden.«

»Das ist ja nicht die gesündeste Art …« Er sprach den Satz nicht zu Ende. »Meine Güte, ist das da Tennessee Williams?«

»Sogar englische Dukes mischen sich hier unters gemeine Volk.« Claudia lachte. »Haben Sie das noch nicht gehört?«

»Dukes?«

»Hören Sie, meine Frankie ist ein braves, ein hart arbeitendes Mädchen«, sagte Claudia. »Das sind alle diese Mädchen. Die meisten gehen aufs College. Und fast alle hier stammen sowieso aus der feinen Gesellschaft.« Sie zeigte zum VIP-Bereich. »Keine Sorge, da sind genügend Leute, die auf sie aufpassen. Ich wollte nicht, dass sie mit einem Silberlöffel im Mund aufwächst, verstehen Sie? Ich wollte sie nicht verziehen. Sie sollte sehen, was die meisten Menschen tun müssen, um sich ihren Lebensunterhalt zu verdienen, wie hart sie arbeiten …«

»Ich kann mir nicht vorstellen, dass sie das nach der Hochzeit noch weitermachen wird.«

»Wenn Frankie arbeiten will, dann tut sie es«, erwiderte Claudia entschieden. »Aber keine Sorge, sie wird eine gute Ehefrau sein.«

»Das hat Spaß gemacht«, sagte Tess, als sie nach dem Ende des Songs wieder an den Tisch zurückkam. Sie war aufgekratzt, die Hitze auf der Tanzfläche und der Rhythmus der Musik pulsierten noch in ihr. Tess suchte nach ihrem Sohn, aber Frankie und Bobby waren unter den Tanzenden geblieben. Die Band spielte das nächste Stück, und Frankie drehte sich weg von Bobby, warf einen kurzen Blick zu ihm, forderte ihn heraus, ihr zu folgen.

»Danke«, sagte Tess, als der junge blonde Mann ihr den Stuhl herauszog.

»Ganz meinerseits.« Er wich zurück.

»Obszön ist das«, murmelte Kit. Er hob den Kopf wie ein Erdmännchen, das den Horizont absucht. »Entschuldige mich. Ich glaube, ich habe gerade einen Kunden entdeckt.«

»Geben unsere Kinder nicht ein schönes Pärchen ab?« Claudia beugte sich zu Tess, damit Kit den Tisch verlassen konnte. »Ach, wissen Sie, manchmal fehlen mir meine Kleinen, Ihnen nicht?« Sie tat so, als hielte sie ein Baby. »Wie fest und schön sie waren.« Sie schlang die Arme um sich. »Sie passten genau auf die Hüfte wie eine Muschel. Jetzt habe ich natürlich einen ganzen Haufen Enkelkinder.« Tess hörte den Stolz in ihrer Stimme. »Warten Sie nur, das ist wunderbar. Sie haben den ganzen Spaß *und* können sie wieder zurückgeben.«

»Lustig. Genau das habe ich mir gerade gedacht.« Tess' Blick folgte Frankie und Bobby, die durch den Raum tanzten.

Claudia lächelte. »Ach, wenn ich sie manchmal ansehe, wenn ich Frankie jetzt ansehe, dann sehe ich in ihnen noch das Baby, das sie einmal waren, und ich erinnere mich …« Sie blinzelte rasch. »Empfinden Sie nicht auch die körperliche Freude, wenn Sie in ihrer Nähe sind? Ich liebe es, wenn ich alle meine Babys zusammen im Haus habe und wir unter uns sind. Das fühlt sich so an, als wäre alles so, wie es sein soll. Wenn einer von ihnen weg ist, kommt es mir vor, als hätte ich einen Teil von mir verloren. Etwas fehlt.«

Tess sah Bobby an und fragte sich, ob sie jemals diesen unkomplizierten Stolz und diese Freude über ihn empfunden hatte. Sie hatte immer das Gefühl gehabt, sie würde ihn verteidigen, sogar vor sich selbst. »Ja«, sagte sie, »ich weiß genau, was Sie meinen.«

»Natürlich werden wir bald Großmütter«, fuhr Claudia fort und lachte freudig. »Die Hochzeit wird perfekt.« Ihre Miene wurde weich, als Frankie ihr von der Tanzfläche aus zuwinkte und sie zurückwinkte. »Im Gegensatz zu meiner.« Sie spitzte die Lippen und wandte sich Tess zu. »Aber genug davon. Wo haben Sie geheiratet?«

»In Hongkong«, sagte Tess.

»Wie romantisch. War es Liebe auf den ersten Blick?«

»Kit war der Einzige, der groß genug für mich war«, erwiderte Tess ausdruckslos. Ihr fiel Claudias Verwirrung auf. »Ich habe ihn natürlich angehimmelt. Wir waren lange befreundet, bevor wir geheiratet haben.«

»Wie haben Sie sich kennengelernt?«

»Kit hat mich jahrelang nicht bemerkt, aber ich war von ihm hin und weg, sobald ich ihn gesehen hatte. Er war in einer Parade, in Uniform …«

»Er war bei der Navy wie Ihr Vater? Bobby sagte, sein Großvater sei Kapitän gewesen?«

»Kit war bei der ›navy wavy‹, wie es hieß, das sind die Freiwilligen. Aber er hat sich schon damals für Antiquitäten und Design interessiert und ein Import-Export-

Geschäft aufgebaut.« Tess schloss einen Moment lang die Augen und dachte an ihr Entsetzen, als ihr klar wurde, dass Kit sehr viel Geld durchgebracht hatte. Ihr wurde übel und schwindelig bei der Erinnerung. *Das Einzige, was er exportiert hat, war Geld von meinem Bankkonto.* »Er hat geholfen, das Haus eines Freundes meiner Eltern auszustatten« – sie räusperte sich –, »und ich war eines Tages zum Tennis dort.« Sie blinzelte. »Das Erste, was er je zu mir gesagt hat, war: ›Sie haben den elegantesten Aufschlag, den ich je gesehen habe, Miss Montgomery.‹«

»Das klingt wie aus einem Film! Findest du nicht, Marco? Ich habe gesagt, das klingt, als wäre es aus einem Film.« Claudia sprach lauter. »Ich stelle mir Cary Grant und Katharine Hepburn vor.«

»Es kommt mir vor wie eine Ewigkeit«, sagte Tess. »Unsere Flitterwochen haben wir auf den Philippinen verbracht. Das war wohl ziemlich romantisch. Die Tage auf dem Meer, ständig spielte Cole Porter, und wir schliefen an Deck, um der Hitze in den Kabinen zu entrinnen.« Ihr wurde bewusst, dass Marco sie betrachtete, und sie blickte ihn über ihr Glas hinweg an. Er wandte den Blick nicht ab. »Wenn man zum ersten Mal in den Osten segelt, nimmt man unwillkürlich einen bestimmten Duft wahr, es riecht nach Blüten und würzigem Holz. Ich glaube, er dringt ins Blut ein und verschwindet nie mehr ganz. Ich erinnere mich noch daran, als ich das erste Mal den Hafen von Hongkong gesehen habe – all die Dschunken und Sampans, die im Mondlicht auf dem Wasser trieben.«

»Hongkong«, meinte Claudia. »Wie exotisch. Es war bestimmt wunderschön. Sie müssen wunderschön gewesen sein.« Sie griff nach einer Zigarette. »Leben Ihre Eltern hier? Werden sie zur Hochzeit kommen?«

»Nein.« Tess hielt kurz inne. »Sie sind leider während des Krieges gestorben.«

»O *Madonna,* das tut mir sehr leid. Und, Kit?« Sie blickte auf, als Kit sich wieder zu ihnen gesellte. »Haben Sie Familie?«

»Ich stehe meinen Eltern nicht sehr nahe«, antwortete Kit.

»Aber sie leben noch? Sie wollen doch sicher zur Hochzeit ihres Enkels kommen?«

»Ich bezweifle, dass sie bereit wären, Berkshire zu verlassen. Mein Vater verabscheut mich – zumindest war es so, als ich ihn 1937 zum letzten Mal gesehen habe. Er mochte Veränderungen noch nie, deshalb kann ich mir nicht vorstellen, dass er selbst sich geändert hat. Und meine Mutter reifte schön wie ein billiger Wein ...«

Bitter und unbeachtet, dachte Tess, als Kit den vertrauten Satz mit einem lakonischen Lächeln untermalte. *Versandet mit den unerfüllten Versprechungen.* Sie biss sich auf die Innenseite der Wange. *Wie es sich mit Kits Familie wohl tatsächlich verhielt?*

»Ach!« Claudia hob eine perfekt modellierte Augenbraue. »Aaach.«

»Haben Sie Geschwister?«, fragte Marco.

»Nein. Ich bin ein Einzelkind, aber ich kann mir vorstellen, wenn ich Brüder und Schwestern gehabt hätte, dann hätte ich mich auch mit ihnen überworfen. Ich sage immer, es gibt einen Grund, warum man sich mit seinen Geschwistern verkracht.« Kit sah ihn vielsagend an. »Das streut den Genpool.«

»Kit hat keinen Kontakt zu seiner Familie, und ich war auch ein Einzelkind«, erklärte Tess, die sich wünschte, er würde den Mund halten.

»Wir sind zwei glückliche Waisenkinder, die sich gefunden haben.« Kit nahm Tess' Hand. Sie hoffte, ihr Lächeln wirkte echt. *Lächle immer so, als würdest du es empfinden* – hörte sie die Stimme ihrer Mutter. *Lächle mit den Augen.* »Wir haben viele Freunde, die wie eine Familie für uns sind und die sich freuen werden, mit Bobby und Frankie zu feiern. Tess gibt Ihnen eine Liste, nicht wahr, Schatz?« Kit wandte sich ihr zu. »Wenn du sie nicht schlagen kannst, schließ dich ihnen an. Wollen wir?«

Kit führte Tess durch die Menge von Menschen, die zu *Ya* twisteten, und begann, einen gemächlichen Two-Step mit ihr zu tanzen. »Was ist denn das für ein Gewäsch? Was soll ›la la‹ bitte bedeuten?«

»Herrgott, Kit! Sei nicht so kritisch«

»Damit hast du ja wohl kein Problem. Ein zweiter Martini?«

»Marco hat noch eine Runde bestellt. Es wäre unhöflich gewesen abzulehnen.«

»Kein Grund, sich bei ihm einzuschmeicheln. Stell dir nur vor, was für eine Frechheit von dem Mann, anzudeuten, Bobby wäre nicht gut genug …«

»Sieh sie dir an«, sagte Tess, und Kit wandte den Kopf, um Frankie und Bobby zu beobachten.

»Sind sie nicht fantastisch?« Sie dachte kurz nach. »War es das? War das der Auslöser, als du gehört hast, Bobby hätte jemanden kennengelernt?«

»Man fühlt sich nie so alt wie beim Anblick einer jungen Liebe.« Ein entschlossener Ausdruck trat auf Kits Gesicht wie ein Sonnenstrahl, der auf einer Messerklinge aufblitzte. »Und ich bin nicht bereit dazu. Noch nicht.«

»Peter Pan.«

»Nicht jetzt«, zischte Kit. »Sie sehen zu. Lächle.«

»Sonst?« Sie spürte das Gewicht von Marcos Blick auf ihr ruhen. Jedes Mal, wenn sie sich drehte, sah er nur sie an.

»Bobby muss sich jetzt keine Sorgen mehr machen. Gut. Ich wusste, er ist zu vernünftig, um sich auf eine mittellose Kellnerin einzulassen.«

»Geht es dir immer nur ums Geld und nichts sonst?«

»Bobby und du, ihr könnt euren Lebensunterhalt selbst bestreiten …«

»Das habe ich schon immer getan.«

»Ich will ein letztes Abenteuer. Ist das zu viel verlangt?«

»Abenteuer? Wir sind so oft umgezogen, in so vielen Ländern.« Tess brannten unerwartet Tränen in den Augen. »Ich habe das Gefühl, als hätte ich in jeder Ecke des Erdballs ein Stück meines Herzens gelassen. Ich … ich weiß nicht einmal mehr, wer ich bin.«

»Ach Gott, jetzt wirst du sentimental.«

»Nein, werde ich nicht.« Tess schniefte und hob das Kinn. »Das liegt an dir. Du konntest nie über deine Gefühle reden.«

»Wir sind Expats, Tess. Wir gehören überall- und nirgendwohin. Ich will nicht anders leben. Du kannst dich mit jedem Umzug neu erfinden …«

»Das stimmt nicht. Wo auch immer du hingehst, du nimmst dich selbst mit, packst dieselben Fehler und Makel aus, zusammen mit den Umzugskisten. Die Menschen begehen immer wieder dieselben Fehler. Und das stellt einen auf den Prüfstand, besonders an schwierigen Stationen.«

»Manhattan würde ich nicht gerade als schwierige Station bezeichnen.«

»Ich spreche nicht von uns. Ich rede von den gefährlichen und schwierigen Orten – Asien, Afrika, Arabien. Wie viele Beziehungen sind dort schon zu Bruch gegangen? Wie viele Affären und zerbrochene Ehen?«

»Dem Himmel sei Dank«, sagte Kit, als der Song zu Ende war und die Menge begeistert applaudierte. »Holen wir dir ein Glas Wasser.«

»Und, was ziehen wir an?« Claudia beugte sich zu Tess hinüber, als sie sich hingesetzt hatte, und griff nach ihrer Hand. Frauen, die so viel Selbstvertrauen besaßen, hatte sie immer beneidet. *Wie Menschen, die gut mit Tieren umgehen können,* dachte sie. *Ein mütterliches Gespür für Stabilität, oder ist es Dominanz?* Sie erkannte das auch in Frankie, eine natürliche Zuversicht, die daher rührte, in einer großen, liebevollen Familie aufgewachsen zu sein. Das Gefühl, einen Schritt ausgelassen zu haben, nagte an Tess.

»Tess wird schon einen süßen Hauch von Nichts finden, was meinst du?«, sagte Kit.

Tess beobachtete ihn, als er zur Bar ging. *Er ist derjenige, der ein Glas Wasser vertragen könnte. Er hat wie immer zu viel getrunken.*

»Wir müssen uns absprechen, damit sich unsere Farben nicht beißen und wir die Braut nicht in den Schatten stellen.« Claudia warf den Kopf zurück und lachte. »Als könnten wir das. Sehen Sie sie nur an.« Sie war sichtlich stolz. *Sehen Sie sie nur an.*

Tess sah zu, wie Frankie tanzte, geschmeidig und frei, strahlend. *So habe ich mich nie gefühlt,* dachte sie. *Ich war immer unsicher. Ich will mich auch so wie sie fühlen. So gerne.* Sie dachte daran, wie peinlich dem Mädchen das stockende Englisch ihres Onkels gewesen war und wie rasch sie ihm zu Hilfe gekommen war. *Wie ein heller*

Funke, der aufflammt. Tess betrachtete ihren Sohn, die geübte, sichere Art, wie er Frankie wieder in seine Arme wirbeln ließ. *Er ist sich seiner selbst so sicher.* Dieses kalkulierte Charisma. Ein Déjà-vu-Gefühl überkam sie wie Seekrankheit, wie Höhenangst, obwohl sie sich gar nicht von ihrem Platz wegbewegt hatte.

»Tanz mit ihr.« Claudia stupste Marco am Arm. Sie flüsterte ihm das aus dem Mundwinkel heraus zu, zu laut, sodass Tess es hören konnte. »Sieh dir die arme Frau an, sie schlägt wie wild den Takt mit dem Fuß. Sie würde nur zu gerne noch einmal tanzen.«

Wenn du wüsstest, wie recht du hast, dachte Tess.

»Siehst du das denn nicht? Tanz mit ihr, Marco. Gott weiß, dieser verklemmte Ehemann taugt nichts. Sie tut mir leid ...« Tess starrte geradeaus. *Ich? Ich tue ihr leid.*

»Ich tanze nicht«, erklärte Marco. »Das habe ich dir doch schon gesagt.«

»Unsinn. Du warst Boxer. Natürlich tanzt du.« Claudia tippte Tess an den Ellbogen. »Sie wollen doch tanzen, Tessie, oder?«

»Nein, wirklich, ich sehe gerne einfach nur zu.« Tess blickte entschlossen auf die Tanzfläche und versuchte, ihre Beschämung zu verbergen. *Der arme Mann, warum lässt sie ihn nicht in Ruhe? Warum, um alles in der Welt, sollte er wollen, dass ...*

Tess brauchte einen Augenblick, bis sie realisiert hatte, dass Marco aufgestanden war und neben ihr wartete. Er hielt ihr seine breite Hand ruhig hin wie das Ruder eines Rettungsboots. *Tanz mit mir!*

Marco führte sie auf die Tanzfläche, und die Menge teilte sich vor ihnen wie Wasser. Sie drehte sich zu ihm und hob die rechte Hand. Er hielt sie leicht und fest. Nach dem Tanz mit Kit war ihr, als würde sie jetzt mit einem Tiger statt mit einem Tigerkätzchen tanzen. Über die Schulter sah sie Bobby, der sich zu seiner Freundin beugte und ihr etwas ins Ohr flüsterte. Tess kam sich vor, als wäre sie Vergangenheit, spürte, wie sich seine Zukunft von diesem Moment weg entfaltete, an einen Ort, an dem sie nur noch eine Fußnote sein würde.

»Sie haben doch gesagt, Sie tanzen nicht.« Sie hob das Gesicht zu Marco.

»Ich habe nicht gesagt, dass ich nicht tanzen kann. Das ist ein Unterschied«, erwiderte Marco. »Sie tanzen gut.«

»Das ist ja auch mein Beruf.« Sie sah wieder zu Bobby und Frankie hin. Ihre Aufmerksamkeit war wie ein Scheinwerfer, der ihnen auf der Tanzfläche folgte. »Ich unterrichte Ballett.«

»Das heißt, Sie arbeiten?«

»Überrascht Sie das?«

»Ich dachte, Frauen wie Sie verbringen den ganzen Tag im Schönheitssalon.«

»Frauen wie ich?« Tess bewegte den Kopf ein kleines Stückchen, um ihn aus der Nähe betrachten zu können. Sie sah, dass er lächelte, sie neckte. Er schien zum ersten Mal nicht auf der Hut zu sein. Begehren pulsierte in ihr, erblühte warm und tief in ihrem Bauch.

»Es tut mir leid, wenn Claudia Sie beschämt hat«, sagte Marco.

»Beschämt?« Aus der Nähe betrachtet, hatten seine Augen bernsteinfarbene Sprenkel. Sie dachte an das Tigerauge, das sie als Kind in der Nachttischschublade aufbewahrt hatte.

»Ich bin mir sicher, Sie können haben, was immer Sie sich wünschen. Mich brauchen Sie nicht«, fuhr er fort.

»Sprechen Sie von den Schuhen?« Tess blinzelte, als würde sie aus einem Traum erwachen. »Halten Sie mich für eine Frau, die sich kaufen kann, was immer ihr ins Auge sticht?« Sie runzelte die Stirn. »Also, diese Schuhe waren jedenfalls ein Fehler. Macht es Ihnen etwas aus, wenn wir uns setzen?« Tess fragte sich, was Bobby ihm wohl über die Vermögensverhältnisse der Familie erzählt hatte. Marco führte sie zum Tisch zurück und zog ihr den Stuhl heraus. Tess schüttelte ihre grauen Wildlederstöckelschuhe ab und schlug die Beine übereinander.

»Vielleicht brauchen Sie mich doch«, sagte Marco ruhig.

»Vielleicht.« Sie saß aufrecht da.

»Von mir aus. Kommen Sie in die Werkstatt, wenn Sie möchten«, sagte er schulterzuckend, als der Song zu Ende war.

»Marco! Es tut mir leid, er hat keine Manieren«, sagte Claudia. »Bobby kennt die Adresse. Wir dürfen keine Zeit verschwenden, wenn wir diese Hochzeit organisiert bekommen wollen.«

»Haben wir schon einen Termin vereinbart?«, fragte Tess.

»Freitag, der dritte November«, sagte Bobby. »Frankies Geburtstag!«

»Das ist zu früh«, meinte Claudia. »Am Ende des Monats, gleich nach Thanksgiving? Sie suchen sich die Schuhe am besten schnell aus, Tess. Kommen Sie doch gleich am Montag um zehn vorbei.«

»Ich möchte Ihnen keine Mühe machen.« Tess warf einen kurzen Blick zu Marco.

»Wir sind jetzt eine Familie«, sagte Claudia. »Machen Sie so viel Mühe, wie Sie wollen.«

6

Claudia trug die Erinnerung an die häufige Untreue ihres verstorbenen Ehemanns mit sich herum wie Granatsplitter. Tief im Körper sitzend, früher Sprengstoff, heute ein täglicher dumpfer Schmerz. Als sie Carlo zum ersten Mal dabei erwischte, dass er sie betrog, explodierte ihr Herz. Dieses Bild hatte sie dabei vor Augen. Statt der Stelle in ihrer Brust, wo sie ihre Liebe in sich getragen hatte, befand sich dort nun ein unendliches dunkles Loch, in dem die funkelnden Splitter ihres Herzens leise dahintrieben. Sie hatte sich ihm früher voll und ganz geschenkt, sich ihm hingegeben. *Weißt du, wie oft ich meine Freundinnen um Hilfe bitten wollte,* sagte sie eines Nachts zu Carlo. *Weißt du, wie oft ich unseren sieben Söhnen, die dich anbeten, erzählen wollte, was für ein verlogener Mistkerl ihr Vater ist? Das werde ich aber niemals tun. Ich will, dass unsere Söhne besser sind als ihr Vater. Männer mit einem aufrichtigen Herz.*

Sie trug ihre Errungenschaften wie Goldschmuck, glatt vom vielen Anfassen – Mutter, Ehefrau, Geschäftsfrau, Freundin. *Geliebte?*, dachte sie und sah über den Tisch zu Carlos Bruder Marco, ihr Blick driftete zwischen den ausgestreckten Armen und Tellern hindurch, glitt über den

Tisch wie Rauch. *Überlebende.* Früher einmal war sie Carlo genug gewesen. Sie sah Bobby an, der gegenüber von Frankie saß und jetzt Teil ihrer Familie war. *Ich hoffe, du bist ein besserer Mann.* Einerseits wollte sie es Frankie erzählen, wollte sie warnen und ermahnen, etwas zurückzubehalten. Einen Teil ihres Herzens in Sicherheit zu bewahren. Nur für alle Fälle. *Aber das kann ich nicht.* Sie betrachtete das Gesicht ihrer Tochter, von Liebe erleuchtet, und Tränen stiegen Claudia in die Augen. Sie erinnerte sich an dieses Gefühl. Und sie vermisste es. Claudia trocknete eine Träne mit der Ecke der schweren Damastserviette, die sie sich in den Ausschnitt gesteckt hatte.

»Alles okay, Ma?«, fragte Rocco und ließ die Gabel Spaghetti, die er gerade zum Mund führen wollte, in der Luft schweben.

»Ja, ich hatte nur etwas im Auge, das ist alles.« Sie tätschelte ihm den Arm und trank einen Schluck Wasser.

Das ist das Problem, hatte sie Carlo beim ersten Mal gesagt. *Ich liebe dich. Und ich zweifle nicht daran, dass du mich liebst, du kannst dich nur bei Frauen nicht zurückhalten. Ich? Ich halte das Gelübde, das ich dir in der Kirche gegeben habe, in Ehren. Aber im Herzen werde ich immer das Gefühl haben, ich war dir nicht genug. Ich bin nicht genug.*

Ich bin nicht genug. Sie betrachtete Marco. Sie erinnerte sich an ihr Gespräch am Abend zuvor, auf der Veranda. *Der einzige Grund, weshalb ich bei deinem Bruder geblieben bin, war die Tatsache, dass die Männer in eurer Familie ein schwaches Herz haben. Niemand wird über sechzig. Es war nur eine Frage der Zeit.* Marco hatte die Arme verschränkt und gesagt: *Das meinst du ja wohl nicht ernst.*

Sie erinnerte sich, als sie Marco das erste Mal gesehen hatte. Er war mit einem ihrer Brüder aus dem Fitnessstudio in Florenz geschlendert. Ihr war das Herz stehen geblieben, und plötzliches Verlangen flammte zwischen ihnen auf. Doch dann hatte Carlo ihr den Hof gemacht, und ehe sie sichs versah, war sie schwanger mit Rocco und mit Carlo verlobt. Insgeheim hatte sie gehofft, Marco würde als Erster fragen. Sie erinnerte sich, dass er bei der Verlobungsfeier unfähig gewesen war, sie anzusehen. Im Laufe der Jahre dachte sie manchmal an ihn, wenn Carlo mit ihr schlief. Sie stellte sich vor, es seien Marcos dunkle, breite Hände, die sie berührten, und ihre Finger verfingen sich in den schimmernden Wellen seiner Haare. Ob es wohl bei ihm Frauen gegeben hatte, fragte sie sich? Wenn ja, dann war er diskret. Er hatte nie jemanden mit nach Hause gebracht, war nie abends in einem frischen Hemd und mit einem Veilchenstrauß aus dem Haus gegangen. Sie erinnerte sich an seine Boxkämpfe. Er war ein Wilder. Er war ein Star.

Marco wandte sich jetzt ihr zu, blickte sie über die Gespräche am Tisch hinweg an. *Ich habe dich gehört,* dachte sie. *Ich habe gehört, wie du gestern Nacht im Schlaf geredet hast. Du hast sie gerufen: Tess, Tess, aaah.*

»Entschuldigt«, sagte Claudia. Sie tupfte sich den Mund mit der Serviette ab und schob mit einem kratzenden Geräusch den Stuhl zurück. Rocco stand auf, um ihr zu helfen, aber sie bedeutete ihm, er solle sich hinsetzen und fertig essen. In der Stille ihres Schlafzimmers mit den guten und schweren dunklen Holzmöbeln schaltete Claudia das Licht an und blickte in den Spiegel. »Idiotin«, sagte sie. *Ich dachte, er wäre wegen mir zurückgekommen. Ich hoffte es.*

Sie zog die Schranktür auf und fuhr mit den Fingerspitzen über die Kleider, berührte Pelz und Seide. *Nichts passt,* dachte sie. Sie fühlten sich an wie die Felle anderer Frauen, Überbleibsel anderer Leben. Manchmal kam sie sich vor wie eine russische Puppe, mit all den Frauen, die sie war, im Inneren, kleiner und immer kleiner werdend, und in der Mitte trug sie das zierliche Mädchen, das zwei Brüder liebte. Sie hoffte, diese Frauen würden eines Tages zu ihr zurückkommen, jung und trotzig und schön. Wie Frankie, dachte sie und lächelte sehnsüchtig. Claudia nahm ein gerahmtes Foto zur Hand, das sie selbst zeigte, im selben Alter wie ihre Tochter jetzt. Marco und Carlo standen rechts und links von ihr. Claudia legte den Daumen über Carlos lachendes Gesicht, und in Gedanken sah sie ein Kaleidoskop alternativer Vergangenheiten und Zukunftsmöglichkeiten in Technicolor, Träume, die so real für sie waren wie die Wahrheit.

Würde es jetzt wirklich einen Skandal heraufbeschwören? Ist genug Zeit verstrichen? Sie dachte an das schöne Kleid, das Tess angehabt hatte, als sie sie zum letzten Mal gesehen hatte. *Habe ich die schwarze Trauerkleidung nicht schon lange genug getragen?* Sie stellte sich einen Regenbogen von Kleidern vor, rote Seide, türkisen Samt, üppige goldfarbene Satinstoffe. Claudia nahm die dünne Perlenkette ab, die sie nur wegen Tess angelegt hatte. *Nicht, dass es ihm aufgefallen wäre. Ist es so schlimm, seinen Bruder zu lieben?* Claudia warf das Foto auf die Ablage und sah wieder in den Spiegel. *Ich bin vierundvierzig, mein ältestes Kind ist sechsundzwanzig. Ich war noch ein Kind, als Carlo mich geschwängert hat.* »Ich bin jung«, murmelte sie. »Ich bin immer noch jung.« Sie betrachtete ihr Bett im Spiegel. *Ich schlafe immer noch auf meiner Seite.* Jede Nacht spürte sie den schmerzenden leeren Raum neben sich. In der Dunkelheit flüsterte sie Marcos Namen zur Decke hinauf, zu den Dachsparren, hoffte, ihre Worte drängten durch die Ritzen und er hörte im Schlaf, wie sie ihn zu sich rief.

7

Frankie brachte Marco sein Frühstück in die Werkstatt – ein Kännchen Espresso, frisch gebackene Brötchen, seine Lieblings*sopressa.* Sie lief in einem weißen Kleid über den dunklen Gehsteig, die Petticoats schwangen wie die Blüte eines Schneeglöckchens um ihre schlanken, gebräunten Beine. Unter dem Arm trug sie ein neu gekauftes Exemplar des Romans *Wer die Nachtigall stört,* nach den ersten paar Seiten steckte ein silbernes Lesezeichen darin. Mehrere Passagen waren bereits mit Bleistift angestrichen. Hinten im Buch lag ein Zettel mit einer Liste von Erledigungen für die Hochzeit: *die Einladungen aus der Druckerei holen, Briefmarken, Wein bestellen, Menü?* Frankie liebte das frühmorgendliche Treiben auf den erwachenden Straßen. Marco arbeitete, den Kopf über ein weiches Paar Schnürschuhe aus braunem Leder gebeugt, einen Bleistift in der Hand.

»Francesca?« Er blickte auf.

»Onkel.« Sie bückte sich, als Marco sie auf den Kopf küsste. »Mama schickt dir ein Frühstück.« Sie blickte auf die ungemachte Pritsche in der Ecke des Raums. »Hast du schon wieder in der Werkstatt geschlafen?«

»Ja, deine Mutter ist sauer. Immer schimpft sie über

irgendetwas.« Marco gähnte und streckte sich. Er nahm die dampfende Tasse Kaffee von Frankie entgegen. »Grazie.«

»Sie hat von den Jungs erfahren, dass du wieder im Fitnessstudio trainiert hast.«

»Ach ja?«

»Sie … sie macht sich nur Sorgen, Marco.«

»Du kannst deiner Mutter sagen, ich habe den Ring nicht betreten. Ich bringe den Jungs ein paar Tricks bei, das ist alles.« Marco verbarg das Zittern seiner Hand vor ihr, indem er die Finger in die Tasche schob. »Und was das hier betrifft« – er zeigte auf die Schuhe auf der Bank –, »ich genieße es, mir zur Abwechslung einmal die Finger schmutzig zu machen.«

»Sind die für Bobby?« Frankie schob die Hände in die Schuhe und tanzte damit einen Twist über die Werkbank.

»Ich wollte nur überprüfen, ob die Jungs es gut gemacht haben.«

»Er wird sie lieben.« Frankie musterte die Miene ihres Onkels genau und bemerkte, dass er etwas zurückhielt. »Ich bin dankbar.« Sie stellte die Schuhe nebeneinander auf die Ablage. »Ich weiß, dass du nicht mit Bobby einverstanden bist, deshalb bedeutet mir das viel.«

»Er ist nicht gut genug für dich.« Marco wischte sich die Hände ab.

»Hey, niemand ist gut genug für mich.« Frankie stellte sich auf die Zehenspitzen, um Marco einen Kuss auf die Wange zu geben. »Stimmt's?«

»Du bist die Klügste und die Beste von allen.« Marco drehte die Hand um und runzelte konzentriert die Stirn. »Wenn du ein Mann wärst, würde ich dir die Leitung der Firma überlassen, nicht deinem Bruder.«

»Rocco wird das prima machen, du wirst schon sehen«, sagte Frankie. »Er hat nur irgendwie Angst vor dir. Alle Jungs haben Ehrfurcht vor Onkel Marco.«

»Du aber nicht, wie?« Marco grinste sie kurz an.

»Und überhaupt, wer sagt denn, dass eine Frau keine Firma leiten kann?« Frankie stemmte die Hände in die Hüften. »Du musst ja nur mal Ma ansehen.« Sie blickte Bobbys Schuhe an. »Es tut mir leid, dass sie dich überredet hat, für alle Schuhe anzufertigen. Wer macht denn schon die weite Reise nach Amerika, um dann die ganze Zeit in einer alten Werkstatt zu sitzen?«

»Ich bin froh, etwas tun zu können.« Marco wickelte sein Frühstück aus und schnitt sich mit einem schlanken Messer eine Scheibe Salami ab. »Wann seid ihr denn gestern nach Hause gekommen?«

»Spät.« Frankies Pferdeschwanz wackelte, als sie den Kopf zu der Melodie bewegte, die sie gerade summte.

»Warst du mit deinen Brüdern zusammen?«

»Natürlich, Onkel. Sie haben mich nicht aus den Augen gelassen.« Frankie senkte den Blick und dachte lächelnd an Bobby. Sie erinnerte sich an die Hitze auf der Tanzfläche, die Mischung von frischem Schweiß und Eau de Cologne, an die Wärme seiner gebräunten Hand in ihrer. Sie erinnerte sich an ihre Körper, die sich in der Dunkelheit zur Musik bewegten, daran, wie sie spürte, wie sehr er sie begehrte, und wieder nahm ihr die Sehnsucht die Luft.

Marco sah auf die Uhr. »Ich muss rüber und mich zurechtmachen. Deine Mutter hat ein Treffen mit Bobbys Mutter verabredet.«

»Du hast doch nichts dagegen, oder?«

»Die Schuhe? Nein, ich mache den Entwurf und lasse

sie von einem der Jungs fertigstellen.« Marco bog die Finger durch und runzelte die Stirn.

»Mom wollte nur angeben, glaube ich. Du weißt doch, wie stolz sie auf dich ist.« Frankie half ihm in das Sakko und strich den Kragen glatt. »Das sind wir alle. Du bist ein Genie.«

»Hey, da bekommt ein alter Mann ja einen roten Kopf.« Er beugte sich vor, um sie auf die Haare zu küssen. »Kommst du mit?«

Die frische Morgensonne schien durch die kupferfarbenen Blätter der Bäume, sodass auf dem Gehsteig ein goldgesprenkelter Teppich entstand. Marco blieb vor dem Schaufenster eines Spielwarenladens stehen und zeigte auf die ausgestellten Barbies und die neue Ken-Puppe. »Der sieht aus wie dein Bobby.«

»Er ist echt süß.«

»Er ist aus Plastik. Zu gut, um wahr zu sein.«

»Hör auf.« Frankie knuffte ihn in den Arm, und sie gingen weiter.

»Als ich dich das letzte Mal gesehen habe, hast du noch mit Puppen gespielt. Erzähl mir noch mal, wie du diesen Jungen kennengelernt hast«, sagte Marco.

»Das habe ich dir doch schon erzählt.« Lachend blickte Frankie zu ihm auf.

»Sag's mir noch mal.«

»Du alter Romantiker.« Frankie lehnte sich an ihn. »Also, ich war eines Tages in der Bar arbeiten, und da hat mich ein Junge angestarrt. Sein Kaffee ist kalt geworden, so abgelenkt war er …«

»Du hast ihm hoffentlich die Hölle heißgemacht?«

»Na klar.«

»Deine Mutter hat deinem Vater die Hölle heißgemacht.«

»Ja?«

»O ja. Er hatte keine Chance mehr, nachdem sie beschlossen hatte, er ist es. Das sagt sie immer.« Marco bot Frankie den Arm. »Und dann?«

»Ich stand mit Rocco und den Jungs eines Abends vor dem Knickerbocker Hotel. Es war viel los, eine Gruppe Seeleute und Typen in Lederjacken machten im Eingang zur *Peppermint Lounge* irgendwie Rabatz.« Sie lächelte, als sie sich erinnerte, wie die Autos in Zeitlupe vorbeigefahren waren, wie Krokodile in einem dunklen Fluss, und das Licht sich auf den Chromstoßstangen und Heckflossen gefangen hatte. Über ihnen flackerte das Neonschild und spiegelte sich auf dem glatten Pflaster darunter. Sie erinnerte sich, wie es Bobbys Haare mit Gold überzogen hatte, und an sein Lächeln, als er sie sah. »Und da ist er gekommen …«

»Roberto?«

»Ja. Bobby hat die Situation einfach komplett beruhigt. Er hat sie so um den Finger gewickelt, dass sie vergessen haben, worüber sie überhaupt gestritten hatten. ›Nicht zu fassen!‹, sagte er, als er sich durchdrängte. ›Marilyn Monroe ist auf der Tanzfläche.‹ – ›Soll das ein Witz sein?‹, sagte einer der Seeleute. ›Sie tanzt Twist, Mann.‹«

»Und, hat sie?«

»Ja, sie kommt gelegentlich vorbei. Sie ist wunderschön. Ganz klein.« Frankie erinnerte sich, wie sie sich den Weg durch die Menge zu einem Tisch hin bahnten. Sie saß zwischen zwei ihrer Brüder, und Bobby und seine Freunde gesellten sich zu ihnen. Frankie sah einer zierlichen platinblonden Frau zu, die auf der vollen Tanzfläche tanzte und lachte, während alle um sie herum ehrfurchtsvoll Abstand hielten. »Jeder ist hier!« Bobby hatte sich zu ihr gebeugt. »Ich habe gehört, letztes Wochenende war Greta Garbo da«, rief er über die Musik hinweg. »Hast du Lust, zu tanzen?«

Frankie hatte den Kopf geschüttelt, aber der Rhythmus war ansteckend. Ihr Herz tanzte bereits. Joey Dee and the Starliters stampften und twisteten auf der Bühne, und die Menge tanzte Jive zum *Peppermint Twist.* Unter dem Tisch klopfte sie mit dem Fuß den Takt mit, während die restlichen Affini-Brüder eintrafen. Die Männer trugen identische dunkle Anzüge mit schmalen schwarzen Krawatten, makellose gestärkte weiße Hemden, darunter schimmerten frisch gewaschene weiße Unterhemden durch, und die Bühnenscheinwerfer ließen ihre schwarzen, mit Pomade gekämmten Haare schimmern.

»Du weißt, dass ich jeden Tag nach dem College zum Mittagessen ins Café gehe«, sagte Bobby und beugte sich über den Tisch, um mit ihr zu reden.

»Das stimmt«, bestätigte sein Freund. »Der arme Bob lebt für einen entzückenden Blick auf deine Petticoats …« Er brach ab, als Rocco seine große Faust auf den Tisch legte, und lehnte sich zurück.

»Gut«, sagte Marco. »Ich bin froh, dass Rocco auf dich aufgepasst hat.«

»Aber Bobby war clever«, fuhr Frankie fort. »Danach hat er mich ignoriert. Er hat die Jungs kennengelernt, kam dann zum Kartenspielen vorbei und hat kaum ein Wort zu mir gesagt.« Sie schüttelte den Kopf. »Rocco hat ihn eines Tages eingeladen, mit ein paar von uns nach Coney Island zu fahren.« Sie lächelte bei der Erinnerung an die Sommerhitze, die Lichter der Karussells, den Geschmack von Salz und Zuckerwatte auf den Lippen.

»Genau den Eindruck hatte ich, als ich ihn zum ersten Mal gesehen habe«, sagte Marco. »Clever. Gerissen. Ich musste an einen Fuchs denken, der um einen Hühnerstall herumschleicht.«

»Das weiß ich noch! Ich hatte mich hinter der Tür versteckt, weil ich noch den Morgenmantel anhatte, als er eines Morgens mit Blumen kam. Du hast es ihm echt schwer gemacht.« Sie stieß ihn sanft in den Arm. »›Rosen? Meine Lieblingsblumen. Das wäre doch nicht nötig gewesen‹, hast du gesagt und auf den Strauß gezeigt.«

»Ich wollte es ihm nicht leicht machen.« Marco hob dankend die Hand, als ein pinkfarbener Cadillac abbremste, um sie über die Straße zu lassen.

»Da hat er mir den Antrag gemacht, als er mich an dem Morgen zur Arbeit begleitet hat. Es war ein spontaner Entschluss. Er war die ganze Nacht unterwegs gewesen …«

»Ja? Mit wem?«

»Er ist nicht so«, sagte Frankie.

»Alle Männer sind so«, meinte Marco. »Manche von uns sagen das ganz ehrlich.«

»Nicht mein Bobby.« Sie erinnerte sich an ihr Gespräch an jenem Morgen.

»Erzähl mir von deiner Familie«, hatte Frankie gesagt. »Hast du Geschwister?«

»Nein, ich bin ein Einzelkind«, hatte Bobby geantwortet.

»Aha, das erklärt eine Menge.« Sie schwang ihre Handtasche.

»Zum Beispiel?« Bobby drehte sich zu ihr um und lief rückwärts. Sein Hemd war am Kragen offen, die Krawatte war gelockert, und sein Tweedsakko hing ihm an einem Finger über der Schulter.

»Der lässige Charme, die Anspruchshaltung«, sagte Frankie.

»Hey, sei nicht so streng!« Bobby griff sich ans Herz, bevor er sich um einen Laternenpfahl drehte. »Du bringst mich noch um.«

»Dann erzähl mir doch von deinen Eltern«, sagte Frankie und lachte.

»Mom ist wunderschön. Sie war Tänzerin …«

»In einem Nachtclub?«

»Nein.« Bobby grinste bei der Vorstellung. »Balletttänzerin. Dad ist Innenarchitekt. Er stattet Häuser für Menschen mit zu viel Geld und zu wenig Originalität aus.«

»Sagt er das so?«

»Dad liebt drei Dinge: Schönheit, Geld und meine Mutter.«

»Und was ist mit dir?«

»Okay, vier.« Bobby sprang auf eine niedrige Mauer und setzte einen Fuß vor den anderen wie ein Seiltänzer. »Und du? Was liebst du?«

»Ich? Ich liebe meine Familie«, sagte Frankie, als er heruntersprang und wieder zu ihr kam. »Ich liebe die Vorstellung, eines Tages meine eigene Familie zu haben.« Sie warf ihm ein kurzes Lächeln zu. »Aber erst will ich reisen, Europa sehen. Deshalb besuche ich die Abendschule und will Übersetzerin werden. Ich möchte bei den Vereinten Nationen arbeiten.«

»Echt? Das ist toll. Wie viele Sprachen sprichst du?« Am Fuß der Treppe, die ins Café führte, blieben sie stehen.

»Italienisch, natürlich.«

»Natürlich.« Bobby trat näher zu ihr.

»Spanisch, Französisch …«

»Was heißt ›Ich finde, du bist das schönste Mädchen der Welt‹ auf Französisch?«

»Je pense que tu es la plus belle fille du monde.« Sie senkte den Kopf. Mit der Spitze seines Zeigefingers hob Bobby ihr Kinn an.

»Je t'aime«, sagte er und streifte ihren Mund mit den Lippen. »Das zumindest kenne ich.«

»Ti amo«, sagte sie. »Oder te amo auf Spanisch.«

»Ich nehme es in jeder Sprache, solange du es zu mir sagst.« Im Eingang ging ein Licht an.

»Ich muss los, Ma braucht mich.«

»Frankie, ich meine das ernst. Ich liebe dich. Ich liebe dich, seit ich dich zum ersten Mal gesehen habe. Als ich dich dann im Karussell küssen durfte, war ich dir komplett verfallen. Komplett.«

»Bobby, du bist wahnsinnig …«

»Wahnsinnig verliebt in dich.« Er strahlte und sank auf ein Knie. »Werde meine Frau.«

»Nicht hier!« Frankie bekam große Augen und blickte sich auf der menschenleeren Straße um. »Wir kennen uns doch kaum!«

»Werde meine Frau. Ich verspreche dir, ich verbringe den Rest meines Lebens damit, dich glücklich zu machen. Ich fahre mit dir nach Europa, wir reisen durch Italien …«

»Frankie?« Aus dem Café drang eine Frauenstimme.

»Ich muss los.«

»Ernsthaft.« Bobby hob die Arme zu den Baumwipfeln, zu den Vögeln, die im Licht der Morgendämmerung zwitscherten. »Werde meine Frau.«

»Dann musst du meinen Onkel fragen.«

»Ich will aber nicht deinen Onkel heiraten.«

»Dummkopf.« Frankie nahm sein Gesicht zwischen beide Hände und zog ihn hoch

»Und? Willst du mich heiraten?«

Sie küsste ihn. »Ja«, sagte sie. »Ja.«

»Ja, ich erinnere mich an diesen Tag«, sagte Marco, der im Tor zum Haus stand, eine Hand in der Tasche seines anthrazitfarbenen Anzugs. »Ich habe ihn gefragt: ›Boxt du, Bobby?‹ Und er sagte: ›Nicht mehr seit der Schule.‹ Also forderte ich ihn heraus: ›Na los, machen wir ein kleines Sparring.‹«

»Nicht wahr!« Frankie blieb der Mund offen stehen.

»Hey, ich lasse doch nicht zu, dass irgend so ein Mistkerl meine Nichte heiratet.« Marco sah auf die Uhr. »Ich gehe mich mal waschen. Mrs Blythe kommt bald in die Werkstatt.« Er küsste Frankie auf die Stirn. »Du fährst ins College?«

»Ja.« Mit schwingendem Rock wirbelte sie davon. »Sei nett, ja? Ich mag sie.«

»Ich bin immer nett.« Er warf ihr ein kurzes Lächeln zu.

Frankie ging davon, ihr Buch an die Brust gedrückt. *Selbst, wenn er lächelt, wirkt er traurig,* dachte sie. *Er ist so ein Lieber, passt immer auf uns alle auf.* Sie blieb an der Kreuzung stehen, um zu warten, bis die Ampel umschaltete. *Alle halten ihn für knallhart, aber er hat ein weiches Herz.* Ein Bus fuhr vorbei, mit Werbung für einen Zirkus auf der Seite. *Das ist er. Er ist wie ein mächtiger, alter, zäher Löwe, der des Kämpfens überdrüssig ist. Ich wüsste so gerne, wie ich ihn glücklich machen könnte.*

8

Gestern Abend hast du mich zum Weinen gebracht«, sagte Elaine und hielt Tess die Tür des Diners auf. Sie warteten auf dem Gehsteig. Die roten Rücklichter der vorbeifahrenden Autos glommen im Nachmittagslicht, während Gladys ihren Mantel von der Garderobe nahm.

»Zum Weinen? Wie das?« Tess schirmte die Augen vor der grellen Herbstsonne ab und wandte sich ihrer Partnerin zu. Looty blickte erwartungsvoll zu ihnen auf, und Tess bückte sich, um ihr das Halsband zu richten.

»Unsere Grade-6-Klasse hat das Stück in voller Länge aufgeführt, das du für die Winteraufführung choreografiert hast. Es ist wunderschön, Tess. Du kannst wirklich stolz sein.« Elaine hängte sich bei Tess ein, und die drei Freundinnen schlenderten Richtung Ballettschule, der kleine Hund lief voraus.

»Sprecht ihr von gestern Abend?«, fragte Gladys. »Ich habe es dir schon öfter gesagt, und ich sage es dir immer wieder, dein Talent ist in so einer Minischule komplett verschwendet, Tessie.« Mit ihrem dicken Arm fuhr sie durch die Luft. »Wisst ihr noch, wie wir vor ein paar Monaten Margot Fonteyn im Metropolitan Opera House gesehen haben, wie sie die Giselle getanzt hat?«

»Das werde ich nie vergessen«, sagte Elaine. »Alle waren sich einig, das war der größte Erfolg eines Balletts seit der Eröffnung mit *Dornröschen* im Jahr 1949.«

»Das solltest du machen.« Gladys erhob mahnend den Zeigefinger. »Da oben solltest du sein, mitten auf der Bühne …«

»Ach was.« Tess blickte auf ihre Schuhe hinab. Sie trug einen engeren Rock als sonst und musste ihre Schritte anpassen. Sie erinnerte sich, wie Claudia durch ihr Wohnzimmer stolziert war. *So möchte ich mich auch fühlen,* dachte sie und strich sich, plötzlich unsicher, den Rock glatt. »Das ist doch lächerlich. Es ist viel zu spät für mich, um zu tanzen.« Ein Glas mit rot-weißen Pfefferminzstäbchen im Schaufenster eines Ladens an der Ecke fiel ihr ins Auge, als sie aufblickte. Sie dachte daran, wie sie mit Marco im Nachtclub getanzt hatte. *Ist das wirklich so? Ist es zu spät?*

»Choreografie!« Elaine blieb an der Ecke zu ihrer Straße stehen. »Du wärst fantastisch, Tess. Wenn du das mit ein paar Teenagern kannst, stell dir vor, was du mit einem professionellen Tanzensemble zustande bringen könntest.«

»London, Paris …« Gladys guckte verträumt.

»Hört auf, das ist wirklich verlockend.« Tess' Herzschlag beschleunigte sich. »Schon komisch. Ich habe so lange davon geträumt, selbst auf der Bühne zu stehen, aber in letzter Zeit stelle ich mir eher vor, Rollen für andere zu schaffen.«

»Mach es! Mach es, Tess«, sagte Gladys. »Jedermann ist doch gelangweilt von *Schwanensee* und *Dornröschen* und den üblichen Verdächtigen. Das Publikum will etwas Neues erleben. Sieh dir doch nur an, was Martha Graham macht.« Sie nickte. »Miss Graham sagt, Rasse, Glaube, Hautfarbe seien ihr völlig egal, ihr gehe es nur um Talent.« Gladys hob wieder den Zeigefinger. »Und das hast du, Tess – du hast Talent.«

»Wisst ihr, was neulich jemand zu mir gesagt hat? ›Choreografen sind die kostbaren Juwelen der Ballettwelt‹«, erzählte Elaine. »Und er kennt sich aus. Er ist so eine Art Kritiker und jedes Jahr an der Zusammenstellung der Ballett Annuals beteiligt.« Sie nahm Tess am Arm. »Genau das bist du, meine Liebe. Ein kostbares Juwel.«

Tess biss sich auf die Lippe. »Aber wo sollte ich anfangen? Ich habe keine Kontakte. Und was ist mit der Schule?«

»Ich gehe nirgendwohin, meine Liebe«, sagte Elaine und legte sich die Hand auf den Bauch. »Bald bin ich die dickste Ballerina, die je gelebt hat.«

»Die am schönsten strahlende, schwangere Ballerina«, sagte Tess und legte die Hand auf die Hand ihrer Freundin. Sie wurde wehmütig, als sie die Bewegungen des Kindes spürte. *Ich erinnere mich genau an dieses Gefühl*, dachte sie. *Ich würde alles geben, um es noch einmal zu spüren.*

»Du kannst auf uns zählen. Wir sagen dir doch schon seit Jahren, du wärst besser dran …« Elaine brach ab.

Gladys spitzte die Lippen. »Du weißt, was wir davon halten, wie Kit dich behandelt.«

»Wie auch immer. Tu, was du tun musst, Liebes. Ich kann diese Schule im Schlaf führen.« Elaine dachte einen Augenblick nach. »Was ich vielleicht bald tun muss.« Tess durchsuchte ihre Tasche. »Glad, hast du einen Schlüssel?«

»Ja, klar«, sagte sie, während sie zur Schule weitergingen. »Denk darüber nach, Tessie. Mit allem, was bei dir läuft, ist vielleicht ein neuer Start, eine neue Herausforderung genau das, was … Aber hallo.« Gladys verstummte und bekam große Augen, als sie Marco an dem Laternenpfahl in der Gasse, die zur Schule führte, lehnen sah. »Jetzt verstehe ich, warum du dieses schicke neue Outfit trägst.« Tess spürte, wie Elaine sich neben ihr aufrichtete.

»Marco?« Tess lächelte. »Was für eine nette Überraschung! Darf ich Gladys und Elaine vorstellen, sie arbeiten mit mir in der Tanzschule.«

»Freut mich«, sagte Marco und reichte ihnen die Hand. Als er sich Tess zuwandte, bekam sie weiche Knie. In der kühlen Herbstluft roch sie ihn – warmes Leder, gestärktes Leinen, Sandelholz-Eau-de-Cologne. »Wir haben ein Rendezvous.«

Gladys warf Elaine einen kurzen Blick zu. Sie gingen weiter zur Tür und machten sich an dem Schloss zu schaffen. Offenbar fanden sie die richtigen Schlüssel nicht.

»Ein Rendezvous?«

»Na ja, eine Verabredung.« Marco lächelte über ihre Verwirrung und beugte sich hinab, um Looty zu streicheln. »Ihre Schuhe.«

»Ach Gott, ich dachte, Sie wollten nur höflich sein.« Tess griff sich an die Stirn. »Das tut mir ehrlich leid. Sie haben wirklich damit gerechnet, dass ich heute Morgen komme?«

»Natürlich.« Schulterzuckend richtete er sich auf. »Ich hatte Ihre Telefonnummer nicht, deshalb dachte ich, es wäre einfacher, wenn ich auf dem Weg ins Museum vorbeikomme.« Er holte Luft. »Ich wollte mich auch noch persönlich entschuldigen. Wenn ich …«

»Unverschämt war? Abweisend zu meinem Sohn?« Tess kniff die Augen zusammen.

»Ich fühle mich als Beschützer meiner Neffen, aber besonders meiner Nichte.«

»Das ist gut«, sagte Tess. »Gehen Sie ins Met?«

»Ja. Dort gibt es eine Ausstellung über chinesische Kunstschätze. Vielleicht kann ich mich ja inspirieren lassen, für meine Entwürfe.«

»Ach!« Tess' Augen strahlten. »Das ist wunderbar, es wird Ihnen gefallen.« Sie dachte daran, wie sie pflichtschuldig hinter Kit und den Hoffmans hergelaufen war und wie sich eine kleine Menschenmenge gebildet hatte, um Kits gelehrten Kommentaren über jedes Ausstellungsstück zu lauschen. Tess hatte sie vorausgehen lassen und erleichtert ausgeatmet, als Kits Stimme verklang. Sie stellte sich vor, wie sich das Museum mit roten Luftballons füllte, angetrieben durch Kits Kommentare, und wie sich jeder Ballon ausdehnte, bis er beinahe platzte, immer weiter aufstieg in das dunkle Dach hinauf, und wie sie allein in Weiß tanzte, nacheinander auf die einzelnen Ballons zeigte und sie mit der Präzision eines Heckenschützen zum Platzen brachte. Ohne all die anderen verlor sie sich in der Menschenmenge, in der Schönheit jeder feinen Stickerei, jeder glänzenden Keramik, in ihren Erinnerungen an Hongkong und ihre Kindheit.

»Ich habe leider Unterricht, sonst würde ich gerne mitkommen.«

»Vielleicht ein anderes Mal?« Marco zog ein schwarzes, in Leder gebundenes Notizbuch aus der Tasche und schrieb eine Adresse in Queens sowie eine Telefonnummer hinein. »Das ist die Werkstatt«, sagte er und riss das Blatt heraus. »Morgen um neun bin ich dort.« Er nahm Tess' Hand und drückte ihre Finger leicht an die Lippen. »Ich hoffe, Sie kommen.«

Tess blickte ihm nach. »Moment noch«, rief sie Gladys zu, die in der Tür auf sie wartete. Tess wollte einen Augenblick, um sich zu fassen. Sie lief über den Gehweg und setzte schwungvoll einen Fuß vor den anderen, als wäre es ein Laufsteg, und es kam ihr vor, als würde jeder Schritt sie höher in die Luft heben. Sie griff in ihre Brieftasche und kaufte bei dem Verkäufer an der Ecke eine Zeitung. Tess überflog die Schlagzeilen, ohne sie richtig zu sehen, als sie zurück zur Schule ging. *Sowjetunion zündet Zar-Bombe mit 58 Megatonnen … Novaja Semlja,* las sie und blieb auf der Straße stehen. »So fühlt es sich an«, sagte sie zu Looty. *Als wäre die Welt, die ich kannte, atomisiert worden. Alles ist anders.*

9

Tess ging zu ihm. Ein junger Mann mit einer schwarzen Schürze führte sie hinein und bat sie, zu warten. Die Gerätschaften in der Werkstatt waren gepflegt und nach Funktion und Größe geordnet. Poliertes Holz glänzte warm in der Nachmittagssonne. Die Luft war erfüllt vom Geruch von Leder, Schuhpolitur und Leim. Sie fühlte sich ein wenig benommen, aus dem Lot wie damals als Mädchen in der Kirche in Hongkong. Das Studio war ruhig, von Licht erfüllt. Irgendwo in dem Gebäude waren Stimmen zu hören, aber hier war sie allein. Sie empfand Frieden. Die Stille wurde nur von einem gleichmäßigen Hämmern durchbrochen, pulsierend wie ein Herzschlag. Sie drehte sich langsam im Kreis, umgeben von tanzenden Staubkörnchen im Licht der Sonne.

»Sie sind gekommen.« Er stand plötzlich in der Tür und wischte sich die Hand an einem weißen Tuch ab, das er auf die Werkbank warf. Er hatte eine weiche Lederschürze umgebunden, die Ärmel seines weißen Hemds waren bis zu den Ellbogen hochgekrempelt.

»Ich dachte, es wäre unhöflich, Sie noch einmal zu versetzen.« Sie hielt ihre Handtasche mit beiden Händen auf Nabelhöhe wie einen Schild.

»Sie haben also Ihre Anstandsdame mitgebracht?« Er zeigte auf Looty.

»Meinen Wachhund.«

Sanft strich er dem Hund über den Kopf. Looty stellte sich auf die Hinterbeine, die Vorderpfoten auf Marcos Bein, und leckte ihm die Hand. »Und was für ein Wachhund!«

»Sie hat einfach eine gute Menschenkenntnis, das ist alles.«

»Sie müssen keine Angst haben, Tess.«

»Angst?« Ihr gleichmäßiger Herzschlag beschleunigte sich, galoppierte mit ihr davon. »Wir haben vor gar nichts Angst, nicht wahr, Looty?« Sie spielte es herunter. »Sie war wahnsinnig tapfer, als die Fäden gezogen wurden.« Tess blickte auf Marcos dunkle Haare hinab.

»Na, das fühlt sich doch sicher besser an, was, Kleine?« Marco richtete sich auf und rief einem der Mädchen im Büro zu, eine Schüssel Wasser zu bringen. Dann wandte er sich Tess zu. »Setzen Sie sich doch bitte.« Er zeigte auf einen hohen Lederstuhl mit Fußbank, zog einen Rollhocker heran und setzte sich vor sie. »Wie geht es Ihrem Mann? Und Roberto … Bobby?«

»Gut, danke.« Sie umklammerte immer noch ihre Handtasche auf dem Schoß. Er streckte den Arm aus, um einen Zeichenblock und einen spitzen Bleistift von der Werkbank zu nehmen. Ihr fiel auf, dass er mit einem Messer angespitzt worden war. Die Grafitmine war dunkel, spitz wie ein Speer, eine Klaue.

»So«, sagte er und hielt den Bleistift über das leere weiße Blatt.

»So?« Ihr Atem ging flach.

»Was brauchen Sie?«

Sie öffnete langsam den Mund. *Was brauche ich? Was?* »Ich will …«

»Nein. Das ist nicht das, wonach ich Sie gefragt habe.« Er blickte zu ihr auf. Seine Augen waren verschleiert, er blinzelte und atmete aus. »Frauen wie Sie haben einen ganzen Schrank voller Schuhe, von denen sie dachten, sie wollten sie, die sie dann aber nie tragen.«

»Frauen wie ich? Jetzt machen Sie aber mal einen Punkt, Mr Affini …«

»Marco.« Er zeichnete eine Linie in die Ecke des Blattes und wartete.

»Sie stellen viele Vermutungen an, Marco.« Sie umklammerte die Handtasche noch fester. »Sie glauben, Sie kennen mich?«

»Ich glaube, Sie gehören zu den Frauen, die immer alles bekommen haben, was sie wollten, das ist alles, *Mrs Blythe* …«

»Tess«, sagte sie und wartete, dass er sie ansah. »Und der Schein kann trügen.«

»Das Apartment mit Blick auf den Central Park?« Er zeigte auf ihre Tasche. »Die Handtasche von Hermès?«

»Mein Mann hat einen teuren Geschmack.« Diese Andeutung breitete sich zwischen ihnen aus wie Öl auf Wasser. Sie stellte die Tasche auf die Seite.

»Pumps? Mit Absatz oder flach?«, fragte Marco und neigte dabei den Kopf, sodass eine Locke seiner glänzenden Haare nach vorn fiel.

»Flach. Kit mag es nicht so …« Sie stockte, überrascht über die Gefühle, die in ihr hochstiegen. Sie kam sich irgendwie illoyal vor. »Ich bin zu groß.«

»Was ist zu groß? Sie sind die eleganteste Frau, die ich je gesehen habe.«

Tess holt Luft. »Er … Kit mag es nicht, wenn ich größer bin als er.« Marco machte sich eine Notiz. »Ich weiß nicht, was ich will«, sagte sie rasch, und bevor sie der Mut verließ, fügte sie hinzu: »Ich habe nie Schuhe gefunden, die bequem sind. Meine Füße … ich hasse meine Füße.« Ihr versagte die Stimme. »Sie sind so groß und hässlich. Meine Mutter …«

»Ach, immer sind die Mütter schuld. Sehen wir sie uns mal an, ja?«, sagte Marco mit sanfter Stimme. Er stand auf und bot ihr seine Hand. »Vertrauen Sie mir. In meinen Schuhen fühlen Sie sich so natürlich, als würden Sie barfuß gehen.« In der Luft formte er mit den Fingern den Bogen eines ausgestreckten Fußes, die Kurve eines Wadenmuskels. »Schön. Geschmeidig. Im Bad können Sie sich die Strümpfe ausziehen«, sagte er unvermittelt und zeigte auf die Tür in der Ecke der Werkstatt. Er spürte ihr Zögern. »Ich muss mir Ihre Füße richtig ansehen, um etwas entwerfen zu können, das wahrhaftig zu Ihnen passt.«

Sie schloss die Tür des Badezimmers hinter sich und lehnte sich dagegen, die Hand flach auf der Brust, und atmete schnell. *Es ist nur ein Paar Schuhe,* sagte sie sich. Sie sah sich im Spiegel – sie war errötet, und ein paar Haarsträhnen hatten sich gelöst. Tess entfernte den einen Strumpfhalter, dann den anderen, und rollte die Strümpfe von ihren schlanken, bleichen Beinen wie eine zweite Haut. Sie fühlte sich entblößt, wund, und sie bekam eine Gänsehaut im Nacken, spürte die kühle Luft auf der Haut. Das Badezimmer war schlicht, aber makellos sauber. Sie hängte ihren feinen apricotfarbenen Wollmantel an einen Haken an der groben Holztür und tappte barfuß durch die Werkstatt. Die polierten Dielen waren warm und glatt unter ihren Füßen. Sie bemerkte, dass ihr Gang lockerer wurde.

»Na also«, sagte Marco, als sie sich wieder auf den Stuhl setzte. »Sehen Sie? Sie entspannen sich, wenn Sie barfuß laufen.« Er schob den Rollhocker ein Stück zurück und hob ihren rechten Fuß auf seinen Schoß, legte ihn auf die warme Lederschürze zwischen seine Schenkel. »Natürlich.«

»Natürlich was? Sie klingen überrascht.«

»Sie haben die Füße einer echten Tänzerin. Denken Sie an all das, was diese Füße schon durchgemacht haben, wie hart sie gearbeitet haben.« Mit dem Daumen fuhr er über die Schwiele an ihrem großen Zeh, wo der Schuh sie gerieben hatte. Es war eine intime Geste. Ein Schock. Tess war auf der Hut, atmete flach. Mit der einen Hand bedeckte er den Spann ihres Fußes, mit der anderen umschloss er ihren schmalen Knöchel, und Daumen und Zeigefinger trafen sich beinahe. Sie zitterte bei der Berührung. »Sie haben schöne Füße.«

»Sie sind furchtbar«, widersprach sie überrascht. »Die vielen Jahre Spitzentanz.«

»Nein. Das zeigt Hingabe. Jede Narbe, jede Verfestigung bedeutete Schmerz und harte Arbeit für Sie.« Er blickte ihr in die Augen. »Und vielleicht auch Freude?«

Tess lachte und entspannte sich wieder. »Ja, viel Freude. Wenn man tanzt, bemerkt man den Schmerz gar nicht. Erst danach.«

»Wie alt waren Sie, als Sie getanzt haben?«

»Zwölf – nein, vielleicht dreizehn? Man muss warten, bis man kräftig genug ist und die Knochen nicht mehr verformbar sind. Ich habe jahrelang Ballettunterricht genommen und dreimal die Woche getanzt.«

»Ihre Füße sind vollkommen.«

»Nein. Ich …«

»Sie haben die perfekten Proportionen.« Er schob einen Zeichenblock unter ihren Fuß und blickte zu ihr auf. »Ich muss den Umriss skizzieren, dann nehmen wir Maß.«

»Gerne«, sagte sie. Die feinen Härchen auf ihrer Haut stellten sich auf, als Marco mit dem Bleistift eine Linie um ihren Fuß zog. Der Stift streichelte dabei ihren Rist. »Wo haben Sie gelernt, Schuhe zu machen?«

»Von unserem Vater und unserem Großvater. Ich habe mich lange gesträubt, wollte aus dem Geschäft raus so wie Carlo.« Er zuckte die Schultern. »Aber nach einer Weile bin ich wieder zurück.« Marco wandte sich der Werkbank zu, wo eine Holzleiste in einem Schraubstock klemmte. Sägemehl tanzte im Licht der Lampe. Er nahm ein Stoffband herunter und steckte den Bleistift zwischen seine geraden weißen Zähne. Das Band schlang sich ihr um den Fuß und zog sich immer wieder fest. Die Berührung seiner zärtlichen Fingerspitzen war wie ein Puls. Mit konzentriert gesenktem Kopf schrieb er die Maße auf, aber sie hielt die Augen noch geschlossen, denn sie mochte nicht preisgeben, wie seine Berührung sie in Brand gesetzt hatte, eine sengende Hitze, die tief in ihrem Bauch glühte. Draußen schlug ein Ast leicht gegen das Fenster, sattgoldenes Laub schimmerte in der Sonne. Das Maßband bildete wieder eine Schlinge, glitt um ihren nackten Fuß. Sie umklammerte den Stuhl, dachte an die Papierspiralen, die sie für Bobby gekauft hatte, als er klein war, Papierblumen, die sich im Wasser entfalteten, aufblühten und ihre geheime Farbe preisgaben. So fühlte sie sich. Sie zwang sich, sich auf das Buch zu konzentrieren, das auf dem

Schreibtisch lag. »Lesen Sie gerade *Wer die Nachtigall stört?*«

»Francesca hat es mir geliehen.« Marco lächelte. »Sie will mein Englisch verbessern.«

»Gefällt es Ihnen?«

»Ich mag diesen Mann – Atticus Finch. Er besitzt …« Marco suchte nach dem richtigen Wort. »Integrität. Das gefällt mir.«

Integrität, dachte Tess. Nur das Geräusch von Marcos Bleistiftstrichen auf dem Papier durchbrach die Stille. *Wer bist du? Was bist du?* Ihn umgab ein Gewicht, eine Sicherheit, eine Stärke, die sie anzog wie eine Kompassnadel.

»Wie funktioniert das? Ich meine, was passiert als Nächstes mit den Schuhen?«, fragte Tess, die versuchte, ungezwungen zu klingen. Die Stille war zu viel, zu intim, wie Nektar zwischen ihnen beiden. Sie musste etwas sagen, um die Intensität aufzulösen. Eigentlich wollte sie nichts anderes, als mit den Händen durch sein Haar fahren, ihn an sich ziehen. Sie drückte die Fingernägel in die Armlehne wie eine Katze, die sich streckte.

»Einer der Jungs modelliert Ihre Leisten, während ich das Modelldesign vervollständige. Es sind viele Schritte bis hin zu schönen Schuhen, Mrs Blythe.«

»Tess.«

»Es ist ein teures Hobby.« Marco neigte den Kopf, inspizierte ihren Fuß und notierte alle Unebenheiten. »Die Herstellung von Schuhen kann sechs Monate dauern …«

»So lange haben wir aber nicht!«

»Nein. Für Sie mache ich eine Ausnahme.« Er legte ihr die Hände auf den Fuß. »Den anderen Fuß, bitte.« Tess biss sich in Erwartung der Berührung auf die Lippen. »Für Sie machen wir etwas Schönes.«

»Wie viele Leute sind dafür nötig?«, fragte sie. *Was wäre es für ein Gefühl, ihn zu küssen?*, dachte sie. Tess betrachtete seine Hände auf ihrem Fuß, stellte sich vor, wie sie sich auf der Wade, auf dem Schenkel anfühlen würden. Sie stellt sich ihn auf ihr vor, Haut an Haut.

»Viele. Es gibt den Zuschneider, der das Leder vorbereitet, dann wird das Oberleder genäht …«

»Bitte?«

»Na, die Oberfläche des Schuhs. Und so weiter. Viele Hände sind an der Herstellung Ihrer Schuhe beteiligt.« Er rieb die Daumenspitze über den Zeigefinger, und Tess fiel auf, wie stark seine Hände waren.

»Ihnen gefällt Ihre Arbeit?« Sie zeigte auf seine Hände, und Marco drehte sie um.

»Jahrelang waren sie durchtränkt von Schuhwichse und Leim, ich habe nichts anderes getan als gearbeitet.« Er zuckte die Schultern. »Es ist erfüllend. Und Sie?«, fragte er und blickte unter einer dunklen Haarsträhne zu ihr auf. *Bin ich erfüllt?*, dachte Tess und bekam große Augen.

Sie betrachtete ihre bleichen, feinen Hände. »Ich finde, Hände erzählen einem alles über einen Menschen.« Sie versuchte, das Thema zu wechseln. »Es ist schon seltsam, dass wir jeden Tag unsere eigenen Hände sehen und dabei kaum auf sie achten.« Sie hob den rechten Arm langsam in einem anmutigen Bogen. »Beim Ballett verraten die Handbewegungen alles über eine Person, wie sie sich fühlt, wovor sie Angst hat …«

»Was sie begehrt.« Er legte den Kopf schief und zeichnete eine Linie. »Erzählen Sie mir von Ihrer Arbeit. Erzählen Sie mir von Ihrem Leben, Tess.«

Ihr wurde bewusst, dass sie das noch nie jemand gefragt

hatte. Sie wusste nicht, warum – vielleicht lag es an der Wärme der Morgensonne, die durch das Dachfenster schien, oder an dem Geruch in der Werkstatt, an seiner Nähe, seiner Kraft und Sanftheit, aber sie redete.

»Noch nie hat mich jemand …«, flüsterte sie.

Als er den Kopf wendete und sich bemühte, sie zu verstehen, öffnete sie überrascht die Augen.

»Ich bin taub auf dem linken Ohr.« Er tippte sich an die Schläfe. »Ein Schlag zu viel.«

»Schlag?«

»Als ich jünger war, war ich Boxer.« Er bekam Augenfältchen, als er lachte. »Deshalb schlafe ich auf der rechten Seite, nur so kann ich in diesem verrückten Haus meines Bruders Frieden finden.«

»Boxer?«

»Ich habe ein paar Titel gewonnen.« Er zuckte die Schultern. »Aber mein letzter Kampf ist Jahre her, in Florenz, vor dem Krieg.«

»Ich war 1938 in Florenz. Mein Vater dachte, ein Sommer in Italien würde meine Bildung vervollständigen.«

»Und?«

»Kit hat es jedenfalls beeindruckt. Er war nie dort.« Tess biss sich auf die Lippe. »Unser Reiseführer wollte damals mit uns zu einem Boxkampf gehen. Ich dachte mir schon, dass mir der Name Affini irgendwie bekannt vorkommt. Aber das kann doch nicht sein?«

»Stellen Sie sich vor, wir hätten uns damals getroffen.« Der Augenblick, die Möglichkeit erblühte in der Luft zwischen ihnen, die Blätter entfalteten sich. »Ich hätte mich an Sie erinnert.«

»Ich war damals siebzehn, noch ein Kind«, sagte sie.

»Ich kann mir Sie gar nicht als Kind vorstellen. Sie

strahlen so eine …« Marco suchte wieder das richtige Wort. »Ernsthaftigkeit aus …«

»Danke!« Tess lachte.

»Nein – Ausgeglichenheit.«

»Vielen Dank!« Sie lächelte. »Ich denke nach. Wollen Sie damit sagen, ich war immer schon alt?«

»Vielleicht sind wir es beide.«

»Wie leben Sie denn in Italien? Erzählen Sie! Haben Sie Kinder?« *Eine Frau?*

»Nein, ich lebe wie ein Mönch in dem Haus, in dem ich geboren wurde.« Er hielt ihren Fuß mit beiden Händen. Jede Zelle in ihrem Körper schimmerte, eine Flamme fuhr von ihren Zehen bis in den Kopf. Sie wollte ihre Haare lösen, den Kopf befreit zurücksinken lassen. Ihr wurde bewusst, dass sie die Armlehnen des Stuhls umklammert hielt, und sie löste den Griff. Er schien nicht zu bemerken, welche Wirkung er auf sie hatte. »Nur ich und mein kleiner Hund«, sagte er. Er senkte die Schultern ein wenig. »Mein alter Hund ist gestorben, so wie Ihrer.« Seine Sanftheit überraschte sie. Sie musste an einen großen weißen Bären aus dem Central-Park-Zoo denken, an diese unterschwellige, pulsierende Kraft. Marco blickte zu ihr auf. »Ich habe nie geheiratet, wenn Sie das meinen.«

»Nein, natürlich …«

»Mein älterer Bruder Carlo ist ausgewandert. Dann ist er gestorben und hat Claudia mit sieben Kindern zurückgelassen, Frankie war unterwegs. Ich habe Carlos Familie quasi adoptiert.«

»Sie sind also dort geblieben, wo Sie aufgewachsen sind?«

»Ich bin natürlich gereist, beruflich, aber das ist mein Zuhause. Dort sind meine Wurzeln.«

»Irgendwie exotisch. Zumindest kommt es mir so vor.« Tess blickte hinaus zu den Baumwipfeln. »Ich habe so viele Leben gelebt, dass ich gar nicht weiß, wo ich eigentlich herkomme. Ich vermisse … Ich habe ständig Heimweh nach einem Ort, der gar nicht mehr existiert. Der keltische Name dafür lautet Hiraeth. Meine Tante hat mir das erklärt.«

»Wahrscheinlich ist es einfach ein Gefühl von Nostalgie?«

»Es ist mehr als das. Das portugiesische Wort lautet ›saudade‹.« Tess ließ den Kopf an die Stuhllehne zurücksinken.

»Sie sprechen Portugiesisch?«

»Nein. In Provincetown, ich habe eine kleine Hütte dort, in den Dünen, leben viele portugiesische Familien. Ich habe mich eines Abends im *Atlantic* mit einem alten Mann unterhalten …«

»Verbringen Sie viel Zeit damit, mit Männern in Bars zu sprechen?«

Tess riss die Augen auf, Marco lächelte träge. »Nein. Ich war mit einer Gruppe von Freunden dort, und dieser alte Mann sah einsam und traurig aus. Ich habe ihn eingeladen, sich auf ein Glas zu uns zu setzen, und ihn gefragt, warum er traurig ist …«

»Sie sind ein freundlicher Mensch, Tess Blythe.«

»Er hat mir erzählt, es geht um die Liebe, die bleibt, nachdem etwas anderes nicht mehr da ist.«

»Ein Ort? Ein Mensch?«

Sie spürte das Gewicht seiner Frage. Tess warf ihm einen kurzen Blick zu und lächelte. »Vielleicht beides. Es ist ein bisschen traurig, ein bisschen glücklich.«

»Ein bisschen wie Sie, glaube ich.«

Er weiß es, dachte sie. *Er versteht es.* »Ich? Mit mir ist alles in Ordnung. Ich habe nur ein ruheloses Herz, das ist alles. Ich suche immer ein Zuhause.«

»Wo wurden Sie geboren?«

»In Somerset, im Haus meiner Tante Aphra. Kit und ich wurden im selben County geboren und sind um die halbe Welt gereist, bevor wir uns kennenlernten. Ist das nicht seltsam?« Tess schlang die Arme um sich. »Mein Vater war auf See, als ich geboren wurde, deshalb wohnte meine Mutter bei ihrer Schwester. Manchmal vermisse ich dieses Haus noch. Während des Krieges bin ich dorthin zurück, mit Bobby.« Sie faltete die Hände im Schoß. »Erzählen Sie mir von Ihrem Zuhause.«

»Nein, wir haben genug von mir geredet. Sprechen Sie mit mir, Tess, während ich etwas für Sie zeichne.«

Urplötzlich brannten ihr Tränen der Dankbarkeit in den Augen. Sie konnte nicht über sich sprechen. »Aber es interessiert mich. Standen Carlo und Sie sich nahe?«

»Er war mein großer Bruder.« Marco lächelte, aber unter der Oberfläche erkannte sie immer noch die frische Wunde und die Trauer. »Nachdem unsere Brüder im Krieg gefallen waren, waren nur noch wir beide übrig, und es gab zu viele Schwestern, die uns herumkommandiert haben. Ich habe auf ihn aufgepasst, obwohl er der Älteste war. Carlo war immer komplett überfordert. Halbe Sachen hat er nicht gemacht. Es war, als hätte er gewusst, dass ihm nicht viel Zeit blieb. Als er starb …« Marco atmete aus. »Claudia brauchte Hilfe. Frankie war noch ein Baby. Die vielen Kinder.«

»Sie wollten nie eine eigene Familie?«

»Sie haben mich gebraucht. Was sollte ich tun?« Sein Daumen ruhte auf dem Spann ihres rechten Fußes, um etwas zu ertasten. Es kam ihr vor wie ein Brandmal, sengend, köstlich. Tess fühlte sich schwindelig. »Ich arbeite, um ihnen zu helfen.«

Integrität, dachte sie. *Da ist sie.*

»Waren Sie niemals einsam?«, fragte sie.

»Ich war nie allein.«

»Das hatte ich nicht gefragt.«

»Welche Frau sollte mich nehmen, wenn ich gleichzeitig die Kinder meines Bruders großziehe?« Er rieb sich über den dunklen Bartschatten am Kinn, dann zeichnete er eine fließende Linie quer über die Seite. »Wie gesagt, wir sprechen nicht über mich. Entspannen Sie sich, Tess.«

»Ich bin entspannt. Das ist …«

»Erzählen Sie mir alles über Ihr Leben. Wenn ich Sie nicht kenne, wie soll ich da einen Schuh für Sie designen? Fangen Sie von vorn an.«

Das Schweigen zwischen ihnen dehnte sich, bis sie nachgab. Sie erzählte ihm von Hongkong und London, vom Leben auf dem Land und dem Umzug nach New York. Zum ersten Mal wurden all die Bruchstücke ihres Lebens zusammengesetzt, so glatt und nahtlos wie der Ballen Seide, den sie Frankie geschenkt hatte.

»So«, sagte er schließlich, als sie schwieg, und zeigte ihr die Zeichnung. »Dieses Modell hat ein elegantes englisches Herz, ein … ein Pumps mit flachem Absatz.« Er kniete sich neben sie, sodass sich ihre Schultern beinahe berührten. »Hier, Chiffonbänder wie bei einem Ballettschuh.« Er zeigte ihr ein gesticktes Detail, einen zarten Seidenknoten an der Ferse, der die Bänder hielt. »Das ist für den Fernen Osten in Ihnen, und das da« – er fuhr eine feine silberne Linie entlang der mitternachtsblauen Wölbung nach –, »das ist für New York.«

»Silber? Mit Diamanten auf der Sohle.«

»Kristalle.« Er lächelte. »Wie die Lichter der Stadt, an dem Abend, an dem ich Sie kennengelernt habe. Oder die Sternenlichter über dem Meer, die Sie so lieben.«

»Die werden wunderschön. Vielen, vielen Dank!« Tess drehte die goldene Armbanduhr, die locker an ihrem Handgelenk hing. »Es ist spät geworden. Ich muss los, ich habe Unterricht.«

Marco stand auf und reichte ihr die Hand, als sie vom Stuhl stieg. Er nahm ihren Ehering zwischen Daumen und Zeigefinger, schob ihn locker an ihrem Ringfinger auf und ab. »Sie tragen einen Ehering?«

»Natürlich.« Plötzlich bekam sie wieder Angst.

»Aber diese Ehe macht Sie nicht mehr glücklich, glaube ich. Vielleicht war das auch noch nie der Fall.« Er hielt inne, um ihr die Gelegenheit zu geben, ihm zu widersprechen. »Ich glaube, Sie haben Gelübde abgelegt, die Ihr Mann nicht eingehalten hat …« Sie riss entsetzt die Augen auf. »Sie hingegen … Sie. Er ist ein Idiot.«

»Wie können Sie es wagen? So hat noch nie jemand mit mir gesprochen …«

»Nun ja, daran sind Sie selbst schuld. Die meisten Menschen wissen nicht, was sie wollen, und wenn doch, dann haben sie nicht den Mut, dieses Ziel auch zu verfolgen.«

»Aber Sie schon, nehme ich an?«

»Ja. Ich will Sie …«, sagte Marco, und Tess schnappte nach Luft. »Ich glaube, ich kann Ihnen geben, was Sie brauchen.«

»Was fällt Ihnen ein!«

»Ich verspreche Ihnen, Sie müssen vor nichts Angst haben.«

»Angst? Ich habe keine Angst vor Ihnen.« Sie hob das Kinn.

»Doch. Sie haben Angst vor Ihren Gefühlen.« Marco neigte den Kopf. »Ich sehe Sie. Ich sehe, wie Sie mich betrachten.« Marco hob den Blick langsam an, um ihr in die Augen zu schauen. »Ich spüre Ihren Hunger wie Hitze, die Sie ausstrahlen …«

»Sie wissen gar nichts.« Tess riss ihre Hand weg. »Ich hätte niemals so offen mit Ihnen reden sollen …«

»Ich empfinde genauso. Vom ersten Augenblick an, als ich Sie gesehen habe, wollte ich Sie, und jetzt denke ich an Sie …«

»Hören Sie auf. Bitte, hören Sie auf«, sagte Tess. *Er empfindet es auch,* dachte sie.

»Vielleicht täusche ich mich auch. Wenn es so ist, dann verzeihen Sie mir. Aber ich fühle mich zu Ihnen hingezogen, und ich glaube, es geht Ihnen genauso.«

»Sie reisen bald ab. Was ist das also? Ein Abenteuer? Wollen Sie das? Halten Sie so wenig von mir?«

Er überlegte. »Ich reise bald ab, und ich will mich lebendig fühlen. Und in Ihrer Gegenwart fühle ich mich auf eine Art und Weise lebendig, wie ich es noch nie empfunden habe. Ist das so schlimm?«

»Ich bin verheiratet«, sagte sie. »Wir sind so etwas wie eine Familie. Sie wollen etwas Schmutziges, Geheimes …«

»Wir haben alle unsere Geheimnisse.«

Tess traute sich nicht, ihn anzusehen. *Weiß er es? Spürt er irgendwie, dass ich zu haben bin?* Der Abstand zwischen ihnen war nichts, alles. *Wenn ich diese Linie überschreite, gibt es kein Zurück …* Ihre Lippen öffneten sich, sie stellte sich sie beide vor, eng umschlungen.

»Wenn meine Annahmen nicht zutreffen, dann entschuldige ich mich. Wenn doch, bin ich hier. Sie sollen wissen, dass ich Sie bewundere, ich bin …« Er unterbrach sich. »Sie sind eine außergewöhnliche Frau, und Ihr Mann kann sich glücklich schätzen.« Marco griff nach einem Bleistift. »Ich werde Sie nicht drängen, darauf gebe ich Ihnen mein Wort.« Er wandte sich zum Schreibtisch, blätterte einen Terminkalender mit Goldrand durch und fuhr mit dem Finger über eine Seite. »Kommen Sie in einer Woche wieder. Am Dienstag, den siebten. Dann habe ich die Leisten für Sie fertig, und wir können uns das Leder ansehen, damit alles auch wirklich perfekt ist, bevor wir die Schuhe machen.«

»Eine Woche?« Seine Direktheit brachte Tess aus der Fassung. »Natürlich. Ich kann …« *Ich kann es kaum erwarten,* dachte sie. »Ich weiß gar nicht, wie ich Ihnen danken soll.«

»Nach der Arbeit können Sie mich ein bisschen herumführen.« Er warf ihr einen kurzen Blick zu. »Das ist genug.«

Der Gedanke, mit Marco allein zu sein, machte ihr Angst, erregte sie. »Ich weiß nicht, ob das so eine gute Idee ist …«

»Sie haben mein Wort als Gentleman, ich werde mich benehmen. Außer Sie wollen das nicht?«

»Marco …«

»Ich verspreche es.« Marco machte ein Kreuzzeichen auf der Brust, nahm den Hund auf die Arme und lachte, als er sich an dessen Hals schmiegte und ihn mit der Schnauze ans Kinn stupste. »Vielleicht sind wir nur zwei einsame Herzen, die einen Nachmittag freihaben. Womöglich macht es Spaß.«

10

Es regnete, als sie kam. Er wartete an der Holztür zur Werkstatt. Ihr roter Regenschirm war eine leuchtende Flamme auf der grauen, verregneten Straße. Er wusste, dass sie es war, sie musste es sein. Der Regenschirm hatte sie vor dem schlimmsten Regen geschützt, aber sie war trotzdem atemlos, die Wangen gerötet, und in den Haaren funkelten Regentropfen wie Kristalle.

Als Tess an diesem Morgen ein Bad genommen hatte, hatte sie das Wasser so heiß gedreht, wie sie es gerade noch aushalten konnte. Sie berührte sich, dachte an ihn. Sie stellte sich vor den beschlagenen Ganzkörperspiegel und wischte ihn mit der Hand frei, sodass sie sichtbar wurde, die Haut glatt und nach Lilie duftend von dem heißen Wasser, die feinen Härchen ihres Körpers wurden zum Leben erweckt. Sie bemerkte eine dünne Blutspur auf ihrem bleichen Schenkel, wischte sie überrascht ab und rieb das Blut zwischen Daumen und Zeigefinger. Schon seit Jahren blutete sie nur noch selten. »Tänzerinnen menstruieren nicht oft«, hatte ihr Arzt gesagt. »Essen Sie etwas mehr, nehmen Sie ein bisschen zu. Wenn Sie noch ein Kind wollen, Mrs Blythe, dann brauchen Sie einen regelmäßigen Zyklus.«

»Ich dachte, Sie würden womöglich nicht kommen«, sagte Marco jetzt mit einem Lächeln.

»Das wäre ich auch fast nicht.«

»Und auch noch pünktlich.«

»Ich bin normalerweise immer pünktlich.«

»Nur nicht bei mir. Sie haben mich versetzt.«

»Unser erster Termin? Das war ein Missverständnis.«

»Sie … Sie geben mir das Gefühl, etwas Besonderes zu sein.« Er drehte die Handflächen nach oben. »Kein Wachhund?«

»Sie haben gesagt, ich muss keine Angst haben.« Tess warf ihm einen kurzen Blick zu und lachte. »Looty hasst den Regen. Was für ein Tag!« Sie klappte den Schirm zu. »So ein Wetter.«

»Ich mag es, wie die Erde nach Regen riecht.« Er trat zur Seite, um sie in die Werkstatt zu lassen, und schloss die Tür hinter ihnen. Ein Regentropfen rann ihm am Hals entlang und fing sich zwischen den Schlüsselbeinen. Sie beneidete ihn. Sehnte sich danach, ihn mit den Lippen dort zu berühren. Sie war froh über den Schmerz in ihrem Bauch. Es fühlte sich an, als würde die Erde nach einem langen Winter wieder auftauen. Der Regen fiel gedämpft auf das Blechdach über ihnen. »So. Ihre Schuhe.«

»Ja. Die Schuhe.« Sie strich sich die Haare zurück. »Wie sind sie …?« Sie hielt inne, als er ihr die Leisten zeigte, zwei polierte, schlanke Formen. Fasziniert drehte sie sie in den Händen. »Das können doch nicht meine sein?« Sie hob einen der Leisten auf Augenhöhe, fuhr langsam mit dem Zeigefinger über den schlanken, eleganten Bogen.

»Ich habe es Ihnen doch gesagt. Perfekte Füße.«

»Wie konnten Sie die so schnell herstellen?«

»Ich habe kleine Kobolde, die Tag und Nacht für Sie arbeiten.«

»Sie sind schön.«

»Ich dachte an dieses Leder.« Er überreichte ihr ein Stück weiches, hautfarbenes Wildleder wie ein Geschenk.

»Das fühlt sich an wie Samt«, sagte sie. »Die Chiffonbänder gefallen mir sehr gut.«

»Wie gesagt, ich dachte an Ballettschuhe.« Er zeigte auf die Zeichnung. »Von vorn sehen die Schuhe schlicht und klassisch aus, aber wenn Sie damit durch die Kirche laufen, richten sich alle Augen auf Sie ...«

»Auf Frankie«, sagte sie. »Niemand beachtet die Mutter des Bräutigams.«

»Ich kann nicht glauben, dass niemand Sie jemals beachtet hat, Tess.« Sie atmete scharf ein, legte das Leder auf die Werkbank und hielt den Atem an. »So sehen die Leute jedenfalls die Stickerei, das aufblitzende Silber, die Diamanten an Ihren Füßen.«

»Das ist zu viel. Sie sind zu schön.«

»Ich mache gerne schlichte Entwürfe, aber mit einem Geheimnis.« Er legte die Leisten quer auf die Werkbank, seine Finger ließen nur widerwillig davon ab. »Schöne Schuhe für eine schöne Frau.«

»Marco, ich kann nicht ...«

»Haben Sie Hunger?«

»Hunger?« *Woher weiß er das?*

»Auf ein Mittagessen. Ich habe nicht gefrühstückt.«

»Ja, schon.«

»Gegenüber ist ein Café« Er nahm sein Jackett von der Garderobe. Auf dem Gehsteig blieben sie stehen. Es regnete nur noch leicht. »Soll ich Ihren Regenschirm holen?«

»Nein danke«, rief Tess, rannte zwischen den Autos

hindurch über die Straße, drehte sich kurz um und lachte. »Ich liebe den Regen auch.« Als sie das schützende Vordach des Cafés erreichten, öffnete er ihr die Tür. Ein Messingglöckchen klingelte.

»Speisekarte?« Die Kellnerin knallte eine Plastikmappe auf den Tisch und zog einen Stift hinter dem Ohr hervor. »Wie geht es Claudia?«, fragte die Frau spitz.

»Gut.« Marco zeigte auf Tess. »Das ist Mrs Blythe, ihr Sohn heiratet Frankie.« Die Frau hob anerkennend den Kopf und nahm die Bestellung auf.

»Wo wollen wir denn anschließend hingehen?«, fragte Marco und trank einen Schluck Kaffee, sobald er serviert worden war.

»Anschließend?«

»Das war doch ein Deal. Sie haben versprochen, mich herumzuführen, wissen Sie nicht mehr?«

»Noch einmal: Ich dachte, Sie wollten nur höflich sein.«

»Ich möchte ein Geschenk für Francesca kaufen. Ein Schmuckstück. Etwas Besonderes. Wo würden Sie hingehen?«

»Da gibt es nur einen Ort. Tiffany.«

»Okay, und dann? Ich glaube, ich würde gerne einen Nachmittag mit Ihnen verbringen, Tess. Was halten Sie davon?«

11

In der 5th Avenue blieb Tess stehen und überprüfte ihr Spiegelbild in der Fensterscheibe des Juweliers. Sie war das schmerzende Ziehen im Unterleib nicht gewohnt. Sie dachte an schmelzendes Eis. *Merkwürdig, wie wir gar nicht auf unseren Körper achten, bis etwas schiefläuft oder wehtut,* dachte sie und legte sich die Hand auf den Bauch. Sie sah sich in die Augen. *Wir sehen nur die Verpackung, während unsere Herzen, Lungen und der ganze Rest still weiterarbeiten, um uns am Leben zu erhalten.* Sie richtete ihre Aufmerksamkeit nun auf die vielen Menschen, die sich hinter ihr auf den Gehsteigen drängten. *Jeder Einzelne dieser Menschen hat genau jetzt ein Gespräch im Kopf. Sie denken darüber nach, welches Sandwich sie wählen sollen, mit jemandem zu schlafen, nach dem sie verrückt sind, dem sie es aber nicht sagen können, oder sie denken an jemanden, der sie 1954 einmal verletzt hat. Diese ganzen Gedanken und die Vergangenheit, die Gegenwart und die Zukunft strömen vorwärts und rückwärts durch die Straße wie ein Fluss.* Tess summte *Moon River,* neigte den Kopf und betrachtete die gespiegelte Stadt im Fenster, Marco, der das Taxi bezahlte. *Was denkt er? Was denkt er von mir?*

Er trat zu ihr und stellte sich neben sie. »Woran denken Sie gerade, Tess Blythe?«

»An den Film. Haben Sie ihn gesehen? Holly Golightly steht hier, isst ein Hörnchen und …«

»Warten Sie.« Marco lief rasch zu einem Brezelstand und kaufte eine. »Okay«, sagte er, als er wieder bei ihr war. Er bot ihr ein Stück an, doch sie schüttelte lachend den Kopf. »Wir müssen das doch mit allen Sinnen nachempfinden, oder?«

»Holly Golightly sagt, bei Tiffany kann einem nie etwas Schlechtes zustoßen.«

»So einen Ort braucht jeder.« Marco zog die Stirn in Falten.

»Wo ist Ihrer?«

»Meiner? Auf dem Hügel hinter meinem Haus auf dem Land steht eine Zypresse. Ich kann mich dort mit meinem Hund hinsetzen, mein Zuhause betrachten, Florenz am Horizont sehen. Dort finde ich Ruhe und Frieden.« Er biss von der Brezel ab, warf sie in einen Mülleimer in der Nähe und wischte sich die Krümel von den Händen. Der Türsteher zog die schweren Türen aus Edelstahl und Glas auf, und sie betraten das Atrium des Ladens. Der dicke Teppich schluckte ihre Schritte, und das matte Licht umgab sie. »Ich verstehe, warum sie sich hier sicher fühlt.« Marco sah sich in dem Raum mit der hohen Decke und den mächtigen korinthischen Säulen um. »Holly hat ihr Juweliergeschäft, Sie haben Ihre Hütte an der Küste.«

»Vermissen Sie Ihr Zuhause?« Tess kam zu ihm.

»Vielleicht suche ich noch einen Ort oder einen Menschen, wo ich mich wie zu Hause fühle.« Marco wandte sich um und sah sie an.

»Wir suchen ein Hochzeitsgeschenk für eine Braut«,

sagte Tess zu dem Verkäufer und legte ihre Handschuhe auf die Glasvitrine.

»Diamanten? Perlen?«, fragte er.

»Perlen, glaube ich.« Marco hob die schwere Kette, die Tess um den Hals trug, an und strich ihr dabei mit dem Zeigefinger über das Schlüsselbein.

»Die Perlen Ihrer Frau sind wirklich hochwertig.« Der Verkäufer nahm sie näher in Augenschein. »Lassen Sie mich einmal sehen, ob wir etwas Ähnliches haben.«

»Verzeihen Sie«, sagte Marco zu ihr, als der Mann verschwunden war.

»Was denn?«

»Er hat Sie als meine Frau bezeichnet. Ich dachte, das ist Ihnen vielleicht peinlich.«

»Warum, um alles in der Welt, sollte ich mich deswegen unwohl fühlen?«, fragte Tess und betrachtete das funkelnde Sortiment von Diamantringen. Ihn sah sie absichtlich nicht an.

~

Marco ging die 5th Avenue entlang, an seiner Hand baumelte ein helltürkisfarbenes Täschchen. »Wollen Sie wirklich nicht lieber ein Taxi nach Hause nehmen?«

»Es ist nicht weit, und es ist ein schöner Tag«, sagte Tess. »Außerdem habe ich keine Lust, nach Hause zu gehen, noch nicht. Waren Sie schon im Park?« Marco schüttelte den Kopf.

»Kommen Sie.« Sie lief voran über die Straße. »Ich habe eine Idee.«

Sie überquerten die Bow Bridge. Tess blieb stehen und drehte sich zu Marco um. Der helle Boden der Eisenbrücke schimmerte vor dem Hintergrund des kupferroten und gelben Laubs, die Streben aus Ipé-Holz hatten von dem Regen von vorhin ein warmes Rot angenommen. »Ich liebe diese Brücke«, sagte sie. »Das ist mein Lieblingsplatz im Park. Ich weiß nicht, warum, in der Nähe von Wasser kann ich immer klarer denken. Geht es Ihnen auch so? Früher habe ich Stunden auf den Fährschiffen in Hongkong verbracht.« Sie errötete, denn sie hatte das Gefühl, zu viel zu reden, und ging weiter. Beim Loeb Boathouse liehen sie sich ein Ruderboot. Marco sprang mühelos hinein und bot ihr die Hand.

»Das war eine wunderbare Idee«, sagte er und griff nach den Rudern. Das Boot stieß ins offene Wasser. Goldene Blätter taumelten von den Bäumen um sie herum, und die weißen Säulen des Bootshauses spiegelten sich glänzend im Wasser.

»Im Herbst ist es herrlich hier«, sagte sie. »Ich dachte immer, das wäre ein wunderschöner Ort für eine Hochzeitsfeier.«

»Für Bobby?« Marco zog die Ruder zurück, sodass das Boot vorwärtsgeschoben wurde. »Als Mutter des Bräutigams ist es bestimmt schwierig für Sie, loszulassen.«

»Loszulassen?«

»Alles. Claudia und Frankie die Wahl des Ortes für die Feier zu überlassen, die Wahl der Blumen.«

»Das bin ich gewohnt. Kit überlässt mir nie eine Entscheidung.« Tess beugte sich zur Seite und fuhr mit der Hand durch das Wasser, das hinter ihnen glitzerte. »Ich habe mein ganzes Leben damit verbracht, loszulassen.«

»Sagen Sie, Tess, haben Sie jemals einen anderen Mann geliebt?«

»Außer Kit, meinen Sie? Nein.« Sie hob überrascht das Gesicht und kniff die Augen gegen die Herbstsonne zu.

»Es gab einmal jemanden.« Sie schirmte das Gesicht mit der Hand ab, um ihn besser sehen zu können. »Aber es ist nichts passiert.« Sie blickte über das Wasser hinweg. »Das war während des Krieges.«

»Im Krieg ist alles anders.« Marco zog die Ruder fest durch, und das kleine Boot glitt über den quecksilberfarbenen See. »Wie sagt man? Alles ist möglich.«

»Wir waren einige Zeit getrennt damals. Kit war es sehr wichtig, dass unser Kind in Somerset geboren würde, so wie er und seine Vorfahren.«

»Eine gute Tradition.«

»Eine wichtige, wenn er das geheiligte Midchester von seinem Großvater erben wollte.«

»Aha. Ich verstehe.« Marco atmete aus. »Ihr Mann mag Geld, glaube ich.«

Tess blickte auf ihre Hände hinab. »Meine Tante Aphra hat immer gesagt, ich soll Vorsicht walten lassen bei Männern mit Abständen zwischen den Fingern.«

Marco lachte. »Warum?«

»Sie können nicht gut mit Geld umgehen.« Tess drehte ihre Hände um. »Kit hat Hände wie ein Sieb.« Sie hielt ihre eigenen, lückenlos aneinanderliegenden Finger ins Licht, genau wie Marco. Er hob eine Augenbraue und wartete, bis sie weitersprach. »O ja, Aphra würde Sie gutheißen.« Tess schlang sich die Arme um die Knie. »Kit hat mich nach Hause fliegen lassen, denn er war fest entschlossen, dass das Kind in Somerset geboren werden sollte.« Sie lächelte traurig. »Damals war das ein unerhörter Luxus. Zehn Tage über Indien, Ägypten, Griechenland, Italien ...« Sie schwieg. »Ich glaube, ich habe mich die ganze Strecke von Hongkong bis Southampton übergeben.«

»Aber Bobby wurde in England geboren?«

»Wie bitte? Entschuldigung, ja. Kit machte sich ziemliche Sorgen wegen des drohenden Krieges, und er wollte, dass wir in Sicherheit sind.« Sie hielt inne. »Leider hatte er beschlossen, in Hongkong zu bleiben, so wie meine Eltern.«

»Sie saßen dort fest?«

Tess nickte. »Meine Mutter und Kit wurden im Dezember 1941 als Kriegsgefangene festgenommen. Mummy ist im Stanley Internment Camp gestorben. Malaria. Sie … Ich glaube, sie hat sich nie von den Grausamkeiten erholt, die sie mit ansehen musste. Sie wurde dort auf dem Militärfriedhof begraben. Ich hoffe … na ja, irgendwann würde ich gerne wieder nach Hongkong zurück und ihr Lilien bringen. Sie liebte den Duft von Stargazer-Lilien.«

»Und Ihr Vater?«, fragte Marco sanft.

»Er wurde frühzeitig während der Invasion getötet.«

»Das tut mir leid.«

»›Die Augen der Welt sind auf euch gerichtet – leistet Widerstand bis zum Ende.‹ Ich werde nie vergessen, wie ich Churchills Worte hörte. Ich wusste, Vater würde niemals nachgeben. Er war auf der *HMS Tamar*, die zur China Station gehörte. Sie gingen im Dezember 1941 mit der East Indies Station zusammen, um die Eastern Fleet zu bilden.« Tess starrte vor sich hin. »Sie haben 1939 sogar Evakuierungspläne ausgearbeitet, aber meine Eltern und Kit weigerten sich, zu gehen. Hongkong war unsere Heimat. Mein Vater war darauf vorbereitet, bis zum Schluss zu kämpfen, und Mutter wollte ihm nicht von der Seite weichen.«

»Sie war sehr tapfer. So wie Ihr Mann.«

»Ja. Das überrascht mich immer noch. Ich weiß nicht,

warum …« Tess zögerte. »Warum ist er geblieben?« Sie fasste sich wieder. »Die Behörden ließen ausländische Zivilisten bleiben, solange sie bereit waren, als Helfer eingesetzt zu werden. Kit wurde im September 1939 ins HKRNVR berufen – die Freiwilligen bei der Marine in Hongkong. Mutter arbeitete als freiwillige Helferin im St Stephen's College. Es wurde als Krankenhaus genutzt. Sie … An Weihnachten 1941 gab es ein fürchterliches Massaker. Ich mag mir gar nicht vorstellen, was sie mit angesehen hat, was für eine schreckliche Angst sie gehabt haben muss.« Tess verstummte. »Die *HMS Tamar* wurde im Dezember 1941 versenkt, damit sie den Japanern nicht in die Hände fallen konnte. Gott weiß, was mein Vater durchgemacht hat, bevor er starb. Meine arme Mutter.«

»Sie muss wirklich eine tapfere Frau gewesen sein und dazu sehr loyal.« Marco ließ die Ruder auf seinen Knien ruhen. »Sie wäre stolz auf Sie, Tess.«

»Glauben Sie? Sie konnte ihr Enkelkind nie in den Armen halten, das finde ich sehr traurig. Sie hätte Bobby geliebt. Sie hätte ihn angehimmelt. Sie wollte immer einen Jungen.« Tess lächelte traurig. »Manchmal denke ich, es gibt keine Familie auf der ganzen Welt, die nicht von diesem abscheulichen Krieg in Mitleidenschaft gezogen wurde.« Sie schlang die Arme um sich. »Ich dachte lange, Kit wäre auch getötet worden.«

»Das muss fürchterlich gewesen sein.«

»Es war sozusagen eine ziemliche Überraschung, als er Weihnachten 1945 urplötzlich in Somerset auftauchte.« Sie blickte über das Wasser.

»Ein regelrechtes Weihnachtswunder, wie?«

»So ungefähr.«

»Hat er Ihnen von seinen Erfahrungen erzählt?«

»Er spricht nie darüber.« Tess warf Marco einen kurzen Blick zu. »Waren Sie im Krieg?« Er nickte. »Sprechen Sie darüber?«

Er schüttelte den Kopf. »Wir sind alle gleich.«

»Kit war … danach war er sehr verändert.«

»Ist das nicht traurig für Sie?« Marco tauchte die Ruder wieder ein.

Tess hatte das Gefühl, als hätte ihr jemand einen Schlag in den Solarplexus verpasst. »Traurig? Trauriger geht es nicht«, sagte sie verärgert. »Wir hatten nie eine Chance. Mein Leben, mein ganzes Leben ist …« Sie dachte an Kits Sammlungen, an die ausgeblasenen Eier und aufgespießten Schmetterlinge. »Es ist um ein totes, hohles Herz herum gebaut.« Sie beugte sich vor und schlang die Arme um die Knie. Als sie die Augen schloss, hatte sie das Gefühl, sie würde über dem Wasser fliegen.

»Es tut mir leid.«

»Nicht. Seien Sie nicht freundlich. Dann muss ich weinen, und das hasse ich.« Tess atmete scharf ein und lächelte. »Ach je, es tut mir leid. Normalerweise rede ich nicht so.«

»Es tut aber gut, oder?«

»Ich … ich habe einfach irgendwie das Gefühl, ich hätte irgendwo einen Schritt ausgelassen. Als hätte ich meinen Augenblick im Leben verpasst. Ich habe alles getan, was von mir erwartet wurde. Ich habe geheiratet, ich … ich bekam ein Kind, hatte einen Beruf. Warum bin ich nicht glücklich?«

»Wer hat denn behauptet, es würde Sie glücklich machen, brav zu sein?« An seiner Stimme hörte sie, dass er lächelte. Sie wagte es nicht, ihn anzusehen.

»Ich weiß nicht, wann ich begriffen habe, dass ich mein

ganzes Leben dem Ziel gewidmet habe, meine Familie glücklich zu machen, und mich selbst unterwegs dabei verloren habe. Mehr wollte ich nicht, ich wollte nur Bobby und Kit glücklich machen, warum also fühle ich mich so verloren? Es fühlt sich …« Sie bemühte sich, das Gefühl auszudrücken, das in ihrer Brust aufstieg. »Ich habe einfach das Gefühl, es könnte so viel mehr sein. Es ist nur außer Reichweite.«

»Was denn?« Marco hörte auf zu rudern, und das Boot trieb lautlos dahin.

»Tiefe. Leidenschaft. Liebe.« Tess fuhr sich mit der Hand über die geschlossenen Augen.

»Das machen Sie übrigens immer, wenn Sie versuchen, etwas zu sehen, etwas zu sagen.«

Überrascht blickte Tess ihn an, dann wieder auf ihre Hände. »Eine alte Freundin meiner Mutter hat immer gesagt, wenn man Kinder hat, wird man zum Rahmen und ist nicht mehr das Bild. Das ist wirklich so. Ich bin stolz auf Bobby und froh, dass er eine so schöne, so bemerkenswerte junge Frau heiratet …«

»Aber Sie hoffen immer noch, Ihnen bleibt Zeit, das Meisterwerk zu werden?«

Tess lachte. »Sie sind gemein.«

»Sie müssen sich über Ihren Roberto keine Sorgen machen. Francesca wird den bestmöglichen Mann aus ihm machen, das werden Sie sehen.« Marco lächelte und ruderte weiter. »Und jetzt haben Sie Zeit, diejenige zu werden, die Sie die Jahre über hätten werden sollen, glaube ich.«

Tess blickte hinauf zum Himmel, zu einem Mauersegler. »Flügge werden. Ein ulkiger Ausdruck. Kennen Sie den Ausdruck auch im Italienischen? Ein leeres Nest.«

»Darum geht es doch im Leben, um Bewegung und Veränderung, und dass die Jungen weiterziehen, um sich selbst ein Leben zu schaffen. Natürlich ist das bittersüß. Sie sind stolz, aber gleichzeitig bricht es Ihnen das Herz.«

Bilder stürzten auf Tess ein, als blätterte sie ein altes Fotoalbum durch, das nur sie allein kannte. Bobbys Gesicht, als sie zum ersten Mal in seine unergründlichen schwarzen Augen blickte, nachdem die Schwester in der Geburtsklinik ihn ihr gereicht hatte. Welch eine Liebe. Welch eine heftige Liebe, die sie komplett überraschte. Seine freudigen ersten Schritte, sein Gelächter, das wie ein plätschernder Bach in die Frühlingsluft aufstieg. Hinter ihm durch das Moor zu reiten, seine schmalen Schultern gesenkt über den kastanienroten Hals seines Pferdes. Sie dachte daran, wie er am Strand in Provincetown Seifenblasen machte, an einem kalten Tag, dessen Sonnenstrahlen die ersten falschen Versprechungen des Sommers enthielten. Sie hatte sich hinter ihn gestellt, und vollkommene, schillernde Seifenblasen waren hinauf in einen wolkenlosen blauen Himmel geschwebt. Sie erinnerte sich, wie sich seine Arme und Beine anfühlten, fest und schön, und wie das Gewicht ihres Kindes auf der Hüfte ihr das Gefühl gab, zum ersten Mal in ihrem Leben verwurzelt und geerdet zu sein. Auch jetzt noch spürte sie ihn – leicht wie die Seifenblasen. Das Kind war wie die Seile und der Ballast, die einen Ballon festhielten. Sie wurde gebraucht. Sie gehörte zu jemandem. Tag um Tag, Monat um Monat, Jahr um Jahr brauchte er sie weniger. Sie fühlte, wie sie davonschwebte, eine Seifenblase, ein aufsteigender Ballon, dessen Halteseile sich lösten. »Oder ist er es, der davonfliegt?«, murmelte sie. Sie dachte an die Saturnrakete, das Schweben im Weltall, an die Freiheit.

»Verzeihung?«, fragte Marco.

»Würden Sie zum Mond fliegen, wenn Sie könnten?«

»Natürlich.«

»Danke!« Sie lachte. »Kit hält mich für ziemlich verrückt.«

»Aber warum? Stellen Sie sich nur vor, die Erde vom Weltraum aus zu sehen. Wie vollkommen und unbedeutend alles wirken würde.«

»Was würden Sie im Weltraum vermissen?«

»Im Weltraum?« Er zögerte. »Ich würde Lagerfeuer vermissen und Kaffee und den Geruch von Lavendel und Jasmin. Ich würde meinen Hund vermissen. Ich würde meine Familie und meine Freunde vermissen und den Anblick des Sonnenaufgangs von meiner Terrasse in Florenz aus, die Wandlung des Himmels von Mitternachtsblau zu Apricot, das Erblühen des Lichts.«

»Das klingt wunderschön.«

»Sie sollten es sehen.« Er legte den Kopf schräg. »Und was würden Sie vermissen, abgesehen von Bobby und Ihrem Mann?«

Dich. Das war das Erste, was ihr einfiel, als der Regen einsetzte. *Diesen Augenblick.* Diesen perfekten Augenblick. Marco ruderte zur Brücke, wo sie Schutz suchten. Das Boot schaukelte sanft, der Regen fiel jenseits des Schattens. »Ich würde alles vermissen.« Tess fror plötzlich und rieb sich die Arme. »Das Tanzen, die Musik, die Schönheit von allem.«

»Ihnen ist kalt.« Er schlüpfte aus seinem Jackett. »Ich glaube, manche Erinnerungen sind wie der Refrain eines Liedes, sie wiederholen sich immerzu, bis sie zum Zentrum Ihrer Melodie, zur Musik Ihres Lebens werden.«

»Danke«, sagte sie und zog das Jackett fest um sich.

»Es ist Ihre Entscheidung, welche Erinnerungen Sie am häufigsten abrufen, die guten oder die schlechten.«

Ich entscheide mich, dachte sie und atmete den Duft des Jacketts ein, das nach seinem Eau de Toilette roch. *Ich entscheide mich für dich. Du bist meine Melodie.* »Ich habe eine Hütte oben in Provincetown, an der äußersten Spitze von Cape Cod.«

»Die hatten Sie erwähnt. In den Dünen?«

»Ja. Sie würde mir fehlen.« Den Gedanken daran hütete sie jetzt wie ein Juwel – das glasklare Licht, den Blick zum Leuchtturm von Long Point. Sie wackelte wohlig mit den Zehen bei der Erinnerung an warmes, raues, silbrig gewordenes Holz, an Sand, an Salzwasser. »Sie gehört nämlich mir, und sie hat nichts mit Kit zu tun oder mit Bobby, auch wenn er in den Ferien immer dort war, als er noch kleiner war. Das Meer liegt mir wohl im Blut.« Tess fröstelte und verschränkte die Arme. »Mein Großvater ist mit vierzehn weggelaufen und zur See gefahren, mein Vater war bei der Navy …«

»Und Ihr Mann auch.«

»Kit war nur wegen der Uniform dabei.« Tess lachte leise und warf einen kurzen Blick zu Marco. »Ich bin nicht illoyal, er ist der Erste, der das zugibt. Er sagt, er hat für den Rest seines Lebens genug vom Meer gesehen. Kit hasst die Hütte – es ist eher eine Baracke. So etwas Rustikales ist nichts für ihn. In dem Ort schließt alles um elf, und zu jeder Mahlzeit gib es Muscheln oder Fisch oder Hummer. Das ist zu unkonventionell für ihn, zu schäbig. Ich habe keinen Strom, das Wasser ist brackig, aber ich liebe das alles.«

Marco beugte sich vor und zog das Jackett enger um sie. In dem stillen Schatten spürte sie seine Wärme. »Sie überraschen mich.« Er sah ihr in die Augen. »Das mag ich an Ihnen.«

Tess wandte den Blick ab und ließ ihn über das Wasser schweifen. Sie empfand seine Nähe, seine Wärme als so intensiv, dass ihr regelrecht schwindelig wurde. »Es ist echt. Man wacht mit dem Licht auf und macht es sich nach Sonnenuntergang bei Kerzenschein gemütlich. Ich mag es sogar, dass überall Sand ist – im Bett ist immer Sand.« Sie lachte leise und strich sich eine Strähne aus dem Gesicht. *Im Bett.* Sie stellte sich Marco dort vor. »Die meisten Leute gehen nach dem Columbus Day von Bord.« Sie plapperte weiter, um sich abzulenken. »Aber ich fahre hin, sooft ich kann, den ganzen Winter über, und ich schwimme im Meer.«

»Ist das nicht gefährlich?«

»Doch, es gibt natürlich Quallen, Portugiesische Galeeren und Haie.« Tess grinste und sah kurz zu ihm hin. »Aber meistens ist es einfach nur kalt. Sehr kalt. Es ist verrückt.«

»Was machen Sie im Winter?«

»Normalerweise verschließe ich die Hütte und miete mir eine Unterkunft näher am Ort, mit ein paar mehr Annehmlichkeiten. Ich liebe es, wenn Schnee die Veranda bedeckt. Man legt Scheite in den Ofen und wickelt sich in Decken. Vielleicht kaufe ich irgendwann ein größeres Haus, aber die Hütte werde ich immer behalten. Wenn Bobby und das Tanzstudio nicht gewesen wären, wäre ich schon vor Jahren dorthin gezogen. Jetzt …« Sie zögerte. *Jetzt kann ich machen, was ich will.* »Na ja, da Bobby jetzt Frankie hat, die sich um ihn kümmert, habe ich mehr Zeit.«

»Wird Ihr Mann Sie nicht vermissen?« Marco lehnte sich zurück. »Ich würde es jedenfalls tun, das weiß ich.«

Tess blinzelte. »Ich … Kit hat so viel zu tun und wäre sicher froh, wenn ich ihm etwas seltener ein Klotz am Bein bin. Und ich habe die wunderbare Elaine, die das Studio im Schlaf leiten kann.«

»Dann ist das jetzt Ihr Moment? Ihr dritter Akt.«

»Wie?«

»Sie waren ein Kind, eine Mutter, und jetzt sind Sie frei, Sie selbst zu sein.«

»Angekommen«, sagte Tess und zeigte auf ein Gebäude an der East 79th. Sie ging langsam, denn sie wollte nicht, dass der Tag endete. »Ich muss Unterricht geben.«

»Darf ich zusehen?«, fragte Marco.

»Sie wollen mir beim Unterrichten zusehen?« *Bitte geh nicht,* dachte sie. *Noch nicht, noch nicht …*

»Natürlich. Claudia hat doch gesagt, ich brauche ein paar Tanzstunden. Vielleicht kann ich mir ein paar Tipps holen.« Marco zuckte die Schultern. »Außerdem möchte ich nicht, dass der heutige Tag zu Ende ist …«

»Noch nicht«, sagten sie beide gleichzeitig und lachten.

Schweigend liefen sie nebeneinander zum Studio, und wenn sich ihre Arme, die Handrücken streiften, dann schlug es Funken wie elektrisch aufgeladenes Gold.

»Machen Sie es sich bequem«, sagte Tess und deutete auf die Stuhlreihe hinten im Studio. »Möchten Sie einen Kaffee?« Marco schüttelte den Kopf und setzte sich. In der Umkleide schloss Tess die Tür und lehnte sich einen Augenblick dagegen, drückte die Hand gegen die alte, abgeblätterte Farbe. *Mein Gott!* Ihr Bauch war angespannt vor Hunger, vor Begehren. Sie zog sich aus, sah kurz zur Tür hin, die nackte Haut ihrer Arme, ihrer Beine lebendig. Tess hörte, wie die ersten Schülerinnen eintrafen, beeilte sich und zerriss dabei die Strumpfhose. Sie suchte eine andere, schlüpfte hinein, verlor das Gleichgewicht und fiel gegen den Spind. Der Gedanke, dass er da war, dass er wartete, war zu viel. Sie betrachtete sich im Spiegel. »Reiß dich zusammen«, murmelte sie und fasste die Haare zu einem Knoten zusammen. »Es ist nur ein Tanz. Er ist …« Der Gedanke an ihn schoss durch sie hindurch wie ein Stein, der in Wasser fällt. Sie war flüssig. Tess schloss die Augen und atmete tief durch. »Was tue ich? Das geht doch nicht«, sagte sie sich. »Doch. Doch, das geht.«

Während des Unterrichts spürte sie seinen Blick auf sich ruhen. Er saß zwischen den Müttern, ein Löwe inmitten einer flatternden Wolke von Schmetterlingen, ungerührt, undurchdringlich. Als Gladys gehen wollte und das Licht über dem Klavier ausschaltete, sah sie Tess mit großen Augen an, fragend, und formte mit den Lippen die Worte: »O Gott!« Die schwere Tür zum Studio schloss sich, und sie waren allein.

»Ich hoffe, der Unterricht hat Ihnen gefallen«, sagte Tess.

»Sie sind zu gut für sie.« Er stand auf. »Das sehe ich an jeder Ihrer Bewegungen. Warum haben Sie nie professionell getanzt?«

»Ich sollte gehen.« Tess war nicht ehrlich.

»Wollten Sie mir nicht das Tanzen beibringen?« Marco zog sich sein Jackett aus.

»Das wäre nur fair.« Sie sah die Schallplatten durch. »Wissen Sie, zu welcher Musik Sie mit Frankie tanzen werden?«

»Keine Ahnung. Das ist eine Tradition in unserer Familie. Der Vater der Braut bekommt einen letzten Tanz mit seinem kleinen Mädchen, bevor er sie an den Bräutigam übergibt.«

»Das ist schön.« Sie zog eine Platte aus der Hülle und legte sie auf den Dorn des Plattentellers. Das Knistern von Vinyl erfüllte die Luft, die ersten Töne von *Take Good Care of my Baby*. »Passt das?«

Marco schüttelte den Kopf und sah selbst die Platten durch. »Die hier. *It's Now or Never.*« Tess hob mit zitternder Hand den Tonarm hoch, und es wurde plötzlich still. Sie fasste sich wieder, legte vorsichtig die neue Platte auf und schaltete den Plattenspieler ein. In der Stille gingen sie in die Mitte des schwach erleuchteten Studios, während sich die Nadel auf den glatten Rand der Platte senkte und das sich drehende Vinyl rauschte, bevor die Musik einsetzte. Er hob die Hand. Tess führte ihre Hand an seine, ohne ihn zu berühren. Die Luft schimmerte zwischen ihnen, und sie drehten sich im Kreis, die Blicke miteinander verbunden, die Musik zog sie zueinander, sein Arm lag um ihre Taille. Tess hob das Kinn, ihre Hand ruhte leicht auf seiner Schulter, seiner Hand. Auf ihr Nicken hin bewegten sie sich synchron, mit leichten und mühelosen Schritten.

»Ich dachte, Sie hätten gesagt, Sie können nicht tanzen?«

»Im Club habe ich gesagt, ich tanze nicht.« Er zog sie enger an sich. »Das ist ein Unterschied.« Er beugte sich zu ihr vor, streifte ihr Ohr mit den Lippen. »Gibt es etwas, das Sie mir beibringen können?«

»Lassen Sie los«, sagte sie. »Vertrauen Sie mir.« Sie schloss die Augen. Während sie tanzten, dachte sie daran, wie sie als Kind am Ufer eines Sees in China gestanden hatte und der Bergwind über das Wasser wehte. Damals fühlte sie sich genau so – schwerelos, grenzenlos, eins mit der Luft um sie herum, ein flüchtiger Augenblick der Anmut. Sie tanzten weiter, noch als die Schallplatte zu Ende und die Musik verstummt war.

»Tanzen Sie jetzt für mich«, sagte er.

»Das kann ich nicht. Ich habe seit Jahren für niemanden mehr getanzt, nicht, seit …« Ihr stockte die Stimme.

»Bitte. Lassen Sie mich Ihnen zusehen.« Er hielt den Kopf gesenkt, mit den Lippen streifte er ihre Wange. Sie wusste, er gab ihr eine Chance, wegzulaufen, wenn sie das wollte. Er gab ihr eine letzte Chance. Begierde hüllte sie beide ein wie das Summen eines Stromkabels. Tess wich zurück. *Die letzte Chance*, dachte sie. In der Umkleide warf sie einen kurzen Blick zur Hintertür und zögerte. Aus ihrem Spind nahm sie die roten Spitzenschuhe. Sie streifte ihre staubigen schwarzen Ballerinas ab und kehrte in das schwach beleuchtete Studio zurück. Die roten Schuhe baumelten an ihrer linken Hand, die Bänder wickelten sich auf. Barfuß tappte sie in die Mitte des Raums und setzte sich auf den Boden, um sie an den Füßen festzubinden.

»Kennen Sie die Geschichte von den roten Schuhen?«, fragte Tess, ohne ihn anzusehen.

»Den Film? Die Frau, die nicht aufhören konnte zu tanzen?«

»Im Märchen schneidet sie sich die Füße ab, um den Schuhen zu entfliehen.« Tess streckte sich, und der rote Satin schimmerte. »Im Film wird das Mädchen bestraft, denn ihre Begierde ist ihr wichtiger als ihr Hochzeitsgelübde.« Sie stand auf, schritt hinüber zum Plattenspieler und blätterte die Schallplattenhüllen durch. »Was halten Sie davon?«

Marco saß hinten im Studio im Dunklen. Sie konnte sein Gesicht nicht sehen. Er hatte die Krawatte gelöst, sie lag dunkel auf seinem weißen Hemd, die Arme hatte er über die Stuhllehnen gestreckt. Sie dachte an die Pietà, die sie als Mädchen gesehen hatte, an die glühende Scham, die sie empfand, an ihr Verlangen nach dem leuchtenden, matten Körper in der dunklen Ruhe der Galerie. Sie erinnerte sich an die Rundungen der Muskeln, Haut, die kelchartige Höhlung des Schlüsselbeins. Tess legte die Platte auf den Dorn, hob den Tonarm.

»Das ist die Macht der roten Schuhe. Sie offenbaren die Wahrheit über die Trägerin.«

»Für jede Belohnung gibt es eine Strafe«, sagte Marco.

Sie blickte ihn direkt an und straffte sich, bereit. Die Musik schwoll an, die sehnsuchtsvollen Töne eines Oboenkonzerts wanden sich um ihre Arme, ihre Beine, fuhren dazwischen wie Rauch. Sie tanzte, wie sie seit Jahren nicht mehr getanzt hatte, seit einer Zeit, als sie jung war und frei und die Zukunft sich so makellos und voller Möglichkeiten vor ihr erstreckt hatte wie der Ballen Seide, der in ihrer Vorstellung in diesem Moment bei einem Schneider in Queens ausgerollt wurde. *Und dann wird der Stoff zerschnitten und eine Entscheidung gefällt.*

Marco ging auf sie zu, um sie in die Arme zu nehmen. »Tess«, sagte er. Jetzt gab es kein Zögern mehr. Sie kam ihm entgegen, ebenbürtig und sicher. Überwältigt blickte sie zum Dachfenster hoch, zum nächtlichen Funkeln der Stadt.

»Das geht nicht«, sagte sie. »Was passiert da?«

»Wir passieren. Du und ich.« Marco hatte die Hände auf ihre Taille, ihre Hüfte gelegt.

»Hallo?«, rief Elaine, deren Absätze durch den Gang

klackerten. Tess trat von Marco zurück, aufgeschreckt wie ein Reh. »Tess, bist du hier drin?« Elaine blieb wie angewurzelt stehen, als sie Tess neben dem Plattenspieler sah, die ihn gerade ausschaltete.

»Sehr gut, Marco.« Sie nahm die Platte vom Plattenteller und wandte sich mit der Hülle in der Hand zur Tür. »Hallo, Elaine? Ist alles in Ordnung?«

»Wir sind gerade vorbeigefahren, und ich habe gesehen, dass das Licht noch brennt – ich wusste, dass du nicht arbeitest, deshalb habe ich meinen lieben Mann dazu gebracht, um den Block zu fahren, damit ich kurz nach dem Rechten sehen konnte. Hallo, Mr Affini«, sagte sie. »Privatstunden?«

»Tess ist so freundlich, mir zu helfen.« Er zeigte auf seine weichen braunen Schnürschuhe. »Paradoxerweise habe ich als Schuster zwei linke Füße.«

»Bestimmt nicht.« Elaine wickelte sich eine Haarsträhne um den Zeigefinger. »Sie sind sicherlich ein großartiger …«

»Ich sperre ab, Elaine«, sagte Tess fröhlich. »Vielleicht wärst du so nett und nimmst Mr Affini zum Bahnhof mit?«

»Natürlich. Tirili.« Elaine sah Tess an, die Augenbrauen hochgezogen, winkte ihr zum Abschied und klappte die gespreizten Finger nacheinander ein.

»Danke!« Marco tippte sich zum Abschied an den Hut und ging davon. »Ich freue mich auf unsere nächste Stunde.«

12

Kit Blythe trieb viel Sport. Er war zäh. Er ruderte im Club, bis ihm schwindelig vor Anstrengung war, sein Puls raste und er Sternchen sah. Er spielte Squash, hart, ging bis zum Äußersten, dachte bei jedem Schlag an die Leute, die ihn im Laufe der Jahre verärgert hatten, an jeden anspruchsvollen, geschmacklosen Kunden und störrischen Bankdirektor. Keine Kränkung war zu geringfügig, um nicht wie ein Edelstein in der glitzernden Höhle seiner Erinnerungen in Ehren gehalten zu werden. In seiner Vorstellung war Kit ein Kelch – ein feiner Kristallkelch aus dem achtzehnten Jahrhundert –, randvoll mit Wut und Angst. Die Oberfläche wölbte sich bereits, drohte überzulaufen. Training, gnadenloses Training war eine Erleichterung. Kit siegte für gewöhnlich. Es gab selten einen Mitstreiter, der seiner schlanken, muskulösen Wut Paroli bieten konnte. Danach löste er grimmig seine Anspannung in der Stille der Duschkabine, das Gesicht vor Schmerz, Ekstase verzerrt. Für einen flüchtigen Moment vergaß er. Einen Moment lang fand er Frieden.

Aber nicht lange. Er wollte nicht nachgeben. Er wollte sich unter Kontrolle halten. Er wollte tun, was er versprochen hatte. *Ich habe dich unfair behandelt,* dachte er und rubbelte sich grob die Haare trocken. Er schmückte die Szene mit seiner Frau aus, die er sich schon hundertmal vorgestellt hatte. Tess saß im Fenster des Arbeitszimmers, blickte von ihm weg hinaus über den Central Park, die Haare offen, die frühe Abendsonne beleuchtete die feinen Härchen in ihrem Nacken. *Ich wusste, wie es werden würde, als ich dich geheiratet habe, du nicht. Ich habe mich mein ganzes Leben lang dafür geschämt, was ich bin, und ich ertrage es nicht länger. Ich will mich nicht mehr schämen.*

Kit nahm ein frisch gebügeltes Hemd aus dem Spind, zog sich an und band sich seine blank geputzten Schnürschuhe so fest, dass es wehtat. An seinem eleganten, muskulösen Körper waren keine weichen Stellen. Sein glatter Bauch war hart, hatte Rillen wie ein Waschbrett. Kits Hosen hatten den gleichen schmalen Bund wie in Harrow. Er trug dieselben Geheimnisse in sich wie früher in der Schule.

Kit wusste, er würde dieses Gespräch mit Tess niemals führen, mit niemandem, aber dennoch war allein die Vorstellung, jemandem die Wahrheit zu erzählen, befreiend. Er zog einen präzisen Seitenscheitel durch seine hellen Haare und fixierte sie mit ein wenig Wachs. *Ich bin frei*, wurde ihm bewusst. *Nach der Hochzeit lassen wir uns scheiden. Natürlich werde ich Tess und Bobby gelegentlich treffen.* Er stellte sich zivilisierte Weihnachtsfeiern vor, sogar Enkelkinder. *Bald bin ich frei.* Kit holte eine Ledermappe mit Reißverschluss aus dem Spind heraus, steckte sie sich unter den Arm und summte *At Last.* Die Metallbeschläge seiner Absätze knallten mit militärischer Präzision, als er durch die Marmorlobby schritt. Er stellte sich eine offene Straße vor. Einen Sportwagen, der immer schneller wurde. Er verlor sich so sehr in seiner Technicolor-Zukunft, dass er nicht bemerkte, wie Bobby den Club in dem Moment betrat, in dem er ihn verließ.

»Hey, Dad?« Bobby packte ihn am Arm.

»Bobby? Entschuldige, ich war gerade meilenweit weg.«

»Hast du an den Hoffman-Job gedacht?«

»Es gab ein Desaster mit den Vorhängen.« Kit verdrehte die Augen.

»Immer am Ball!« Bobby lachte.

»Ich musste meine neue Assistentin feuern …«

»Die hübsche Rothaarige? Schade!«

»Ich habe alle zurückgeschickt, um neu nähen zu lassen.«

»Na, das hört sich aber wirklich an, als würde es um Leben und Tod gehen.« Bobby schmunzelte.

»Die Details, Bobby. Das Wichtigste sind die Details.« Kit lachte seinen Sohn an. »Ist es fix, dass du heute Abend um sechs kommst? Mit deiner neuen Familie?«

»Hey, sei nicht so. Sie sind prima.«

»Roberto …«

»Mir gefällt das.« Bobby zuckte die Schultern. »Und ja, wir kommen vorbei. Sie wollen euch ausführen.«

»Was ist das denn für eine große Überraschung? Claudia hat eine Nachricht hinterlassen, dass sie etwas vorbereitet haben. Ich hasse Überraschungen.«

»Schon gut, schon gut.« Bobby gab nach. »Marco hat Tickets für irgendeine Oper.«

»O Gott! Der Schuster mag Opern.« Sie traten zur Seite, um eine Gruppe Männer vorbeizulassen, die gerade aus dem Club kamen. Die Geräusche von der Straße wurden lauter, als die Glastür aufschwang.

»Ich habe nie verstanden, warum du keine Opern magst. Ich dachte, ein alter Snob wie du wäre ganz versessen darauf.«

»Das ist so rührselig. So …«

»Emotional?« Bobby blickte seinem Vater in die Augen. »Es ist sowieso nicht für dich. Er hat das für Frankie arrangiert. Ein verspätetes Geburtstagsgeschenk.«

»Hat ihr der Diamantring deiner Großmutter gefallen?«

»Sie ist ganz hingerissen. Vielen Dank noch mal, Dad, es hat uns viel bedeutet, dass Mom ihn uns geschenkt hat«, sagte Bobby, während Kit auf die Uhr über dem Empfangstisch blickte.

»Ich muss dringend los. Wir sehen uns später. Deine Mutter wird begeistert sein«, rief Kit über die Schulter. »Ich werde ein sauberes Taschentuch für sie mitnehmen.«

»Hey, Dad?«

»Ja?«

»Ist alles okay?«

»Es war noch nie besser.«

»Sag mal, kann ich nach dem Schwimmen bei den Hoffmans vorbeikommen? Da gibt es etwas, worüber ich mit dir reden will.«

~

»Bei Hoffman«, meldete sich Kit an der Gegensprechanlage. Er hielt sich das freie Ohr zu, um den Lärm der Sägen und Bohrer aus der Küche zu unterdrücken.

»Hier unten ist ein junger Mann, der behauptet, er sei Ihr Sohn, Mr Blythe«, sagte der Pförtner.

»Schicken Sie ihn rauf, Charles, danke.« Kit legte auf und überprüfte, dass die Tür nur eingeklinkt und nicht abgesperrt war. Kits makellos weiße Ärmel waren hochgekrempelt und enthüllten glatte, muskulöse, sonnengebräunte Arme. Während er auf Bobby wartete, beschäftigte er sich damit, die Stoffhülle eines Perserteppichs in dem leeren Wohnzimmer aufzubinden. »Hier rein«, rief er, als er die Schritte seines Sohnes im Vorraum hörte. Die hohen Fenster warfen große Lichtrechtecke auf den Parkettboden.

»Wow, das ist ja Wahnsinn hier.« Bobby durchquerte den Raum, um den Blick über Manhattan schweifen zu lassen. »Unsere gesamte Wohnung würde allein in dieses Zimmer passen.«

»Nicht schlecht, was?« Kit nickte zur anderen Seite des Teppichs. »Hier, hilf mir doch mal kurz.«

»Hast du keine Leibeigenen, die so was für dich machen?«

»Normalerweise schon. Aber den Teil der Arbeit mag ich. Das langweilige Zeug ist erledigt, die Kabel und Rohre sind verlegt, die Malerpinsel sind weggeräumt. Das hier macht Spaß.« Sie rollten den üppigen Teppich zwischen sich aus, dessen prächtige Farben im Herbstlicht leuchteten. »Perfekt.« Kit trat einen Schritt zurück. Er ging in die Hocke und strich die Ecke des Teppichs glatt. »Fast perfekt. Die Teppichknüpfer bauen immer absichtlich einen Fehler ein, weil nichts so vollkommen sein darf wie Gott.«

»Diese Geschichte hast du mir schon hundertmal erzählt.« Bobby ging neben seinem Vater in die Hocke.

»Wirklich?« Kit fuhr sich durch sein schütter gewordenes Haar. »Ich werde wohl alt und wiederhole mich.« Er blickte auf, als zwei Träger in grauen Arbeitsoveralls mit einem verschnörkelten türkisfarbenen Sofa in der Tür erschienen. »Da rüber.« Er zeigte auf eine Stelle auf der anderen Seite des Raums. »Stellen Sie es bitte zwischen die Säulen.« Er kaute auf der Innenseite seiner Wangen, während er die Männer beobachtete. »Moment! Lassen Sie mich das ansehen.« Er ging mit großen Schritten hinüber und zog die Schutzfolie ab. »Ich wusste es! Nehmen Sie es wieder mit. Das ist türkis und nicht petrol. Ich habe zu Maurice ausdrücklich gesagt, dass es petrol sein muss.« Kit deutete mit einem Finger auf den Perserteppich, um auf die Tupfen aus blauer Seide hinzuweisen. Die Träger sahen einander wortlos an, bissen sich auf die Lippen und bückten sich, um das Sofa aus dem Zimmer zu tragen.

»Dad, gibt es hier einen Platz, wo wir uns ungestört unterhalten können?«, insistierte Bobby.

»Ganz ehrlich, ich bin von Idioten und Stümpern umgeben.«

Kit sah den Trägern nach. »Das habe ich gehört!«, rief er.

»Dad, es ist doch nur ein Sofa.«

»Hast du in den Nachrichten gesehen, dass ein gewaltiges Feuer in den Hollywood Hills wütet? Das Anwesen von Burt Lancaster ist in Flammen aufgegangen, und das von Zsa Zsa Gabor auch. Hunderte von Häusern wurden zerstört.« Kit sah sich in der Wohnung um. »Die Hoffmans haben sich so oft umentschieden, dass ich versucht bin, dieses Haus hier abzufackeln.«

»Kannst du eine Pause machen?«

»Gute Idee. Lass uns doch um die Ecke ein Sandwich essen gehen.« Kit nahm seine Jacke, die über einer Stuhllehne hing. »Brauchst du einen Rat? Hat es mit Geld zu tun?« Kit griff in seine Brusttasche, um seine Brieftasche herauszuziehen.

»Nein, das ist es nicht. Ich fahre nur morgen früh wieder ins College, und heute Abend haben wir keine Gelegenheit, zu sprechen, wenn alle anderen dabei sind.« Er drückte auf den Messingknopf, um den Aufzug zu holen, und blickte während des Wartens auf die Lämpchen, die die einzelnen Etagen anzeigten. »Dad, ist mit dir und Mom alles in Ordnung?«

»Natürlich, warum fragst du?« Kit war sofort alarmiert. *Was hat er bemerkt?*, dachte er. *Was hat Tess gesagt?* Sie wichen einem Träger aus, der einen in Plastikfolie verpackten Sessel aus dem Lift schob. Kit rümpfte die Nase bei dem Geruch von Scotchgard. »Die Hoffmans bestehen darauf, ihre fünf – *fünf!* – Shi Tzus auf den Möbeln sitzen zu lassen. Stell dir mal vor, du wohnst in so einem großartigen Apartment wie diesem und musst deine schönen neuen Sessel mit Scotchgard einsprühen …«

»Dad«, beharrte Bobby und betrat den Aufzug.

»Ich schwöre dir, wenn diese Hunde dich angreifen, ist das, als würdest du von einer Riege Wischmopps in die Mangel genommen.« Kit zupfte sich ein einzelnes Haar von seinem Sportjackett.

»Dad?« Die Türen glitten zu, und sie waren allein.

»Nein«, sagte Kit schließlich, »es ist nicht alles in Ordnung, und zwar schon seit Jahren nicht mehr. Ehrlich gesagt, ich glaube, es war noch nie in Ordnung.«

»Aber ihr bekommt das doch wieder hin?«

»Ich habe deine Mutter um die Scheidung gebeten. Das ist …«

»Die Scheidung?«, rief Bobby. »Aber das könnt ihr nicht tun.«

»Bobby, ich wollte warten und es dir erst nach der Hochzeit erzählen. Wir wollten euch das Fest nicht verderben. Und du darfst deiner Mutter nicht sagen, dass ich es dir verraten habe.« Kit betrachtete Bobbys niedergeschlagene Miene und nahm sein Gesicht zwischen die Hände. »Du warst immer ein aufmerksames Kind. Ich glaube, du wirst einen hervorragenden Anwalt abgeben.«

»Ich ertrage das nicht. Unvorstellbar, dass ihr beide getrennt seid!«

»Bobby, deine Mutter und ich sind einander sehr wichtig, und wir lieben dich. Aber du hast jetzt dein eigenes Leben und bald deine eigene Familie …«

»Bin ich also schuld? Wenn ich nicht von zu Hause weggegangen wäre …?«

»Das wollte ich ganz und gar nicht damit sagen.« Die Aufzugstüren gingen auf, und sie liefen schweigend durch die Eingangshalle aus Marmor. Der Türsteher drückte die schwere Eingangstür aus Glas und Messing auf und tippte sich an den Hut, als sie auf die Straße traten und vom Lärm des mittäglichen Verkehrs, hupenden Autos, einem Presslufthammer ein Stück weiter eingehüllt wurden. »Es wird Zeit für einen neuen Anfang, für uns alle.« Kit erhob die Stimme über den Lärm. »Ich kann deine Mutter nicht glücklich machen, Bobby, und ich möchte nicht mehr das Gefühl haben, dass ich verantwortlich für ihre Unzufriedenheit bin.«

»Ich habe jetzt keinen Hunger mehr«, sagte Bobby.

Die Geräusche der Straße, die Menschenmengen auf dem Gehsteig umgaben sie, fuhren zwischen sie, die wie zwei Blätter von einem Strom fortgetragen wurden. Kit spürte, wie sich eine Kluft zwischen ihnen auftat, wie sich der Fluss teilte.

»Vielleicht hätte ich es dir nicht erzählen sollen.«

»Sondern? Einfach so tun, als wären wir eine glückliche Familie?«

»Das hat deine Mutter gesagt.« Kit legte seinem Sohn die Hand auf den Arm. »Ich verspreche dir, niemand wird das mitbekommen. Frankie und du werdet die perfektesten Hochzeitstage haben …«

»Ich kann das nicht ausstehen, diese ganze Täuschung. Den Schein wahren, und dann? Eine diskrete Scheidung, und ihr geht getrennte Wege?« Bobby schüttelte den Kopf.

»Bitte, sei nicht böse …«

»Geht es Mom gut?«

»Sie wird klarkommen.«

»Sicher.« Bobby steckte die Finger in den Mund, pfiff einem Taxi und trat auf die Straße.

»Wir sind eine Familie, Bobby.« Kit fühlte sich hilflos. »Alles, was ich will, alles, was ich jemals wollte, ist, dass ihr beide glücklich seid.«

»Glücklich?« Bobby lachte. Ein gelbes Taxi kam mit kreischenden Bremsen neben ihm zum Stehen und schaltete das Schild auf dem Dach aus.

»Sei nicht so. Wenn du selbst Vater bist, begreifst du vielleicht, dass niemand von uns perfekt ist. Man bekommt kein Regelwerk, wenn man heiratet, Bobby, niemand sagt einem, wie man ein guter Ehemann oder ein guter Vater wird. Das denken wir uns mit der Zeit aus.« Kit hatte einen Kloß im Hals. Er grub die Fingernägel in die Hand und unterdrückte das Gefühl mit derselben Entschlossenheit, mit der er ruderte, den Ball traf und lief. *Ich gebe es nicht preis. Nein.* Kit hielt Bobby die Tür des Taxis auf. »Ich verspreche dir, das ändert nichts an der Hochzeit.«

»Ja, okay. Mom ist damit einverstanden?«

»Keine Sorge, Bob. Es kann nichts schiefgehen.«

13

»Wo sind wir?«, fragte Kit. »Wisst ihr, wo wir sind?« Er beugte sich vor und lugte durch das schmutzige Fenster des gelben Taxis in die Nacht hinaus. Die Rücklichter des Autos mit Claudia, Frankie und Bobby schwenkten vor ihnen an den Straßenrand.

»Kit. Hör auf«, flüsterte Tess. »Du bist betrunken.«

»Bin ich nicht«, sagte Kit bedächtig. Er schwankte ein wenig, als er sich zurücklehnte, und brauchte ein paar Versuche, um sich seinen weißen Seidenschal über die Schulter zu werfen.

»Wir sind in Little Italy, oder?« Marco wandte sich auf dem Beifahrersitz zu Tess um. Sie saß hinten im Taxi neben ihrem Mann, die Wange an die kalte, stählerne Autotür gedrückt.

»Ich dachte, wir fahren in die Oper?«, meinte Kit. »Warum fahren wir nicht in die Oper?«

»Achte nicht auf ihn.« Tess seufzte. »Kit bekommt einen Ausschlag, sobald er die Park Avenue überquert.«

»Da sind wir«, sagte Marco, als das Taxi hielt. Er ging um das Auto herum, öffnete die Tür für Tess und bot ihr die Hand an. Er drückte sanft ihre Finger.

»Danke«, sagte sie, ohne ihn anzusehen. Sie ließ Kit

vorangehen und sah zu, wie er sich am Türrahmen der Bar abstützte.

»Du siehst wunderschön aus«, sagte Marco. Seine Stimme war wie ein Hauch auf ihrer Haut.

»Marco, das fällt auf …«

»Dein Mann sieht nie, was er vor der Nase hat.«

»Willkommen! Nur herein«, rief Claudia und führte sie von dem Gewimmel auf der Mulberry Street unter einem rot-weiß-grünen Vordach hindurch in die Bar. Im Fenster hing das »Geschlossen«-Schild. »Willkommen, willkommen!«

»Sind wir da? Was ist das hier?«, fragte Kit, die Stirn gerunzelt.

»Hier habe ich Frankie zum ersten Mal gesehen.« Bobby nahm die Hand seiner Verlobten.

»Ich kann gar nicht glauben, dass du das für uns organisiert hast.« Frankie stellte sich auf die Zehenspitzen, um Marco auf die Wange zu küssen.

»Das ist nichts weiter. Ein Geburtstagsgeschenk. Ein alter Freund, mit dem ich in Florenz aufgewachsen bin, singt in dem Ensemble, das gerade in New York auf Tournee ist. Als ich ihm erzählt habe, dass du heiratest, wollte er dir heute Abend eine kleine Vorstellung widmen, nur er und ein weiterer Sänger.« Marco legte den Arm um seine Nichte und drückte sie an sich. »Es ist natürlich reduziert – kein Orchester, nur ein Klavier, ein paar Streicher …«

»Wir gehen also *nicht* in die Oper?« Kit zeigte auf seinen Abendanzug.

»Gütiger Gott, Kit«, murmelte Tess. »Das macht doch viel mehr Spaß.«

»Entspann dich, mein Freund.« Marco führte ihn in die

Bar. »Löse deine Krawatte, hol dir etwas zu trinken, wie wäre das?«

»Ah, sehr gut, eine Bar.« Kit ging voraus. Die Eingangstür fiel hinter ihm zu, und Marco stellte sich hinter Tess. Der tiefe Ausschnitt ihres silbernen Abendkleids bildete ein V auf ihrem Rücken. In der düsteren Beleuchtung fuhr Marco heimlich mit dem Zeigefinger über den Saum des Stoffs, ihr Schulterblatt.

»Marco«, flüsterte Tess, während die anderen weiterschwatzten und sich zur Bar durchschlugen. Seine Berührung war wie eine Flamme an einer Zündschnur. Sie befürchtete, die anderen würden die Funken auf ihrer Haut sehen, die im Dunkeln entzündet wurden. Im Café waren die Tische weggeräumt worden, im hinteren Bereich hatte man einfach sechs Stühle nebeneinandergestellt, und ein dunkelroter Samtvorhang hing an der Seite, wo ein Klavier bereitstand, von der Decke. Claudia winkte dem Kellner und erteilte ihm auf Italienisch Anweisungen. Er hob eine Flasche Prosecco aus dem Eiskübel und drehte den Korken heraus.

»So, Kit, wir haben zwar keinen edlen Beluga, aber wie wäre es mit etwas Bruschetta?« Claudia hielt Kit ein Tablett mit Antipasti hin.

»Hmm, lecker.« Kit wackelte unschlüssig mit den Fingern über dem Tablett.

»Setz dich neben mich.« Marcos Atem strömte warm über Tess' Nacken. »Ich muss ständig daran denken, wie es war, mit dir zu tanzen. Wenn ich dich nicht in den Armen halten kann, muss ich dir nahe sein.« Er ging voran an die Bar.

»Was erwartet uns denn heute Abend?« Kit wandte sich ihnen zu. »Verdi? Puccini?«

»Rossini. *La Cenerentola*«, erklärte Marco. »*Aschenputtel.*«

Tess lächelte höflich und nahm eine der hauchdünn geschnittenen Scheiben Parmaschinken von dem schlichten weißen Servierteller, den Claudia ihr anbot. »Meins ist das nicht«, sagte Claudia, »aber Frankie mochte Opern schon immer, und Marco dachte sich, es würde euch gefallen. Edel, ihr wisst schon.«

»Vielen Dank«, sagte Tess. »Was für eine Freude!«

»Edel«, flüsterte Kit ihr zu. »Das bist du, meine Liebe …«

»Hör auf.« Tess führte ihn zu den Stühlen. Ihr fiel auf, dass Bobby sie beobachtete. Er achtete nicht darauf, was Frankie zu ihm sagte, sondern starrte Kit an, mit einem wilden Ausdruck in den Augen. Sie zwinkerte ihm zu und bedeutete ihm lautlos »Keine Sorge«, in der Hoffnung, ihn zu beruhigen. »Bitte benimm dich, Kit«, flüsterte sie. »Verdirb Bobby das nicht.«

»Ich mag ja viele Fehler haben, aber ich bin kein Langweiler, wenn ich einen im Tee habe. Ich werde mich perfekt benehmen wie immer.« Kits Blick folgte den Musikern, als sie die improvisierte Bühne betraten, und er klatschte. »*Aschenputtel,* da hätte ich ja auch draufkommen können«, flüsterte er, streckte entspannt die Beine aus und verschränkte die Arme, als das Licht erlosch. »Schuhe.«

Tess saß im Dunkeln zwischen Marco und Kit, während Rossinis Arie erklang. Die Unmittelbarkeit der Musik, die Dunkelheit, Marco neben ihr, all das war überwältigend. Marco lehnte sich zurück und strich ihr sanft über den Arm. Sie spürte, dass er sie beobachtete, und als sie sich zur Seite wandte, rann ihr eine Träne die Wange hinunter. Mit angehaltenem Atem unterdrückte sie ein Schluchzen.

»Herrgott – hier.« Kit schüttelte ein sauberes weißes Taschentuch aus, ohne sie anzusehen. »Jedes Mal. Wirklich jedes Mal.« Er trank noch einen Schluck Prosecco und verschüttete ein wenig auf sein Hemd. Seine Fliege hing locker herunter, der Kragen saß schief.

»Danke«, flüsterte sie und tupfte sich das Auge ab.

»Ist alles in Ordnung?«, fragte Marco. »Willst du an die frische Luft?«

»Es ist einfach so …« Sie sprach mit zitternder Stimme. »So schön. So intensiv. Ich halte das nicht aus …«

»Sie ist ganz nahe am Wasser gebaut«, sagte Kit, über Tess gebeugt, zu Marco. »Ich verstehe das nicht. Wo ist der Glasschuh?«, fragte er Tess.

»Es ist das Armband«, flüsterte sie, schluckte den Kloß in ihrem Hals hinunter und warf einen Blick über die Schulter, sobald Kit sich wieder zurückgelehnt hatte. In den Fenstern der Bar drängten sich Gesichter, Menschen auf der Straße mühten sich, die Vorstellung zu sehen.

»Darf ich?«, fragte Marco. Er öffnete leise ein Fenster, um die kühle Luft hereinzulassen, während die Musik die Nacht umfing. Tess stellte sich vor, wie die perfekten Töne auf einer silberglänzenden Notenlinie – befreit von der Bar, von dem Gedränge auf der Straße – hochstiegen, jede halbe und jede Viertelnote trieben weg vom Klavier, die Stimmen der Sänger schwebten hinauf zu den Sternen, dem Mond. Die Musik erreichte den Höhepunkt und verstummte. Die Sänger verbeugten sich, während die Leute auf der Straße Beifall klatschten. Frankie und Bobby sprangen auf und applaudierten begeistert.

»Bravo!« Marco trat vor, um den Prinzen zu umarmen.

»Na also.« Kit applaudierte höflich. »Bis an ihr verdammtes Lebensende.«

»Musst du so zynisch sein?« Tess tupfte sich die Augen ab. »Ich fand es schön. Wenn du dir einfach einmal die Zeit nehmen würdest …«

»Dann? Dann würde ich von Gefühlen überwältigt? Nein danke.«

»Kit, Tess, noch etwas zu trinken?«, rief Claudia. Sie winkte den Kellnern, den Künstlern ein Tablett mit Gläsern zu bringen.

»Kit nimmt einen Kaffee«, sagte Tess entschieden.

»Wie trinkst du ihn?«

»Dunkel und bitter wie mein Herz.« Kit schob die Unterlippe vor und blickte Tess an. »Ich verstehe nicht, warum kann ich nicht noch einen Absacker trinken?«

»Ich gebe auf.« Sie erhob sich. Kit schob ihren Stuhl zur Seite und schnappte sich ein Glas Wein vom Tablett des Kellners, als er vorbeiging. »Du verstehst nicht, ja? Du hast noch *nie* verstanden, das ist dein Problem, und jetzt ist es zu spät.«

Kit sah Tess nach, die zu Claudia und Frankie an der Bar ging. Sein Blick fiel auf Marco. *Was meint sie denn? Was verstehe ich nicht? Herrgott, ich habe es so satt.* Kit beobachtete Marco, wie er Tess beobachtete. *Sie glaubt immer noch an Märchen. Wäre ein Märchen Tess überhaupt gut genug? Elizabeth hat immer gesagt, ich erinnere sie an einen Traumprinzen.* Kit erinnerte sich an all die Jahre, bis Hongkong, als er mit Tess' Mutter auf ihrer Hochzeit getanzt hatte. Er sah sich flüchtig in einem Spiegel, der in dem Café an der Wand hing und der an den Rändern schon blind wurde. *Genau wie ich. Ich sehe müde aus und alt,* dachte er. *Vielleicht war ich einmal ein Traumprinz, aber nicht für Tess.* Am Rande seines Bewusstseins geschah etwas. Was nur? Kits Gedanken blubberten einzeln aus der Dunkelheit nach oben. Urplötzlich riss er die Augen auf. Er registrierte, wie Marco sich ausschließlich auf Tess konzentrierte. Marco löste sich von der Gruppe von Sängern, um den Frauen ein Tablett mit Prosecco zu bringen. Er reichte zuerst Tess ein Glas und ließ die Finger auf ihren ruhen. *Aha, ich verstehe,* dachte Kit. *Ich verstehe alles. Wer hat hier jetzt Geheimnisse?*

14

Tess stellte sich zum Schutz vor dem Regen im Central Park unter die Brücke. Die Vorfreude auf eine weitere Tanzstunde mit Marco am Ende des Tages war so köstlich wie die Vorstellung von süßen Pflaumen in der Kühltasche. Sie ließ ihre Gedanken schweifen, dachte an frisch gebackenes Brot, das duftend aus dem Ofen kam. Sie dachte an zarte Spargelspitzen, die in geschmolzene Butter getaucht wurden. Ein wohliger Schauer erfasste sie, als sie den Regen auf dem Wasser roch. Sie dachte an das Boot, an den Tag, als sie mit ihm rudern war. Vor sich sah sie einen Mann laufen, mit hochgeschlagenem Kragen und heruntergezogenem Hut. Einen Moment lang glaubte sie, es sei Marco – er hatte die gleichen breiten Schultern, die gleiche animalische Kraft, aber als der Mann sich umwandte, sah sie, dass es ein anderer war. Tess fiel auf, wie lebendig sie sich plötzlich fühlte, wenn sie an Marco dachte. Sein Lächeln, als er sich ihr in der Tür zur Werkstatt zuwandte. Auch da hatte es geregnet. Das Herz schlug ihr bis zum Hals, sie legte die Hand darauf. *Ich bin verliebt. Ich bin dabei, mich in ihn zu verlieben.* Sie bewahrte ihr Geheimnis in sich lebendig wie einen ersten Atemzug, dringend und pulsierend.

Der Regen ließ nicht nach, aber das war ihr egal. Sie rannte, beschrieb einen vollen Kreis, das Gesicht zum Himmel gerichtet. Ihre Füße tanzten über das nasse Pflaster. Sie dachte daran, wie sie zu ihm gesagt hatte: *Ich wollte einmal Tänzerin werden. Warum?, hatte er gefragt. Warum atmen, lautete ihre Antwort.* Tess hatte gelächelt, als sie seiner Miene ansah, dass er begriff. Er verstand. *Meine Eltern, nun ja, meine Mutter war nicht so begeistert davon. Dann habe ich Kit geheiratet und Bobby bekommen … und da verändert sich der Körper.* Jetzt summten und tanzten jeder Nerv, jede Zelle in ihr zu einer eigenen Melodie. Sie dachte daran, wie sie mit ihm im Club getanzt hatte. *Schon seltsam, da habe ich ihn kaum wahrgenommen*. Sicher, er war groß und sah gut aus, aber es hatte nicht plötzlich gefunkt zwischen ihnen. *Ein schwelendes Feuer*, dachte sie. Marco – es war ein langsamer Tanz gewesen, sich in ihn zu verlieben. Sie erinnerte sich, wie ihre Hand auf seinem harten Schultermuskel geruht, wie sein Arm ihre schmale Taille umfasst hatte. Sie wollte wieder so gehalten werden.

Sie spannte ihren Regenschirm auf und eilte weiter durch den Park, den Korb an einem Arm. Sie dachte: *Für die Leute, an denen ich vorbeikomme, sehe ich normal aus.* Nur eine weitere New Yorker Hausfrau, die vom Markt nach Hause eilte, mit Steaks zum Abendessen und Milch und Bagels für das Frühstück. Die ganzen Jahre, die sie damit zugebracht hatte, Windeln zu wechseln, Zimmer aufzuräumen, beim Abendessen zu lächeln, Tag für Tag die Zähne zu putzen und die Augen mit Kajal zu umrahmen, ihre ungeküssten Lippen karminrot anzumalen und die Farbe wieder abzuwischen, während sich die einsame Nacht endlos dahinzog. Tag um

Tag um Tag. Und die ganze Zeit loderte ein Feuer in ihrem Inneren.

Du bist zu leidenschaftlich, hatte ihre Mutter immer gesagt. *Zu leidenschaftlich? Ist das schlecht? Wie kann man in diesem kurzen und verrückten Leben zu leidenschaftlich sein? O Gott,* dachte sie. *All diese Jahre über habe ich nur darauf gewartet, so zu empfinden.*

Er gehört zur Familie, dachte sie. *Er gehört ja praktisch zur Familie.* Ihre Wangen waren regennass. An der Kreuzung an der 5th Avenue blieb sie stehen und blickte hinauf zu den Fenstern der Wohnung, die im nachlassenden Licht schimmerten. Sie dachte daran, wie sie beschrieben worden war, als sie die Wohnung mieteten. *Ein zehn Meter langes Wohnzimmer, Bibliothek, Esszimmer, jedes mit einem eigenen Kamin. Küche, Speisekammer, Dienstbotenraum. Vier Badezimmer. Vier Betten.*

Und nicht eines von ihnen hat Leidenschaft, hat Liebe gesehen. Tess dachte einen Augenblick nach. *Soweit ich weiß.* Sie stellte sich Kit in seinem Büro vor, wie er sorgfältig Farben und Muster und geschmackvolle unechte Antiquitäten zuordnete. *Er konstruiert Bühnen für das unechte Leben anderer Leute.* Instinktiv strich sie sich die Haare glatt, richtete sich den Mantel. *Mein unechtes Leben,* wurde ihr plötzlich bewusst. Sie stellte sich Kit und sich selbst auf einer verdunkelten Bühne vor, er saß an seinem Schreibtisch, ohne aufzublicken, während sie ihn anflehte. Die Wände des Arbeitszimmers flogen weg, und sie tanzte in die Dunkelheit hinein. Der Zauber verließ sie. Sie spürte, wie ihr Herz ruhig und gleichmäßig schlug. Sie wollte es zurückhaben, das Gefühl, als sie durch den Park gelaufen war. Sie wollte sich wieder lebendig fühlen.

An ihrem Schreibtisch schaltete Tess die Lampe mit dem grünen Glasschirm ein, nahm einen Stapel Papier und den Telefonhörer und wählte Kits Nummer in der Arbeit.

»Hallo.« Sie klemmte sich das Telefon unter das Kinn, streckte eines ihrer schlanken Beine aus und legte das andere auf die Ecke des Schreibtischs. »Ich würde gerne Mr Blythe sprechen. Mrs Blythe am Apparat.« Sie wartete und wickelte sich das Kabel um den Zeigefinger.

»Tess? Ist alles in Ordnung? Wo warst du denn? Ich habe dich angerufen.«

»Alles gut, ich bin nur zum Markt, um einen klaren Kopf zu bekommen. Kit, ich habe mich heute Morgen im Studio mit meiner Anwältin und Buchhalterin getroffen, um die Geschäftsbücher durchzugehen.«

»Du sprichst nicht von unserem Buchhalter?«

»Nein, von meiner Buchhalterin.« Tess kniff die Augen zusammen und blickte hinaus auf die Sonne, die über dem Central Park unterging. »Du willst dich scheiden lassen. Ich wollte wissen, wo ich stehe.« Sie wartete und lauschte dem Knistern in der Leitung. »Wann wolltest du mir sagen, dass wir bankrott sind?«

»Nicht die Tanzschule«, erwiderte Kit. Sie hörte, wie er sich eine Zigarette anzündete. Er atmete langsam aus. »Die gehört dir. Sie lief immer unter deinem Namen.«

»Ich meine, den Rest. Das Treuhandvermögen meiner Eltern, der Verkauf von Aphras Haus, das große Anwesen der Blythes in Somerset. Unsere gemeinsamen Finanzen. Es ist alles weg, Kit.«

»Es tut mir leid. Es tut mir wirklich leid …«

»Das Motto lautete immer: ›Was mein ist, ist auch dein, und was dein ist, ist dein‹, stimmt's, Kit?« Tess knallte die Papiere auf den Schreibtisch. Sie nahm einen Schlüssel und sperrte eine Schublade in ihrer Kommode auf, zog einen vergilbten Brief mit dem Namen »Coutts« darauf aus einem alten Fotoalbum und steckte ihn in ihre Handtasche. »Aphra hat mich gewarnt, und weiß Gott, sie hatte recht.« Tess knallte den Hörer auf die Gabel, fuhr mit den Armen über den Schreibtisch und schob sämtliche Papiere in den großen Kupfereimer neben sich. Sie hörte nicht auf, bis alles – die Akten, die Briefbeschwerer, die Hefter, die Stapel mit Rechnungen von Versorgungsunternehmen verschwunden waren. »So«, sagte sie, stand auf und schaltete das Licht aus.

Tess hatte sich besondere Mühe mit ihrer Frisur gegeben. Die Haare fielen ihr in weichen Wellen über die Schultern. Ihre Augen waren mit Kajal geschminkt, schimmernde Smaragde. Ihre vollen Lippen zog sie mit einem Nude-Ton nach und fuhr sich mit der Zunge über ihre blendend weißen Zähne. Er war spät dran. Sie schloss die Augen und tänzelte zu dem Song von Elvis durch das leere Studio. Sie trug ein neues Kleid, ein schlichtes schwarzes schmales Etuikleid, das sich an ihren Körper schmiegte. Ihre frisch gebadete Haut war elektrisch geladen, die warme Brise wie eine Berührung. Sie fühlte sich lebendig, beflügelt.

»Allein tanzen, wie traurig ist das denn?«, rief Bobby, der Hand in Hand mit Frankie durch die Tür des Studios drängte, gefolgt von Marco.

»Bobby? Frankie?« Tess suchte in Marcos Gesicht nach einer Antwort, aber seine Miene war undurchdringlich. Sie überspielte ihren Schreck mit Humor und stemmte die Hände in die Hüften. »Wer soll hier traurig sein? Was für eine nette Überraschung.«

»Wir dachten, wir sprengen Onkel Marcos Stunde und holen uns auch ein paar Tipps für unseren Tanz ab.« Bobby wand sich aus seinem Jackett und warf es über einen Stuhl in der Nähe. »Was meinst du?« Er krempelte die Ärmel hoch und lockerte seine Krawatte.

»Nur, wenn es kein Problem ist, Mrs Blythe«, sagte Frankie und errötete.

»Es wäre mir natürlich eine Freude, meine Liebe. Und wir waren doch schon alle beim Vornamen und beim Du. Sonst komme ich mir vor, als wäre ich hundert Jahre alt.« Tess wandte sich dem Plattenspieler zu und versteckte ihre Enttäuschung hinter einem strahlenden Lächeln. »Habt ihr euch denn entschieden, zu welchem Stück ihr tanzen wollt?«

»Zu dem neuen von Elvis. Frankie liebt es – *Can't Help Falling in Love.*« Bobby drehte die Platte um.

»Das ist unser Lied.« Frankie streckte die Hand nach ihm aus. Tess fragte sich, wie es sich wohl anfühlte, so eine gedankenlose Intimität mit jemandem zu haben, diese Freiheit, sich zu berühren, berührt zu werden. *Ich will das auch,* dachte sie. *Mehr als alles.*

»Ah, das passt wunderbar, perfekt«, sagte Tess fröhlich. Sie schloss die Augen, ließ das Tempo des Songs in sich pulsieren. »So.« Sie stellte Bobby vor Frankie hin und hob die Arme der beiden an. Tess hielt ihre Hände und tanzte mit ihnen, sodass sich Bobby zwischen den beiden Frauen bewegte. Die jungen Leute mussten lachen vor Übermut, als sie sich gegenseitig auf die Füße traten, aber Tess hatte einen Kloß im Hals. Sie dachte daran, wie sie mit Bobby getanzt hatte, als er noch klein war. Er hatte sich auf ihre Füße gestellt, und sie hatten sich immer wieder im Kreis gedreht. Die Freude auf seinem Gesicht. Das

Gelächter, das wie ein Frühlingsbach aus ihm herausquoll. Wie glücklich sie gewesen waren.

»Bitte.« Sie ließ ihn los und trat ein wenig zurück. Sie spürte, wie Marco sie beobachtete. »Schön. Weiter so. Ihr macht das gut. Bobby, nimm deine rechte Hand ein wenig höher, die Schultern nach unten.« Sie sah ihnen zu, die Hände unter dem Kinn verschränkt. »Frankie, du bist ein Naturtalent.«

Tess wich zurück, bis sie neben Marco stand. »Das war sehr bewegend«, sagte er. »Nachdem ich Frankie ja bei der Hochzeit dem Bräutigam übergebe, kam es mir vor, als würde ich zusehen, wie du ihr deinen Sohn überreichst.«

»Sie geben ein wunderbares Paar ab.« Tess schaffte es nicht, ihn anzusehen. Ihr schnürte sich die Kehle zu, Tränen der Leidenschaft brannten ihr in den Augen. Ihr schien es, als könnte er ihre Gefühle lesen. »Ich freue mich sehr für die beiden …«

»Aber?«

»Du hast recht.« Sie atmete erleichtert aus, und das Gefühl, das in ihr aufgestiegen war, löste sich auf.

»Saudade? Glücklich und traurig zugleich?«

»Ich fühle mich einfach, als hätte ich als Mutter das Beste gegeben, und das war immer noch nicht gut genug.«

»Aber warum? Warum immer das Beste? Glaubst du, die Welt würde sich nicht mehr weiterdrehen, wenn du ein Mal, nur ein einziges Mal, gerade gut genug bist?« Marcos Augenwinkel schlugen Fältchen, als er ihr zulächelte. »Hab doch selbst ein bisschen Spaß. Genau jetzt?«

Tess warf ihm einen kurzen Blick zu und lächelte ebenfalls.

»Wollen wir?« Marco streckte ihr die Hand entgegen,

und sie gesellten sich zu Bobby und Frankie auf der beleuchteten Tanzfläche des Studios. »Wenn du tanzt, wie fühlst du dich dann?«

»Das kommt darauf an. Manchmal, wenn ich etwas sehe oder wenn ich einen Musikfetzen höre, dann ist es, als wäre alles durcheinandergemischt worden. Neulich am Strand, da war es, als kämen der Wind und das Wasser und die Bewegung gleichzeitig. Ich sah eine Tänzerin auf der Bühne vor mir, ganz deutlich. Eine dunkle Bühne mit Wasser, und jede Bewegung spiegelte sich, der Wind fuhr ihr in die Haare, unter den Rock. Eine ganz neue Art von Tanz.« Tess lachte. »Ich weiß nicht. Klinge ich verrückt? Ich muss tanzen, sonst bin ich verloren.«

»Ich habe dich gefunden«, flüsterte Marco ihr ins Ohr. »Du wirst nie wieder verloren sein.«

15

»Das hat Spaß gemacht«, sagte Frankie, während sie Hand in Hand mit Bobby über die Straße rannte, sodass ihr glänzender Pferdeschwanz wippte. »Ich liebe deine Mutter. Sie ist so anmutig und liebenswürdig …«

»Liebenswürdig?« Bobby lachte. »Hast du nicht gesehen, dass sie rote Haare hat? Sie kann manchmal ziemlich loslegen.« Fröstelnd klappte er den Kragen seines Mantels hoch.

»Also, ich finde sie wunderbar. Zu mir ist sie immer nur freundlich. Viele Frauen kommen ihren Schwiegertöchtern ganz schön dumm, hat Mama gesagt.«

»Sie wollte immer eine Tochter.« Bobby drückte Frankie die Hand. Wenn er mit ihr zusammen war, schien alles egal zu sein. Seine Eltern waren nicht wichtig, nicht die Spießer am College, die ihm erzählten, er müsse mehr arbeiten, auch nicht Marco. *Er hasst mich,* dachte Bobby, während er über die Straße ging. *Er glaubt, ich bin nicht gut genug für Frankie.* Er warf einen kurzen Blick auf ihr Profil. *Vielleicht hat er nicht ganz unrecht.* »Mom hat mir gesagt, sie findet dich prima, und glaubt, du tust mir gut.«

»Wirklich?« Frankie beugte sich zu ihm und schwang ihre Tasche, während sie über das graue Pflaster liefen.

»Ich kann es kaum mehr erwarten, Bobby. Es ist mir egal, ob wir nur eine kleine Wohnung haben und ob wir auf Orangenkisten sitzen müssen. Ich kann es nicht erwarten, bis alles anfängt. Mit dir zusammen zu sein. So richtig.« Bobby wandte sich mitten auf der Kreuzung ihr zu und küsste sie, und alles um sie herum stand still. Der abendliche Verkehr staute sich auf den Straßen, die roten Rücklichter leuchteten in der dunkelblauen Nacht. Jede Zelle seines Körpers sehnte sich nach ihr. *Ich will dich,* dachte er. *Ich will dich, ich will dich …*

»Ich liebe dich«, sagte Frankie leise.

»Ich liebe dich auch.« Bobby lehnte den Kopf einen Augenblick lang an ihren, mit den Lippen streifte er die feinen Härchen an ihrer Schläfe. *Deliktsrecht,* dachte er und suchte verzweifelt nach etwas, was ihn von seinem Verlangen nach ihr ablenken könnte. Bobby stellte sich sein Gehirn als eine Reihe von Aktenschränken vor, die sich in die dunklen Ecken erstreckten und auf denen stand: *Zivilprozessordnung, Verträge …*

»Wo gehen wir hin?«

»In einen neuen Laden gleich beim Times Square, von dem ich gehört habe. Ich will weitertanzen.« Er drückte sie noch einmal fest an sich, bevor sie über die Straße rannten. »Mir ist jede Ausrede recht, um dich noch ein bisschen länger in den Armen halten zu können.« Frankie blickte zu Bobby auf, das Begehren glänzte dunkel in ihren Augen. Auf einem unbeleuchteten, ruhigen Stück des Gehwegs wurden ihre Schritte immer langsamer. Die Luft zwischen ihnen vibrierte wie die Saiten einer Gitarre, und er zog sie in den nachsichtigen Schatten eines Eingangs. Sie hob das Gesicht zu ihm, ließ zu, dass er sie küsste, seine Zunge spielerisch, drängend.

»Hab Geduld.« Sie löste sich atemlos von ihm. »Es dauert ja nicht mehr lange.«

Bobby senkte den Kopf, hielt sie noch fester, drückte sie an sich. »Ich verzehre mich nach dir, Frankie. Ich kann nicht warten …«

»Du wirst aber warten!« Die Hand nach ihm ausgestreckt, tänzelte sie weg von ihm.

»Du bist eine harte Frau.« Er rückte sich seine Hose zurecht.

»Ich? Ich bin hart?« Sie grinste ihn an.

Sie gingen weiter. Bobby überprüfte die Adresse auf einem Stück Papier in seiner Brieftasche. »Hier müsste es sein.« Er zeigte auf ein flackerndes Neonschild über einer Feuertreppe, die hinunter in die Dunkelheit führte. Sie reihten sich in die Schlange ein, schützten sich gegenseitig mit den Armen, pulsierender Rock 'n' Roll pumpte den Geruch von Rauch, Parfum und Bier aus dem blau erleuchteten Eingang hinaus in die Nacht. *»The Office?«*, fragte sie. »Davon habe ich schon gehört.« Lachend zog sie Bobby in den Club. »Was machen wir hier? Der Laden … hat einen gewissen Ruf.«

»Ein bisschen leben.« Er zahlte an der Garderobe für ihre Mäntel, legte Frankie den Arm um die Taille und drückte sie eng an sich, als sie durch den vollen Club gingen. Er gewöhnte sich allmählich an die Dunkelheit, den Lärm. »Niemand wird dich nerven, solange du bei mir bist. Deine Ma denkt, wir sind bei meiner Mutter, und heute Abend spielt eine tolle Band.« Bobby sprach mit einer Kellnerin, und sie bekamen einen Platz am Rand der Bühne, wo ein Kranz aus rotem Licht den dunkelgrauen Stoff beleuchtete. Frankie sah sich um, während Bobby eine Flasche Budweiser und eine Cola für sie bestellte.

»Bobby.« Sie berührte seine Hand. »Ist das da nicht dein Dad? Was macht er denn in so einer Spelunke?« Bobby kniff die Augen zusammen und blickte durch den Raum, als der Gitarrist die ersten Akkorde von Del Shannons *Runaway* anstimmte.

»Nein, er würde doch nie in so ei…« Er verstummte. Sein Vater saß bei einer Gruppe junger Leute und war in ein Gespräch mit einem dunkelhaarigen Mann vertieft. »Ich bin gleich wieder da.« Er schlich am Rand der Tanzfläche entlang und stellte sich neben seinen Vater. Eines der Mädchen blickte auf und stupste Kit an, der sich umwandte.

»Bobby?« Kit schob seinen Stuhl zurück und lächelte gelassen. »Das ist aber eine Überraschung.«

»Das könnte ich auch zu dir sagen.« Er reichte dem jungen Mann die Hand. »Wir kennen uns nicht. Ich bin Robert Blythe.«

»Mein Sohn«, sagte Kit. »Alex und ich arbeiten gemeinsam an einem Projekt. Das ist seine Freundin Rita.«

»Ja, wir arbeiten an einem Projekt«, sagte Alex und lehnte sich mit dem Rücken an die Bar.

»Das war ein verrückter Tag, ich fand, wir hatten es uns verdient, ein bisschen Dampf abzulassen.«

»Ein paar Drinks, bevor es nach Hause geht. Das ist alles«, sagte Rita und hickste.

»Ihr amüsiert euch?«, fragte Kit.

Bobby warf einen kurzen Blick zu Frankie hinüber, die auf ihn wartete. »Viel Spaß noch«, sagte er und wandte sich um.

»Bobby, sei doch nicht so.« Kit griff nach Bobbys Arm. »Das ist nicht so, wie …«

»Hey, du lässt dich von Mom scheiden«, sagte Bobby

und hielt die Hände hoch. »Du willst dich bloß in irgendeinem miesen Aufreißschuppen herumtreiben und dir die Kante geben.«

»Robert …«

»Aha, jetzt heißt es also Robert. Benimm dich, *Robert.*« Bobby schüttelte den Kopf und ging davon.

»Du denkst an das Abendessen am Mittwoch?«, rief Kit ihm nach.

»Klar.« Bobby hob die Hand, ohne sich umzudrehen.

»Ist alles okay?«, fragte Frankie, als er sich neben sie setzte. »Du siehst ziemlich aufgebracht aus, Schatz.« Bobby trank seine Bierflasche in einem Zug leer. Dem Kellner signalisierte er mit zwei ausgestreckten Fingern, dass er nachbestellen wolle.

»Alles in Ordnung«, sagte er. »Keine Sorge.«

»Lass uns tanzen.« Sie zog ihn auf die Tanzfläche. Bobby nahm Frankie in die Arme und drehte sich langsam mit ihr zu *Blue Moon.* »Was ist denn?«, fragte sie schließlich, die Lippen nahe an seinem Ohr. *Was macht er hier? Und wer ist dieser junge Typ?*, fragte sich Bobby. Es sah aus, als hätten sie eine Meinungsverschiedenheit. Kit schüttelte den Kopf. Bobby kannte diesen Ausdruck. Sein Vater würde nicht nachgeben, aber sein Freund schien die Oberhand zu haben und lehnte immer noch lässig, mit animalischer Anmut, an der Bar. Jedes Mal, wenn Frankie und Bobby sich auf der Tanzfläche drehten, widmete er seine Aufmerksamkeit unwillkürlich wieder seinem Vater. Bobby spürte, dass auch Kit ihn beobachtete. »Hey«, sagte Frankie, »hey, Bobby, hier bin ich.«

»Entschuldige, Baby!« Er zog sie enger an sich.

Kit erhob sich von seinem Barhocker und verschwand im Gedränge. Er winkte Bobby zum Abschied zu.

»Was beschäftigt dich denn?«, fragte Frankie, als sie sich einen Weg zurück zu ihrem Tisch bahnten.

»Nichts. Es ist nichts.« Er kaute auf der Unterlippe. »Sag mal, haben sich deine Eltern gestritten?«

Frankie runzelte die Stirn. »Woher soll ich das wissen? Papa ist gleich nach meiner Geburt gestorben. Aber Marco und Mama schon.«

»Meine streiten sich nie. In den ganzen Jahren ist nicht ein böses Wort gefallen.« Die neue Bierflasche kippelte ein bisschen, als Bobby sie auf den Tisch knallte. »Sie haben natürlich ihre Meinungsverschiedenheiten, lassen kleine spitze Bemerkungen los wie Angelhaken.« Er schüttelte den Kopf. »Ihre Ehe wirkt nach außen perfekt und hübsch wie Zuckerwatte, aber im Inneren ist sie hohl.« Bobby blickte durch den Raum zu dem Platz, wo sein Vater gesessen hatte. »Mir ist das in der Zeit, in der ich noch bei ihnen gewohnt habe, gar nicht so aufgefallen. Ich habe mich einfach an diese ständige unterschwellige Spannung gewöhnt. Wie Zahnschmerzen – oder wie nennt man dieses Klingeln in den Ohren?«

»Tinnitus?«

»Ja. Genau so. Einfach das allgemeine Gefühl, als wäre etwas nicht ganz richtig. Jetzt, nachdem ich ausgezogen bin, ist es glasklar. Dad redet ständig davon, wie sehr er Fälschungen hasst. Er hasst die Kunden, für die er arbeitet, weil sie neues Geld und null Geschmack haben. Manchmal denke ich, er ist der unechteste Mensch, den ich kenne. Er hat sich selbst erfunden. Mister handgemachte Schuhe und Anzüge vom Schneider und Porträts von irgendwelchen alten Typen in vergoldeten Rahmen, mit denen wir nicht einmal verwandt sind. Versuch mal, ihm Fragen über seine Eltern oder seine Herkunft zu stellen. Er hat diese Rolle erfunden, den Engländer im Ausland.« Bobby zeigte mit seiner Bierflasche zu den Plätzen an der Bar, zu den leeren Gläsern. »Manchmal habe ich das Gefühl, ich kenne die beiden überhaupt nicht.«

16

Wir hätten vom Studio aus laufen können«, sagte Tess und zog sich ihre rote Seidenstola um die Schultern. Der Taxifahrer drückte auf die Hupe.

»Ich bin erschöpft. Im Büro war heute den ganzen Tag Hochbetrieb.« Kit gähnte und streckte sich. Mit der Hand streifte er Tess dabei am Arm, an der Brust. Tess beugte sich zurück. Sie fühlte sich gefangen in dem dunklen Taxi. Sie stellte sich die vielen Verkehrsstaus vor, die die Straßen Manhattans verstopften. Kit sah sie seit ein paar Minuten an. *Ich will hier raus,* dachte Tess. *Ich will weglaufen.*

»Kennst du noch den alten Ausdruck ›not safe in taxis‹?« Kit ließ die Hand über die kühle Rückbank gleiten und Tess' Schenkel hinaufwandern.

»Was, zum Teufel, tust du da?« Tess schob ihn weg, aber Kit packte ihr Bein fest und beugte sich zu ihr rüber, um sie zu küssen. »Lass mich!« Sie drückte den Handballen gegen die Kragenknöpfe seines eleganten Hemds und wandte das Gesicht ab. »Hör auf, Kit, hör auf!«

»Alles in Ordnung, Lady?«, fragte der Taxifahrer.

»Alles gut, alles okay«, sagte Kit, lehnte sich zurück und fuhr sich durch die Haare. »Es tut mir leid, Schatz. Ich …«

Tess starrte ihn entsetzt an. »Was, verdammt, ist denn bloß in dich gefahren?« Sie dachte kurz nach. *Marco. Hat er etwas gespürt?*

»Ich habe neulich mitbekommen, wie hingerissen dieser Schuster den ganzen Abend von dir war. Die Vorstellung, noch einen Abend damit zu verbringen, ihm zuzusehen, wie er dich anschmachtet …«

»Ist es das? Du kannst den Gedanken nicht ertragen, dass mich jemand anders attraktiv findet?« Sie schlang die Arme um sich. »Jetzt, nachdem du mich weggeworfen hast wie ein nicht mehr geliebtes Spielzeug und siehst, dass jemand anders mich will, bist du eifersüchtig?«

»Was ist denn an ihm, hm? Was kann er dir denn geben, was ich dir nicht geben konnte? Sex? Wenn dir das so viel ausmacht, hättest du es sagen sollen. Wir hätten …«

»Mach dich nicht lächerlich, Kit. Ich wusste immer, dass du keine solchen Gefühle hegst, nicht für mich.« Tess sank in die Ecke des Sitzes zurück. »Marco … er ist anders.«

»Jetzt mach aber mal halblang. Ich weiß, dass ich nicht er bin, ich werde nie er sein …«

»Kit, du bist derjenige, der das alles angefangen hat. Herrgott noch mal, du hast gesagt, du willst dich scheiden lassen. Ansonsten hätten wir einfach in aller Ruhe so weitermachen können wie bisher …«

»Wie viele Geheimnisse die Leute doch haben. Wie viele Leben möglich gewesen wären.« Das Taxi schlängelte sich durch den Verkehr und hielt vor dem Metropolitan Museum of Art. »Tu mir bitte einen Gefallen und blamiere mich nicht und auch nicht Bobby und Frankie.« Kit winkte ihnen zu. Die beiden warteten mit Claudia und Marco auf der Treppe zum Museum. Paare in Abendgarderobe gingen auf den mit Fackeln beleuchteten Eingang zu, und Kit hielt Tess die Taxitür auf. Sie stieg aus und sah Marco an, der sie ansah, sie zu sich hinzog.

»Hey, Mom.« Bobby lief die mit rotem Teppich ausgelegten Stufen hinunter, um sie zu begrüßen. Er bedachte seinen Vater mit einem kurzen Blick und wandte sich ab. »Alle sind da. So viele Leute.« Er legte schützend den Arm um Frankie, während sie sich begrüßten und sich zu dem versammelten Publikum ins Foyer drängten. Die Rock-'n'-Roll-Musik wurde lauter, als sie zum Empfang durchgingen.

»Ist das nicht der junge Mann aus der *Peppermint Lounge?*« Claudia zeigte zur Bühne.

»Joey Dee?« Tess blinzelte, während die Fotografen ein Blitzlichtgewitter erzeugten und nach vorn drängten, um die Gäste in Abendkleidung beim Twist-Tanzen abzulichten.

»Es sieht so aus, als wäre Mr Rorimer nicht sonderlich glücklich.« Kit biss sich auf die Unterlippe.

»Wer ist das?« Als Claudia sich vorbeugte, fing sich das Licht in den schweren Diamanten, die sie um den Hals trug.

»Der Direktor.« Tess sah den Mann auf jemanden zeigen, er gestikulierte Richtung Tür. »Da steckt irgendjemand in Schwierigkeiten.«

»Angeblich haben diese Jungs auf Bällen im *Plaza* und im *Four Seasons* gespielt«, sagte Frankie.

»Und auf dem Ball anlässlich von Bürgermeister Wagners Wahlsieg«, fügte Kit hinzu. »Seht sie euch an. Diese ganzen Pinguine hier lieben das.«

»Pinguine?«, murmelte Bobby und lachte. »Das musst

ausgerechnet du sagen.« Kit warf ihm einen warnenden Blick zu.

Tess spürte Marcos Blick auf sich ruhen. Er stand hinter ihnen, eine seiner sonnengebräunten Hände in die Tasche gesteckt. Sie fühlte ihn, spürte, dass er auf sie wartete.

»Seht euch nur diesen Laden an.« Claudia blickte sich um. »Wunderschön, diese atemberaubenden Kleider, der Schmuck …«

»Ich dachte mir schon, dass dir der Abend gefällt.« Kit berührte sie am Ellbogen.

»Entschuldige«, sagte Tess zu Claudia. »Ich gehe mir nur rasch die Nase pudern.«

Tess wartete in dem marmornen Atrium auf Marco. Sie wusste, er würde kommen. Ein Kellner mit einem Tablett lief vorbei. Tess nahm sich eine Champagnerflöte, lehnte sich an eine kühle, glatte Säule und trank. Die Stimmen der Partygäste hallten in den dunklen Schatten der hohen Decke wider. Sie spürte, dass Marco auf sie zukam, aber sie wandte sich nicht um. Es waren zu viele Leute hier, die sie kannten, die Kit kannten.

»Ich muss dich allein sprechen.« Er stand auf der anderen Seite der Säule, unsichtbar.

»Aber wie denn?« Sie nickte einem älteren Paar zu, das in einiger Entfernung vorbeispazierte und ihr zum Gruß winkte.

»Fall in Ohnmacht. Ich rette dich.«

Tess stellte ihr Glas ab und schob sich durch das Gedränge. Marco folgte ihr. Sie stellte sich die Szene aus großer Höhe vor, die Männer in Abendgarderobe, mit ihren feinen Jacketts, und dazwischen ihre leuchtenden Haare, ihre bleichen Schultern wie ein Herbstblatt, das auf einem dunklen Strom flussabwärts getrieben wurde. Und irgendwo hinter ihr folgte er ihr, wartete darauf, sie aufzufangen. Sie hob die Hand an die Stirn und strauchelte. Marcos starke Arme fingen sie auf, während sich ihre Augen schlossen und ihr Kopf zurücksank.

»Alles in Ordnung«, versicherte er jemandem. »Nur eine kleine Schwäche.«

Er trug sie in einen ruhigen Nebenraum. »O Gott«, sagte sie, als er sie losließ, den Rücken gegen die kühlen Fliesen gedrückt. Seine Finger flochten sich in ihre, hoben ihre Hand an seine Lippen. »Ich halte das nicht aus.«

»Ich denke an kaum etwas anderes als an dich.« Mit den Lippen strich er über ihren Wangenknochen, als sie den Kopf abwandte. »Wann kannst du weg?«

»Kit hat Verdacht geschöpft«, sagte sie. »Ich habe Gewissensbisse, weil ich so empfinde. Ich kann das nicht, nicht vor der Hochzeit. Ich kann das überhaupt nicht. Wir waren so lange zusammen, ich muss um unsere Ehe kämpfen …«

»Wenn du darum kämpfen musst, ist sie es nicht wert, gerettet zu werden.«

»Du hast unrecht«, erwiderte sie.

»Die Liebe ist kein Krieg.«

Ihr Hüftknochen fügte sich perfekt in seine gewölbte Hand, Daumen und Zeigefinger ruhten in den Mulden ihres Rückgrats, und schob sie ganz leicht ein Stück nach vorn, fest und sicher.

»Er hat mir heute Abend Avancen gemacht.«

»Wie kann er es wagen.« Marco straffte sich, sie spürte die Spannung in ihm. »Die Vorstellung, dass ein anderer Mann …«

»Er ist mein Ehemann. Er ist ein guter Mensch. Er

hatte einfach nie besonders viel Glück. Aber er hat mich immer unterstützt und Bobby auch …«

»Wenn du rechtfertigen musst, warum du ihn liebst, dann tust du es nicht.« Der Seidenstoff ihres Kleids schob sich ihr über den Bauch. Sie spürte den Saum seines Jacketts, die harte Gürtelschnalle. Sie spürte, wie sehr er sie begehrte. »Du hast mehr verdient, Tess. Du brauchst mehr.«

»Ich weiß nicht, was ich brauche.«

»Sieh mich an.« Er wartete, bis sie das Gesicht hob. »Komm mit, ich will dir etwas zeigen.« Er führte sie an der Hand zur Tür, dann zog er sie durch das Gedränge.

»Da seid ihr ja!« Claudia kam auf sie zu.

»Tess fühlt sich nicht wohl«, sagte Marco zu Kit. »Ich bringe sie nach Hause.«

»Wie nett«, erwiderte Kit.

»Ich will niemandem zur Last fallen.« Tess schlang sich ihren roten Schal um die nackten Schultern. »Es wäre zu schade, wenn ihr das Essen verpasst.«

»Du siehst in der Tat etwas fiebrig aus«, meinte Kit süffisant. »Bist du sicher?«, fragte er, an Marco gewandt.

»Das ist gar kein Problem. Es besteht kein Grund, euch die Feier zu verderben. Ihr wisst ja, wie ich Menschenansammlungen hasse.« Er warf Claudia einen kurzen Blick zu und tippte sich ans Ohr.

»Er ist taub«, sagte sie mit erhobener Stimme zu Kit. »Der Lärm macht ihm zu schaffen.«

»Viel Spaß«, sagte Marco zu Frankie und nickte Bobby zu.

»Alles okay, Mom?«

»Das wird schon.« Tess drückte ihren Sohn am Arm und beugte sich vor, um ihm ins Ohr zu flüstern: »Pass auf, dass dein Vater nicht zu viel trinkt und dass er mit Claudia tanzt, ja?«

~

»Gott sei Dank.« Marco löste den Kragen seines Smokings, sobald sie in dem dunklen Innenraum des gelben Dodge-Taxis Platz genommen hatten.

»Einfach weglaufen, das ist ziemlich unartig.« Tess lächelte ihn an. »Magst du wirklich keine Feiern?«

»Nicht solche.« Er lockerte die Fliege. »Gute Freunde, gutes Essen, gute Musik – das schon.« Er blickte aus dem Fenster. »Aber diese Partys, auf denen die Leute immer an dir vorbeiblicken, während sie mit dir reden, um zu sehen, ob noch jemand da ist, der wichtiger ist, bei dem sie sich einschmeicheln können?« Er schüttelte den Kopf.

»Wohin?«, rief der Taxifahrer nach hinten.

»Zum Empire State Building.« Marco wandte sich Tess zu und nahm ihre Hand. Ihre Finger verschränkten sich ineinander. »Ich muss dir etwas zeigen.« Schweigend fuhren sie weiter, und Tess sah die vertrauten Lichter der Stadt am Fenster vorbeiziehen.

»Ich habe Angst«, sagte sie schließlich in die Dunkelheit hinein.

»Ich auch.« Mit dem Daumen streichelte er ihre Hand.

»Ich weiß nicht, warum ich dir alles erzähle.« Tess sah ihn an. »Ich weiß nicht, warum ich so ehrlich zu dir bin.«

»Weil wir uns aufeinander eingelassen haben. Weil wir es satthaben, unser Leben damit zu verbringen, so zu tun, als wäre alles gut, obwohl das nicht stimmt. Gut ist nicht mehr gut genug.« Er hob ihre Hand an die Lippen. »Ich will spüren, und ich will lieben, ich will mich wieder lebendig fühlen.«

Tess bemerkte, dass der Taxifahrer sie im Rückspiegel anblickte, und sah zu ihm hin. »Ist das in Ordnung hier?«, fragte er. »Weiter im Zentrum steht der Verkehr.«

Marco beugte sich vor und bezahlte, bevor er um das Auto herumging, um Tess die Tür zu öffnen. Tess wartete in dem düster beleuchteten, braungrauen Art-déco-Foyer, während Marco mit einem der Sicherheitsbeamten sprach. Sie sah zu der Blattgolddecke zehn Meter über ihnen hoch und ließ den Blick über die Linien der Sonnenstrahlen wandern. Das Foyer kam ihr vor wie ein Mutterschoß, warm und umfassend. Sie dachte an die Aufzüge, die die Menschen hinauf zum Himmel brachten, zur Aussichtsplattform, und fragte sich, ob die Astronauten, die in ihren Raketen ins Weltall starteten, denselben Frieden empfanden wie sie in diesem Moment. Das Gefühl, dass sie genau da waren, wo sie sein sollten, dass alles gerade im Begriff war, neu zu beginnen.

»Komm!« Marco führte sie zu den Aufzügen, und sie folgten einem Portier in weinroter Uniform. Sie war perplex, mit welcher Geschwindigkeit der Fahrstuhl sie nach oben beförderte. Ihr Magen sackte nach unten, und sie hatte Druck auf den Ohren.

»Ist das schnell«, sagte sie zu Marco, und er nahm wieder ihre Hand.

»Es geht weit hinauf.« Sie traten in einen zweiten Aufzug und dann in einen dritten, bis der Rest der Leute bei der Aussichtsplattform ausstieg. »Folge mir«, sagte er mit funkelnden Augen. Sie gingen durch eine Tür, weg von den öffentlichen Bereichen des Gebäudes, und stiegen immer schmalere Stufen und Leitern hinauf.

»Hattest du das alles geplant?«, rief Tess ihm zu. Sie erklomm Stufe um Stufe vor ihm. »Ich habe das Gefühl, als würde ich zum Mond hinaufklettern.« Sie hob den Saum ihres Abendkleids, um nicht draufzusteigen.

»Nein«, sagte Marco, »aber mir gefällt die Aussicht.« Tess blickte zu ihm nach hinten. Sie machte große Augen und lächelte. »Es ist ein glücklicher Zufall, dass mein alter Freund heute Abend arbeitet. Wir haben Glück. Es sollte sein.« Schließlich stand Tess vor dem Eingang zu einem kleinen runden Raum.

»Wo, um alles in der Welt, sind wir?«, fragte sie.

»Normalerweise dürfen nur VIPs hier rein«, antwortete der Wachmann, der den richtigen Schlüssel suchte.

»Aber mein Freund schuldet mir etwas«, erklärte Marco.

»Für Sie doch immer, Mr Affini.« Der Wachmann ließ sie vorangehen.

Marco drückte eine kleine Tür auf und bedeutete Tess mit einem Nicken, voranzugehen. »Bitte.«

Tess' Herzschlag beschleunigte sich, als sie auf den Balkon im 103. Stockwerk trat. Lediglich eine hüfthohe Kalksteinmauer trennte sie vom Nachthimmel Manhattans. »Herrgott, ist das schön!« Sie war überwältigt von den funkelnden Lichtern unter ihnen, die die Sterne über ihnen spiegelten. »Wir sind auf dem Dach der Welt. Es ist, als hättest du den Himmel heruntergeholt.«

»Ich wusste, es würde dir gefallen.« Er stellte sich ganz nahe hinter sie.

Tess war wie euphorisiert, ihre Haut glitzerte, sie spürte die kühle Nachtluft, die sie umgab. Der Wind blies in ihre Haare, den roten Seidenschal, hob den Saum ihres Kleids – sie hatte das Gefühl, wenn der Wind stärker wäre, würde er sie in den Weltraum tragen. »Ich fühle mich lebendig«, sagte sie. »Das meintest du doch, oder?« Sie streckte die

Arme in die Luft. »Mit dir fühle ich mich lebendig!« Sie schloss die Augen und hob das Gesicht zu den Sternen. Ihr Seidenschal löste sich, flog davon und blieb an einem Metallträger gleich unterhalb des Balkons hängen. »O nein!«, rief sie. Marco warf vorsichtig einen Blick über die Brüstung, beugte sich vor und griff danach. »Pass auf!«

»Er ist zu weit weg.« Marco streckte die Fingerspitzen nach dem flatternden Stück Stoff aus. »Vergiss es. Ich kaufe dir einen neuen.« Er richtete sich auf und legte Tess den Arm um die Taille.

»Diesen gibt es nicht neu. Ich darf ihn auf keinen Fall verlieren. Das würde Kit auffallen. Es war das erste Geschenk, das er mir gemacht hat, als wir nach New York gezogen sind.« Tess runzelte die Stirn. »Ich hatte Heimweh nach Hongkong, und er sagte, die rote Seide würde mich immer an zu Hause erinnern. Er meinte, der Schal würde Glück bringen.« Tess wandte sich Marco zu. »Bitte, ich muss ihn holen, für Kit.«

»Kit? Es ist doch egal, ob er es bemerkt.«

»Es ist nicht egal, natürlich nicht.« Da platzte sie heraus: »Ihn kann ich nicht haben, und dich kann ich auch nicht haben! Was ist denn das für eine elende Situation? Mir wäre es lieber, ich hätte dich nie kennengelernt.«

»Elend? Das ist das Letzte, was ich für dich sein will.« Er blickte auf seine Hand hinab und verbarg das Zittern, indem er sie in die Tasche schob. »Du meinst das doch nicht ernst, Tess. Wir alle träumen von dem Moment des Zufalls, der unser Leben ändert. Dem Moment, in dem wir das Gefühl haben, wir wären wirklich lebendig.«

»Lebendig?« Tess schüttelte den Kopf. »Ach, das ist ein schöner Moment, aber er wird vorübergehen. Wie alles. Eines Tages wird das alles eine wunderbare Erinnerung sein.« Sie blickte zu dem Schal hinunter, der im Wind flatterte. »Ich bin ein Fast-Mensch. Fast Balletttänzerin. Fast Ehefrau. Fast lebendig.«

»Vor dir war mein Leben geordnet, säuberlich zusammengefaltet wie ein frisches weißes Laken, und jetzt …« Sein Blick wanderte ebenfalls zu dem Schal, der in dem Metall hing. Tess wünschte, er würde davonfliegen.

»Und jetzt?«, fragte sie.

»Jetzt bist du in mein Leben gekommen wie eine Explosion.« Marco nahm ihr Gesicht zwischen die Hände. »Es ist ein Geschenk, verstehst du das nicht? Unser Leben ist nicht zu Ende, es fängt gerade erst an.«

»Vor dir war ich auf eine Funktion reduziert.« Sie senkte den Blick. »Ehefrau. Mutter. Kein Mensch mit Gefühlen und Bedürfnissen, und ich wurde für selbstverständlich genommen. Eine Selbstverständlichkeit. Sie sehen mich nicht. Du. Du siehst mich. Du siehst mich.«

»Tess.« Seine Lippen suchten die ihren, doch sie wandte sich von ihm ab.

»Aber alles hat seinen Preis. Wollen wir diesen Preis zahlen?«

»Mehr ist da nicht? Pflicht? Hast du nie einen anderen Mann geliebt?«

»Nie.«

»Ich war nicht auf der Suche nach einer Affäre, ich war nicht auf der Suche nach dir.«

»Aber du hast mich gefunden.« Sie zögerte. »Du hast gefunden, was du brauchtest. Und du bist, was ich brauche. Ich brauche dich.« Tess versagte die Stimme. Als ihr die Intensität ihrer Gefühle klar wurde, schnappte sie nach Luft wie ein Taucher, der an die Oberfläche kommt. »Ich liebe dich.« Die Bedeutung dieses Satzes pochte in ihr, drängte hinaus. »Ich bin dabei, mich in dich zu verlieben. Aber ich kann nicht mit dir zusammen sein. Ich liebe meine Familie zu sehr. Ich kann das Bobby nicht antun, nicht jetzt.« Eine Träne rollte ihr über die Wange.

»Wann denn dann? Ich kenne dich. Ich weiß, dass du diese Musik in dir hast, die nach außen drängt. Diese schöne Musik. Wir können nicht den Rest unseres Lebens damit verbringen, zu bedauern, dass wir es nicht miteinander versucht haben.« Er drückte sie enger an sich, die Hände in ihrem Haar, ihren Kopf geborgen in seinen Fingern. »Als ich dich das erste Mal gesehen habe, habe ich den Schmerz, das Verlangen in dir gespürt, denn ich sehe das täglich im Spiegel in meinen eigenen Augen.« Er drückte die Stirn an ihre. »Ich … ich war so einsam. Ich bin …« Er zögerte.

Sie spürte, dass er ihr etwas sagen wollte. »Marco? Was ist denn? Gab es jemanden?«

»Nein, nein. Das ist es nicht.« Er lächelte traurig. »Es spielt keine Rolle. Ich war ruhelos. Ich habe mich in der Arbeit vergraben, in der Familie meines Bruders. Während ich in Wahrheit nur auf dich gewartet habe. Auf dich.« Marco dachte einen Augenblick nach. Sie hatte den Eindruck, dass er einen Entschluss fasste, dann verflocht er die Finger mit ihren. »Ich glaube, wenn ich dich halte, kommst du an deinen Schal.« Tess riss erschrocken die Augen auf. »Vertrau mir! Ich lasse dich niemals fallen.« Tess trat vor und blickte auf die Großstadt hinunter, die unter ihr brodelte. »Vertrau mir!« Sie stemmte die Beine gegen den kalten Stein des Balkons und streckte den Arm aus. Sie spürte, wie Marco ihr Gewicht ausglich, sie hielt. »Vertrau mir!«, sagte er, und sie beugte sich noch weiter vor. Mit den Fingerspitzen streifte sie schon den Stoff.

»Noch ein bisschen.« Sie war schwerelos, machtlos, als sie sich vornüberbeugte. Sie hatte das Gefühl, über der nächtlichen Stadt zu schweben. Wenn er sie losließ, würde sie ungebremst fallen.

»Ich habe ihn!«, rief sie triumphierend und schwenkte den Schal wie eine Fahne. »Nicht loslassen!«

Marco holte sie sicher wieder auf den Balkon zurück, in seine Arme, und schlang ihr den Schal um den Hals, zog sie zu sich heran und lachte erleichtert. Und da küsste sie ihn, gefangen von seinem Herzen, endlich frei.

17

Über die Bank gebeugt, arbeitete Marco im Zwielicht der Werkstatt. Tess' neue Schuhe schimmerten. Das helle Leder wirkte fast wie Perlmutt, der feine irisierende Glanz wurde von den Muschelknöpfen aufgenommen, die meergrünen Chiffonbänder liefen über Kreuz wie bei einem Ballettschuh. Das Radio auf dem Schreibtisch knisterte, und die Eröffnungstakte des *Peppermint Twist* durchbrachen die Stille. Marco warf einen Blick auf den alten Ledersessel, erinnerte sich, wie Tess darauf gesessen hatte, wie sich ihre Hand in seiner angefühlt hatte, als er ihr half, sich zur Anprobe hinzusetzen, wie leicht und stark sie war. Er schloss die Augen, als er daran dachte, was es am Abend zuvor für ein Gefühl gewesen war, sie zu küssen. Der Regen prasselte auf das Blechdach und trommelte gegen das Flügelfenster.

»Bist du da, Marco?« Er warf einen Blick zur Tür, als er Claudias Stimme hörte. »Du arbeitest zu viel«, sagte sie und schüttelte das dunkle Tuch aus, mit dem sie den Kopf bedeckt hatte. Schwungvoll stellte sie einen Korb auf die Theke, nahm einen abgedeckten Teller heraus und legte einen Suppenlöffel hin. »Minestro…«, begann sie, doch der Satz verhallte, als sie die Schuhe erblickte. »Sie sind wunderschön«, sagte sie leise und hob mit dem Zeigefinger eines der Chiffonbänder an. Der Schuh schien in dem düsteren Licht zu tanzen, Schatten streichelten die feine Wölbung, die schlanke Ferse. »Die sind für sie, nicht wahr?« Es klang wie die Stimme eines anderen Menschen. Da begriff er, dass Claudia es wusste. Sie sah ihn an. »Marco?«

»Sie hasst ihre Füße. Ich wollte, dass sie sich schön fühlt.«

»Weil du findest, dass sie das ist.«

»Und wenn?«

»Tu das nicht, Marco.« Claudias Stimme knisterte.

»Was denn? Ich will doch nur, dass sie sich ...«

»Hier geht es um Frankie«, unterbrach Claudia ihn.

»Bist du sicher, dass es nicht um dich geht, Claudia?« Er drehte sich auf dem Hocker um. »Die gute Witwe Affini.«

»Wie kannst du es wagen ...?«

»Du willst, dass alle anderen allein sind so wie du. Was hast du denn vor, wenn der Letzte der Jungs heiratet?«

»Nicht.«

»Du bist ganz zufrieden damit, mich um dich zu haben wie irgendeinen Eunuchen.«

»Marco, ich habe dich nie daran gehindert, jemanden mit nach Hause zu bringen. Ich will, dass du glücklich bist, aber nicht so.«

»Claudia, lass das.« Er warf eine kleine Pappschachtel hin, sodass funkelnde Kristalle sich wie Sterne auf der dunklen Bank verteilten. Der schlichte Suppenteller mit Minestrone wackelte, und ein wenig Suppe schwappte über.

»Du warst mit ihr im Bett, oder?« Er sah, dass sie Kraft in den vertrauten Worten fand. *Mit ihr im Bett.*

»Ist es das, was du hören willst? Möchtest du, dass ich sage, es hat nichts bedeutet?«

»Also habe ich recht.«

»Nein …« Marco blickte finster drein. »Nein, du hast nicht recht. Ich war nicht … wir haben es nicht getan. So war es nicht.«

Claudia hielt sich an der Werkbank fest. »Wie konntest du nur?« Marco hätte ihr gerne geholfen. Er kannte dieses Gefühl, als hätten sich die alten Dielen der Werkstatt unter ihren Füßen gelöst, wären angeschwollen und hätten sich gehoben wie die Balken eines Schiffes, das Anker wirft. Sie bekam keine Luft mehr wie nach einem Schlag in die Magengrube. »Du hast dich in sie verguckt.« Sie betrachtete die Schuhe.

Marco holte die Leiste für Tess' rechten Fuß vom Regal herunter, drehte sie in den Händen. Sie schwiegen. »Ja«, sagte er schließlich, ohne Claudia anzusehen. Er legte die Leiste auf die Werkbank und glitt mit dem Zeigefinger über die Rundung der Zehe. »Bist du jetzt zufrieden?«

»Sie? Im Ernst. Sie ist nicht dein Typ.«

»Typ?« Er runzelte die Stirn.

»Ich will hören, dass du einen Fehler begangen hast«, sagte Claudia mit zitternder Stimme. »Ich will von dir hören, dass du es um Frankies willen beendest.«

»Das hat nichts mit Frankie zu tun.«

»Das hat alles – alles – mit Frankie zu tun. Was für ein Chaos habt ihr angerichtet? Die Mutter der Braut und … und …«

»Und was?«

»Das Oberhaupt unserer Familie. Das ist …« Claudias Lippen zitterten so stark, dass ihre Zähne zu sehen waren. »Wie konntest du nur?«

»Ich wollte einfach ein allerletztes Mal so fühlen.«

»Weiß sie es?«, fragte Claudia. Marco schüttelte den Kopf. »Wenn du es ihr nicht sagst, sage ich es ihr.«

»Wie denn? Wie soll ich ihr sagen, dass ich schon bald sterbe, wenn ich mich wegen ihr lebendiger fühle als jemals zuvor?«

~

Claudia kleidete sich besonders sorgfältig an. Vor dem Bad legte sie Korsett und Strümpfe neben ihr schönstes schwarzes Kleid auf ihr makelloses Bett. Mit ruhiger Hand malte sie mit Kajal einen Lidstrich und zog die Augenbrauen nach. Zum Schluss fuhr sie sich entschlossen mit einem scharlachroten Lippenstift über den Mund. Sie sah großartig aus. Im Bus nach Manhattan hielt sie die mit Chiffonband verschnürte Schachtel vor sich fest auf dem Schoß, als könnte sie herunterfallen und zerbrechen. Gelegentlich streckte sie den Arm aus und sah nach dem Kind, das neben ihr in dem Körbchen schlief.

Sie klingelte in der Wohnung an der 5th Avenue und wartete. Sie hörte, wie sich die Tür des Aufzugs schloss, das ferne Rauschen des Lifts, der zum Erdgeschoss zurückkehrte, gedämpft durch den dichten Teppich, das polierte Holz und Chrom. Während sie wartete, dass die Tür geöffnet wurde, fragte sie sich, was das war, dieses greifbare Gefühl von Geld in der Luft. Wo kam das her? Es war mehr als schlichtweg nur Qualität – besserer Stein oder besseres Holz. Es schien, als wäre der Stoff, aus dem das Haus bestand, durchtränkt von Status, still eine Wichtigkeit vermittelnd, die ihrem Zuhause fehlte.

»Guten Morgen, ist Mrs Blythe da?«, sagte sie in dem Moment, als sich die Tür öffnete. Sie trat zurück, als der einäugige Pekinese über das Parkett bellend auf sie zurannte und rutschend vor ihren Füßen zum Stehen kam. »Sie erwartet mich nicht. Ich habe etwas für sie.«

»Ich frage bei der gnädigen Frau nach. Wen darf ich melden?« Bessie warf einen unsicheren Blick auf das schlafende Baby.

»Mrs Affini«, sagte Claudia.

»Claudia, bist du das?« Tess betrat schwungvoll den Vorraum, eine Seidenrobe in dunklem Apricot sammelte sich hinter ihr auf dem Marmorfußboden. Sie nahm den Hund auf die Arme. »Looty, benimm dich. Ist sie nicht bezaubernd?« Claudia runzelte die Stirn, während Tess den Hund am Kinn kraulte.

»Bestimmt«, sagte Claudia. Tess' gute Laune fiel auf sie herab wie Schnee auf einen kalten, dunklen See.

»Danke, Bessie«, sagte Tess zu ihrer Haushälterin. »Komm doch herein, Claudia. Ach, du meine Güte! Wen haben wir denn da?«

»Das ist der kleine Carlo, das zweite Kind meines Ältesten.« Claudia blickte liebevoll auf das Kind. »Ich wollte gerade zu dir stürmen, da musste ich das Baby nehmen. Mit einem Baby im Korb kann man nirgendwohin stürmen.«

»Stürmen?« Tess bemerkte jetzt erst, wie wütend Claudia war, und wich argwöhnisch zurück. »Wir nehmen den Kaffee in meinem Arbeitszimmer«, sagte sie munter zu Bessie, bedeutete Claudia, durch eine Tür am Ende des Korridors zu gehen, und reichte der Hausangestellten den Hund. »Das ist ja wirklich eine nette Überraschung«, sagte sie, als sich Claudia neben das Baby auf die Sofakante setzte, mit durchgestrecktem Rücken, als hätte sie einen Stock verschluckt. Tess nahm im Sessel gegenüber Platz und faltete die Hände im Schoß wie ein Origami.

»Ich habe keine Zeit für einen Kaffee.« Claudias Stimme durchschnitt die Luft wie ein Stahlseil. Das Baby regte sich und wimmerte. »Verdammt!« Claudia stellte die Schachtel auf den Tisch, hob sich mit geübter Leichtigkeit das Kind auf die Arme und legte es sich über die Schulter wie ein Mulltuch. »Ich habe etwas von dir, und ich glaube, du hast etwas von uns.«

»Entschuldige, ich …« Tess brach ab, als die Hausangestellte ein silbernes Tablett mit einer Kaffeekanne hereintrug. Sie blieb unberührt auf dem Tisch zwischen ihnen stehen. Tess blickte zu der Schachtel. »Ich habe keine Ahnung, wovon du redest«, sagte sie, sobald Bessie die Tür geschlossen hatte.

»Ein Mann war nicht genug für dich?«, zischte Claudia durch die Zähne und rieb dem Baby den Rücken, um es zu beruhigen. »Wenn ich mir diesen guten Mann ansehe, mit dem du verheiratet bist. Warum? Sex?« Sie sah zu der Schuhschachtel hin, bevor sie diese über den Marmortisch zu Tess hinschob.

»Kit? Sprichst du von Kit?«

»Marco. Er hat ein tolles Paar Schuhe für dich entworfen! Andererseits hat Marco wirklich einen Zauber in sich. Ich habe meterweise Regale mit Schuhen zu Hause, und trotzdem sind es nie genug. Ich besitze immer noch das erste Paar, das er jemals für mich gemacht hat.« Ihr stockte die Stimme. »Sie waren schlicht und bequem, aber sie halten ein Leben lang.« Sie stand auf und sah wütend auf Tess hinab. »Verstehst du? Ein Leben lang.«

»Ich liebe ihn«, sagte Tess schwach. Sie stand ebenfalls auf und sah Claudia in die Augen – die eine Frau bleich wie die Morgensonne, die andere dunkel wie die Nacht. »Ich liebe ihn«, sagte sie klar und deutlich. »Und du auch, nicht wahr?«

Claudias Augen zuckten, ihre Miene verhärtete sich. »Du darfst ihn nicht lieben.« Claudia musterte sie von oben bis unten.

»Du auch nicht. Den Bruder deines Ehemanns? Seit wann liebst du ihn schon?«

Claudia schnappte nach Luft. »Wie kannst du es wagen?«

»Seit wann?«

»Schon immer«, flüsterte sie schließlich.

»Weiß er es?«, fragte Tess leise.

»Natürlich nicht«, antwortete Claudia überrascht. »Männer wie Marco bemerken überhaupt nichts. Als ich gesehen habe, wie er mit dir getanzt hat, dachte ich, ich sterbe, so weh hat das getan. Es war ein körperlicher Schmerz.« Sie drückte sich die Faust gegen das Brustbein. »Es fühlte sich an, als hätte mich jemand aufgeschnitten, als wäre ein großes, wundes Loch an der Stelle, wo ich ihn in mir getragen hatte, wo ich meine Liebe zu ihm über all die Jahre in mir verschlossen habe.« Claudia lachte kopfschüttelnd. »Sicher, ich habe Carlo geliebt, aber ich glaube nicht, dass er eine Ahnung davon hatte, was er weggeworfen hat, als er mir untreu war. Ich habe ihn trotzdem geliebt, den Idioten. Sogar nach seinem Tod habe ich nie einen anderen Mann angesehen. Seither ist alles, jedes Glück, jeder Moment der Freude, gedämpft. Das ist in Wirklichkeit die Folge. Es bricht einem das Herz, nimmt einem den Mut. Selbst, wenn man weitermacht, nachdem einen jemand, dem man vertraut hat, angelogen hat, wird nichts mehr wieder so einfach und wahr und gut sein.«

»Das tut mir leid.«

»Wir haben unsere Chance verpasst. Aber ich habe das nie jemandem erzählt. Weißt du, wie oft ich um Hilfe bitten, wie oft ich jemandem erzählen wollte, dass ich es nicht schaffe, dass Carlo mir das Herz gebrochen hatte?« Claudia sprach mit zitternder Stimme. Sie klopfte dem Baby sanft auf den Rücken und wischte sich ärgerlich eine Träne aus dem Augenwinkel. »Aber das tue ich unseren Kindern nicht an. Unsere Söhne sollen bessere Männer sein als ihr Vater. Männer mit ehrlichen Herzen. Ich will alles auf mich nehmen, um sicherzustellen, dass sie nicht dieselben Fehler begehen.«

»Sogar, nicht mit Marco zusammen zu sein.«

»Was würden sie nur denken?«, flüsterte Claudia und versuchte angestrengt, das Baby, das wieder eingeschlafen war, nicht zu wecken. »Ihr Onkel. Der Bruder ihres Vaters.«

»Er ist ein guter Mann. Marco hat die Möglichkeit, selbst eine Familie, Kinder zu haben, geopfert, um dir zu helfen.«

»Und jetzt sind wir an der Reihe, ihm zu helfen.« Claudia presste die Lippen fest zusammen.

»Was meinst du damit?« Tess verschränkte die Arme.

»Nichts. Halte dich einfach von ihm fern, ja? Er braucht seine Familie.« Claudia schüttelte den Kopf. »Du bist ihm völlig egal.«

Tess zuckte zusammen und blickte auf ihre Hände. *Wirklich? Stimmt das? Vielleicht bin ich ihm ja gar nicht wichtig?* »Wir sind eine Familie, beziehungsweise wir werden es bald sein.«

Claudia richtete sich auf. »Hier geht es nicht um mich oder um dich, es geht um die Kinder, Frankie und Bobby.

Verdirb es ihnen nicht.« Sie stieß mit dem Zeigefinger Richtung Tess. »Kannst du dir vorstellen, wie alle auf der Hochzeit reden und auf euch zeigen? Das willst du meiner Frankie ja wohl nicht antun?«

»Ich beneide dich«, sagte Tess leise.

»Du? Mit deinem schicken Apartment in Manhattan und deinen Pelzen und Perlen? Du beneidest mich?« Claudia warf den Kopf zurück.

»Und worauf läuft das alles hinaus?« Tess sah sie an. »Du hast, wovon ich immer geträumt habe: eine große, laute, liebende Familie, und Bobby liebt euer Zuhause. Ich kann ihm das nicht verdenken.«

»Na ja, als Großmutter weiß man, wie schnell dieser Moment vorbeigeht. Es ist wunderbar, wenn sie noch Babys sind. Sie sind so lieb.« Sie ergriff die Hand des Kindes, das an ihrer Brust schlief. Die winzige Faust umschloss ihren Zeigefinger. Ihre Augen loderten, aber sie konnte ihrem Zorn nicht freien Lauf lassen, nicht jetzt. »Du hältst dich von ihm fern, hörst du?«, sagte sie gerade leise genug, um das Kind nicht zu wecken.

Tess sah ihr nach, als sie ging. *Du bist ihm völlig egal.* Claudias Worte gingen ihr immer wieder durch den Kopf. Sie ließ sich erschüttert in den Sessel fallen. Die Ärmel ihres Kimonos wurden von hinten beleuchtet, das Licht der Sonne strömte hindurch. Sie griff nach der Schachtel und löste das Band. Ein Schluchzen blieb ihr im Hals stecken, als sie den Deckel öffnete. Sie nahm die Lederfetzen zwischen die Hände, stützte den Kopf auf die Fingerspitzen, atmete den Duft der zerstörten Schuhe ein. Ihre Hoffnungen und Träume waren besudelt.

18

Es war ein schillernder Tag. Das Licht glitzerte auf der Brandung unter einem gletscherblauen Himmel, den der Spiegel in der Küche zurückwarf, als Tess ihr Aussehen an der Hintertür überprüfte. Nicht zum ersten Mal dachte sie, dass die Sandbänke vielversprechend glänzten, als sie, gefolgt von Looty, von ihrem Häuschen hinunter zum Meer ging. Der Schatten einer Möwe glitt über das Land. In Provincetown verhieß jeder Tag eine Erneuerung. Der Sand, der im Wind flüsterte, schien eine weitere Chance zu versprechen. Tess schützte die Augen und sah ein paar Schwänen zu, die über das Wasser flogen, und ihre Stimmung hob sich, flog mit ihnen. *Ich bin ihm völlig egal?* Vielleicht täuschte sich Claudia. Vielleicht würde heute alles zu einem guten Ende führen.

Tess hatte kaum geschlafen. Sie fragte sich, ob Claudia Marco wohl erzählt hatte, was sie getan hatte. *Warum hat er es mir nicht selbst gesagt?*, dachte sie.

Hier spürte Tess die Veränderung der Jahreszeiten deutlicher. Sie holte Vorräte – Öl für die Lampen, Treibholz für das Feuer. Die Sommergäste waren nach Hause in die Stadt gefahren. Die Strände in ihrer goldenen Schönheit waren leer, der Strahlenkranz auf dem Wasser fühlte sich an wie das Ende der Welt. Tess erinnerte sich, wie sie im April über den Times Square gegangen war, als ein Probe-Fliegeralarm ausgelöst wurde. Die Menschen hatten den Platz geräumt, bis sich nur noch ein Polizeihund und Hundeführer auf den unheimlich stillen Straßen befanden. Sie wartete zehn Minuten lang. Dann kam es ihr vor, als hätte sie einen Blick auf das Ende aller Tage erhascht. Es machte ihr Angst, verfolgte sie in ihren Träumen. Aber hier fühlte sie sich nicht einsam. *Ich fühle mich hier,* überlegte sie, *erleichtert. Als könnte ich atmen,* dachte sie, als sie den letzten Rest des feinen weißen Sands aus der Küche fegte und sich die Haare löste. Der Ort machte sich bereit für den Winterschlaf, und diese Vorstellung kam ihr gerade recht. Ihr roter Cadillac parkte abseits der Dünen auf dem Parkplatz am Herring Cove Beach, und so holte sie ihr Fahrrad, das hinter dem Haus stand. Sie fuhr zwischen Gestrüpp und Kiefern hindurch und atmete den Duft von Harz und Salz ein.

Als sie im Freilauf zügig über die schmale Fahrbahn der Commercial Street rollte, spiegelte sich Tess' Gestalt in den Schaufenstern, die den Schlussverkauf ankündigten. Am Markt blieb sie stehen, um ein Dutzend Eier zu kaufen, und reichte dem Mann dreißig Cent. Tess legte die Eier in ihren Fahrradkorb.

»Hey, hey, Tess!« Als sie aufblickte, winkte ihr ein grauhaariger Mann in Shorts und kam mit seinem Begleiter auf sie zu. Ein schlanker Schwarzer in weißem Chambray-Hemd an seiner Seite lächelte breit und stellte seine Einkaufstüte am Straßenrand ab.

»Du strahlst ja geradezu, Ms Blythe!«, sagte Anton, als Tess ihr Fahrrad auf den Ständer stellte und die beiden Männer umarmte. »Was machst du denn hier?«

»Ich habe eine Dummheit begangen.«

»Ah, gut«, sagte Paul und drückte sie fest. Seine dicken grauen Haare rochen wunderbar nach Zimt und Muskatnuss. *So muss es sich anfühlen, wenn einen der Weihnachtsmann umarmt,* dachte Tess und trat einen Schritt zurück.

»Was meinst du denn mit ›Ah, gut‹?«, fragte sie und lachte.

»Na, dann fühlen wir anderen uns besser, wenn selbst Göttinnen wie du auf tönernen Füßen stehen.« Paul bekam Grübchen, wenn er lächelte. »Ich dachte, wir hätten dich den Winter über verloren. Wann bist du denn zurückgekommen?«

»Gestern. Ich bin die Nacht durchgefahren. Ich brauchte etwas Abstand.«

»Hast du ihn verlassen?« Paul wich mit erhobenen Augenbrauen zurück.

»Endlich.« Anton verschränkte die Arme. »Gott sei Dank! Haben wir dir nicht immer wieder gesagt …«

»Nein, ich … ich wollte nur eine Weile verschwinden.«

»Hier bist du am richtigen Ort, meine Liebe.« Paul nahm ihre Hand. »Aber du sollst doch nicht dort draußen in den Dünen erfrieren. Du kannst bei uns wohnen, wir richten das Gästehaus her.«

»Das ist ja wirklich nett von euch. Vielleicht später im Jahr. Ich … nun ja, ich überlege, dauerhaft hierherzuziehen. Im Moment habe ich es gemütlich vor meinem Kamin. Ich brauchte nur etwas Ruhe und Frieden, bevor Bobby heiratet.« Tess zog die Ärmel ihres alten marineblauen Pullovers über ihre ausgekühlten Hände. »Kommt doch morgen vorbei!« Sie zeigte auf die Eier. »Nichts Besonderes, nur ein Omelett und ein Glas Wein.«

»Wir bringen den Wein mit, Liebes.«

»Anton, machst du eigentlich noch die Übungen, die ich dir empfohlen habe?«, fragte Tess.

Anton drehte eine anmutige, geschmeidige Pirouette und verbeugte sich. »Die haben mir das Leben gerettet. Ich habe dem Rest der Truppe schon viel von dir erzählt. Sie wollen dich unbedingt kennenlernen. Ich habe ihnen von deiner Idee für ein Ballett erzählt …«

»Ach ja? Das war doch nur so eine Idee, eine alberne Idee eigentlich.« Tess fühlte sich unsicher und ängstlich. Sie trat zur Seite, um ein Portugiesisch schwatzendes älteres Paar die Stufen zum Restaurant hinaufsteigen zu lassen. In diesem Moment wurde ihr klar, wie dringlich ihr Wunsch war, mit Tänzern und Tänzerinnen zu arbeiten. Zu sehen, wie all die halb geträumten Ideen und Bewegungen, die sie wie eine Melodie in sich trug, zum Leben erweckt wurden. »Wann geht ihr auf Tournee?«

»Nächsten Monat.« Anton lehnte den Kopf an Pauls Schulter. »Ich habe diesen alten Herrn davon überzeugt, mich zu begleiten. Wir touren bis ins nächste Jahr hinein durch Europa, und ich wollte nicht, dass wir unseren zehnten Jahrestag getrennt voneinander verbringen.«

»Ich hatte gerade eine fantastische Idee«, sagte Paul. »Du brauchst mehr Platz, wir brauchen jemanden, der die Blumen gießt und die Katzen füttert.«

»Meinst du das ernst?«

»Das meine ich sogar sehr ernst!« Paul und Anton wichen im Rhythmus eines Rock-'n'-Roll-Songs zurück, der aus der offenen Tür eines nahe gelegenen Restaurants drang, um einen pistaziengrünen Chrysler vorbeirollen zu lassen.

»Kommt doch morgen zum Abendessen. Dann können wir das besprechen.« Tess schwang ein Bein über das Fahrrad. »So gegen halb acht?«

»Abgemacht.« Paul hob die Hand. »Wir bringen Pullover und Decken mit.«

»Das Angebot steht, wenn du mal wieder weglaufen musst.« Anton warf Tess eine Kusshand zu, als sie weiterfuhr.

Sie hatte keine Ahnung, was ihr Ziel war. *Immer der Nase nach,* dachte sie und lächelte. Im Geiste hörte sie Aphras Stimme, die Tess als Kind stets ermutigt hatte, auf Entdeckungsreise zu gehen. Tess steuerte ihr Fahrrad weg von der Stadt, spürte, wie ihre Arme und Beine lockerer und wärmer wurden, wie ihre Anspannung mit den Umdrehungen und dem Surren der Reifen auf der Straße nachließ. Sie erkundete Strände, an denen sie seit Jahren nicht mehr gewesen war. Tess dachte daran, wie sie früher mit Bobby gespielt hatte, von der Sommersonne gewärmt, während Wolken von Monarchfaltern um sie herum aufstiegen und er seine kleinen Händchen nach ihren orange-schwarzen Flügeln ausstreckte.

Während der Himmel in Gold- und Apricottönen aufblühte, fuhr sie zurück in die Stadt und hielt vor einem alten Lagerhaus an, das vor Jahren schon ihre Aufmerksamkeit erregt hatte. Es erinnerte sie an die Scheunen, die sie in Connecticut und Vermont gesehen hatte. Es hatte etwas Einladendes. *An so einem Ort hättest du als Kind gerne gespielt. An so einem Ort hast du dich sicher gefühlt.* Damals war es voller Kisten und Paletten gewesen, Fisch wurde in dieses Lagerhaus hineingetragen, um verpackt und weiterverkauft zu werden. *Es ist perfekt,* dachte sie bei sich, als sie die schwarz geschindelte Wand hochblickte und die Hand darauf legte. Die Berührung war eine Ouvertüre, ein Versprechen. Das Gebäude stand jetzt leer, ein Schild mit der Aufschrift »Zu vermieten« schaukelte im Wind. *Irgendwann eröffne ich eine Schule in dir,* dachte sie. *Irgendwann.* Die Bucht wurde dunkler, in der Ferne schimmerte ein grünes Licht auf dem Wasser. Zum Klang eines Nebelhorns von der Mole her wandte sie sich wieder dem Ort zu, mit hochgezogenen Schultern, denn vom Meer her wehte ein kalter Wind. In der zunehmenden Dunkelheit verschwammen die Lichter rot und weiß. Ein Sturm zog herauf, Fischerboote waren im schützenden Hafen festgemacht wie Meeresvögel. Vom Ufer aus blickte sie zurück zu dem Lagerhaus. An einem Ende gab es eine erhöhte Plattform, und große Fenster Richtung Norden säumten die Halle. *Eine Bühne,* dachte sie. Sofort konnte sie es sich bildlich vorstellen. Modern, karg, hell, schön. Eine Werkstatt für Tänzer.

Tess erinnerte sich an eine Zusammenarbeit zwischen Balanchine und Strawinsky, die sie im NYC Ballet gesehen hatte. Die Tänzer und Tänzerinnen hatten schlichte Strumpfhosen und Trikots getragen, es gab keine Bühnenausstattung. Es ging nur um die Musik und die Bewegung. Sie stellte sich geschmeidige, schwarz gekleidete Gestalten auf ihrer Bühne vor, reduziert, ohne steife Ballettröckchen oder Chiffonfähnchen. Nur muskulöse, exakt definierte Körper. Nur perfekte Imperfektion. *The Danceworks Center.* Dachte sie. *Danceworks.*

Als sie mit dem Fahrrad zurück durch die Stadt rollte, lockten die Lichter des Cafés *Adams Pharmacy* sie an. »Machen Sie schon zu?«, fragte sie, während sie die Tür aufdrückte, deren Messingglöckchen über ihrem Kopf bimmelte.

»Wir haben noch eine Weile geöffnet. Was darf es

sein?« Das Mädchen hinter dem Tresen warf das Küchentuch zur Seite und rieb sich wärmend die Hände.

»Einen Vanilleshake, bitte.« Tess stieg auf einen Chromhocker. »Ich habe etwas zu feiern.« Während das Mädchen die Milch in einen Metallbecher goss, erhaschte Tess einen Blick auf ihr Spiegelbild in dem ocker getönten Spiegel hinter dem Getränkespender. Sie fuhr sich durch die Haare, die von dem salzigen Sprühnebel und dem Sand zerzaust waren. *Was würde Kit nur denken?* Tess lachte in sich hinein und bemerkte, dass das Mädchen sie verstohlen anblickte, als sie sich die Haare ausschüttelte. *Wahrscheinlich hält sie mich für verrückt. Vielleicht bin ich es ja.* »Danke«, sagte sie und trank mit geschlossenen Augen dankbar einen Schluck von ihrem Milchshake. Der Geschmack brachte andere Sommer zurück, die Jahre wurden zurückgeblättert wie ein Kalender im Wind. Sie dachte daran, wie Bobby früher neben ihr am Tresen saß, seine sonnengebräunten Sommerfüße in den braunen Sandalen vom Hocker baumelnd, sein aufgeregtes Geplapper. *Wir haben über alles geredet*, dachte sie. *Ich war immer die Erste, die er sah, immer die Erste, der er von seinem Tag erzählte. Heute habe ich das Gefühl, ihn kaum noch zu kennen.*

Die alte Uhr über dem Tresen tickte vor sich hin, der rote Zeiger surrte die Sekunden weg.

Vielleicht sollte ich einfach ins Atlantic House *gehen?*, dachte sie und nahm noch einen Schluck. *Ich könnte es mir vor einem der Kamine gemütlich machen und mich aufwärmen, einen Brandy trinken.* Die Vorstellung, allein in dem dunklen Haus zu sein, war nicht so tröstlich, wie sie gehofft hatte. *Wenn ich hier herausziehe, gehöre ich vielleicht irgendwann zu diesen alten Mädchen, die an der*

Bar sitzen und sagen: Ich habe früher einmal getanzt. Ich weiß noch, wie ich Billy Holliday und Ella Fitzgerald hier gehört habe … Tess war so in ihren Gedanken verloren, dass sie die Glocke über der Tür nicht hörte. Sie sah nicht, wie Marco von der kalten Straße aus hereinkam, seinen grauen Filzhut abnahm und sich mit der Hand durch die Haare fuhr, den Blick auf sie gerichtet.

An diesem Morgen hatte sie am Ende der Cape Cod Road einen Hirsch entdeckt, in den Dünen in der Nähe der Salzmarsch. Das Seegras bewegte sich im Wind, und Wasserbänder reflektierten den Himmel wie Spiegelscherben in dem welligen Sand. Hinter den Dünen toste der Ozean. *Wo war der Hirsch hergekommen?*, dachte sie und erinnerte sich an eine andere Begegnung, eine andere stille Verbundenheit mit einem Wesen auf der anderen Seite des Ozeans. Es war wie ein Zeichen. Eine Botschaft. *Hast du nie einen Mann geliebt?*, hatte Marco sie gefragt, als sie hoch über New York gestanden hatten, ganz oben auf der Welt. *Nie,* hatte sie gesagt. Das war eine Lüge.

PAUSE

F: Wollten Sie von Anfang an mit Ihren Aufführungen schockieren, Ms Blythe? Ich meine damit, dass die Tänzer beinahe nackt waren, die Partituren sehr sinnlich. Sie sind dafür bekannt, »Alltagswunder« zu feiern, wie Sie es nennen – Liebe, Sex, Geburt –, aber Sie scheuen auch nicht vor niederen menschlichen Handlungen zurück. Ich denke da etwa an Vergewaltigungs- und Kriegsszenen in *Der dunkle Wald.* Einige Kritiker fanden die Gewaltszenen und das Blutvergießen zu drastisch.

A: Schockieren? Niemals. Die Menschen sollen sich lediglich lebendig fühlen, das ist alles. Sie sollen die Aufführung innerlich spüren. Körperlich reagieren. Und ich möchte Musik, die einem das Herz bricht, bei der man sich verliebt. Ich will Musik, bei der sich einem sämtliche Härchen am ganzen Körper aufstellen …

Interview mit Tess Blythe, Dance Review

19

Somerset, 1939

Ich sollte dankbar sein, dachte Tess und legte den Arm auf ihren kleinen Koffer. Sie wischte das beschlagene, regennasse Busfenster ab und blickte hinaus auf die vorbeiziehenden Häuser des Marktstädtchens. *Ist es das? Oder das?,* fragte sie sich hoffnungsvoll, als sie ein behagliches Steinhaus sah, dessen Fenster golden schimmerten wie eine Einladung an sie. Tess war erschöpft von der Reise, und sie bemühte sich, sich von der zunehmenden Übelkeit abzulenken, die sie während der holprigen Fahrt in dem überfüllten Bus erfasst hatte. Sie hatte zahllose Flüge hinter sich. Über eine Unmenge Länder. Und dann der Schock, »zu Hause« anzukommen, in einer Welt, die sie kaum wiedererkannte. *Reiß dich zusammen,* sagte sie sich. *Ich kann mich glücklich schätzen. Ich habe einen freundlichen Ehemann, den ich liebe, der mein Freund ist, der nicht erwartet … na ja, der nicht …*

Ich werde ein schönes Zuhause haben, dachte sie. Sie hatten wenig Geld, aber sie fühlte sich reich. Kit hatte ihr von dem eleganten Haus erzählt, das sein Großvater ihm bei der Geburt ihres Kindes vererben würde. Solange es ein *er* wird, dachte Tess.

»Das hier ist Midchester House«, rief ihr der Busfahrer

zu, und Tess kämpfte sich aus ihrem Sitz. »Den Weg da entlang.« Er zeigte auf einen überwachsenen, schlammigen Pfad.

»Aber das kann es doch nicht sein«, sagte Tess und stellte ihren Koffer auf der Straße ab, während der Bus weitertuckerte. Zur Antwort spürte sie eine leichte Bewegung in ihrem Bauch. *Das kann doch nicht das Haus sein, von dem Kit so geschwärmt hat.* Sie überprüfte noch einmal die Adresse und starrte verzweifelt auf das bescheidene Backsteinhaus, das von überwucherten Wiesen umgeben war. Tess wischte sich den Regen aus dem Gesicht. In den schmutzigen Fenstern spiegelten sich schwach die Unwetterwolken, und in einem Zimmer im oberen Stockwerk erkannte Tess eine Frauengestalt, die sie beobachtete, halb verborgen hinter schweren Samtvorhängen. Tess hob die Hand zum Gruß, aber die Frau ließ den Vorhang zufallen. Die Stirn runzelnd, hob Tess ihren Koffer hoch und lief entschlossenen Schrittes über die mit Unkraut zugewachsene Kieszufahrt. Die Türklingel schien nicht zu funktionieren, deshalb klopfte sie laut an die genietete Holztür.

»Wer ist da?«, fragte eine körperlose Stimme nach einer Weile.

»Guten Tag! Tante Cally?« Riegel und eine Kette wurden zurückgeschoben. Eine kleine Frau mit der Statur eines Ballons, aus dem die Luft herausgelassen worden war, machte auf und blickte sie aus der Dunkelheit heraus prüfend an. Sie blinzelte mit ihren dunklen, kurzsichtigen Drachenaugen.

»Ich bin Miss Blythe. Und Sie?«

»Ich bin Tess, Tess Blythe.« Die Miene der Frau verriet nichts. »Kits Frau.«

»Seine Frau sind Sie? Was wollen Sie? Sie sind wahrscheinlich gekommen, um mich hinauszuwerfen und den Familiensitz für sich zu beanspruchen, nicht wahr?«

»Nein, ganz und gar nicht ...«, begann Tess und dachte: *Ja, genau das hat Kit vor.* Sie hielt inne, als die Frau unerwartet lachte, schrill und nervtötend. »Darf ich hereinkommen?«

»Nur zu, meine Liebe. Ich zeige Ihnen, wo das einzige trockene Schlafzimmer ist, und packe meine Sachen. Vielleicht mache ich mich nach Lyme Regis auf und gehe ins Meer ...«

»Das wird sicherlich nicht nötig sein.«

»Dann kommen Sie rein, wenn Sie bleiben wollen.«

»Haben Sie mich nicht erwartet?« Tess folgte ihr unsicher und schloss die Tür. Im Haus roch es nach Niederlage und gekochtem Kohl. »Hat Kit nicht geschrieben?«

»Ich habe einen Brief von Christopher bekommen, habe allerdings nicht damit gerechnet, dass er mir seine schwangere Frau unterjubelt.« Cally ließ sich in den rosafarbenen Sessel fallen. »Ihre Reise war vergebens. Hier gibt es keinen Platz für Sie.«

»Aber ... aber das Haus gehört doch jetzt Kit.«

»Sie erwarten also von *mir,* zu gehen?« Callys Augen waren Nadelspitzen.

»Nein, ganz und gar nicht. Aber es gibt doch bestimmt einen Raum ...« Tess sprach nicht weiter, als die Frau hysterisch zu lachen anfing. Cally stemmte sich aus dem Sessel und winkte Tess, ihr zu folgen.

»Einen Raum? Ich zeige es Ihnen, ja? Kommen Sie mit auf die große Tour.« Tess verließ der Mut, als sie Cally durch die klaustrophobischen, muffig riechenden Korridore und über Treppen folgte, die mit welkenden Topfpflanzen und Stapeln alter Zeitschriften vollgestellt waren. »Hier drinnen schlafe ich«, sagte Cally und zeigte auf eine kleine Kammer mit Blick auf den Garten. Kits Tante stellte sich auf den Treppenabsatz und zeigte nacheinander auf die einzelnen Zimmer. »Bei diesem hier ist die Decke eingefallen. In dem hier gibt es keinen Strom. Und bei dem hier« – sie schob die Tür auf –, »bei dem ist das Dach undicht, wie Sie sehen.« Tess war zum Weinen zumute. Blinzelnd starrte sie auf den Regen, der von der Decke auf das durchnässte Bett tropfte. »Sie sehen enttäuscht aus.« Cally kniff die Augen zusammen, als sie lächelte. »Lassen Sie mich raten. Der junge Christopher hat Ihnen erzählt, der Familiensitz der Blythes sei traumhaft.« Sie verzog den Mund. »Ich wusste es. Habe ich es nicht gesagt? Ich habe immer gesagt, der Junge lebt in einem Wolkenkuckucksheim. Seine Allüren würden ihm nicht guttun.« Sie wandte sich zur Rückseite des Hauses und winkte Tess, ihr zu folgen. »Trotzdem. Wo sind meine Manieren geblieben? Vielleicht möchten Sie eine Tasse Tee?«

»Danke.« *Ich bin um die halbe Welt gereist,* wollte Tess rufen. *Eine Tasse Tee? Alles, was Sie mir anbieten wollen, ist eine Tasse Tee?* Tess folgte dem traurigen Patschen der Pantoffeln der Frau in den dunklen Gang hinein. »Leben Sie schon lange hier?«

»Lange genug.« Cally ließ sich in einen Sessel neben dem Kohlenherd sinken und seufzte niedergeschlagen. Sie zeigte auf das vollgestellte Spülbecken. »Seien Sie doch so nett, und spülen Sie zwei Tassen ab.«

»Natürlich.« *Das wird ja immer besser,* dachte Tess und biss sich auf die Lippe, um vor Verzweiflung nicht laut aufzulachen. *Jetzt darf ich mir meinen Tee auch noch selbst machen.* Sie setzte ihren Hut ab und legte ihn auf die Kommode. Dann krempelte sie sich die Ärmel hoch und fischte behutsam eine angeschlagene Royal-Doulton-Tasse aus der fettigen Wasserschüssel. Sie stellte die Tassen zum Abtropfen ab und füllte den Wasserkessel.

»Wo Sie schon dabei sind, kochen Sie doch auch gleich zwei Eier. Die Hennen haben heute Morgen gelegt.« Cally hielt ein zusammengerolltes Stück Papier ins Feuer und zündete sich eine Woodbine an. »Immerhin ist das ja ein besonderer Anlass.« Sie lehnte sich zurück. »Derzeit bekomme ich nicht viel Besuch.«

Warum wohl, dachte Tess. Sie nahm die beiden kleinen Eier aus einer Tonschale neben dem Geschirrkorb und wandte sich Cally zu. »Gekocht?«

»Ja. Sie können doch Eier kochen?«

Tess lief rot an. »Ich habe keinen Hunger, danke.« Ihr Magen protestierte knurrend.

»Sie können es also nicht?« Cally kniff die Augen zusammen, während sie an ihrer Zigarette zog. »Ihre Sorte kenne ich. Für alles hat man Personal. Ich staune ja, dass Sie überhaupt wissen, wie man eine Tasse Tee zubereitet.«

Gehässiges Weibsbild, dachte Tess. Sie stellte sich vor, die Eier nach ihr zu werfen. Stattdessen legte sie sie zurück in die Schüssel und wandte sich ruhig dem pfeifenden Wasserkessel zu.

»Sie können einfach die Kanne auf dem Ofen aufgießen«, sagte Cally. »Man muss ja keine frischen Blätter verschwenden, wenn da noch ein paar Schluck drin sind. Das macht es Ihnen jedenfalls leichter.« Tess füllte schweigend die braune Porzellankanne auf und trocknete die Tassen ab.

»Wann war Kit – Christopher denn zum letzten Mal hier?« Sie gab einen Schuss Milch in die Tassen.

»Ach, das ist sehr lange her. Sie waren alle da. Mein Bruder, seine Frau und das Kind. Unser Vater war damals noch am Leben.«

»Das Haus sah damals also anders aus?«

»Es war nie das Schloss von Versailles, wenn Sie darauf hinauswollen.«

»Ich versuche ja nur, zu verstehen. Es ist nicht ganz so, wie er es beschrieben hat.« Tess trank ihren Tee und wandte sich Cally zu. »Ich schlafe in der Stadt.«

»Wie Sie wollen, wenn Ihnen das nicht gut genug ist.«

Tess nahm ihren Hut. »Kit hat dem Anwalt der Familie geschrieben, um ein Treffen zu vereinbaren. Das findet morgen Vormittag statt, falls Sie dazukommen möchten? Ich versichere Ihnen, dass ich nicht die Absicht habe, Sie zu bitten, hier wegzugehen. Das ist Ihr Zuhause.« *Und meines wird es nie werden.*

»In diesem Fall habe ich kein Interesse daran, in die Stadt zu fahren. Was für einen Sinn sollte das haben?« So, wie Cally das sagte, hätte es genauso gut das Ende der Welt sein können. Sie stand mühsam auf und folgte Tess zur Haustür.

»Ich werde bei meiner Tante Aphra am Exmoor wohnen.« Tess kritzelte eine Adresse in ihr Notizbuch, riss die Seite heraus und reichte sie Cally. »Falls Sie von Kit hören oder mich kontaktieren müssen …«

»Das wird sicherlich nicht der Fall sein. Einen guten Tag Ihnen, Mrs Blythe!«

20

Der Bärlauchgeruch war berauschend, erdig. Zwischen den grellgrünen Blättern an den Bäumen machte sie einen strahlenden blauen Schleier aus. Tess stellte ihren Koffer an den Straßenrand und lief in den Aprilwald hinein, bückte sich, um die Glockenblumen zu berühren. Weiter vorn am Hügel wuchsen Azaleen und Rhododendren, die kirsch- und scharlachrot leuchteten. Sie erinnerten sie an die Bougainvilleen in Hongkong. Sie erinnerten sie an zu Hause.

Tess drehte sich im Kreis, atmete erleichtert aus, ließ sich rückwärts mit ausgestreckten Armen auf den weichen Waldboden fallen. Mit den Fingern tastete sie nach den prallen Stielen der Glockenblumen. Über ihr schimmerte ein leuchtendes Geflecht aus glänzenden neuen Blättern, das Dach der Bäume wehrte das Sonnenlicht ab. Sie streckte sich genießerisch aus, die Arme über dem Kopf, die Wirbelsäule durchgebogen, um die Spannung von der Reise zu lösen. Es schien ein Tag des Neubeginns zu sein.

»Ach je, ist alles in Ordnung mit Ihnen?« Tess drehte sich zur Seite, als sie eine Männerstimme und Schritte hörte, die schnell auf sie zukamen. »Kann ich helfen?«

Tess stützte sich auf die Ellbogen. »Mir geht es bestens, danke.« Sie schützte die Augen vor dem Licht der Sonne, das durch das Blätterdach fiel, und blickte zu einer dunklen Männergestalt auf, die über ihr stand. »Ich suche das Haus von Aphra Montgomery. Ich war mir eigentlich sicher, dass der Weg dorthin direkt von der High Street abzweigt, aber ich war seit meiner Kindheit nicht mehr hier.« Tess rappelte sich hoch. »Ich habe früher in diesen Glockenblumenwiesen gespielt und konnte einfach nicht widerstehen.«

»Sie sind prachtvoll.« Er bot ihr die Hand, um ihr aufzuhelfen. Sein Teint war bleich, sein Griff fest und stark. *Ganz anders als Kit,* dachte sie. Tess blickte zu dem Mann hoch, ihre Lippen öffneten sich langsam. Seine dicken, dunklen Haare fielen in Wellen um sein kantiges, entschlossenes Gesicht. Ein leichter Bartschatten überzog schon am späten Vormittag seine Wangen. »Sind Sie eine Freundin von Aphra?« Seine dunklen Augen funkelten amüsiert. »Darf ich?« Sanft pflückte er ihr ein goldenes Buchenblatt aus den Haaren.

»Sie ist meine Tante.« Tess fasste sich an den Hals, in der Hoffnung, nicht ganz so verunsichert auszusehen, wie sie sich fühlte.

»Alle Freunde von Aphra sind auch meine Freunde.« Der Mann ging zur Straße voraus und schob sich Tess' Koffer unter den Arm. Er bedeutete ihr, ihm zu folgen. »Wir sind sogar Nachbarn. Ich beneide sie, weil sie im Alten Pfarrhaus wohnt. Damals lebte der Klerus noch auf großem Fuß.« Er zeigte auf eine schlichte Edwardianische Villa ein Stück weiter. »Da wohne ich.«

»Ach ja? Sind Sie …?« Tess lachte überrascht, als Philip seinen Schal aufband und ein Kollar zum Vorschein kam.

»Reverend Philip Hardy.« Er schüttelte ihr die Hand.

»Philip? Bist du das?« Eine Frauenstimme erklang von der mit Rhododendren gesäumten Zufahrt nebenan, und sie wandten sich um, als sie Schritte und Hundegebell hörten. »Zeit für ein Schlückchen und ein kleines Mittagessen? Irgendwo hat die Uhr schon fünf geschlagen.«

»Aphra, du hast einen Gast«, rief Philip.

Tess atmete unwillkürlich erleichtert aus. Es war, als würde sie nach Hause kommen. Sie erhaschte bereits einen Blick auf das weiß verputzte Pfarrhaus am Ende der geschwungenen Zufahrt. Ihre Tante kam zwischen den Bäumen hindurch auf sie zu, zwei Irische Wolfshunde auf den Fersen. »Einen Gast? Was für einen Gast? Ich erwarte keinen …« Sie hielt inne, als sie Tess erblickte. »Tess? Kleine Tessie?« Aphra schlang die Arme um sie und drückte sie fest an sich. »Ach, du meine Güte! Bist das wirklich du? Als mir deine Mutter geschrieben hat, dass du verheiratet bist und ein Kind erwartest, war ich völlig überwältigt.«

»Ja, ja, ich bin es.« Der Tweed dämpfte Tess' Stimme. »Ich habe dir geschrieben. Hast du meinen Brief nicht bekommen?« *Sie hat sich nicht verändert, überhaupt nicht,* dachte Tess und trat einen Schritt zurück, um ihre Tante anzusehen. Aphras akkurate graue Bobfrisur im Stil der Zwanzigerjahre war genau so, wie Tess sie in Erinnerung hatte. Das aufgetragene Tweedkostüm und die Halbschuhe, die sie von einem ihrer verstorbenen Brüder geerbt hatte, waren ebenfalls noch dieselben.

»Mit dem Postboten hier wäre das ein Glück. Erst letzte Woche haben sie einen Postsack gefunden, der hinter eine Hecke geworfen worden war. Es ginge schneller, wenn ich die Briefe selbst austragen würde.« Aphra schüttelte den Kopf. Der größere der beiden Wolfshunde legte Tess die Pfoten auf die Schultern.

»Hallo!« Tess lachte und kraulte dem Hund die Ohren. »Wer ist das?«

»Hebe, runter mit dir!«, schimpfte Aphra. »Du hast überhaupt keine Manieren, im Gegensatz zu Hero.« Die Hündin setzte sich neben ihre Schwester und blickte finster hoch. Aphra wischte einen schmutzigen Pfotenabdruck von Tess' Jacke und hob ihr Kinn an. »Sieh dich an. Sieh dich nur an. Du erinnerst mich wirklich an deine Mutter.«

»Ist das die Tess, von der du mir so viel erzählt hast?«, fragte Philip lächelnd.

»Die Letzte der Montgomerys«, erklärte Aphra. »Und was für eine Schönheit!« Sie nahm Tess am Arm und führte sie zum Haus. »Philip, mein Lieber, bringst du den Koffer rein? Das muss mit Champagner gefeiert werden.«

21

3. September 1939

Da. Da war der Schlag ihres Herzens. Da war der entschlossene Takt ihrer Füße, als sie durch den Wald ging, einen Schritt, zwei Schritte, und bei jedem neuen Schmerz blieb sie stehen. Hier war ihr Atem in der Stille, eine stetige Wolke beim Ausatmen. Die Bäume standen in Flammen, das Herbstlaub loderte in der untergehenden Sonne. Der Geruch von Holzfeuern, verbrannter Erde und Laub durchdrang ihre Sinne. Da war das leichtfüßige Getrappel von Hufen hinter ihr im Wald, das näher kam.

Der Fluss strömte im Licht der Abenddämmerung dahin, quecksilberschnell in der hohlen Hand des dunklen Tals. Der Hirsch und die Hirschkuh standen an der Biegung des Flusses. Die Hirschkuh trank. Der Hirsch wachte währenddessen über sie, den Kopf aufmerksam erhoben, das Geweih ragte in den rosa leuchtenden Himmel hinein. Tess' gefrorener Atem stand still, verlor sich in der Luft, als sie die beiden sah. Sie hatte das Röhren gehört, den klagenden, animalischen Ruf brunftiger Hirsche nach einer Gefährtin.

Tess' Bauch wurde wieder hart, nahm ihr den Atem. *Hier,* sagte sie sich, *ich bin hier. Ich bin. Ich bin. Ein Schritt. Eins, zwei, drei …* Sie schrie auf und verzog das

Gesicht, die Tiere ergriffen die Flucht. Es fühlte sich an, als würde sich jedes Molekül ihres Körpers zusammenziehen, sich einrollen. *Wenn es so weit ist, stellen Sie sich den Schmerz wie eine Welle vor,* hatte die Bezirkskrankenschwester zu ihr gesagt. Tess stellte sich vor, zu treiben, winzig klein in einem dunklen Ozean, der sie hinunterzog.

Der Drang, auf dem Waldboden in die Hocke zu gehen, war überwältigend. Ihr tiefstes Inneres drückte nach unten, nach unten. Es schien, als würde die Luft selbst sie zusammenpressen.

In ihrer Tasche steckte ein Brief.

Liebe Tess,

begann Kit.

Das ist der schwierigste Brief, den ich je schreiben werde.

Allein bei dem Gedanken, wie ihr die Aufregung, weil sie endlich – endlich – von ihm hörte, in den Adern zu Eiswasser gerann, wurde ihr wieder kalt. Tess würgte und krümmte sich zusammen. Sobald die Übelkeit vorüber war, richtete sie sich auf und wischte sich den Mund mit dem Handrücken ab. Sie blickte den Weg durch das Tal entlang, visierte, durch die Tränen blinzelnd, ihr nächstes Ziel an, eine Eiche an der Wegbiegung. *Zur Hölle mit dir, Kit,* dachte sie und steuerte darauf zu. *Wir brauchen dich nicht.*

Es war Monate her, seit sie zuletzt von ihm gehört hatte, dabei hatte sie ihm unzählige Male geschrieben.

Ihre Briefe mussten sich überkreuzt haben. Nachdem Tess bei Aphra eingezogen war und Kit ihre Adresse geschickt hatte, war sein Brief bei Cally angekommen. *Die sich alle Zeit der Welt gelassen hat, um ihn weiterzusenden,* dachte Tess, presste sich die Hände auf den Bauch und lehnte sich an den nächsten Baum, um die nächste Welle des Schmerzes durchzustehen. Sie bog den Kopf zurück, ein kehliges Heulen zerfleischte den grauen Himmel. Ein letztes Aufflammen der niedrig stehenden Sonne brach durch die Regenwolken und beschien die pistaziengrünen Felder. Tess' Fingernägel kratzten über die Rinde, und sie drückte die Stirn an den moosbewachsenen Stamm, um zu warten, bis der Schmerz nachließ. *Cally, Cally, Cally …,* dachte sie. Die Klappe des Briefumschlags war verdächtig schrumpelig. Cally hatte den Brief eindeutig mit Wasserdampf geöffnet, bevor sie ihn weitergeschickt hatte, und Tess war es peinlich, dass die alte Frau vor ihr gewusst hatte, dass Kit sich von ihr trennen wollte. Sie hatte Kits Brief schon mehrmals durchgelesen, und seine Worte gingen ihr durch den Kopf, als würde er sie selbst aussprechen.

Bitte verzeih mir die Funkstille. Ich habe mit meinem Gewissen gekämpft. Ich glaube, das war für uns beide eine Zweckehe. Ich hatte mir vorgestellt, die Ehe würde Ruhe in mein Gemüt bringen, doch das Gegenteil ist der Fall. Ohne dich bin ich hier schlecht gelaunt, trotzdem wäre ich wahrscheinlich noch unglücklicher, wenn wir versuchten, als Mann und Frau zusammenzuleben. Ich bin zu sehr Junggeselle, um dir ein Ehemann zu sein, Tess. Hätten wir vor deiner Abreise Zeit miteinander verbringen können, wäre es vielleicht anders, aber ich schlafe allein auf dem Laken, das wir im French Convent für unsere Hochzeit mit Initialen versehen ließen, und wache auf, um einen weiteren Tag damit zu verbringen, die namhaften Langweiler der Kolonie mit Firlefanz zu unterhalten, damit sie nicht ständig an den unerklärten Krieg zwischen Japan und China denken müssen, der bereits zwei Jahre andauert und immer näher an uns hier heranrückt.

Du bist weit entfernt von Hongkong. Ich bin froh, dass du nicht hier an vorderster Front auf den Krieg warten musst. Unterdessen genüge ich den Anforderungen als Bridgepartner für deine Mutter, als Begleiter für ältere Damen auf ihren Spaziergängen – und Mr Woo. Deine Mutter sagt, er verzehrt sich immer noch nach dir. Als ich letzte Woche kurz nach dem Tiffin zu einer älteren Dame ging, die ein paar Türen entfernt von deiner Mutter auf dem Peak wohnt, um ihr ein Lackkistchen zu bringen, trug sie einen Seidenkimono und wenig sonst. Wenn du hier wärst, hätten wir uns sicher kaputtgelacht. Bei den meisten Partys geht es ziemlich heiß her. Ich glaube, viele haben Affären – dein Freund Graves ist mit dabei –, solange es noch möglich ist. Ich könnte mit Bravour als Gigolo durchgehen – stattdessen verbringe ich meine Nächte mit Whiskey und Gin.

Viele sind abgereist, aber hier ist unser Zuhause, und auch deine Eltern sind sich einig, dass wir es durchstehen, komme, was da wolle. Du kannst nach der Geburt des Kindes unmöglich zurückkommen, wie wir es vorhatten, und ich kann dich nicht an dein Gelübde binden, Tess. Wie gesagt, ich fürchte, ich bin zu sehr an das Junggesellenleben gewöhnt, um dir als Ehemann zu taugen. Ich habe unsere kleine Wohnung vermietet und Koch und Kuli entlassen. Ich bin zufrieden mit einem einfachen Leben hier, und ich bin bei zwei von den Jungs eingezogen. Natürlich sorge ich für dich und die kleine Eichel (oder ist er mittlerweile schon so groß wie eine Walnuss? …)

Tess lachte bitter und marschierte weiter. Sie atmete tief durch und hielt sich den Bauch. »Eine Walnuss?«, murmelte sie. »Wie wär's mit einer Wassermelone.«

Du musst dich nicht von mir scheiden lassen, außer du möchtest es. Es wird keine andere Mrs Blythe geben. Ich hoffe, du hast dich in dem alten Haus gut eingelebt und kommst mit Tante Cally aus. Wenn dieses verdammte Chaos endlich geregelt ist, nehme ich Urlaub und besuche dich und den jungen Herrn (oder das Fräulein) Blythe. Du bist mir wichtig, Tess, dessen kannst du dir immer gewiss sein. Es tut mir leid, dass ich nicht der Mann bin, den du verdient hast.
Verzeih mir!
Kit

Tess schrie vor Schmerz auf und krümmte sich.

»Tess?« Sie hob den Kopf, als sie eine Männerstimme und das Schlagen von Hufen auf dem laubbedeckten Pfad hinter sich hörte. »Was ist los? Sind Sie krank?« Philip sprang von seinem Pferd und griff nach ihrem Arm.

»Nein, ich bin nicht krank«, sagte Tess und verzog das Gesicht. »Ich bekomme ein Baby.« Sie schrie auf, hielt sich an seinen Schultern fest, an der behaglichen Wärme seines dicken Wollpullovers.

»Was kann ich tun?« Philip zog die Zügel straffer, sein Pferd scharrte im Waldboden. »Springen Sie doch auf, dann können Sie zurückreiten …«

»Aufspringen?«, blaffte Tess, der ein Schrei im Hals stecken blieb. »Aufspringen? Ich würde ja gerne sehen, wie Sie auf ein Pferd aufspringen, wenn …« Sie grub ihm die Finger in den Arm, ihr gequälter Schrei wurde von seinem Tweedsakko gedämpft. Sie riss die Augen vor Schmerz auf und wartete, bis die Wehe nachließ.

»Tut mir leid.« Er strich ihr die Haare aus der vor Schweiß glänzenden Stirn. »Stützen Sie sich auf mich. Jetzt ist es nicht mehr weit.« Er legte Tess den Arm um die Taille und leistete ihr Hilfestellung. »Was, um alles in der Welt, machen Sie denn allein im Wald?«

»Ich hatte die ganze Nacht Rückenschmerzen und konnte nicht schlafen. Ich dachte, es wäre zu früh für das Baby. Ich dachte …« Sie brach den Satz ab und keuchte.

»Es soll erst später in diesem Monat kommen, oder?«

»Sagen Sie das dem Baby.« Tess hielt sich die Seite und spürte dabei Kits Brief in ihrer Tasche. »Ich … ich habe einen Brief bekommen.«

»Von Ihrem Mann?«, fragte Philip sanft.

»Er … er schreibt, dass er mich nicht liebt …«

»Ach, Tess. Dass kann doch nicht sein.«

»Er sagt, ich kann tun, was ich möchte. Dass alles ein Fehler war.«

»Das macht nur die Entfernung. Unsere Jungs an der Front sind wirklich tapfer.«

»Jungs? Kit ist kein Junge …« Tess zuckte zusammen,

als ihr ein stechender Schmerz durch die Hüfte fuhr. »Und ich will nicht, dass er tapfer ist. Ich will, dass er hier ist, bei mir, wenn das Baby auf die Welt kommt …«

»Tess …«

»Das meine ich nicht so. Natürlich bin ich stolz auf ihn. Ich bin stolz auf alle unsere Männer.«

»Natürlich sind Sie das, ganz bestimmt. Sie haben Wehen. Sie wissen nicht, was Sie sagen.«

Tess erwiderte wütend: »Sagen Sie mir nie mehr, dass ich nicht weiß, was ich denke. Nie, nie – auuuu …« Ihre Worte gingen in einen spitzen Schrei über, sie krallte sich an seinem Arm fest.

Philip hielt den Atem an und biss die Zähne zusammen, bis es vorbei war und sie lockerließ. »So.« Sie stolperten weiter. »Die Welt ist im Moment voller Unsicherheiten, aber alles wird anders sein, wenn er Sie und Ihr Baby sieht.« Philip drückte sie fester an sich.

»Er ist nicht der Vater.« Tess verzog das Gesicht.

»Sind Sie sicher?«

»Absolut sicher.« Tess schrie auf und hielt sich an Philips Schultern fest. Als sie wieder zu Atem kam, fuhr sie fort: »Ich sage Ihnen das, weil ich glaube, Kit hat bemerkt, dass er damit doch nicht klarkommt. Ich will nicht, dass es noch mehr Lügen gibt. Ich habe es satt, Dinge vorzutäuschen.« Tess sah verstohlen zu ihm auf. »Sind Sie schockiert?«

»Überrascht, aber … Es ist unglaublich tapfer von Ihnen, dass Sie das Baby bekommen.«

»Tapfer? Ich bin nicht tapfer.« Tess schnappte nach Luft, als eine weitere Wehe kam. »Man muss einfach weitermachen, das ist alles.« *Es ist meine Schuld. Es ist alles meine Schuld.*

»Da.« Er zeigte nach vorn. »Jetzt ist es nicht mehr weit. Sehen Sie den Rauch aus Aphras Schornsteinen?«

Der Wald wurde zur Straße hin lichter, ein kupferfarbener Laubteppich führte sie nach Hause. Am Waldrand blieb Tess stehen und wandte sich ihm zu. »Würden Sie mitkommen? Ich glaube nicht, dass ich das allein kann. Wenn ich weiß, dass Sie in der Nähe sind ...«

»Natürlich«, sagte Philip. »Ich warte so lange, wie Sie brauchen.«

»Tess? Philip? Wo, um alles in der Welt, wart ihr denn?« Aphra kam von der Zufahrt ihres Hauses auf sie zugerannt.

»Ich bin spazieren gegangen«, sagte Tess. »Ich glaube, es ist so weit.« Aphra nahm ihren anderen Arm, und sie führten sie ins Haus. »Ich glaube, das Baby kommt.«

»Das Baby ist halb so wild«, sagte Aphra. »Wir sind im Krieg. Chamberlain hat den Krieg erklärt.«

22

Oktober 1940

Das Licht war gelblich, der Himmel ein fleckiger Bluterguss. Tess blickte zu dem kreischenden Schwarm Stare auf, der gerade auseinanderstob und herabstieß. Die dunklen Vögel ruhten sich einen Augenblick auf den schimmernden Ästen eines Ahorns aus, bevor sie als ein pulsierendes Gebilde weiterflogen. Sie wünschte, sie könnte mit ihnen wegfliegen, weg von dieser Erde, diesem Krieg. Tess zog den Mantel enger um sich und senkte den Kopf gegen das Zerren des Windes, als sie den Milcheimer vom Stall zum Haus trug. Aphra hatte Tess kurz nach ihrer Ankunft gezeigt, wie man die friedliche Jersey-Kuh melkte, und jetzt freute sie sich jeden Tag auf diese Aufgabe, auf die Wärme des Heus, auf das weiche goldene Fell des Tiers.

Tess hatte mittlerweile gelernt, Butter und Sahne zu machen. Mit den Eiern der Hühner zu kochen. Laut Aphra »das beste Omelett in Somerset«. Sie hatte gelernt, den Gemüsegarten umzugraben und zu hacken, den Obstgarten zu hegen. Sie hatten den Sommer hindurch einfach, aber gut gegessen, trotz des Krieges gab es Spargel und Feigen und Honig von Aphras Bienen. Tess war durch die Haus- und Gartenarbeit schlank und kräftig geworden, und ihr Kind war munter und hatte dralle Ärmchen und Beinchen und rosige Wangen. Aphra hatte ihr beigebracht, einfache, gesunde Mahlzeiten zu kochen, und wenn das Esszimmer abends von Kerzen und dem Schein des Feuers erleuchtet war, betrachtete Tess die Gesichter ihres Sohnes Bobby und der Kinder aus London, die sie als Evakuierte aufgenommen hatten, sie betrachtete Aphra und Philip, die aßen, was sie gekocht hatte, und dabei schwatzten und lachten. Tess fand, sie war noch nie glücklicher. Das war die Familie, nach der sie sich immer gesehnt hatte, das war ihr Geheimnis. *Macht es denn etwas aus, dass es nicht echt ist, dass alles eines Tages ein Ende haben wird? Wir spielen alle nur eine Rolle.* Sie schämte sich manchmal dafür, dass sie eine so unkomplizierte Zufriedenheit gefunden hatte, während gleichzeitig auf der Welt Krieg herrschte. Als sie Aphra einmal gestand, Gewissensbisse zu haben, weil Kit und ihre Eltern in einer großen Gefahr schwebten, antwortete Aphra: »Wir müssen das Glück suchen, wo wir können. Sie haben ihre Wahl getroffen, sie wollten in Hongkong bleiben. Du hast dich dafür entschieden, hierherzukommen.« Sie blickte vielsagend zu Philip hinüber, der mit Bobby auf der weißen Häkeldecke auf der Wiese spielte. »Wir werden für sie beten, aber dein Mann hat eindeutig beschlossen, dass das Eheleben nichts für ihn ist. Du musst an deine Zukunft denken.«

Das Glück suchen, wo du kannst. Tess liebte ihr Kind, aber es tat auch einmal gut, eine Stunde lang befreit zu sein. Sie fühlte sich beschwingt, angetrieben von dem Sturm. Allein lief sie über den Weg zur Kirche. Vom Wind verstreute Eibenbeeren lagen vor ihr wie Korallenperlen. Tess griff nach den heruntersegelnden Blättern und versuchte, eines zu fangen. *Ein wenig Glück könnten wir gut brauchen.* Sie hatte einen Brief von ihrer Mutter bekommen. Kit hatte ihr eindeutig nichts von der Trennung erzählt. *Hat er seine Meinung geändert?*, fragte sich Tess. *Vielleicht hat er das nur aus einer Laune heraus geschrieben.* Die Männer hatten sich ein paar Tage zuvor im *Peninsula Hotel* getroffen, um Evakuierungsmaßnahmen zu diskutieren, und beschlossen, dass diejenigen, die sich dafür entschieden hatten, Hongkong nicht verlassen zu wollen, bleiben konnten. Wer gerade in Urlaub war, durfte nicht zurückkehren. Als sie die Worte ihrer Mutter las, hatte sie das Gefühl, dass eine weitere Tür geschlossen wurde. So versponnen es auch gewesen sein mochte, aber die Vorstellung, dass Kit vielleicht seine Meinung ändern würde, hatte ihr Kraft gegeben. Sie waren schon so lange befreundet, dass sie gehofft hatte, es bestünde eine Möglichkeit, dass er es sich anders überlegen, ihrer Ehe eine Chance geben und sie nach dem Krieg zu sich holen würde.

Ich bin eine verheiratete Frau. Aber. Aber. Kit hatte sie weggestoßen. Sie war nicht frei, die Zukunft schien jedoch voller Möglichkeiten zu sein. Zuerst trauerte sie um ihre Ehe, um alles, was sie mit Kit hatte teilen wollen. Philip war da, um sie zu beraten, zu trösten. Er war da, der erste Mann, der Bobby nach der Geburt im Arm gehalten hatte. Er war an ihrer Seite gewesen, sobald sie kräftig genug für lange Spaziergänge durch das Moor gewesen war. *Er ist mir ein guter Freund,* dachte Tess. Beim Gedanken an ihn spürte Tess ein Kribbeln im Bauch, als entfaltete sich eine Blüte. *Ist es denn verkehrt, dass ich mir wünsche, wir wären eine Familie, wenn ich ihn zusammen mit Bobby sehe?* Das Gespräch, das sie mit Philip führen wollte, ging ihr ständig durch den Kopf: *Liegt dir etwas daran? Wirst du fragen? Wann? Wann?* Tess streckte die Arme aus und tanzte mit dem Wind. *Wann?*

Eine rote Sonne hing am grauen Himmel, Wolken jagten hoch oben über die Kirche wie Rauch. Die Buntglasfenster glühten in dem düsteren Licht. Tess blieb am Tor zu Aphras Obstgarten stehen und sah einer Amsel zu, die triumphierend mit einer roten Beere im gelben Schnabel vom Pfad aus zur Mauer hinaufflatterte. Der Vogel sah sie kurz mit seinen Glasperlenaugen an und flog weiter zum Obstgarten. Tess erinnerte sich daran, wie sie im Frühling inmitten der Bäume gestanden hatte, wie die Blütenblätter wie Konfetti auf sie herabgefallen waren und wie sehr sie sich danach gesehnt hatte, wieder zu tanzen. *Was sieht er? Wie sehe ich für diesen Vogel aus, wie ich hier in meinem langweiligen beigefarbenen Regenmantel stehe?* Tess malte sich aus, dass sie im Scheinwerferlicht auf einer verdunkelten Bühne tanzte, die Arme mit dem Federkleid des Feuervogels ausgestreckt, die Füße in flammend rotem Satin. Sie hob eine Hand, drehte sie vor dem Gesicht. *O Gott, es ist hoffnungslos.* Die ersten kühlen Regentropfen glitzerten auf ihrer Haut. Das beklemmende Gefühl, irgendwie ihre Chance verpasst zu haben, überkam sie. Ihre Chance mit Philipp war da und nun wieder weg. *Oder war sie nie da?* Sie hatten mittlerweile einen entspannten, vertrauten Umgang miteinander. *Zu vertraut. Ich glaube nicht, dass er mich auf diese bestimmte Weise ansieht. Er sieht mich nicht. Er empfindet keine …* Tess seufzte vor Sehnsucht. *Er spürt diesen Hunger nicht.*

Es regnete sich ein, und sie rannte zu dem überdachten Friedhofstor, um sich dort unterzustellen. Sie legte die Hand auf den nassen Holzrahmen. Getrocknete Eichelbecher und Kastanienhüllen knirschten unter ihrer Schuhsohle, der Regen rann das sich verfärbende Laub herab. Sie liebte die Bäume um das Regency-Haus ihrer Tante, liebte es, den Wechsel der Jahreszeiten bei der Esche, den Buchenhecken, den Haselsträuchern zu beobachten und das elegante Wiegen der Weide am Teich. Sie liebte den Regen, das herabfallende Laub in Kupferrot und Ocker, im Herbst mit Bobby glänzende Kastanien zu sammeln und sie aus ihren stacheligen, im Inneren pelzigen Hüllen zu befreien. Sie liebte die weißen Gänse auf gefrorenen Feldern im Winter, das entrüstete Aufblitzen ihrer gelben Schnäbel. Sie liebte die Palmkätzchen, die den Frühling ankündigten. Sie liebte die Glockenblumen im Wald und die Butterblumen auf den Wiesen, die Schlüsselblumen und den Löwenzahn, den Farn. Sie liebte den Reiher, der am Ufer des Mühlteichs herumstakste, die fetten Molche, die Schwanenjungen, die hinter ihren stattlichen Eltern im Wasser trieben. Sie liebte das alles. Wenn sie die Augen schloss, spürte sie, wie die Nattern geräuschlos zwischen Heidekraut und Efeu hindurchglitten, wie der Nektar in den Blüten floss, die Mistelkugeln im Weißdorn, die auf den Winter warteten. Sie stellte sich vor, wie sie wie ein Otter durch das vom Regen gesprenkelte Wasser glitt. Sie war das quecksilberne Aufblitzen des Eisvogels am Ufer, der sich erhebende Gesang der Lerche, die kleinen Wellen, die sich auf dem See ausbreiteten.

»Mrs Blythe!«, rief jemand fröhlich. Tess wandte sich um, in die Gegenwart zurückgerissen. Sie war zwischen Hammer und Amboss geraten. Sie war schon beinahe zu Hause, aber Mrs Filby, die Frau des Kirchenpflegers, steuerte auf sie zu. Ihre breiten Galoschen spritzten in den Pfützen. Tess stellte sich den Amboss wie eine Comiczeichnung vor. Er fiel herab, gebot Mrs Filby Einhalt, und die Galoschen klemmten unter seinem Rand fest. »Was für ein Tag!« Sie kippte ihren Regenschirm ein wenig zur Seite, damit sie unter das Friedhofstor passte. »Es ist fast stockdunkel. Angeblich ist Sand in der Luft.« Sie blickte zu der roten Sonne hoch. »Sehen Sie sich doch nur diesen schmutzigen Himmel an. Wenn ich mir den Weltuntergang vorstelle, dann so. Und ich habe gerade noch die Fenster geputzt.«

»Ich finde das ziemlich aufregend.« Tess fuhr sich mit den Händen über die Stirn und schob ihr regennasses Haar zurück.

»Dieses Wort hätte ich nicht unbedingt gewählt, aber Sie tendieren ja immer eher dazu, *la vie en rose* zu sehen, Mrs Blythe. Ich finde die Stimmung eher unheimlich«, sagte Mrs Filby. Tess fühlte sich gefangen. Die Frau roch nach Schweiß und Talkumpuder, muffig und süßlich. »Aber wo ist denn Ihr Kind?«

»Aphra hat mir angeboten, eine Stunde auf ihn aufzupassen.« Tess gefiel es nicht, dass sie sich erklären musste. Was ging das diese Frau an?

»Eine Pause? Also meine beiden sind mir nie auch nur einen Augenblick von der Seite gewichen.« Tess dachte an die chronisch unbeholfenen Zwillinge der Filbys und sagte nichts. »Sie sind also zur Kirche gegangen?« Die Frage schwebte in der Luft. »Wie geht es Ihrer Tante? Ich muss mit ihr über den Dienstplan für den Blumenschmuck sprechen.«

»Ich erinnere sie daran, sobald ich aus dem Dorf zurück bin.«

»Haben Sie von Ihrem Mann gehört, Mrs Blythe? Ist er noch in Hongkong?«

»Sie können sich sicherlich vorstellen, dass es ziemlich schwierig ist, überhaupt etwas zu erfahren. Seine Tante hat einen Brief weitergeschickt, den er im September geschrieben hatte …« Tess biss die Zähne zusammen, als sie an Kits förmlichen Brief dachte, in dem er Bobby zum ersten Geburtstag gratulierte. Er sprach von ihren Freunden und erzählte, dass alle Frauen auf die Philippinen evakuiert worden waren und viele von dort aus weiter nach Australien. »Er hält die Ohren steif, und …«

»Es ist wirklich mutig von Ihnen, unter diesen Umständen.«

»Was meinen Sie?«

»Sich ins Dorf zu wagen.«

»Ich habe keine …«

»Ich habe schon genug gesagt.« Sie schüttelte ihren Regenschirm aus. Regentropfen sprenkelten Tess' Mantel. Sie sah das Tor zum Obstgarten hinter sich, nur wenige Schritte entfernt – konnte sie entkommen? Sie hatte das Gefühl, die Hecke würde zurückweichen, während die Frau weiterredete. »Ich meine nur, wenn ich es wäre, über die die Leute sich das Maul zerreißen, dann würde ich es wissen wollen …«

»Das Maul zerreißen?« Tess konzentrierte sich plötzlich wieder auf die Frau.

»Man erfährt es selbst immer als Letztes.« Mrs Filby schürzte die Lippen. Tess fiel auf, dass ihr Lippenstift in die kleinen Furchen um ihren Mund herum gelaufen war. Im Turm ruckte und keuchte die Kirchenuhr, die Glocken schwiegen.

»Wenn Sie etwas zu sagen haben.« Tess trat vor, forderte sie heraus. Sie war plötzlich wütend. *Nicht mit dieser Frau, sie ist ein Nichts, ein Niemand, eine gelangweilte und einsame verbitterte alte Frau.* Sie ärgerte sich über Kit, über sich selbst.

In den Augen der Frau blitzte Beunruhigung auf. »Denken Sie an Ihren Ehemann. Die Leute reden. Sie sind eine verheiratete Frau. Es ist meine Pflicht, Sie das wissen zu lassen.«

Tess wartete, während der Regen auf die Dachziegel des Friedhofstors prasselte. *Pflicht?* Sobald die Frau verschwunden war, schlug sie frustriert mit der Hand gegen die Mauer und lehnte einen Moment lang den Kopf dagegen. *Fahr doch zur Hölle! Du hasserfüllte Frau.* Energisch ging sie weiter, schob das Tor zum Alten Pfarrhaus auf. Sie blieb nicht stehen, um im Windfang ihre Stiefel auszuziehen, sondern lief durch das Haus, sodass sie auf dem Steinboden nasse Fußstapfen hinterließ.

»Aphra«, rief sie die Treppe in die stille Dunkelheit hinauf. Sie stand in der Mitte der Eingangshalle, drehte sich unter der ovalen Glaskuppel um ihre eigene Achse, suchte nach einem Hinweis, einem Zeichen. Alles war vollkommen normal. Die Rahmen mit den präparierten Schmetterlingen, die modernen Gemälde von Aphras Zeit in Paris waren sorgfältig zueinander ausgerichtet. Das karminrote Samtsofa, das in dem ruhigen Wohnzimmer wartete, war ein lebhafter, rebellischer Akzent. Sie hätte es begrüßt, wenn sie ein wenig von der Stilsicherheit ihrer Tante abbekommen hätte. Sogar Kit hatte versucht, sie zu erziehen, aber ohne Erfolg. Das elektrische Licht in der Deckenrosette flackerte kurz, und Tess blickte nach oben.

»Mistding!« Aphras Stimme war von der Kellertreppe her zu hören.

»Aphra?«

»Hier unten. Bei dem Unwetter streikt die verflixte Elektrik schon wieder.«

»Du solltest das richten lassen, das ist gefährlich«, sagte Tess und suchte in der Schublade in der Diele nach einer Taschenlampe. Vorsichtig stieg sie die ausgetretenen Steinstufen hinunter. Im Keller roch es nach Erde, Staub und alten Zeitungen. Der schwache Lichtstrahl glitt über die Regale, in denen Gläser mit Chutney und eingemachtem Gemüse aufbewahrt wurden. Tess hatte Aphra beim Einkochen für den Winter geholfen. Sie entdeckte ihre Tante, die neben dem Sicherungskasten hockte.

»Ha!«, rief sie triumphierend und schmiss ihren Schraubenzieher weg. Die Lichter in der Diele warfen ein helles Rechteck die Kellertreppe hinunter, und Tess schaltete die Taschenlampe aus.

»Du musst vorsichtig sein, Aphra. Die Verkabelung in dem Haus ist schadhaft.«

»Seit der Zeit meiner Eltern hat sie beste Dienste geleistet, und sie hat noch gut ein paar Jahre vor sich. Sie spinnt nur, wenn es regnet.«

»Wo ist Bobby?«

»Er schläft, zusammen mit der Katze, es ist alles in Ordnung.« Aphra schlug triumphierend die Tür des Sicherungskastens zu.

»Aphra, reden die Leute über mich?«

»Über dich, über mich, über jeden. Die Leute zerreißen sich immer den Mund.« Sie wischte sich die Hände an ihrer Tweedhose ab. »Wie viel Uhr ist es denn? Wir kommen noch zu spät zur Chorprobe. Lauf, lauf!« Aphra scheuchte Tess die Treppe hinauf.

»Ich war gerade auf dem Weg, da habe ich Mrs Filby getroffen.«

»Ach, diese Frau spuckt Gift wie eine Kobra. Achte einfach nicht auf sie.« Aphra schloss die Kellertür. »Und jetzt geh schon. Wir kommen nach. Lass den jungen Philip nicht warten.«

Die Wetterfahne auf dem massiven grauen Kirchturm drehte sich unentschlossen in alle Richtungen. *Und? Tust du es? Wann?*

»Hallo«, sagte Tess und schüttelte ihren Regenschirm im Eingang aus.

»Komm rein und mach die Tür zu.« Philip drückte die Tür gegen den Wind ins Schloss. »Was für ein Tag! Die Kinder waren heute Morgen im Kindergarten ein Albtraum, auch deine beiden Evakuierten. Sie sind gemeinsam Amok gelaufen.«

»Das liegt am Wind.« Tess erinnerte sich daran, wie sie in China mit ausgestreckten Armen an einem Seeufer entlanggerannt war. Sie hatte keine Grenzen gespürt. Sie war der Wind, das Wasser, und die Elemente waren Teil von ihr. Sie fühlte sich wie ein Vogel im Flug, wie das Fliegen an sich. »Der macht Kinder immer wild. Spürst du das nicht?«

»Der Wind? Mach dich nicht lächerlich.«

»Ich rede beim Abendessen mit ihnen.« Tess steckte die Hände tief in die Taschen. *Lächerlich?* »Ich finde, sie gewöhnen sich recht gut ein, nach allem, was sie durchgemacht haben.«

»Gewinne sie nicht zu lieb.«

»Das tue ich nicht!«

»Sie sind nicht wie Welpen oder Kätzchen. Du wirst sie zurückgeben müssen.« Philip bedeutete ihr, sich in die vorderste Bank zu setzen. »Mir fällt auf, wie du sie manchmal ansiehst.«

»Die Blumen sind hübsch.« Sie wechselte das Thema und zeigte auf den Altar. Sie war gekränkt, als wären ihre Hoffnungen und Träume ans Licht gehalten und offengelegt worden. *Lächerlich? Ich bin nicht lächerlich.*

»Wir hatten eine Hochzeit. Wie üblich in Eile, der Bräutigam musste heute Morgen zum Einsatz.«

Tess legte den Kopf in den Nacken, als sie auf der Kirchenbank saß. Sie schloss die Augen und ließ sich von der Ruhe und Stille durchdringen. Ihre Zellen brummten wie eine Stromleitung. Sie streckte die Arme auf der Lehne aus, spürte das harte Holz. Sie dachte an ihr eigenes Hochzeitskleid, an das letzte Mal, als sie es in der Hand gehabt hatte. Es war in dem Frühjahr nach Bobbys Geburt gewesen. Die stille Verzweiflung dieser Tage wegen Kleinigkeiten, die Bedürfnisse des Kindes hatten sie ziemlich erschöpft. Dann kam noch ein weiterer Brief von Kit, in dem stand, dass er nicht nach Hause kommen, sondern ein neues Leben anfangen würde. Dass er sich scheiden lassen wolle.

Sie rächte sich, indem sie sich von dem Hochzeitskleid trennte, das sie unter Mühen nach England mitgenommen hatte, um daraus ein Taufkleid für Bobby zu nähen. Es würde Unglück bringen, fand sie, wenn er in der Seide dieses pompösen Kleids getauft würde, das ihre Mutter ihr aufgezwungen hatte. Unten in ihrem Wäscheschrank lag aber noch genügend Seide, um daraus ein Kleid zu machen. Vielleicht sogar ein ganzes neues Hochzeitskleid.

Beim Tanztee des WVS hörte sie dann, dass Kleider gesammelt wurden.

»Eine der Wohlfahrtsbeamtinnen, Mrs McCorquodale, stellt eine Garderobe von Kleidern zusammen, um allen Mädchen, die nicht in Weiß heiraten könnten, ihren

Traumtag zu ermöglichen«, erzählte ihr die Frau. Tess, die gerade die Teetasse auswischte, hielt inne. »Sie ist selbst eine unglaublich elegante Dame. Angeblich wurde ihre ATS-Uniform von Worth geschneidert. Ich finde das unglaublich romantisch.«

»Ist das Barbara McCorquodale? Nehmen sie Spenden an?«, fragte Tess.

»Auf jeden Fall. Im Moment gibt es so viele Frauen in Uniform, dass sie auf ihren Reisen durch das Land Hunderte von Kleidern zusammenbekommen muss.« Die Frau reichte ihr eine Ausgabe von *The Lady.* »Sehen Sie mal bei den Kleinanzeigen nach. Dort gibt es eine Anzeige mit der Telefonnummer.«

»Darf ich das Telefon benutzen, Aphra?«, fragte Tess noch am selben Nachmittag, als sie den Kopf durch die Küchentür steckte.

Aphra blickte vom Finanzteil der Zeitung auf. »Aber sicher, mein Liebes. Hattest du einen guten Tag?«

»Es wird besser«, sagte Tess und marschierte durch das Haus. Sie zog die herausgerissene Anzeige aus der Tasche und nahm den Hörer auf dem Tisch in der Diele zur Hand. Sie wählte die Nummer und lehnte sich gegen die Wand, während sie darauf wartete, verbunden zu werden. »Guten Tag, ich habe gehört, Sie sammeln Hochzeitskleider?«

»Das stimmt, Sie können Ihr altes Hochzeitskleid ohne Gutscheine verkaufen. Wir sammeln einen Fundus von Kleidern für den ATS und auch für die RAF. Frauen bewerben sich bei ihren Kompaniechefs, um das Kleid für einen Tag auszuleihen, und wir stellen das Kleid ihrer Wahl zur Verfügung. Das ist viel romantischer, als in Kaki zu heiraten.«

»Müssen Sie das Kleid sehen, oder kann ich es Ihnen einfach schicken? Ich bin in Somerset.«

»Solange es in einem guten Zustand ist, schicken Sie es ruhig.«

Tess dachte daran, wie sie einige Wochen später in Aphras Wohnzimmer auf dem Boden gesessen hatte, ein Bein ausgestreckt, den Kopf auf dem Knie. Sie hatte Kits Briefe so oft gelesen, dass sie sich an den Falzen schon auflösten. Als sie den letzten neben sich auf den Boden warf, hoben sich die Papierstreifen wie Flügel. *Ich liebe dich nicht,* sah sie vor sich. Die blauen Schnörkel von Kits Schrift verblassten bereits. *Es war ein Fehler. Ich will frei sein.* Sie sah zu Bobbys Kinderwagen auf dem Rasen, sah, wie eine winzige Hand zu den von der Morgensonne beleuchteten Ästen griff, die ihm Schatten spendeten. Das Telefon in der Diele klingelte, und Tess sprang auf, um abzunehmen.

»Hallo? Hier bei Montgomery«, sagte sie und hielt sich den Hörer ans Ohr.

»Könnte ich Mrs Blythe sprechen?«

»Am Apparat.«

»Wunderbar, hier spricht Barbara McCorquodale. Vor mir liegt Ihr traumhaftes Hochzeitskleid.«

»Sehr gut. Ich hatte schon Sorge, dass es nicht ankommt.«

»Wollen Sie sich wirklich davon trennen, meine Liebe? Es ist wahnsinnig großzügig von Ihnen – die Seide ist wunderschön.« Sie hielt inne. »Normalerweise liegt mein maximales Budget bei acht Pfund, aber ich zahle Ihnen aus eigener Tasche gerne noch ein bisschen mehr. Mir ist klar, dass solche Kleider aus mehr als Seide bestehen; sie sind aus Träumen gemacht.«

»Aus Träumen«, sagte Tess leise. »Ja, das war es wohl. Wir haben in Hongkong geheiratet …« Tess strich mit den Fingern über den Rock ihres schlichten Baumwollkleids.

»Das erklärt die gute Qualität der Seide. Wie romantisch!«

»Ja, das war es.« Sie erinnerte sich an alles. An Kits Antrag im Repulse Bay Hotel. Sonnenuntergänge und rosafarbenen Gin. »Unsere Feier fand im *Peninsula* statt. Nach der Kirche wurden wir von einem Rolls-Royce zum Hochzeitsfrühstück abgeholt.«

»Das klingt wunderbar. Ich kann mir das richtiggehend ausmalen. Das Marmorfoyer, das Gold, und Sie in diesem prachtvollen Kleid. Wirklich romantisch.«

»O ja. Damals war ich ziemlich unsicher.«

»Es besteht keine Eile. Falls Sie Ihre Meinung ändern wollen …«

»Nein, mir gefällt die Vorstellung, einer anderen Frau mit diesem Kleid Freude zu bereiten, statt dass es in einem Schrank weggesperrt ist.«

»Sie wollen auch kein Taufkleid daraus machen?«

Tess sah zu Bobbys Kinderwagen auf dem Rasen hinaus. Sie fühlte die Sehnsucht in sich, den Raum, der vielleicht niemals von dem Kind eines Mannes, den sie liebte, eingenommen werden würde, von all den Kindern, die sie sich erträumt hatte. *Hör auf*, sagte sie sich und spürte, wie die Liebe zu ihrem Sohn leidenschaftlich und beschützend in ihr aufstieg. *Du kannst dich glücklich schätzen, ihn zu haben.*

»Nein, wir werden keine Kinder mehr bekommen.« Sie strich den Rock ihres Kleids glatt. »Ich hoffe, es macht jemanden … so glücklich, wie wir es waren.«

»Es ist wirklich sehr, sehr tapfer von Ihnen, sich von dem Kleid zu verabschieden.«

Ein kleines Lächeln zeigte sich auf Tess' Lippen. Sie mochte Barbara.

»Danke!«

»Ich denke, es ist, als würde man sich von der Person verabschieden, die man einmal war. Was ja nichts Schlechtes ist.« Tess hörte, wie Barbara eines der Mädchen, die im Hintergrund schwatzten, zu sich holte. Sie stellte sich vor, wie eine junge Frau, eine Kundin, das Kleid in Augenschein nahm. Da fiel es Tess ein. »Warten Sie! Haben Sie einen Nahttrenner?«

»Ja, natürlich.« Barbara rief jemanden herbei.

»Sie müssen den linken Ärmel abtasten. Da steckt noch eine Nadel.« Tess wartete, stellte sich vor, wie eine Näherin durch den Halsausschnitt griff und das Kleid auf links drehte, sodass die Naht am Ärmel zu sehen war, bis sie das starre Metall spürte. Sie sah es in Nahaufnahme vor sich: Ein paar Stiche wurden gelöst, bis die unbarmherzige Nadelspitze freigelegt war, dann wurde sie herausgezogen.

»Da«, sagte jemand. »Jetzt ist es perfekt.«

»Ich glaube, wir haben schon eine junge Dame, die sich dafür interessiert, Mrs Blythe«, erklärte Barbara. »Es würde Ihnen wunderbar stehen«, sagte sie zu dem Mädchen. »Wann ist denn die Hochzeit?«

»Am Sonntag. Hugh muss am Montag an die Front.« Tess stellte sich vor, wie sie den Arm ausstreckte und über die schwere austerngraue Seide strich. Vielleicht noch einen kleinen goldenen Ring mit Diamantsplittern am Finger.

»Ich freue mich sehr.« Tess hatte einen Kloß im Hals.

»Dann wird es aber, verdammt noch mal, Zeit. Seit einem Jahr umschwirrt ihr euch wie Glühwürmchen. Ihr seid jung …«

Tess schnappte nach Luft. Phillip sah sie fragend an. »Ich … ich muss mich noch auf die Chorprobe vorbereiten«, sagte er und verschwand in der Sakristei.

»Aphra, du bist unmöglich«, flüsterte Tess und stieß sie in die Rippen. »Du hast ihn in Verlegenheit gebracht. Sieh nur, wie er davongeprescht ist.«

»Papperlapapp. Manchmal sind die Männer wahnsinnig langsam. Er brauchte einen Stoß in die richtige Richtung. Wie meine Namenspatronin sagte«, flüsterte Aphra, sobald die Tür zur Sakristei zugefallen war, »eine Stunde richtige Liebe ist ein ganzes Zeitalter langweiliges Dahinleben wert.«

»Aphra!«, rief Tess.

»Es herrscht Krieg. Du hast bereits eine Chance auf Glück verloren. Wenn du noch mehr verlierst, sieht es nach Fahrlässigkeit aus.« Aphra streckte den Arm aus und drückte Tess die Hand. Sie blickte hoch, als die Kirchentür aufging und die anderen Chormitglieder nacheinander hereinkamen. »Worauf wartest du?«, sagte sie leise. »Du hast genügend getrauert. Kit hat dir gesagt, er will aus der Ehe aussteigen, und Gott allein weiß, was in Hongkong gerade passiert und ob er überhaupt noch am Leben oder bereits tot ist. Willst du dein ganzes Leben lang einem Geist treu sein?«

23

Weihnachten 1945

Der Hügel erhob sich dunkel hinter dem Haus, ein Wimpernrand aus kahlen Bäumen streifte den preußischblauen Himmel. Philip und Tess gingen freundschaftlich schweigend zurück zu den schimmernden Lichtern des Alten Pfarrhauses, die Arme voller Äste und Kleinholz. Ihr Atem dampfte in der eiskalten Luft.

Tess hatte nach dem Mittagessen vor dem Kamin gedöst, als Philip von der Essensausgabe in der Suppenküche zurückgekommen war. Wie gewöhnlich hatte sie noch Hunger, nachdem sie ihr karges Mahl zu sich genommen hatte, aber Aphras Whiskey für besondere Anlässe wärmte ihr die Kehle. Sie betrachtete ihr Kind, das friedlich neben Aphra und den Hunden auf dem Sofa schlief. Aphra trug eine alte Cordhose, die von einem Gürtel gehalten wurde, und einen geflickten Fischerpullover. Das einzige Zugeständnis an Weihnachten war ein kesser, rot getupfter Schal, den sie sich um den Hals gebunden hatte.

Auf ein leises Klopfen an der Tür hin rührte sich Tess. Philip steckte den Kopf herein, und als er sah, dass Aphra schlief, winkte er Tess, zu ihm in die Diele zu kommen. Es war eiskalt, und Tess zog fröstelnd die Jacke enger um

Schnee gehabt hätten.« Tess blickte zu dem dunkler werdenden Himmel hinauf, als der Regen wieder einsetzte. »Ich liebe Weihnachten. Wie du heute in deiner Predigt gesagt hast. Die vielen Feiern und Papiergirlanden sind keine Flucht vor der Realität, sie zeigen nur, wie wir sie verändern können.«

»Ich muss gestehen, dass ich diesen Gedanken vom Erzbischof von York gestohlen habe.«

»Böse, böse.« Tess lachte. »Es fühlt sich an, als würden wir in diesem Jahr von Neuem Gelegenheit dazu haben.«

»Weißt du, was ich an dir liebe?«

»Nein, sag es mir.« Tess wandte sich ihm zu und hielt ihn am Kragen seines Mantels fest.

»Du siehst in jeder Situation immer das Positive. Ich glaube, du gibst eine wunderbare Vikarsfrau ab.«

Tess' Miene verdüsterte sich ein klein wenig. *Findet er mich nicht schön? Hat er keinen Spaß mit mir?*, fragte er sich. *Liegt er nachts nicht wach und verzehrt sich danach, mit mir zusammen zu sein, richtig zusammen, so wie ich?* Seit einiger Zeit schon sehnte sich Tess nach einem Funken Leidenschaft in ihm, einem Sonnenstrahl zwischen den Wolken. »Na, auf dich muss ja jemand aufpassen«, sagte sie, als sie die Zufahrt entlangeilten. »Predigten stehlen, also wirklich.«

Tess streifte ihre Gummistiefel im Windfang ab, und Philip hielt ihr die Tür auf. Der Kranz, den sie aus Tannenzweigen und Stechpalme gemacht hatte, roch grün und frisch. Sie blieb stehen, als sie Stimmen hörten, die ihrer Tante und die eines Mannes. In der von einer Lampe erleuchteten Diele war es warm und duftete nach Holzrauch. Tess drapierte noch einen Strang Efeu über ein Gemälde. Sie rätselte stirnrunzelnd, wer da wohl vorbeigekommen war, und ging weiter Richtung Wohnzimmer. Ihre Füße, die nur in Strümpfen steckten, tappten leise über den Perserteppich.

»Nein, wir haben deinen Brief nicht bekommen«, sagte Aphra, die mit dem Rücken zum Kamin saß. Sie sprach mit jemandem, der sich in dem hohen Ohrenbackensessel niedergelassen hatte. Tess sah nicht, wer das war, nur ein graues Anzugbein, elegant über das andere Bein geschlagen. Bobby saß hinter Aphra auf dem Boden. Er trug Schlafanzug und Bademantel. Er war bettfertig, seine dunklen Haare waren feucht und die Wangen rosig vom Bad. Er blickte misstrauisch zu dem Mann hin und schob sein Spielzeugauto auf dem Boden ständig hin und her.

»Tess«, sagte Aphra mit kreidebleichem Gesicht, »es gibt wunderbare Neuigkeiten, mein Liebes. Sieh mal, wer da ist.«

~

»Tess? Tess?« Als sie zu sich kam, schwebte Philips besorgtes Gesicht über ihr.

»Bin ich …?« Sie versuchte, sich aufzusetzen.

»Du bist in Ohnmacht gefallen.« Kits Stimme kam vom Sessel her. »Vielleicht hätte ich vorher anrufen sollen. Ich dachte, es wäre eine wunderbare Weihnachtsüberraschung. Offenbar hast du ja selbst die eine oder andere parat.«

Tess kämpfte sich hoch und sah ihn an. Sie erkannte ihren Mann kaum wieder. Er war noch in seinen Uniformmantel gehüllt und kauerte im Sessel. Kits Haare waren schütter geworden, seine Haut war wächsern und grau, die Hände wie bei einem Skelett. Seine kornblumenblauen Augen schienen zu einem Eisblau erstarrt zu sein.

Wo war er? Wo war der groß gewachsene, heroische, strahlende Held, den sie zum ersten Mal bei einer Parade in seiner weißen Uniform gesehen hatte? Wo war der elegante, sportliche Mann, den sie angehimmelt hatte?

»Das genügt, Christopher«, sagte Aphra bestimmt. »Ich war gerade dabei, ihm zu erzählen, wie viel wir alle zu tun haben mit unseren Evakuierten und den Ballettkursen, die du im Gemeinschaftssaal gibst. Tess hat im Dorf ziemlich Anklang gefunden …«

»Das sehe ich.« Kit fuhr sich mit dem Zeigefinger über seine rissigen Lippen. »Du siehst in der Tat gut aus, Tess. Ich glaube, ich habe dich noch nie so reizend gesehen.«

»Danke. Du …«

»Ich sehe aus wie ein wandelnder Toter«, sagte Kit lachend. Er bekam einen Hustenanfall und zündete sich eine Zigarette an. »Ich hatte eine Lungenentzündung. Kann von Glück sagen, dass ich noch am Leben bin.« Die Art, wie sich der blaue Rauch um seine Finger kringelte und wie er die Zigarette hochhielt, zeigte eine Eleganz, die Tess noch in Erinnerung hatte. Es kam ihr vor, als würde sie eine Lieblingsmelodie hören, aber mit falschen Tönen.

»Soll ich dir wirklich nichts zu essen holen?«, fragte Aphra stirnrunzelnd. »Es ist bestimmt noch ein bisschen Plumpudding übrig oder ein Stück kalter Schweinebraten.«

»Großer Gott, nein.« Kit rümpfte die Nase. »Mir wird schlecht, wenn ich gebratenes Fleisch rieche. Ich werde nie mehr wieder welches essen, nach allem …« Er sprach nicht zu Ende. »Lasst uns nicht über den Krieg reden.« Kits Augen strahlten zu sehr, als er sich dem Kind zuwandte. »Du bist aber groß geworden, Robert. Ich habe mir dich die ganzen Jahre über immer als Baby vorgestellt, und jetzt bist du fast ein junger Mann.« Er schlug sich auf die Knie. »Na, worauf wartest du? Komm und setz dich zu deinem Vater.«

Bobby schüttelte den Kopf. Mit Tränen in den Augen rannte er zu Philip und versteckte sich hinter seinen Beinen.

»Du musst ihm Zeit lassen, Kit.« Tess stand vom Sofa auf und schob sich die Haare aus dem Gesicht. »Philip ist …«

»Wir kennen uns nicht.« Kit ignorierte sie, sprang auf und schritt durch den Raum auf Philip zu. Er strotzte so sehr vor manischer Energie, dass Tess sich an den Mast von RKO Radio Pictures im Kino erinnert fühlte. Sie rechnete fast damit, dass aus seiner ausgestreckten Hand blaue Funken fliegen würden. »Ich bin Kit Blythe. Tess' Ehemann.«

»Guten Tag! Philip. Philip Hardy.«

»Philip ist unser Vikar«, sagte Aphra bedächtig. »Er hat uns alle sehr unterstützt.«

»Bestimmt. Das hat er ganz bestimmt.« Kit warf Tess einen Blick zu, der stach wie eine Wespe. »Der Vikar, ja? So, so. Sie sehen nicht aus wie ein Vikar. Das Hundehalsband ist allerdings ein bisschen verräterisch.« Kit schwankte, als er sich an der Lehne des roten Knole-Sofas abstützen wollte. Der Holzstift, der aus dem Polster ragte, löste sich, und Kit taumelte nach vorn, sodass das Seitenteil des Sofas abbrach.

»Nur mit der Ruhe, mein Freund.«

»Alles in bester Ordnung.« Kit riss den Arm weg, als Philip ihm zu Hilfe kommen wollte. Er ließ sich in einen Sessel gegenüber dem Kamin fallen und schaute zweimal hin, als er das Getränketablett sah. »Oh, ist das etwa Brandy?«

»Gestatten Sie.« Philip schenkte ihm ein Glas ein.

»Danke, *mein Freund.*« Kit trank es in einem Zug leer, die Augenlider zuckten. »Ist das nicht gemütlich? Eine richtige Weihnachtsszene. Von so etwas träumt man in Übersee. Das gute alte England.« Er klopfte auf sein Knie. »Komm schon, Robert, sei ein braver Junge. Daddy ist wieder zu Hause.« Das Kind schüttelte den Kopf.

»Du bist nicht mein Daddy. Ich habe keinen Daddy. Ich habe Philip. Philip ist mein Freund.«

»Wir müssen dir wohl noch ein paar Manieren beibringen, junger Mann.«

»Kit, nicht ...« Bei seinem Tonfall kribbelte Tess die Haut.

»Schon gut, Bobby.« Philip bückte sich zu dem Jungen hinunter. »Ich muss jetzt weg.« Mit einem gezwungenen Lächeln wandte er sich Tess zu. »Frohe Weihnachten!«

»Ich bring dich raus«, sagte Aphra und marschierte hinaus.

»So«, sagte Kit zu Tess.

»Ich kann das gar nicht glauben.« Tess setzte sich auf die Sofakante. Bobby kletterte auf das Sofa, kuschelte sich an seine Mutter und beäugte Kit misstrauisch.

»Ich hätte anrufen sollen.«

»Es ist ... es ist einfach ein Schock. Wir dachten, du wärst tot. Ich hatte nichts gehört ...«

»Lass uns das alles vergessen.« Kit legte den Kopf schief. »Hattest du einen guten Krieg? Das sagt man doch jetzt. Ich glaube schon. Du siehst unglaublich gut aus, und der Junge auch. Das Haus ist außerdem wirklich hübsch. Ich habe bei Tante Cally vorbeigeschaut ...«

»Kit, das habe ich erklärt …«

»Ich verstehe schon, warum du lieber hier bist. Die alte Schachtel hat das Haus furchtbar vernachlässigt. Ich fürchte, wenn sie einmal ins Gras beißt, ist da nicht mehr viel zu erben.«

»Kit …«

»Ja, es ist wirklich reizend hier.« Er sprang auf und ging vor dem Kamin auf und ab. »Und so eine nette Gesellschaft.«

»Nicht.«

»Wie lange geht das schon?«

»Ich weiß nicht, was du meinst.« Tess flüsterte Bobby etwas ins Ohr, und der Junge rannte hinaus, um Aphra zu suchen. Tess strich sich den Rock glatt, als sie aufstand, und nahm auf dem Weg zum Getränkeschrank Kits leeres Glas mit.

»Ihn. Den Vikar.« Kit packte sie am Handgelenk und verzog das Gesicht. »Philip.«

»Lass mich los!« Tess wartete, bis er ihre Hand freigegeben hatte. »Es ist nichts passiert.« Sie goss sich ruhig einen Brandy ein und schenkte Kit ebenfalls nach.

»Unsinn.« Er blickte zu ihr auf und nahm den Brandy.

»Wieso kümmert dich das überhaupt?« Tess setzte sich wieder auf das Sofa und schlug die Beine übereinander. »Ich habe deine Briefe bekommen, Kit, die Briefe, die du vor dem Krieg geschrieben hast. Du hast mir gesagt, dass es ein Fehler war, dass wir ein Fehler waren, dass du etwas anderes willst, wieder Junggeselle sein willst.«

»Das war damals.«

»Und jetzt?«

»Und jetzt kann ich es nicht fassen, dass du hier mit Philip glückliche Familie gespielt hast, während ich in einem Kriegsgefangenenlager vor mich hin vegetiert habe.«

»Hör auf, seinen Namen so auszusprechen, du hörst dich lächerlich an …«

»Philip …«, sagte Kit schmeichelnd. »Philip, Philip …«

»Hör auf!«, rief Tess und hielt sich die Ohren zu.

»Ich bin nicht böse«, sagte Kit. »Gott weiß, es herrschte Krieg. Und du hast recht, als du zum letzten Mal von mir gehört hast, hatte ich mit … mit einigen Zweifeln zu kämpfen.«

»Und?«

»Ich bin enttäuscht, dass du mich anlügst.«

»Enttäuscht? *Du* bist enttäuscht?« Tess zwang sich, ihre aufsteigende Panik zu unterdrücken. All ihre Träume, die Zukunft, die sie sich mit Philip vorgestellt hatte, alles fiel in sich zusammen wie ein Kartenhaus. »Es ist nichts passiert, es gibt nichts, weswegen du böse sein müsstest.«

»Ich ärgere mich nicht, weil du mich betrogen hast. Ich ärgere mich, weil ich dir niemals wieder vertrauen kann.« Kits Augen loderten, ein kaltes Feuer. »Ich habe an dich geglaubt, an das Bild von dir und dem Kind und daran, mit dir ein Leben in England aufzubauen. Ich habe dich über all diese Jahre in meinem Herzen getragen, und du, in der Zwischenzeit hast du …«

»Ich habe nie mit Philip geschlafen. Ich bin immer noch deine Frau.«

»Aber du hast dich in ihn verliebt, das sehe ich doch. Du sagst, es ist nichts passiert, dabei ist alles passiert. Du hast dich in einen anderen Mann verliebt. Wie soll ich mich denn damit fühlen? Ich dachte, ich werde geliebt …« Kit zog die Schultern hoch und vergrub das Gesicht in den Händen.

»Ich liebe dich, Kit, ich habe dich immer geliebt.« Tess hielt inne. »Aber du hast nie mit mir geschlafen. Ich hatte in den ganzen Jahren immer das Gefühl, ich genüge dir nicht. Ich bin nicht gut genug für dich.« Sie zwang die tiefe Enttäuschung, die sie in der Brust spürte, hinunter. »Es ist mir nicht wichtig, der Sex, meine ich«, log sie. »Ich weiß, dass ich das alles verpfuscht habe …«

»Mach dir keine Vorwürfe, Tess.«

»Aber wir waren doch immer Freunde? Ach, was ist denn los? Du weißt doch, du kannst mit mir reden. Du weißt, du kannst mir immer alles sagen.« Sie setzte sich auf die Armlehne des Sessels und drückte sich an ihn, strich ihm die feinen blonden Haare aus der Stirn. Überrascht stellte sie fest, wie schrecklich dünn er unter seinem Mantel war. Es war eher, wie mit Bobby zu kuscheln, als Philip zu umarmen.

Philip. Tess verscheuchte den Gedanken an ihn für den Moment und strich mit dem Daumen über den silbernen Ring an ihrem Finger. »Komm, setz dich mit mir auf das Sofa.« Sie arrangierte die Kissen für Kit und zog eine mottenzerfressene Karodecke über ihrer beider Knie. Tess wandte sich ihm zu, die Beine untergeschlagen. »Erzähl mir alles. Erzähl mir, was passiert ist.« Überwältigt von ihrer Freundlichkeit, fingen Kits Schultern an zu beben, und er vergrub das Gesicht in den Händen. »Ach, Kit«, sagte sie und nahm ihn in die Arme.

»Entschuldige«, sagte er. »Es ist nur … es tut so gut, dich zu sehen, Tess. Unser Leben, alle Menschen, alles, was wir kannten, ist nicht mehr da. Ich komme mir vor wie ein Idiot.« Er wischte sich mit dem Handballen über die Augen. Tess zog ein sauberes Taschentuch aus dem Ärmel ihres Pullovers und tupfte ihm sanft die Tränen ab.

»Danke!« Kit sammelte sich wieder und lehnte sich erschöpft zurück, während Tess ihm über die Haare strich. »Wir haben einfach alle weitergemacht mit unseren Tennismatches, den Teepartys und den Drinks im Jockey Club, bis zum bitteren blutigen Ende. Im Jachtclub von Hongkong fand sogar eine Regatta statt, kurz bevor die Japaner angegriffen haben.« Tess spürte, wie er sich unwillkürlich anspannte. »Churchill würde es doch nicht ein paar Freiwilligen überlassen, Hongkong zu verteidigen, oder? Bestimmt waren Truppen unterwegs, um die Japaner abzuwehren.«

»Ach, Schatz.« Sie drückte ihn fester, spürte, wie seine Arme zitterten.

»Deine Eltern habe ich zum letzten Mal bei einem Wohltätigkeitsball im Pen gesehen, zwei Tage vor der Invasion.« Er blickte zu ihr auf. »Woher sollten wir wissen, dass es zwanzig Meilen entfernt an der Grenze schon von Japanern wimmelte, während wir unsere Gimlets tranken? Wir haben unbekümmert weitergetanzt. Ich habe zufällig gerade mit deiner Mutter getanzt, als um dreiundzwanzig Uhr der Ruf kam. Das Orchester spielte *The Best Things in Life Are Free*. Ich werde das nie vergessen. Sämtliche Marineangehörigen mussten sofort auf ihre Schiffe zurückkehren. Das war es. Damals sah ich deinen Vater zum letzten Mal.« Tess vergrub den Kopf in der Mulde zwischen Kits Hals und dem Schlüsselbein. »Also blieb alles uns anderen überlassen. Wir wollten diesen Mistkerlen unser Zuhause nicht kampflos überlassen. Es ...« Er hielt inne. »Es herrschte ein einzigartiger Geist unter den Freiwilligen.« Er schwieg. »Aber es war die Hölle, Tess. Sie waren unglaublich brutal. Ich habe immer noch Albträume von den Dingen, die ich mit angesehen habe. Der Geruch …« Er drückte sich die Faust auf die Lippen, als wollte er sich davon abhalten, zu würgen. »Aphra und ihr verdammter Schweinebraten. Allein bei der Vorstellung könnte ich …« Sie wartete, bis er seine Gedanken wieder geordnet hatte. »Man kann kaum beschreiben, wie intensiv diese Zeit war. Wie sie die Menschen zusammengeschweißt hat. Wir wussten nicht, ob wir leben oder sterben würden.« Kit unterbrach sich. »Ich habe auch jemanden kennengelernt.«

»Ich weiß. Das habe ich aus deinem letzten Brief geschlossen. Du schienst etwas von deinem alten Ich wiedergewonnen zu haben.«

»Du hast mich schon immer gut gekannt. Du musst mich für einen schrecklichen Schuft halten.« Kit schob die Nagelhaut seiner abgekauten Fingernägel nacheinander mit dem Daumen zurück. *Er hatte so schöne Hände*, dachte sie. Tess ergriff seine Hände und wärmte sie. »Es war falsch von mir, mich mit einem Brief von dir zu trennen. Damals war ich auch nicht fähig, mehr zu erklären. Aus Kriegsgefangenenlagern gibt es nicht viele amüsante Anekdoten zu berichten.«

»Du wolltest sagen, du hast jemanden kennengelernt?«

»Eine Weile vor der Invasion.« Kit stiegen Tränen in die Augen. »Bis der Tod im Gefangenenlager dem Ganzen ein Ende bereitet hat.«

»Ach, Kit, das tut mir leid. Du musst mir diese Details nicht erzählen.« Tess hielt Kit in den Armen, während er weinte. *Philip*, dachte sie. Die ganze Zeit über hatte sie gewartet und gewartet und das Richtige getan, während sie sich eigentlich nach ihm verzehrt hatte. Sie hatte gegen ihre Gefühle angekämpft, während Kit eine Affäre gehabt hatte?

»Es tut mir so leid, mein Liebling. Es war alles sinnlos. Diese schreckliche, blutige, sinnlose Brutalität um uns herum. Die Menschen wurden vergewaltigt, verstümmelt, wie Hunde abgeschlachtet.« Er hielt inne. »Wir haben etwas Trost beieinander gefunden …«

»Wir werden das nie zur Sprache bringen.« Sie schwang die Füße wieder auf den Boden und beugte sich über ihren Arm, den Kopf im Dunkel verborgen, sodass er ihr Gesicht nicht sehen konnte. Sie weinte nicht. Sie war wütend.

»Ich will doch nur, dass du es verstehst.« Kit legte ihr die Hand auf den Rücken.

»Ich fühle mich, als hätte man mich ausgeweidet.«

»Kannst du mir je verzeihen?«

»Nein.«

»Das musst du aber. Um unserer Ehe willen und wegen des Kindes. Wir können noch einmal von vorn anfangen. Wir können einander trösten.«

Aber ich will dich nicht, hätte sie am liebsten gerufen. *Ich will Philip. Ich will einen Mann, der mich liebt, der mich richtig lieben kann.* Kits Berührung war ihr unangenehm. Sie wusste sofort, dass es mit Philip vorbei war, das sah sie in seinen Augen. »Der einzige Mensch, von dem ich getröstet werden will, ist der, der mir das Herz gebrochen hat«, sagte sie und dachte an Kit.

»Nicht, mein Schatz. Dann weine ich auch noch.« Kit nahm die Mason-Pearson-Bürste vom Sofatisch. Aphra hatte Bobby damit die Haare gebürstet, als Kit plötzlich hereingekommen war. »Es wird nie wieder vorkommen, das verspreche ich dir.«

»Die Affäre ist mir egal. Versteh doch, das ist jetzt nicht wichtig.« Tess schloss die Augen, als er ihr die Haare bürstete. »Jetzt weiß ich, dass es an mir liegt, dass ich es bin. Ich bin es, die du nicht lieben kannst.«

~

» … fünf, vier, drei, zwei, eins! Frohes Neujahr!«, rief Aphra und warf die Arme hoch. Alle Anwesenden jubelten und klatschten und umarmten sich, während Luftballons aufstiegen und es Konfetti regnete. »Ein frohes neues Jahr, Schatz!« Sie umarmte Tess. »1946 wird ein gutes Jahr, das weiß ich.«

»Nein. Ich ertrage es nicht.« Tess ließ den Kopf hängen, und Aphra drückte sie fester.

»O doch. Du bist eine Montgomery. Deine Ahnen haben Kriege und Schiffbrüche überlebt, Haiangriffe und Meutereien. Ein gebrochenes Herz überlebst du, vertrau mir.«

»Aphra, Philip steht da drüben, am anderen Ende des Raums, aber es könnte genauso gut das Ende der Welt sein.«

»Wenn er nicht den Mumm hat, für dich einzutreten und um dich zu kämpfen, hat er dich nicht verdient.« Aphra nahm Tess' Gesicht zwischen die Hände. »Du kannst das ertragen, und du wirst es ertragen.«

»Nein, das kann ich nicht …« Tess verlor die Fassung.

»Hör auf. Hör sofort auf.« Aphra drehte sie weg, damit niemand Tess' Gesicht, ihre Tränen sehen konnte. »Reiß dich zusammen! Kein Mann ist deine Tränen wert, da kannst du mich beim Wort nehmen.«

»Ich liebe ihn …«

»Dann lass ihn los. Entlasse ihn zurück in die Wildnis, und wenn du alt bist, stellst du dir vor, wie er sich mit einer mustergültigen, guten Frau eingerichtet hat, die ihm und der Kirche dient, und weißt, dass er immer bei Vollmond oder bei einem schönen Sonnenuntergang oder wenn er Musik hört, die sein Herz rührt, an dich denkt. Und an alles denkt, an alles, was hätte sein können.« Aphra schloss die Augen, und Tess beruhigte sich. »Lass ihn los. Du musst das Richtige tun. Du hast dich entschieden zu heiraten, du hast dich entschieden, das Kind zu behalten. Respektiere diese Entscheidungen.«

»Ich brauche ihn. Er fehlt mir …«

»Du brauchst ihn nicht. Sicher nicht.« Aphra trat einen Schritt zurück und schüttelte Tess sanft an den Schultern. »Du wirst über ihn hinwegkommen. Vertrau mir. Du wirst über ihn hinwegkommen, und er wird so eine ferne Erinnerung werden, dass du über dich selbst staunen wirst.« Sie strich eine Haarsträhne zurück, die an Tess' Wange klebte, und trocknete ihr die Tränen mit ihrer weichen, faltigen Hand. »Philip gehört jetzt schon zu deiner Vergangenheit. Du wirst deine Pflicht tun, Bobby und Kit gegenüber, und sobald sie mit beiden Füßen auf dem Boden stehen, kommt deine Gelegenheit. Warte einfach. Meine Dreißiger, meine Vierziger waren großartig. Vor dir liegen viele Abenteuer, viel Glück.«

»Hoffen wir es.« Tess blickte auf die andere Seite des Raumes, wo Philip stand. Er hob sein Glas, prostete ihr zu und lächelte traurig. »Danke«, flüsterte Tess und gab Aphra einen Kuss auf die Wange.

Kit beobachtete den wortlosen Austausch und schnipste seine Zigarette in den Kamin. Er nahm sein Whiskeyglas vom Sims, drängte sich zwischen den Leuten zu Philip durch und streckte die Hand aus. »Ich hatte noch keine Gelegenheit, Ihnen dafür zu danken, dass Sie sich um meine Frau gekümmert haben, Reverend Hardy.«

»Sagen Sie doch bitte Philip.« Er nahm Kits Hand und drückte sie fest.

Kit zeigte zum Sofa. »Wollen wir?« Er machte es sich im Sessel bequem und zog trotz der Wärme des Kaminfeuers seine schwere Strickjacke fest um sich. »Es ist sehr beruhigend, zu wissen, dass jemand meine Frau und meinen Sohn behütet hat.« Kit sah ihm in die Augen. »Der Gedanke an meine Familie hat mich durchhalten lassen.«

»Ich habe nur getan, was jeder getan hätte.«

»Für uns Männer im Krieg bestand die größte Angst darin, dass irgendein Mistkerl unser Mädchen ausnutzt. Und sie hat ja eine Vorgeschichte. Tess ist da gefährdet.«

»Ich weiß nicht, was Sie meinen, Mr Blythe.«

Ein ausgiebiger Hustenanfall schüttelte Kit. Er wischte sich den Mund mit einem vergilbten Taschentuch ab. »Sie war schon beschädigte Ware, als ich sie geheiratet habe.«

»Beschädigt?« Philip runzelte die Stirn. »Tess … Tess hat mir erzählt, dass Sie nicht Bobbys Vater sind.«

»Eine christliche Tat.« Kit trank sein Glas leer. »Sie war in Schwierigkeiten, und ich habe ihr geholfen. Sehen Sie, Tess und mich verbindet eine Geschichte, und die wird nichts und niemand zerstören.«

Philip verschränkte die Arme. »Sie haben Tess geschrieben«, sagte er. »Sie haben ihr mitgeteilt, Sie hätten einen Fehler gemacht und sie solle nicht nach Hongkong zurückkehren.«

»Absurd, nicht wahr? Sie hätte gar nicht zurückkehren können, selbst wenn sie es gewollt hätte.«

»Tess dachte, Sie wären tot.«

»Und Sie haben sie getröstet?«

»Ich habe hohe Achtung vor Tess. Sie ist eine bemerkenswerte Frau. Ich hoffte …«

»Und genau deshalb habe ich sie geheiratet«, unterbrach Kit ihn. »Deshalb *bin* ich mit ihr verheiratet.« Er grinste höhnisch und beugte sich vor. »Wissen Sie, unter normalen Umständen hätte Tess Sie keines Blickes gewürdigt.«

»Da haben Sie sicherlich recht.« Philip wandte den Blick nicht ab. »Sie können sich glücklich schätzen, Kit.«

»Einer wie Sie braucht mir nicht zu sagen, was für ein Glück ich habe.« Die Ader an Kits Schläfe pochte. »Jeder ist selbst seines Glückes Schmied.« Er stand auf, sodass er auf Philip hinabblickte. »Das hier ist ein kleiner Teich, Reverend Hardy, und die Leute reden. Wenn wir alle miteinander auskommen sollen, halte ich es für das Beste, wenn Sie Tess und Bobby von jetzt an so wenig wie möglich sehen. Habe ich mich klar ausgedrückt? Tess ist eine verheiratete Frau. Sie müssen an Ihre Stellung, an Ihren Beruf denken.« Kits Augen funkelten. »Das muss ja wirklich lauschig gewesen sein. Eine schutzlose Frau, die Erbin des hübschen Alten Pfarrhauses.«

»Ich versichere Ihnen, meine Absichten waren lauter. Meine Gefühle für Tess …«

»Wenn der Bischof …«

»Das reicht. Erniedrigen Sie sich nicht mit Ihren Drohungen und Erpressungen, Mr Blythe.« Philip erhob sich und baute sich vor ihm auf. »Sie haben sich klar ausgedrückt.«

»Kristallklar, hoffe ich.«

»Ich kann mir vorstellen, dass Ihre Erfahrungen Ihren Glauben auf die Probe gestellt haben.« Philip sah ihm in die Augen. »Meine Worte waren ernst gemeint. Sie können sich glücklich schätzen, trotz des Leids, das Sie erlebt haben. Sie haben eine bemerkenswerte Frau und einen wunderbaren Sohn. Sie haben alles, um glauben zu können.«

»Na ja«, sagte Kit vage und blickte zu Tess hinüber, die am anderen Ende des Raums stand und sie beobachtete, »ich glaube an Gott, ja. Ich glaube aber nicht an den Menschen.«

24

1946

»Kit, findest du nicht, es wird langsam Zeit, über Arbeit nachzudenken? Darüber, wie du deine Familie ernähren willst?« Aphra stand in der Terrassentür und blickte hinaus über die dunklen, vom Regen gepeitschten Wiesen. Ein paar tapfere lilafarbene und gelbbraune Krokusse erstrahlten in den Lichtrechtecken, die aus dem Wohnzimmer fielen, helle Leuchtfeuer der Hoffnung. Sie drehte sich zu Kit um und warf einen Blick hinauf zu der Hängelampe in der Mitte des Wohnzimmers, die einen Moment lang dunkler wurde.

»Ernähren?« Kit schüttelte die Zeitung aus und kaute auf einem Bleistift.

»Lieber Junge, wenn du nicht hier wärst – und das darfst du bitte nicht missverstehen, ich habe euch alle sehr gerne hier, das Haus ist weiß Gott viel zu groß für mich –, aber ihr könntet nicht davon leben, was Tess mit dem Tanzunterricht verdient, oder? Ihr könntet es euch nicht leisten, einen Haushalt zu führen. Es ist keine schöne Vorstellung, dass ihr Tess' Erbe durchbringt.«

Kit legte das Kreuzworträtsel der *Times* weg und ließ den Kopf hängen. »Ich bemühe mich ja, Aphra. Wir sind dir wahnsinnig dankbar für die Unterstützung. Nur …

jedes Mal, wenn ich versuche, mich mit der Zukunft zu beschäftigen, für irgendeine Firma zu arbeiten, dann kann ich nicht klar denken. Ich schaffe es einfach nicht.«

»Mein Lieber, ich kann mir nicht mal ansatzweise vorstellen, was du durchgemacht hast, aber du hast eine Familie, die auf dich angewiesen ist.«

»Bitte sag mir nicht, dass ich mich zusammenreißen soll.« Kit sprang auf und ging mit großen Schritten zum Getränkewagen. »Es ist meine Schuld. Es ist alles meine Schuld.« Seine Hand zitterte, als er nach der Karaffe griff.

»Herrgott noch mal, Kit! Sieh mich an. Du hast Verantwortung zu tragen – und brauchst du wirklich noch einen Drink?«

»Hör auf zu nörgeln, Aphra.«

»Es geht hier nicht um dich. Es geht um Tess und darum, dass sie glücklich ist. Ehrlich gesagt, ist das das Einzige, was mir wichtig ist. Du warst sehr grausam zu ihr, hast sie beiseitegeschoben, bist dann von den Toten auferstanden und hast von ihr erwartet, dass sie den Schaden begrenzt und alles in Ordnung bringt.« Aphra verschränkte die Arme. »Es verrät eine Menge über ihre Charakterstärke, dass sie alle ihre Hoffnungen und Träume wegen dir hintangestellt hat.«

»Du meinst den Vikar.«

»Sie hätte glücklich sein können …«

»Sie ist mir etwas schuldig.« Er leerte den letzten Tropfen Brandy in sein Glas und lugte hoffnungsvoll in die Karaffe.

»Sie ist dir nichts *schuldig.*« Aphra konnte ihre Verärgerung nicht verhehlen. »Wenn wir zusammen auskommen sollen, musst du wissen, dass ich Selbstmitleid hasse.«

»Ist es kalt? Frierst du?« Kit hüllte sich fester in seine Strickjacke und ließ sich auf das Sofa fallen.

» … und Verschwendung«, murmelte sie. »Tess verbringt jede von Gott gesandte Stunde mit Unterrichten. Warum hackst du nicht Holz, während sie arbeitet?« Sie legte den Schalter des Heizstrahlers um. »Dabei wird dir warm, und du bekommst etwas Farbe im Gesicht.« Aphra kniete sich hin und warf einen Blick unter den Getränkewagen. »Wer hat das ausgesteckt?« Mit ausgestrecktem Arm tastete sie nach dem ausgefransten Kabel und streifte dabei mit den Fingern über den verstaubten Flor des Axminsterteppichs.

»Kann ich helfen?« Kits Kopf kippte nach vorn.

»Du kannst mir helfen, indem du dich von diesem verdammten Sofa erhebst und ein paar Holzscheite hereinbringst.« Kit zwang sich seufzend auf die Beine und lief Richtung Küche. »Weißt du«, fuhr Aphra fort, »Tess hat es verdient, glücklich zu sein. Willst du wirklich, dass sie nur wegen Schuldgefühlen bei dir bleibt?«

»Wegen Schuldgefühlen?«, fragte Kit über die Schulter. »Ich will, dass sie bei mir bleibt, weil wir beide ein Gelübde abgelegt haben.« Er drückte die Küchentür auf.

»Seit wann scherst du dich um deine Gelübde?«, rief Aphra ihm nach und rammte den Stecker frustriert in die Steckdose. »Gelübde? Ich …«

Kit fuhr erschrocken zurück, als es knallte, funkte und verbrannt roch. »Aphra?«

Die Lichter im ganzen Haus gingen in dem Moment aus, als Tess in die Zufahrt einbog. Sie rannte, Bobby an der Hand, durch den Regen und sang *You Are My Sunshine,* und der Strahl ihrer Taschenlampe wippte dazu im

Takt. Im Eingang schlüpften sie aus ihren Stiefeln und riefen »Hallo«. Bobby lief auf der Suche nach den Hunden durch das Haus.

»Aphra?«, rief Kit noch einmal, legte den Schalter im Gang um und stolperte in der Dunkelheit über den Schirmständer.

»Kit?«, rief Tess und ging weiter ins Wohnzimmer, dem wilden Gebell der Hunde folgend.

Auf Tess' Schrei hin erhoben sich all die dunklen Vögel gleichzeitig von dem gepflügten Acker neben dem Haus und flogen davon.

~

Kit zog die Tür des Pfarrhauses zu, nachdem der Letzte der schwarz gekleideten Gäste aufgebrochen war, und ging zu Tess. Nur das Ticken von Aphras hoher Standuhr durchbrach die Stille. »Du hast viel zu viel zu essen für die Trauerfeier gemacht. Wir werden tagelang Würstchen in Blätterteig zu uns nehmen müssen.«

»Ich wollte das, für Aphra.« Tess schlang die Arme um sich. »Weißt du, dass ich noch nicht einmal ein Ei kochen konnte, als ich hierhergekommen bin? Wir hatten ja immer Köche und Hausdiener, früher musste ich nie einen Finger krümmen. Aphra hat mir alles beigebracht, was sie über das Kochen wusste und wie man eine gute Gastgeberin ist.«

»Mir war schon aufgefallen, dass du ein paar Pfund zugelegt hast.«

»Ach, hör doch auf, Kit.« Tess machte auf dem Absatz kehrt und schüttelte ihre Lackschuhe ab.

»Willst du dich wirklich hier in dieser Pampa gehen lassen? Ich kann so nicht leben.« Kit sammelte ihre Schuhe ein und stellte sie ordentlich nebeneinander neben die Haustür.

»Ich auch nicht.« Tess marschierte durch das Haus zurück ins Wohnzimmer und fiel vor dem Kamin auf die Knie. Sie fühlte sich hohl, so leicht wie Treibholz, alles Leben war aus ihr gewichen. Vor dem kalten Feuer kniend, riss sie das Streichholz immer wieder an. *Ich fühle nichts,* dachte sie. *Ich fühle mich innerlich tot.* Sie konnte sich nicht vorstellen, jemals wieder glücklich zu sein.

»Wir brauchen einen Neuanfang, an irgendeinem Ort, wo wir unser Glück machen können.« Kit drehte den Globus auf dem Bücherschrank. Sein Finger landete auf Amerika.

»Aber wo? In London haben wir bereits versagt, wir haben es in Hongkong versucht. Wo, um alles in der Welt, soll man danach noch hin?« Tess drückte fest ihren Daumen in der Faust. »Die Sache ist die, Kit. Mir gefällt es sehr gut hier. Bobby gefällt es sehr gut hier.« Bei der Vorstellung, Philip nie mehr wiederzusehen, zog sich ihr die Brust zusammen. Während der Messe für Aphra hatte er sie kaum einmal angeblickt. Er hatte genau die richtigen Dinge gesagt – hatte den sinnlosen, herzzerreißenden Unfall verarbeitet, der ihr Aphra weggenommen hatte. Sie rechnete immer noch jeden Moment damit, dass ihre Tante durch die Tür kam. Die Hunde lagen in der Küche, hielten Ausschau und warteten auf ihre Rückkehr. Tess wusste, wie es ihnen ging. Philip hatte ihr nach dem Gottesdienst die Hand geschüttelt, als sie ihm gedankt hatte, mit Kit an ihrer Seite. *Er hat mir die Hand gegeben,* dachte Tess und schlang sich die Arme um den Bauch. *Als wäre ich eine Fremde. Als wäre ich einfach nur ein Mitglied seiner Gemeinde, das einen Todesfall zu beklagen hat.* Zum ersten Mal seit Wochen hatte er sie angesehen, und sie sehnte sich danach, ihn zu umarmen. Er fehlte ihr. Seine Gesellschaft fehlte ihr. Aber es war genug, beinahe genug, jeden Tag mit der Hoffnung aufzuwachen, ihn vielleicht zufällig im Dorf zu treffen, die Tage bis zum nächsten Gottesdienst zu zählen, damit sie dasitzen und seiner Stimme lauschen konnte.

»New York«, sagte Kit leise, »New York.«

»Was ist mit New York?«, fragte Tess ungläubig und wirbelte zu ihm herum. Sie stand langsam auf und lehnte sich neben dem Kamin an die Wand.

»1942 wurden die amerikanischen Internierten aus dem Lager freigelassen.« Er drehte den Globus noch einmal. »Das Leben ist doch wirklich eine Lotterie. Hätte ich einen amerikanischen Pass gehabt, ich hätte nach Hause fahren können. Stattdessen mussten wir noch drei weitere Jahre dort verrotten und rattenverseuchtes Reis-Congee essen, während wir von Rindfleisch und Yorkshire Pudding träumten.« Er neigte den Kopf und stieß mit dem Finger auf den Globus. »New York ist es. Pack deine Sachen, wir reisen morgen früh ab.«

»Das können wir nicht, Kit. Was wird mit dem Haus, mit Aphras Sachen?«

»Ich habe eine Aufstellung der wertvollsten Gegenstände gemacht und eine Entrümpelungsfirma kontaktiert.«

»Aber du kannst doch nicht …«

Kit schob seinen Stuhl zurück und stand schwankend auf. »Du bist meine Ehefrau.« Er kam langsam auf sie zu. »Was mein ist, ist auch dein, und umgekehrt.«

»Aber du hast doch gar nichts. Du hattest noch nie etwas, oder? Diese … diese Ruine von einem Haus? Dein großartiges Erbe. Du hast mich wegen meines Geldes geheiratet. Und das bringen wir durch.«

»Wenn wir das Haus hier verkaufen, ist das eine hübsche kleine Geldspritze.« Kit stemmte die Hände in die Hüften. »Die Anzahlung auf die Miete einer Wohnung mit Blick auf den Central Park, die Chance für mich, eine Designfirma zu eröffnen, für dich eine Tanzschule …«

»Du hast das alles schon ausgeknobelt, oder?« Tess baute sich vor ihm auf. »Was ist mit Aphras Hunden, was ist mit Hebe und Hero?«

»Ich dachte mir, dein Vikar könnte sie übernehmen und ein Zuhause für sie suchen. Das ist das Mindeste, was er machen kann.«

»Aber …«

»Kein Aber. Die Schiffspassage ist schon gebucht«, sagte Kit mit ruhiger, entschlossener Miene. »Glaubst du wirklich, ich würde hier mit dir und diesem … diesem erbärmlichen Pfarrer leben, während ihr eure widerwärtige Affäre weiterführt?«

»Wie kannst du es wagen! Spricht nicht so über Philip. Ohne ihn und Aphra hätte ich das alles niemals bewältigt. Sie waren mir gute Freunde, und das ist alles.« Tess verzog das Gesicht. »Jetzt sind sie beide nicht mehr da. Ich habe das Gefühl, als wäre auch alle Musik aus meinem Herzen verschwunden.«

»Du wolltest mehr, nicht wahr?« Kit packte sie am Hals, drückte den Finger gegen ihren Kiefer. »Was hat er gemacht, hm?« Kit rieb die Hüfte gegen sie, mit der anderen Hand packte er ihren Schenkel. »Hat er dich so genommen? Sag?« Kit machte sich an Tess' Strümpfen zu schaffen. »Ist es das, was du willst?«

»Hör auf, Kit!«, rief Tess. »Hör bitte auf.«

»Hat er dich dazu gebracht, ihn zu begehren?«

»Bitte nicht.« Sie drehte das Gesicht zur Wand und kämpfte gegen die aufsteigenden Tränen an.

»Mami?«, ertönte ein leises Stimmchen von der Tür her. Sie wandten sich um und lösten sich voneinander.

»Bobby …« Tess strich sich den Rock ihres Kleids glatt und taumelte an Kit vorbei.

»Warum tut er dir weh? Warum tut Vater dir weh?«

»Wir haben nur Streiten gespielt.« Sie eilte zu ihm, kniete sich hin und umarmte ihr Kind. »Hab keine Angst«, flüsterte sie. »Geh ins Bett, mein Schatz. Geh ins Bett.« Sie sah ihm zu, wie er die Mahagonitreppe hinaufstieg, wartete, bis sich die Tür von Bobbys Zimmer schloss und das Licht auf dem Treppenabsatz erlosch.

»Tess, Schatz, es tut mir leid.« Kit streckte den Arm nach ihr aus.

»Rühr mich nicht an!« Tess zuckte zurück und tastete sich am Türpfosten hoch. »Rühr mich nie wieder an.« Sie wich vor ihm zurück, drehte sich um und lief durch den Küchenkorridor. Kit folgte ihr.

»Wo willst du hin?«, jammerte er. »Willst du zu ihm?«

»Ich gehe hier nicht weg.« Sie schlüpfte in den Mantel. »Wir können uns scheiden lassen, das Geld kannst du haben, wenn es das ist, was du willst.«

»Ich will eine Familie. Ich brauche dich«, sagte Kit. »Du bist mir etwas schuldig, Tess. Ich habe dich geheiratet, habe deinen guten Ruf gerettet und dir und Bobby das Leben, indem ich dich nach Hause geschickt habe.«

»Dafür werde ich immer dankbar sein.« Tess zögerte. Als sie die Tür öffnete, rannten die Hunde hinaus in der Nacht. »Ich hatte furchtbare Schuldgefühle. Habe sie immer noch.«

»Du bist mir etwas schuldig. Tue, was richtig ist.« Seine Augen schimmerten dunkel. »Wenn du mich wegen ihm verlässt, zerre ich dich vor Gericht. Ich nehme das Geld, und ich nehme Bobby. Du wirst ihn nie mehr wiedersehen.«

»Das würdest du nicht tun!«

»Was meinst du, wem sie wohl glauben würden? Einem aufrechten Kriegsveteranen oder einem dummen Mädchen, das sich unverheiratet hat schwängern lassen und eine wilde Affäre mit einem Vikar hatte, während der Ehemann in einem Kriegsgefangenenlager war …«

»Nicht …« Tess wurde übel.

»Na los. Geh schon!« Er hielt ihr die Tür weit auf. Kit machte eine tiefe Verbeugung und entließ sie in die Nacht. »Geh und verabschiede dich.«

Tess rannte, nach Luft ringend, über das Gelände des Alten Pfarrhauses. Regennasse Rhododendronzweige griffen nach ihr, als sie um die Zufahrt herum und in Philips Garten lief. Der Regen klebte ihr die Haare an den Kopf und vermischte sich mit den Tränen, die ihr über die Wangen liefen. Sie riss die Küchentür auf, lehnte sich gegen den Rahmen und atmete tief durch.

»Wer ist da?«, fragte Philip und blickte in die Dunkelheit. »Tess?«

»Ach, Philip.« Sie fiel ihm in die Arme.

»Was, um alles in der Welt, ist denn los?« Er drückte sie eng an sich, während sie schluchzte. »Hat er dir wehgetan?«

»Er will, dass wir von hier weggehen.«

»Weggehen …?«, sagte Philip leise.

»Gleich morgen früh.« Tess blickte zu ihm auf, ihr Kajal war verlaufen. »Er hat das schon lange geplant. Ich kann die Vorstellung nicht ertragen, dich nie mehr wiederzusehen.« Sie küsste ihn ungestüm. Sie taumelten rückwärts in den dunklen Korridor, Tess' Arme um seinen Nacken geschlungen. Im Wohnzimmer war die Jazzplatte, die er gerade gehört hatte, zu Ende, und Stille umgab sie. Ihr Atem kam ihr laut vor. Sie hörte ihr Blut pochen, in den Ohren rauschen.

»Tess.« Er löste sich von ihr. »Das geht nicht.«

»Bitte, mein Lieber.« Tess hielt sein Gesicht zwischen den Händen, blickte zu ihm auf. »Lass es nicht so enden. Er zwingt mich, das Haus zu verkaufen, aber ich könnte ein kleines Häuschen in der Nähe kaufen. Und wenn die Scheidung durch ist …«

»Tess, ich kann niemals eine geschiedene Frau heiraten, das weißt du doch.«

»Aber …« Tess wich zurück, wankte in die Dunkelheit. »Aber was war das dann in all den Monaten?«

»Liebling«, sagte Philip sanft, »ich bin Vikar, kein Heiliger. Ich dachte, du wärst verwitwet, Tess. Ich hoffte, mit der Zeit …«

»Aber wenn du mich liebst, dann musst du doch nicht mehr Vikar sein, du … du könntest …«

»Das ist eine Berufung.« Er strich ihr sanft die Haare aus dem Gesicht. »Ich liebe dich, Tess, aber das ist meine Bestimmung.« Er hielt ihren Kopf zwischen den Händen und küsste sie auf die Stirn. »Du fehlst mir so sehr. Ich werde dich nie vergessen, Tess.«

»Mich vergessen?« Tränen der Erschütterung und der Wut brannten ihr in den Augen. »War es das? Du lässt mich einfach weggehen?« Sie zog sich den Mantel über der Brust zusammen. »Du warst dabei, als Bobby geboren wurde. Zu wem läuft er, wenn er sich wehgetan hat?«

»Tess, ich liebe Bobby, aber …«

»Ich liebe dich«, rief sie und brach in Schluchzen aus. »Ich liebe dich.«

»Nicht. Bitte sag das nicht, Tess. Es bricht mir das Herz«, sagte Philip. »Du darfst keinen Augenblick daran zweifeln.« Tess stolperte weg von seinen ausgestreckten Händen. In der offenen Tür, wo im Licht der Veranda silberner Regen fiel, straffte sie sich. Sie drehte sich zu Philip um, in der Gewissheit, dass sie ihn zum allerletzten Mal sehen würde. Tess stellte sich eine Bühne hinter sich vor, keinen windgepeitschten englischen Garten. Die Verandalampe wurde zu einem Scheinwerfer. Ihr Brustkorb hob sich, als sie das Kinn emporreckte.

»Dann auf Wiedersehen«, sagte sie. »Ich bin froh … sehr froh, dass wir uns kennengelernt haben.«

»Es tut mir leid, Tess.« Er streckte den Arm nach ihr aus, aber Tess hob die Hand zu einem eleganten Abschiedsgruß.

»Mir auch.« Sie stellte sich den stürmischen Applaus des Publikums nach der Tanzaufführung vor, die abflauende Musik. Es fühlte sich an, als schnürte ihr jemand das Herz mit Draht zu, immer fester, aber ihre Miene war jetzt ausdruckslos.

»Schreibst du mir, damit ich weiß, dass du in Sicherheit bist?«

»Das ist wohl keine gute Idee.«

»Tess, bitte …«

»Auf Wiedersehen, Philip!« Tess schloss die Tür, lehnte sich einen Augenblick an das kalte, nasse Holz der Veranda und presste die Augen vor lauter Verzweiflung zu. Sie rannte, so schnell sie konnte, die Zufahrt entlang. Im strömenden Regen rief sie weinend nach den Hunden. Sie stützte sich am Stamm einer Zeder ab und krümmte sich in einem stillen Schmerzensschrei, während die Nacht um sie immer dunkler wurde. In der Ferne bellten Hebe und Hero, und sie machte sich auf den Weg zu ihnen. Auf dem nassen Gras rutschte sie immer wieder aus.

»Hebe«, rief sie und folgte dem Geheul zum Kirchhof. Sie entdeckte die Hunde auf Aphras Grab. Die Köpfe lagen auf der frisch umgegrabenen Erde, sie riefen jaulend nach ihrer Herrin. »Ihr Lieben.« Sie kniete sich neben sie und streichelte ihr regennasses Fell. »Mir fehlt sie auch.« Tess hob das Gesicht zum Himmel. »Ich verspreche dir, Aphra, du wirst stolz auf mich sein. Danke …« Tess' Atem ging zitternd, und sie schloss die Augen. »Danke!«

ZWEITER AKT

»Bei *›Hol die Sterne vom Himmel‹* hatte ich die Vorstellung von einem alles umfassenden Kunstwerk – einem Gesamtkunstwerk. Ich wollte die perfekte Synthese von Tanz, Theater, Film, Musik. Die Bühne sollte erfüllt sein von den Elementen – Feuer, Luft, Wasser, Erde in Form von Sand, der in einem verfallenen Raum aus hohen weißen Bögen und Glaswänden wie eine Düne aufgehäuft ist. Das Publikum sollte sich fühlen, als wäre es dort draußen auf dem Wasser bei den Tänzern, auf der Flucht nach Kythira – schwimmend, ertrinkend, sich am Leben und aneinander festhaltend. Als ich jünger war, bin ich einmal mit meinem Mann in einem fluoreszierenden Meer geschwommen. Es war, als schienen unter Wasser die Sterne. Ich wollte diese Schönheit teilen, den Moment unsterblich machen. Ich hatte die klare Vision eines einfachen Hintergrunds, auf dem projizierte Bilder zum Rhythmus der Musik tanzten. Ich wollte dem Publikum kymatische Formen zeigen, die heimliche, verborgene Schönheit von Schallwellen, die sich im Wasser offenbaren, Wellen werfen, tanzen wie die Künstlerinnen und Künstler. Ich glaube, wir alle haben diesen Rhythmus in uns, diese Musik, die durch uns pulsiert. Wir spüren sie, knapp außer Reichweite. Wir müssen einfach nur hinhören, ihr vertrauen. Wir müssen sie einfach nur aus unseren Herzen fließen lassen.«

Interview mit Tess Blythe,
Dance Now, 1979

25

Oktober 1961

Marco kam durch das *Pharmacy* auf Tess zu. Sie blinzelte überrascht, als sie sein Spiegelbild hinter ihrem erkannte. »Da bist du ja«, sagte er und strich ihr die Haare aus dem Gesicht, sodass die bleiche Rundung ihres Halses sichtbar wurde, ein Sichelmond über dem schwarzen U-Boot-Ausschnitt ihres Pullovers. Er schloss die Augen, senkte den Kopf und verharrte so.

»Du?« Es klang wie ein Seufzen. Die Erinnerungen an die Vergangenheit, der Schmerz in ihrer Brust löste sich auf wie Tinte im Wasser.

»Wo warst du?«

»Irgendwo weit weg.«

»Lauf nie wieder vor mir weg«, flüsterte Marco, und seine Lippen streiften ihr Ohr. »Du hast mir einmal gesagt, du suchst immer dein Zuhause. Ich bin hier. Du hast mich gefunden. Ich bin dein Zuhause.«

»Warum habe ich dann Angst?«, fragte Tess.

»Wovor?«

»Vor dir. Davor, mich in dich zu verlieben.« Sie spürte, wie er ausatmete.

»Die Liebe …«, sagte Marco. »Was meinst du, wann wir anfangen, Angst zu bekommen? Als ich jung war, bin ich auf Berge gestiegen und auf Bäume, ich bin Wildpferde geritten, ohne weiter darüber nachzudenken.«

»Wenn man jung ist, federt man ab.« Tess lachte leise.

»Ich kenne alte Männer, die Angst haben, wenn sie zum Briefkasten gehen.« Marco dachte nach. »Dafür bin ich noch nicht bereit. Ich will diese …« Er suchte nach dem richtigen Wort. »Diese Spontaneität. Dieses wunderbare Urvertrauen. Ich will mich wieder körperlich und emotional unverwundbar fühlen.«

»Wie damals, als wir jung waren?« Tess blickte zu ihm auf. »Ich auch.«

»Dann lass es uns gemeinsam wagen. Wir springen Hand in Hand. Für immer.« Er umarmte sie, den Unterarm über ihre Brust gelegt, und sie lehnte sich an ihn. »Du hast Angst. Ich habe Angst.« Er zuckte die Schultern.

»Du hast mich einmal gefragt, ob es jemand anders gegeben hat.«

»Das geht mich nichts an. Die Vergangenheit ist ein anderes Land.«

»Es hat einmal jemanden gegeben. Aber es ist nichts daraus geworden.«

»Ach, Tess.« Sie schwiegen beide. »Er muss dir viel bedeutet haben.«

»Er … er hat mir das Herz in tausend Teile zerbrochen, ich weiß gar nicht, ob ich jemals wieder fähig bin, jemandem zu vertrauen.«

»Vertrau mir.«

»Das kann ich nicht.«

»Weißt du, was ich denke? Nach diesem Mann, nach Kit, da hast du dich aufgegeben, du hast dein Glück aufgegeben, obwohl du eigentlich deine Ehe hättest aufgeben sollen. In diesen vielen Jahren hast du deine ganze Liebe, deine ganze Sehnsucht ins Tanzen gesteckt. Aber du hast es klein gehalten, weil du Angst hast. Du hast Angst davor, dich in den Mittelpunkt zu stellen und verletzt zu werden. Deshalb bist du nie selbst aufgetreten. Habe ich recht?«

Unangenehm auffallen. Dieser Ausdruck fiel Tess wieder ein. Die Stimme ihrer Mutter, die alte glühende Scham und Angst.

»Es hat nie etwas gebracht, sich kleiner zu machen, als man eigentlich sein kann«, sagte Marco. »Lass los, Tess. Vertrau mir. Ich dränge dich nicht. Ich kann auf dich warten.«

»Aber du gehst bald weg, nach der Hochzeit.« Sie versuchte zu spüren, ob Claudia ihm von ihrem Gespräch erzählt hatte.

»Zögerst du deshalb?«

»Ich … ich kann den Gedanken nicht ertragen, dass ich es zulasse, dich zu lieben, nur damit du dann weggehst.«

»Verstehst du denn nicht, Tess? Wo immer du hingehst, gehe auch ich hin. Es ist mir egal. Komm mit mir nach Italien. Komm hierher. Keiner von uns …« Er unterbrach sich. »Wir wissen nicht, wie viel Zeit uns noch bleibt.«

»Ich weiß.« Sie nahm seine Hand in ihre, flocht ihre bleichen Finger in seine wie Weidenzweige um Pfosten. »Ich habe keine Angst vor ihnen, davor, was alle denken. Ich habe Angst davor, dich zu verlieren.« Sie blickte aus dem Fenster auf die dunklen Lichter des Hafens. *Sage ich es ihm?* »Kit will sich scheiden lassen, wusstest du das?« Mit funkelnden Augen blickte sie zu ihm auf. »Bist du schockiert?«

»Nein.«

»Ich war ihm in den ganzen Jahren eine gute Frau. Ich

würde niemals …« Sie zögerte. »Völlig egal, wie sehr ich mich von dir angezogen gefühlt hätte, ich hätte das niemals so weit kommen lassen, wenn Kit mir nicht gesagt hätte, dass er die Ehe beenden will. Er möchte, dass ich so tue, als wäre alles in bester Ordnung. Er meint, wir dürfen Bobby und Frankie ihren Tag nicht verderben, und das ist das Letzte, was ich wollte. Ich liebe Bobby, und Frankie wird ihm sehr guttun, das weiß ich.«

»Bobby wird ihr auch guttun. Sie ist zu ernst, zu brav. Sie braucht ein bisschen Leidenschaft in ihrem Leben.« Marco lächelte. »Ich hatte mich übrigens schon in dich verguckt, bevor wir uns kennengelernt haben.«

»Wie das?«

»Bobby hat ein Foto von dir in der Brieftasche, wusstest du das?« Tess schüttelte den Kopf. »Er ist sehr stolz auf dich. Er hat ein Bild von Frankie und eine alte Aufnahme von dir.«

»Du hast dich in ein Foto verguckt?«

»Ich fand es reizend. Es verrät viel über deinen Sohn und wie sehr er dich respektiert und liebt.« Marco legte den Kopf schief. »Du bist ein bisschen jünger. Ich glaube, es ist in England. Du sitzt auf dem Rasen vor einem alten weißen Haus.« *Aphras Haus,* dachte Tess. »Du scheinst glücklich zu sein. Als ich dich kennengelernt habe, habe ich sofort gesehen, dass sich das geändert hat.« Marco umfasste ihr Gesicht. »Ich will dich dazu bringen, dass du wieder so aussiehst, Tess. Ich will, dass du innerlich leuchtest. Ich will dich glücklich machen.«

»Ich habe so lange so getan als ob.« Tess schüttelte den Kopf. »Ich weiß nicht, wie glücklich sein geht. Kit kommt es nur darauf an, das Gesicht zu wahren. Ich hasse es. Ich hasse diese Falschheit. Und die ganze Zeit kann ich nur an dich denken.« Sie drückte sich an ihn. »Und jetzt verliere ich dich auch noch.«

»Hey, hey«, sagte Marco sanft und wiegte sie in den Armen. Er schloss die Augen. »Noch gehe ich nirgendwohin.« Er fuhr sich mit der Hand über die Bartstoppeln am Kinn. »Worüber hast du gerade nachgedacht? Du warst sehr weit weg.«

»Ich … ich habe an den Krieg gedacht.« Sie hob das Gesicht und sah ihn an. »Und an dich. Ich habe an dich gedacht. Was machst du hier?«

»Ich wollte nur nachsehen, ob es dir gut geht.«

»Und deshalb bist du so weit gefahren?«

»Ich hatte Lust auf eine Spritztour.« Marco legte seinen Hut auf den Tresen und lehnte sich dagegen. Mit den Armen hielt er Tess gefangen. »Und Claudia hat mir erzählt, was sie gemacht hat. Ich musste dich sehen. Ich bin zu deiner Wohnung, und deine Hausangestellte hat mir erzählt, du wärst hierhergefahren.«

»Na, nun siehst du, dass es mir gut geht.«

»Das glaube ich nicht.« Er lächelte. »Ich glaube, du bist in mich verliebt und hast keine Ahnung, wie du damit umgehen sollst.« Marco küsste sie, trat dann zurück und blinzelte. »Vanille«, sagte er und biss sich auf die Unterlippe.

»Möchtest du?« Tess hielt ihm ihren Becher hin, um Zeit zu gewinnen. Marco stieg auf den Barhocker neben ihr und krempelte die Ärmel seines weißen Hemds hoch. Allein seine Nähe vermittelte ihr inneren Frieden.

Er winkte der Kellnerin. »Einen Espresso, bitte.«

»Wie hast du mich gefunden?«

»Ich habe herumgefragt. Zwei Männer – ein junger Schwarzer und sein Freund – haben mir gesagt, wo deine

Hütte ist, aber sie war abgeschlossen. Ich hoffte, du wärst nur auf einen Spaziergang im Ort, und dann habe ich dich entdeckt.«

»Und, wie findest du es hier?«

»Im Ort? Mir gefällt es.« Er nickte, als ihm die Kellnerin eine dampfende Kaffeetasse hinschob. Marko seufzte und blies den Dampf weg.

»Ganz ähnlich wie du habe ich mich wegen eines Fotos in diesen Ort verliebt.« Tess stützte das Kinn auf den Ellbogen. »Ich hatte ein Buch gelesen – *Das Haus am Rand der Welt.* Hast du davon gehört?« Marco schüttelte den Kopf. »Ich leihe dir meines. Er hat sein Zuhause, das Fo'castle, so schön beschrieben, so voller Leidenschaft. Ich weiß noch, wie ich auf der Mauer der Bibliothek in New York saß und las, wie er im Meer mit dem biolumineszierenden Plankton schwamm.«

»Plankton?«

Tess lachte. »Das klingt jetzt nicht sehr romantisch, aber ich bin am nächsten Tag hierhergefahren und habe meine kleine Hütte gekauft.«

»Und warst du schwimmen mit dem bio...«

»Biolumineszierend«, sagte sie lachend. »Ja, oft. Es ist genau so, wie er es dargestellt hat.« Tess beschrieb einen anmutigen Bogen mit dem Arm. »Es ist, als würde man mit den Sternen schwimmen.«

»Wie wäre es, wenn wir uns eine Weile hier verkriechen?« Er stützte den Kopf auf die Hand. »Vielleicht ein ganzes Leben lang?«

»Marco, ich kann nicht ...«

»Was? Du kannst mich nicht lieben? Kannst nicht zulassen, etwas zu empfinden?« Um seine Augen bildeten sich Fältchen, als er lächelte. »Lebe gefährlich.«

»Wir können das Bobby und Frankie nicht antun, nicht jetzt.«

»Wann denn dann? Wenn es zu spät ist? Wenn dein Idiot von Ehemann merkt, was er verliert? Es gibt tausend Gründe, nicht zusammen zu sein, und nur einen, es zu sein. Wir lieben einander. Das ist genug.« Marco sah ihr in die Augen. »Ich kenne dich, Tess. Ich weiß, wie hungrig du nach Leben und nach Liebe bist. Ich kenne dich, weil ich genauso bin. Ich habe ihn gespürt, als ich dich das erste Mal gesehen habe, diesen Hunger nach Liebe.« Er trank seinen Kaffee aus und setzte den Hut auf.

»Wo willst du hin?«

»Zurück in die Stadt.«

»Aber das dauert Stunden …«

Marco beugte sich zu ihr vor und küsste sie auf die Wange. »Wie gesagt, ich wollte nur nachsehen, ob es dir gut geht.« Er fuhr ihr mit dem Daumen über die Unterlippe, ihre Zungenspitze streifte seine Haut. »Ruf mich an, wenn du so weit bist.«

Marco schloss die Tür des Cafés hinter sich und ging zu seinem Auto. »Warten Sie hier auf mich«, sagte er zu dem Fahrer und warf seinen Hut auf den Rücksitz. Er blickte zurück durch das Fenster des *Pharmacy* und sah, wie Tess sich an den Marmortresen lehnte, einen Arm elegant ausgestreckt. Er schloss die Augen und übergab seiner Erinnerung ihre Schönheit wie ein Gedicht.

Marco lächelte in sich hinein, während er durch die zunehmende Dunkelheit weiter zum Strand ging, angezogen von der krachenden Brandung, dem Klagen des Nebelhorns. *Pazienza*, sagte er sich immer wieder.

Geduld. Die Bootsrümpfe schimmerten wie Knochen auf dem schwarzen Wasser unter einem tintenblauen Himmel, der durchzogen war von den grün leuchtenden Polarlichtern. *Glücklich bis an ihr Lebensende, das kann ich ihr nicht geben,* dachte er. *Aber Glück kann ich ihr schenken.* Der Wind blies gegen ihn an, zerrte an seinem Mantel, fuhr ihm in die Haare, wild und frei. Marco blieb stehen und schloss die Augen, inhalierte die gute, klare Luft. Er hob Hände und Gesicht zum Himmel und bog sich zurück. »Gib mir Zeit«, rief er dem Wind zu. »Gib mir Zeit!« Er kniff die Augen zusammen. »Um mehr bitte ich nicht. Gib mir genügend Zeit, um sie zu lieben, um sie wieder zum Leben zu erwecken.«

26

»Ich suche Marco Affini.«

Marco blickte auf, als er Kits Stimme hörte. Kit stand in dem offenen Eingang des Fitnessstudios, seine Silhouette zeichnete sich vor dem Spalt Tageslicht ab, das durch die grobe Metalltür in den schwach beleuchteten Raum fiel.

»Er ist gerade im Ring fertig«, sagte der Inhaber und zeigte auf die von Spots beleuchtete Mitte des Studios, wo zwei Männer umeinander herumtänzelten und unter einer nackten Glühbirne Schläge austauschten.

Ich glaube, der Kampf beginnt erst jetzt. Marco atmete den vertrauten Geruch des Studios ein, von Schweiß, Staub und Liniment. Er warf seine Handschuhe zur Seite und klopfte dem jungen Mann neben sich auf den Rücken. »Gut gemacht, Rocco. Das war schon viel besser.«

»Wieso kann ich dich immer noch nicht schlagen?« Rocco krümmte sich vor Erschöpfung.

»Eines Tages wirst du es schaffen.« Marco trank einen großen Schluck kaltes Wasser aus der Flasche, die im Ring an der Seite stand, und wischte sich den Mund ab. »Erzähl das bloß nicht Claudia.«

»Was nicht erzählen?« Kit schlenderte zu ihnen. Sein frisches weißes Hemd und der makellose graue Mantel wirkten in dem schmuddeligen Studio fehl am Platz. »Haben wir Geheimnisse?«

»Sie mag es nicht, wenn ich boxe.« Marco wischte sich das Gesicht mit einem Handtuch ab. »Sie hält mich für zu alt dafür.«

»Wie alt bist du denn? Vierzig?«

»Ich bin fünfundvierzig«, sagte Marco. »Ein Alter, in dem man es eigentlich besser wissen sollte.«

»Ich war gerade in der Gegend.« Kit sah sich im Studio um. »Ich bin erst bei euch zu Hause vorbeigegangen, aber Frankie meinte, du bist hier und gibst Unterricht.«

»Ja, genau das habe ich auch gemacht.« Marco bedeutete Kit, ihm zu folgen, und hielt ihm die Tür zur Umkleide auf. »Falls Claudia fragen sollte.«

»So«, sagte Kit, als die Tür zufiel.

»So.« Marco öffnete seinen Spind und wickelte sich die Bandagen von den Händen ab. »Ich habe Tess besucht.«

»Ach ja?« Kit setzte sich auf die Bank und schlug die Beine übereinander. »Wo ist sie? Ich nehme an, sie hat sich in diesen grauenhaften Schuppen in Cape Cod geflüchtet?«

»Das ist egal.«

»Mir ist es nicht egal.« Kit wartete, bis Marco ihn ansah. »Ich glaube, meine Frau ist in dich verliebt.«

Marco zögerte einen Moment, dann fuhr er fort, die Bandagen aufzuwickeln. Der Stoff sammelte sich zu seinen Füßen auf dem Boden. »Ich finde, du solltest mit Tess sprechen.«

»Hab doch wenigstens den Anstand, es zu leugnen, Mann.« Kit blickte zu ihm auf, die Sehne in seinem Hals war gespannt wie eine Geigensaite.

»Das kann ich nicht«, erwiderte Marco vorsichtig.

»Wie geht es dir denn dabei?« Kit sprang auf und stieß ihn gegen die Brust. »Liebst du sie? Oder ist das nur eine erbärmliche Urlaubsromanze? Ist sie deshalb weggelaufen? Hast du sie benutzt und dann wieder abserviert?«

»Tu das nicht.« Marco bewegte sich keinen Zentimeter, als Kit ihn wieder schubste.

»Ich mache, verdammt noch mal, was ich will.« Kit warf den Kopf zurück, sodass eine blonde Locke nach vorn fiel.

»Ich würde Tess niemals schlecht behandeln. Dafür habe ich viel zu viel Hochachtung vor ihr.«

»Hochachtung? Du bist so dreist, von Respekt zu sprechen?« Kit wischte sich mit dem Handrücken über den Mund. »Wie lange geht das denn schon? Wie lange? Herrgott, wir alle haben uns erst vor ein paar Wochen kennengelernt, und schon fährt sie davon in die Nacht wie ein liebeskranker Teenager.«

»Das geht dich überhaupt nichts an.« Marco blieb stehen und hielt Kits Blick stand. Die Luft zwischen ihnen schien sich zu bewegen, sich zusammenzuziehen.

»Aber es würde dir gefallen, nicht wahr?«, spottete Kit. »Als würde ein so vornehmer Mensch wie Tess sich in einen abgewrackten alten Kraftmeier wie dich vergucken. Allein der Gedanke, dass ihr …«

»Was würde dir denn gefallen?« Marco blickte auf ihn hinab und blinzelte langsam. »Sag es mir. Findest du mich attraktiv?«

»Wie kannst du es wagen, anzudeuten, dass …« Kits Miene versteinerte. »Denk, was du willst. Deine Meinung ist mir egal.«

Marco zuckte die Schultern. »Meine Meinung – die du nicht schätzt – ist, dass deine Frau unbefriedigt ist.«

»Du …«, fuhr Kit ihn wütend an.

»Ich weiß nicht, wer oder was du bist. Ich glaube, die Menschen lassen sich nicht so einfach in Schubladen stecken, wie man uns weismachen will.« Marco verschränkte die Arme. »Ich weiß aber, dass Tess eine schöne Frau ist, die viel Liebe zu geben hat.«

»Glaubst du, ich liebe sie nicht?«

»Du bist nicht verliebt.« Marco rieb sich langsam die Hände.

»Hat sie dir erzählt …« Kit stemmte die Hände in die Hüften. »Wie heißt es heute? Sex ist das A und O. Was ist mit einer langen und glücklichen Ehe, die auf Freundschaft aufgebaut ist und auf … auf …«

»Tess steht in Flammen, und du siehst es nicht.« Marco rollte den Kopf hin und her, um die Nackenmuskulatur zu lockern. Er hatte keine Lust auf diese Konfrontation mit Kit. Er war erschöpft vom Sparring mit Rocco und wünschte sich ein heißes Bad, Tess, ein Bett …

»Gibt es noch etwas, das du mir über die Frau erzählen willst, mit der ich seit über zwanzig Jahren verheiratet bin?«

»Sie ist eine Frau, die jeder Mann begehrt. Außer ihrem Ehemann.«

»Fahr zur Hölle!«

»Ich glaube, du begehrst deine Frau nicht, und du bist überrascht – ja sogar eifersüchtig –, wenn andere Männer es tun.«

»Eifersüchtig? Auf dich?« Kit warf lachend den Kopf zurück.

»Das geht mich nichts an.« Marco zuckte die Schultern. »Mir steht kein Urteil zu. Wir sind einer so schlecht wie der andere. Wenn die Frauen wüssten, was wir Männer insgeheim denken, dann würden sie wohl nie mehr mit uns reden.« Er zeigte auf einen eselsohrigen Glamourshot, der mit einem rostigen Reißnagel an den abblätternden Fensterrahmen der Umkleide gepinnt war. »Wir sind Wölfe an den Feuerstellen unserer Frauen.«

»Wölfe? Viel schlimmer.« Kit ließ Marco nicht aus den Augen. »Hast du gekämpft? Im Krieg?«

»Natürlich.«

»Sprichst du jemals darüber?«

»Nein. Die einzigen Männer, die die Trommeln rühren und vom Krieg reden, sind diejenigen, die ihn nicht durchlebt haben. Männer, die nicht gesehen haben, wie blutig, traurig und sinnlos der Krieg ist.« In dem Schweigen, das sich über sie legte, bot er Kit die Hand. »Ich werde die Hochzeit nicht verderben. Es wird keinen Skandal geben, keine Szenen, darauf hast du mein Wort.«

»Halte dich fern von ihr!« Kits Haut war bleich, grünlich in dem unterirdischen Licht.

»Man sollte niemals einem Mann drohen, der nichts zu verlieren hat.« Marco ließ Kits Hand los.

»Du hast *alles* zu verlieren. Wie kannst du so etwas sagen? Denk an deine Familie. Denk an Tess.«

»Sprich du mit ihr.« Marco hielt Kits Blick stand. »Es ist Tess' Entscheidung. Sie ist keine Trophäe, über die wir uns streiten können. Sie ist ein eigenständiger Mensch. Und ich bin verliebt in deine Frau.«

»Verliebt?« Kit lachte. »Schmetterlinge im Bauch? Rote Rosen und Romantik? Die Liebe hält nicht.«

»Du irrst dich. Und falls du deine Meinung wegen der Scheidung ändern solltest …«

»Das hat sie dir erzählt?« Kit hob überrascht den Kopf.

»… dann habe ich vor, sie dir wegzunehmen.«

»Den Teufel wirst du tun.« Kit schob die Hand in seine Brusttasche. »Hast du es Claudia gesagt?«

»Nein, und das werde ich auch nicht. Frankie und Bobby sind jung und sehr verliebt. Nichts darf ihnen diesen Tag verderben.«

»Apropos. Für die Hochzeit.« Kit zog eine Rolle Banknoten aus der Brusttasche und warf sie auf den Tisch. »Bobby ist unser einziges Kind. Ich bestehe darauf, dass wir helfen.«

Marco sah, wie Kit zögerte. »Ich brauche dein Geld nicht, Kit.« Er gab ihm die zusammengerollten Geldscheine zurück.

»Aber ich bestehe darauf.«

Marco hob die Hand. »Es muss keiner wissen.«

»Dann übernehme ich das Probeessen. Das ist das Mindeste, was ich tun kann. Wo würde Frankie es sich denn wünschen?«

»Im *Orsini's*«, sagte Marco. »Da ist sie schon als Kind hingegangen.«

»Es ist bestimmt reizend.«

»Du hältst nicht viel von uns, Kit, wie?« Marco starrte ihn an und winkte mit seiner breiten Hand ab. »Es ist egal, was du denkst.« Marco wandte sich zum Fenster und blickte zum Himmel hinauf. Die Tür der Garderobe schlug hinter Kit zu, und Marco atmete aus. Er rollte weiter die Bandagen von seinen Händen ab, das schräg einfallende Licht vom Oberlicht des Kellers beleuchtete den weißen Stoff. Er lockerte die Schnüre seiner Satinshorts, zog sich aus und tappte in einem weißen T-Shirt und Boxershorts zu seinem Spind. Er rieb sich die Rippen, wo Roccos Gerade ihn getroffen hatte. Dann holte er sein Skizzenheft heraus und blätterte es durch, bis er den Entwurf für Tess' Schuhe gefunden hatte. Er konnte sie sich schon genau vorstellen, wie sie geschmeidig und perfekt an ihren Füßen funkelten, wenn sie tanzte. Er erinnerte sich an Kits Worte: *Denk an Tess.* »In letzter Zeit denke ich an kaum etwas anderes als an Tess«, murmelte er.

27

In der Ferne sah er sie, wie sie Sand aus dem Haus auf die ausgebleichten Dielen der Veranda und hinaus in den Wind fegte. Tess' Haus saß in der Senke der Düne wie ein bleiches Ei, und Schatten wölbten sich darüber wie Krummsäbel. Genau so hatte er es sich vorgestellt. Einfach, perfekt, echt. Das Meer glitzerte hinter dem Uferrand aus Seegras, das Licht blendete in seiner Klarheit. Ihre Haare loderten in dem dunklen Eingang, eine Feuerzunge, die erlöst aufflammte. Er dachte an das Feuer in der algerischen Wüste, von dem er gerade gelesen hatte, zweihundert Meter hohe Flammen, die vom Boden hochstiegen, das größte Feuer der Welt. Es war nichts im Vergleich zu ihr, zu der Wirkung, die sie auf ihn ausübte. Sie hatte ihn noch nicht gesehen. Sie schloss die Augen, reckte das Gesicht in die Sonne. Sie war das Schönste, was er je gesehen hatte.

Ihm kam es vor, als wäre er meilenweit durch den Wald gelaufen, um sie zu finden. Seine Schuhe waren taufeucht und mit Sand verkrustet. Er setzte sich hin, um sie auszuziehen, stopfte die Socken hinein und schlug die Hosenaufschläge seines feinen Wollanzugs um. In der Nähe bewegte sich eine abgeworfene Schlangenhaut, die im

Seegras hängen geblieben war, in der Brise, silbrig und zart. Der Sand fühlte sich gut unter seinen Füßen an, als Marco weiterging. Seine Fußabdrücke durchbrachen die blasse, trockene Kruste und hinterließen dunkle Spuren, die zu ihrer Tür führten. Es kam ihm vor wie eine Pilgerreise. Sie war hineingegangen, die offene Tür eine Einladung. Das kohlschwarze Rechteck in den vom Wind gegerbten Holzbalken sah aus wie ein unendliches schwarzes Loch, das ihn in eine andere Welt zog. Tess erschien am oberen Fenster, ein weißes Laken in den Händen, das sich wie ein Segel blähte, eine Kapitulation. Marco ging schneller, er fing an zu rennen und winkte zum Gruß.

Das waren die Momente, an die er sich am Ende erinnern würde, die Momente, als alles begann, die Momente, auf die sein ganzes Leben hingeführt hatte. Der Sand im Bett. Das Salz auf ihren Lippen. Das weiße Laken im Sonnenlicht, die Spiegelung der Federwolken über dem Meer. Ihr Körper. Ihre überraschende, geschmeidige Kraft. Ihre Liebe. Sie.

Er hatte noch in der Stadt eingekauft, und als sie sich zaghaft in dem einfachen Wohnzimmer küssten, knöpfte er sich das Sakko auf. Durch die Tür sah er ein großes weißes Bett, das auf sie wartete. Er stellte das Päckchen, das er dabeihatte, ab und zog zwei Flaschen Rotwein, einen Laib Brot, etwas Salami und Käse aus der Manteltasche wie ein Zauberer. Er liebte ihr Lachen. Er hob mit dem Finger eine einzelne, vollkommene Tomate aus der Brusttasche. Sie war noch warm von seiner Haut, als Tess sie entgegennahm. Und dann noch einen Pfirsich. Sie konnte nicht warten. Sie grub die Zähne in die filzweiche Haut, und als er sie küsste, schmeckte sie nach dem verlorenen Sommer, nach zu Hause. Er trank den Nektar von ihren Lippen, ihrer Zunge. Sie hatte zuvor noch gebadet, so gut es ging, und ihre Haare waren feucht und dufteten nach Lilien. Sie legte ihm die Hände um den Nacken, die korallenroten Fingernägel wie von Pollen strotzende Staubgefäße. Nun bestand kein Grund zur Eile. Die Vorfreude war köstlich.

Die Nacht erstreckte sich einladend vor ihnen, während am dunklen Himmel die Sterne erstrahlten. Mit ihm fühlte sie sich lebendig. Zum ersten Mal lebendig. Sie nahm alles bewusst wahr – die rot glühende Sonne, die ozonfrische Luft auf ihrer Haut, jede Berührung, jede Annäherung, noch näher. Sie betrachtete ihn, wie er an der groben Holztheke lehnte, sein gestärktes weißes Hemd, die scharfe Falte, die zwischen seinen Schultern nach unten lief. Er war bei ihr gestrandet.

Die Sonne segnete sie, vergoldete alles – die einfache Kaffeekanne auf dem Herd, das Messer, die zwei Gläser auf dem Tisch. Ihr fiel jedes Detail auf, nichts sollte ihr entgehen: die Brise, die ihr zwischen den ausgestreckten Fingern hindurchwehte, als sie gemeinsam zum Meer gingen, der Saum ihres alten Kaschmirpullovers, der sie innen am Handgelenk streifte, ihre nackten Füße, die sie auf Sand und Holz erdeten. Sie fühlte sich wie unter Strom, ihre Haare stellten sich auf, sie suchte, sie begehrte. Sie war die Hirschkuh im Wald, die den Hirsch spürte, ganz nahe, auf dem Weg zu ihr.

Die Öllampe flackerte im Wind, als Marco die Tür zuschob, die Flammen züngelten. Die Nacht brach herein, das Licht in ihren Fenstern war das Einzige, was am Ufer leuchtete.

»Ich versuche schon seit Tagen, dir eine Nachricht

zukommen zu lassen.« Er schob die Schuhschachtel auf den Küchentisch. »Ich habe im *Pharmacy* angerufen, um dir etwas ausrichten zu lassen. Ist das angekommen?«

»Ja. Aber sie hat doch gesagt, ich soll mich von dir fernhalten.« Tess schälte Äpfel, das Messer glitt unter die Schale, ihr lief das Wasser im Mund zusammen. Frisch gewaschene Cranberrys schimmerten wie Rubine in einer Schüssel neben ihr.

»Claudia? Und du hast auf sie gehört?« Sie spürte, dass er dicht hinter ihr stand, und sie legte das Messer weg. »Tess.« Ihr Name war ein Hauch, ein Seufzer, seine Lippen an ihrem Ohr. *Tess. Tess.*

Sie wusste, wenn sie sich jetzt umdrehte, wäre alles vorbei.

Sie drehte sich um.

»Was willst du von mir, Marco? Ich lerne gerade, allein zu sein. Ich brauche keine neue Liebesgeschichte, nur damit du gleich wieder gehst.«

»Ich liebe dich.«

»Beweise es mir.«

»Ich will dich nicht.« Seine Lippen schwebten über der Sehne an ihrem Hals. »Ich brauche dich.«

»Ich brauche dich nicht. Ich brauche niemanden. Ich würde sehr gut allein klarkommen.«

»Du bist seit Jahren allein. Du hast dein ganzes Leben darauf gewartet, so etwas zu empfinden.«

»Wir können das nicht«, flüsterte Tess. Der Sonnenuntergang schimmerte auf der Messerklinge, sie stützte sich mit der Hand auf der Theke ab. »Es würde zu viele Herzen brechen.«

»Wir alle sind erwachsene Menschen. Sie kommen darüber hinweg.« Er legte die Hand auf ihren Hüftknochen, schob sie flach über ihren Bauch. »Aus der Ferne sieht jedes Leben glatt aus. Aus der Nähe sind da viele Risse, viele Brüche.«

»Und das wäre auch nur ein Bruch? Ein neuer Kurswechsel?«

»Früher wollte ich boxen, so, wie du tanzen wolltest.« Sanft spürte er mit den Lippen der straff gespannten Sehne seitlich an ihrem Hals nach. »Ich habe für das Boxen gelebt, habe mich geweigert, in das Familienunternehmen einzusteigen. Schuhe? Warum sollte ich Schuhe machen wie mein Vater?« Marco schloss die Augen. »Dann starben meine Brüder, einer nach dem anderen.«

»Im Krieg?« Tess spürte, wie Marco nickte, und griff nach seiner Hand.

»Alle außer Carlo und mir. Wir hatten Glück. Dann ist Carlo mit Claudia nach Amerika, und meine Mutter … sie ist einfach an gebrochenem Herzen gestorben.«

»Sie hatte doch immer noch dich.«

»Ich war nicht genug. Ich war die große Enttäuschung für sie, ein Straßenkämpfer, ein Tunichtgut. Sie haben sich für mich geschämt.«

»Und deshalb machst du seit damals ständig alles wieder gut?«

»Ich schulde meiner Familie alles.«

»Sogar dein Glück?«

»Ich musste das Geschäft erlernen, musste lernen, mich um meinen Vater und um Claudias Familie zu kümmern.«

»Und du? Wer hat sich um dich gekümmert?«

»Es gab einmal jemanden, lange Zeit. Aber sie wollte mehr, sie wollte eine Familie, sie wollte mich ganz. Sie wollte mehr, als ich damals geben konnte.«

»Und jetzt?« Tess lehnte sich ans Spülbecken, spürte den sanften Druck seiner Hüfte an der Taille.

»Jetzt gebe ich dir alles. Alles von mir, alles, was noch übrig ist.«

Es gab kein Warten mehr. Keine Zeit. Er nahm sie auf die Arme und trug sie zum Bett. Der Wind fuhr durch das kleine Häuschen, Sandkörner flüsterten über das Holz, raunten Geheimnisse in die Nacht. Es war kalt, und sie fröstelten, als die Luft ihre Haut fand.

»Bist du sicher?«, fragte er.

»Ja, ja.« Sein Körper erregte sie. Sie hatte immer gehofft, dass es sich genau so anfühlte. Seine Wärme, seine breite Brust, seine Kraft. Sie strich über die harte Kante seines Schlüsselbeins, die Mulde seines Brustbeins. Sie half ihm, aus dem weißen Hemd zu schlüpfen, und zerrte an ihrem Pullover, sehnte sich danach, bei ihm zu sein, Haut an Haut. Sogar die dünne Seide ihres Hemdchens war noch zu viel, und sie zog es sich über den Kopf, als würde sie sich häuten. Sie wurde wiedergeboren. Er drückte die Lippen auf ihre Schulter, ihre Brust.

»Wie schön du bist«, murmelte er ehrfürchtig, als er auf sie hinunterblickte. Sie lag auf dem Bett, die Haare im Lampenschein ein goldenes Feuer, das auf dem weißen Kissen brannte. Der Sturm rüttelte an dem Haus, war eifersüchtig auf ihre Wärme. Tess vergrub sich im Bett, zog ihm die Decken über die Schultern, schützte sie beide.

»Hier kann uns nichts etwas anhaben«, flüsterte sie ihm zu. »Niemand kann uns finden.«

»Wir sind wie zwei Tiere in einem Bau, in einer Höhle.« Er schloss die Augen, als sie mit der Hand über sein Rückgrat, seine Hüfte fuhr. »Siehst du? Spürst du, wie sehr ich dich begehre?«

»Ich will nicht warten.« Sie vergrub das Gesicht an seinem Hals. »Willst du mich?«

»Ja«, sagte er. »Ja.«

»Mach sie auf«, forderte Marco Tess auf und reichte ihr die Schachtel. Tess legte sie auf den groben Kiefernholztisch neben dem Bett, schob den schwarzen Deckel zur Seite und lehnte ihn gegen ein neues Exemplar von *Catch-22*. Sie schlug das weiße Seidenpapier zurück, darunter kam scharlachrote Seide zum Vorschein.

»Ach, Marco!« Sie hob die Fingerspitzen an den Mund. »Ich kann das doch nicht …«

»O doch.« Er nahm ihre Hand und half ihr auf, sodass sie sich auf die Bettkante setzen konnte. Ihre rostroten Haare fielen ihr über die nackten Schultern. Er schob die schlichten schwarzen Ballerinas neben den Nachttisch und wischte ihr den Sand vom Spann. Dann hob er ihren rechten Fuß in den ersten Schuh.

»Sie sind einfach zu schön«, sagte sie. »Hast du sie für mich gemacht?«

Marco schüttelte den Kopf. »Der Entwurf stammt von mir, aber es war wenig Zeit – die Jungs in der Werkstatt haben sie für dich gemacht.« Als er ihr die Hand hinhielt, um ihr beim Aufstehen zu helfen, bemerkte sie den Tremor in seinen Fingern.

»Alles in Ordnung?«

»Mit mir? Ja, alles gut.« Er küsste sie sanft. »Das bist du, du warst großartig, wunderbar. Du hast mich erschöpft. Wenn ich mich ein bisschen ausruhe, bin ich wieder fit.« Tess spürte, wie sie errötete. Sie blickte auf ihre bleichen Beine und die roten Schuhe hinab. Sie dachte an Weintrauben, die in der Wärme der Sonne am Rebstock hingen, ihre Haut vibrierte von seiner Berührung, von ihm. Sie hielt sich den Mund zu, unterdrücktes Lachen sprudelte fröhlich und frei in ihr hoch.

»Es tut mir leid«, sagte sie. »Es ist nur … Gott, ich hatte keine Ahnung, dass ich so etwas empfinden könnte. Die Gefühle, die du in mir hervorgerufen hast, das ist …« Ihre Blicke trafen sich, und er grinste und zuckte die Schultern.

»Hey, ich hab es also noch drauf. Aber vielleicht muss ich es etwas ruhiger angehen.« Marco drehte die Hand um und spreizte die Finger. »Vielleicht waren es doch zu viele Kämpfe.« Er sah zu ihr hoch.

»Du«, sagte sie und berührte sein Gesicht. »Mein Gott, ich bin vierzig! Vierzig! Ich habe mein ganzes Leben darauf gewartet, das zu empfinden.« *Das,* dachte sie. *Das ist Glück.*

»Das Rot passt, hoffe ich? Zu deinem Kleid? Ich dachte daran, was du über den Schal gesagt hattest. Was für ein Gefühl dir die rote Seide vermittelt.«

»Ja, ja, es ist perfekt.« Sie schlang die Arme um ihn. »Danke!« Sie unterdrückte ein Lachen. »Kit wird entsetzt sein. Ich finde sie himmlisch, aber ich kann sie nicht tragen. Was werden die Leute sagen?«

»Unsinn.« Marco kniete sich wieder hin und schob ihr den anderen Schuh auf den Fuß. Mit der Hand glitt er ihre Knöchel hinauf, über die Waden, dann erhob er sich, bis er auf Augenhöhe mit ihr war. Er drückte sich an sie, die Hände auf ihren Schenkeln, ihren Hüften und zog sie noch näher zu sich heran.

»Trage sie«, murmelte er und küsste sie auf den Hals.

»Wovor hast du Angst? Vor deiner eigenen Stärke? Trage sie. Erkenne sie an. Erkenne deine Stärke an.« Er berührte die Mulde unter ihrem Kinn, spürte der Neigung ihres Halses bis zum Schlüsselbein nach. Sie erschauerte. »Wenn ich dich berühre, spüre ich alles, was du versteckt hast. Deine ganze Leidenschaft. Dein ganzes Verlangen. Ich spüre, wie es wartet, sich in dir zu befreien.« Tess klammerte sich an der Bettkante fest, ihre Fingerknöchel waren weiß. »Ich muss mit dir zusammen sein. Mir ist völlig egal, wer das weiß.«

»Wir müssen das geheim halten, Marco. Ich bin immer noch verheiratet.« Sie zeigte auf ihr neues Buch auf dem Nachttisch. »Es ist eine unmögliche Situation. Es ist egal, wie …«

»Du verschwendest dich an diesen Mann.«

»Ist es denn anders, wenn ich geschieden bin?«

»Nein, warum?«

»Scheidungen bedeuten doch ein Stigma.«

»Unsinn.«

»Und vielleicht gefällt dir die Vorstellung, ohne Bedingungen, ohne Erwartungen mit mir zusammen zu sein. Wenn ich frei bin …«

»Ich will mit dir zusammen sein, so einfach ist das.« Marco zog sie zu sich, Hüfte an Hüfte. »Wenn du frei bist und mit mir zusammen sein kannst, ist das besser. Wenn nicht, nehme ich dich ihm weg.« Tess atmete schneller, als Marco einzeln über die perlenartigen Wirbel ihres Rückgrats fuhr. Sie schloss die Augen, während sich seine warme Hand über ihren Körper bewegte, ließ den Kopf zurücksinken, spürte den Sog des bleichen Lakens an der Haut. »Hat er dir je dieses Gefühl gegeben?« Marco legte den Kopf auf ihre Schulter und wartete auf ihre Antwort.

»Ich dränge dich nicht, Tess, aber worauf wartest du? Ich habe dir doch gesagt, es hat noch nie etwas gebracht, weniger darzustellen, als man wirklich ist. Ich will mit dir zusammen sein, immer. Sei alles, wofür du bestimmt warst.«

»Ich habe Angst, Marco.« Sie fuhr mit den Fingern in seine dicken Haare, ertastete seine Schädelknochen, während er ihren Bauch küsste. Sie spürte die Spannung in ihm.

»Wovor musst du denn Angst haben?«

»Vor dir. Ich habe diese ganzen Jahre über auf dich gewartet. Jetzt bist du da, und ich habe das Gefühl, ich hätte dich aus meinen Träumen heraufbeschworen. Ich habe Angst, du könntest verschwunden sein, wenn ich aufwache.«

»Ich bin kein Traum.« Marco legte sich neben sie. »Ich bin hier. Wirklich.« Sie drehte den Kopf, die grellen Flammen des Feuers verschwammen, und sie schloss die Augen, als er sie berührte. »Und jetzt schlafe ich mit dir bis zum Morgengrauen.«

»Das ist zu perfekt, zu viel Glück …«

»Vertrau dir selbst. Vertrau mir.«

»Was wir tun, ist falsch. Wir werden den Menschen wehtun, die wir am meisten lieben.«

»Wie kann etwas, das sich so anfühlt, falsch sein? Du und ich …« Marco hielt inne und schlang die Arme um sie. »Wir haben immer das Richtige gemacht. Wir haben uns um sie alle gekümmert. Und trotzdem sind wir beide einsam. Ich habe dir damals in der Werkstatt gesagt, wir sind zwei einsame Herzen, die sich gefunden haben. Was kann daran verkehrt sein?«

»Ich habe dich beneidet.« Tess ließ den Kopf an seine

Brust sinken, ruhte aus, lauschte seinem Herzschlag. »Das wollte ich immer haben, eine große Familie, die ganze Liebe und den ganzen Lärm. Eines Tages letzten Sommer, kurz nachdem Bobby Frankie kennengelernt hatte, kam er nach Hause. Ich habe zufällig mit angehört, wie er zu Kit sagte: ›Ich liebe ihre Familie. Du solltest sie mal sehen, ein ganzer Tisch voller Leute, die reden und lachen. So eine Familie will ich für mich und Frankie.‹« Tess schloss die Augen und drehte sich zu Marco. »Etwas in mir ist gestorben. Weißt du, ich habe mir das immer gewünscht, und stattdessen hatte ich dieses Leben voller … voller Stille.«

»Ich schenke dir Kinder«, sagte er und strich ihr über die Haare. »Wenn es das ist, was du willst, machen wir die schönsten …«

»Ich glaube, das kann ich nicht.« Ihr stockte die Stimme.

»Tess?« Er richtete sich ein wenig auf und brachte sie dazu, ihn anzusehen. »Was ist los? Erzähl mir, was dir so wehtut.«

»Sie haben mir gesagt, dass ich wahrscheinlich keine Kinder mehr bekommen kann.« Sie lächelte, die Lippen fest zusammengepresst. »Bei Bobbys Geburt bin ich fast gestorben. Ich dachte …« Sie drückte sich den Handballen auf das Auge, um ihre Tränen zurückzuhalten. »Ich dachte – ach, es ist egal.«

Er küsste sie auf die Stirn. »Du warst doch selbst noch ein Kind.« Marco stand auf und half ihr auf die Beine. Sie war nackt, bis auf die roten Schuhe neben dem hell lodernden Feuer, hinter dem Fenster das Meer. »Du erinnerst mich an Botticelli«, sagte er, »an die Venus.« Er reichte ihr ihren Pullover. »Komm, machen wir einen Spaziergang, dabei kannst du mir alles erzählen. Wir haben alle Zeit der Welt.«

Sie zog sich neben dem Kamin an, zögerte und schob dann ihren Ehering an seinen üblichen Platz an ihrem Finger. Sie legte die roten Schuhe sorgsam in die Schachtel und schlüpfte in alte weiße Turnschuhe. »Meine Perlen?«, fragte sie und suchte sie unter den Kleidern, die sie auf den Boden geworfen hatten.

»Hier, ich habe sie für dich gewärmt.« Er drehte sie zum Spiegel, zog die Perlenkette aus der Gesäßtasche, legte sie ihr um den Hals. Ihr fiel ein Tremor in seinen Händen auf, seine konzentriert gerunzelte Stirn, als er den goldenen Verschluss einrasten ließ. »Wenn wir zusammen sind, mache ich das immer für dich.« Marco hielt sie fest. »Jetzt kochen wir uns eine Thermoskanne Kaffee und sehen uns den Sonnenaufgang am Strand an. Und wenn du bereit bist, kannst du mir alles erzählen. Erzähl mir die Wahrheit, Tess.«

28

Kit verlangsamte sein Tempo, drehte sich um und wartete darauf, dass Bobby ihn einholte. Im Central Park waren eine Menge Wochenendspaziergänger unterwegs, Kinder spielten, Drachen jagten über die vom Wind gepeitschten Bäume. *Glückliche Familien,* dachte Kit und lehnte sich gegen die Statue von Alice im Wunderland, um Atem zu schöpfen. Bobby kam zwischen den Spaziergängern hindurch auf ihn zugerannt.

»Mein Gott, Dad, was ist denn in dich gefahren?« Bobby schnappte nach Luft, stützte sich auf die Knie und hustete. »Du bist ja abgegangen wie eine Rakete. Ich dachte, wir laufen die Strecke um das Reservoir?«

»Ich habe es mir anders überlegt. Ich mochte diese Statue, seit ich denken kann. Es war mein Lieblingsbuch, als ich klein war. Ich habe immer gehofft, ich könnte in einen Kaninchenbau fallen.« Kit legte den Kopf schief. »Siehst du die Patina? Die vielen kleinen Hände, die sich beim Klettern daran festgehalten haben. Sie fühlt sich geliebt, meinst du nicht? Ein schönes Denkmal für eine geliebte Frau.«

»Denkmal?« Bobby wischte sich mit dem Ärmel den Schweiß von der Stirn.

»Delacorte hat es vor ein paar Jahren seiner Frau gewidmet.«

»Würdest du so etwas für Mom tun?«

»Worüber hatten wir gerade gesprochen?« Kit wechselte das Thema. Er dehnte die Oberschenkelmuskeln. »Den Rembrandt. Hast du gehört, dass das Met über zwei Millionen Dollar dafür gezahlt hat? Das teuerste Gemälde der Welt …«

»Wo ist sie, Dad?« Bobby verschränkte die Arme. »Wo ist Mom?«

»Ach, sie brauchte eine kleine Auszeit vor der Hochzeit. Sie ist nach Provincetown gefahren, um die Hütte winterfest zu machen.« Kit strich sich über die Haare, als sie auf den See zugingen. »Das ist eine sehr emotionale Zeit für sie. Der einzige Sohn heiratet. Das leere Nest fühlt sich … na ja, leer an.«

»Aber, Dad, Marco ist ebenfalls verschwunden.«

»Ach ja?« Kit trat zur Seite, um eine junge Frau mit einem großen Kinderwagen vorbeizulassen. »Es kommt mir vor wie gestern, als wir dich in einem Kinderwagen herumgeschoben haben.«

»Du hast mich nie in einem Kinderwagen herumgeschoben, Dad. Ich wurde während des Krieges geboren. Du warst bei meiner Geburt in Hongkong.«

»Du weißt schon, was ich meine.«

»Sprich mit mir, Dad. Was ist los?« Bobby ging weiter.

»Was für ein schönes Gebäude!« Kit blickte über die Schulter zum Loeb Boathouse. »Ich habe immer gesagt, ich würde mit deiner Mutter rudern gehen. Das habe ich nie gemacht. Vielleicht liegt darin das Problem …«

»Dad?«

»Er macht solche Sachen bestimmt.« Kit bekam dunkelrote Flecken auf den Wangen. »Schmetterlinge im Bauch.«

»Moment, willst du damit sagen, dass Mom und Marco?« Bobby bekam große Augen. Er stürmte voraus zum See, machte auf dem Absatz kehrt und kam wieder auf Kit zu. »Wie lange geht das schon? Herrgott, sie haben sich doch erst vor ein paar Wochen kennengelernt.«

»Eine stürmische Romanze.«

»Das ist … Gott, das ist widerlich!« Bobby griff ins Leere. »Was willst du unternehmen?«

»Die Sache ist die, ich habe sie um die Scheidung gebeten, bevor sie … sie …«

»Trotzdem ist sie immer noch deine Ehefrau. Meine Güte, was für ein Chaos! Das wird alles verderben. Was, zum Teufel, wird Frankie sagen?«

»Muss sie es erfahren?« Sie gingen weiter, und Kit blickte über das Wasser. »Ich glaube, es wäre am besten, diskret ein Auge zuzudrücken, was die … die Krise deiner Mutter betrifft. Es besteht kein Grund, Frankie zu beunruhigen, und Claudia übrigens auch nicht.« Kit verzog das Gesicht. »Diese Frau ist auf dem Kriegspfad. Keine schöne Vorstellung.«

»Wie kannst du dabei so ruhig sein? Ist dir das egal?«

»Egal? Natürlich nicht. Es ist demütigend. Ich fühle mich …« Kit hielt inne und fragte sich, was er empfand. Eifersucht? Nein, nicht ganz. Er dachte daran, wie er als kleiner Junge eine wunderschöne Muschel vom Strand aufgehoben hatte. Sie war so schön, dass es für ihn unvorstellbar war, sie vom Strand wegzunehmen. Er legte sie wieder an die Stelle zurück, an der er sie gefunden hatte, ein Geheimnis, zu dem er später zurückkehren konnte. Ein anderes Kind entdeckte sie und nahm sie aufgeregt plappernd an sich. Kit war erbost. Er schnappte sich die Muschel von dem Kind und stieß es um. »Neulich abends, da hat er mich geschlagen«, murmelte er.

»Was? Wer hat dich geschlagen?«

»Ach, nichts.« Kit biss ein Stückchen lose Haut seitlich vom Daumennagel an und rieb die Stelle glatt. »Deine Mutter ist nun mal eigenständig. Das habe ich immer an ihr bewundert. Sie hat einen unabhängigen Geist.«

»Das ist genau das, was mich an Frankie angezogen hat. Ich glaube, sie hat mich an Ma erinnert.«

»Wenn sich deine Mutter entschieden hat, eine Affäre mit diesem … diesem Schuster anzufangen, dann darf ich nicht eifersüchtig sein oder versuchen, sie daran zu hindern, weil ich mich zuvor schon von ihr getrennt habe.« Kit hatte das Gefühl, seine Eingeweide würden ausgewrungen wie ein nasser Lumpen. »Ich will, dass sie glücklich ist.«

»Aber sie war doch glücklich mit dir. Ihr wart beide glücklich.« Bobby nahm einen Kieselstein und ließ ihn über den See springen.

»Nein, Bobby, sie war mit mir nicht glücklich.« Kit sah kurz zu seinem Sohn hin und fragte sich, wie viel er ihm erzählen sollte. Er hatte all diese Geheimnisse satt, diese vielen Lügen. »Weißt du, wir hatten nie eine vollständige Beziehung als Mann und Frau, und das ist ihr gegenüber nicht fair …«

Bobby wandte sich überrascht Kit zu. »Soll das heißen, ihr habt nie …?« Kit musterte ihn vorsichtig, wartete, bis Bobby begriff. »Aber ihr habt doch mich bekommen.« Bobbys Stimme zitterte. »Oder? Ihr habt doch mich bekommen.« Kopfschüttelnd wich er vor Kit zurück. »Diese Hure …«

Kit versetzte ihm eine Ohrfeige.

»Was war denn das? Warum hast du das gemacht?« Bob presste die Hand auf die Wange.

»Mein Gott, Bobby, es tut mir leid.« Kit traten Tränen in die Augen. »Es tut mir leid.« Er nahm seinen Sohn in die Arme. »Ich habe dich nie geschlagen. In den ganzen Jahren habe ich gelobt, ein besserer Vater zu sein, es besser zu machen als er.«

»Du bist nicht mein Vater?« Bobby kniff die Augen zusammen.

»Es tut mir leid.« Kit hielt ihn fest umarmt. »Du bist mein Sohn. Ich habe dich als meinen Sohn großgezogen.«

»Wer war es dann? Mit wem ist meine Mutter ins Bett gestiegen?«

»Hör auf, Bobby.« Kit nahm Bobbys Gesicht zwischen beide Hände. »Du darfst nicht so über sie sprechen, ist das klar? Es ist nicht meine Geschichte, aber Tess hat alles aufgeben, um dich zu bekommen. Sie hat alles für uns aufgegeben.«

»Ich kann es nicht fassen, dass sie eine Affäre hatte und du sie trotzdem geheiratet hast.«

»Sie war schön und klug, und ich habe sie geliebt. Wir waren Freunde, Bob, und ich dachte, wir könnten uns gegenseitig aus der Klemme helfen.« Kit lächelte, als er sich zurückerinnerte. »An dem Tag, an dem die Verlobung verkündet wurde, bin ich abends zu ihr gegangen, um sie und ihre Eltern zum Essen auszuführen. Sie spielte gerade Tennis und schlug Bälle gegen die rückseitige Mauer des Gartens. Mit dem Aufprall der Bälle probierte sie ihren neuen Namen aus. Elizabeth Blythe, Elizabeth Blythe …«

»Für sie war diese ganze verdammte Geschichte die ganze Zeit nur ein Spiel, ein Schwindel …«

»Du hast keine Ahnung, wovon du da redest, Bobby. Sie war eigentlich noch ein Kind.«

»Wie viele andere Männer hat sie noch gevögelt?«

Kit packte Bobby am Kragen. »Sprich nie, niemals wieder so von deiner Mutter.«

»Lass mich los!« Bobby schob seinen Vater weg.

»Du musst das geheim halten, um Frankies willen«, rief Kit ihm nach. »Sobald er wieder nach Italien fährt, wird sich alles in Wohlgefallen auflösen. Du wirst schon sehen. Ich werde immer da sein, für euch beide und für deine Mutter. Bitte erzähle Tess nicht, dass ich es dir gesagt habe. Mach nicht alles kaputt, Bobby.«

29

Du hast geträumt«, sagte Marco und drehte sich zu Tess, als sie sich in dem zerwühlten weißen Bett regte. Sie hatten sich noch einmal geliebt, nachdem sie am Strand spazieren gewesen waren, und danach eine Weile zufrieden gedöst. Er stand auf und schloss die Ofentür. Rötliche Flammen beleuchteten das Glas. Looty rührte sich verschlafen in ihrem Körbchen neben dem Kamin, seufzte genüsslich und schloss erneut die Augen. Marco ließ die graue Wolldecke, in die er sich gehüllt hatte, fallen und ging nackt zu Tess. Der pfirsichfarbene Sonnenaufgang drang durch die vorhanglosen Fenster und malte seine Gliedmaßen an. Er legte die Decke quer über die Matratze und schlüpfte wieder neben sie ins Bett.

»Deine Füße sind eiskalt«, sagte sie verschlafen. »Wie lange bist du schon wach?«

»Schon eine Weile.«

»Gibt es etwas, worüber wir reden müssen?« Tess stützte sich auf den Ellbogen.

»Weißt du, was Claudia neulich zu mir gesagt hat?« Marco starrte zur Decke hoch, die Hände hinter dem Kopf. »Dein Problem ist, dass du dich nie jemandem öffnen willst. Du lässt es nie zu, dass jemand dir hilft.«

»Stimmt das?«

»Vielleicht.« Er sah sie an. »Egal.« Marco streckte einladend den Arm aus, und sie kuschelte sich eng an ihn. »Erzähl mir, wovon du geträumt hast.«

»Nein«, erwiderte Tess scharf, »lieber nicht.«

»Du hattest einen Albtraum«, sagte Marco sanft. »Ich war mir nicht sicher, ob ich dich wecken soll.« Er strich ihr über die Haare. »Du hast immer wieder ›Nein, nein, nein‹ gerufen …« Tess vergrub den Kopf in seiner warmen Armbeuge.

»Ach, ich habe viele Albträume.«

»Was ist denn los, Tess?«

»Ich habe schon lange nicht mehr daran gedacht.« *Das ist eine Lüge,* dachte sie. *Ich habe die letzten zwanzig Jahre jeden einzelnen Tag daran gedacht. Jeden verdammten Tag.* Tess atmete tief ein. Sie fühlte sich sicher bei Marco. Sie wollte nicht, dass es Geheimnisse zwischen ihnen gab. »Vor langer Zeit ist mir etwas zugestoßen.«

»Erzähl.« Marco rückte noch näher heran, wartete, dass sie fortfuhr.

»Ich war siebzehn. Eigentlich noch ein Kind. Kit und ich gingen schon seit einer Weile miteinander. Alle meinten, er würde mir an Neujahr einen Antrag machen. Ich war wahrscheinlich ein bisschen in Hochstimmung und glücklich.« Sie dachte einen Augenblick nach. »Ich fühlte mich leicht, so leicht, wie ich mich seither nie mehr wieder gefühlt habe.« Tess runzelte die Stirn und ärgerte sich über die Tränen, die ihr in die Augen stiegen. »Es war ein wunderschöner Abend.« Sie räusperte sich. »Meine Eltern hatten 1938 zu einer Weihnachtsfeier eingeladen. Kit war verreist, er hielt sich im Landesinneren auf, um mit seinen Freunden irgendeinen Berg zu zeichnen.« Tess überlegte. »Meine Mutter forderte mich auf zu tanzen. Damals wollte ich wahnsinnig gerne Balletttänzerin werden. Das war mein Leben. Ich verbrachte jede freie Stunde damit, im Studio zu üben. Wenn ich tanzte, fühlte ich mich unbeschwert und elegant, ich war nicht mehr das verlegene, schikanierte Kind. *Steh gerade,* hatte meine Mutter immer gesagt. *Die Schultern zurück … mit deinen Riesenfüßen gehst du nach deinem Vater.* Sie wollte, dass ich tanze. Ich wünschte mir so sehr, dass sie stolz auf mich war. Ich hatte niemals das Gefühl, gut genug zu sein.«

»Aber warum?«

»Vor meiner Geburt brachte sie einen Sohn auf die Welt. Er wurde tot geboren.«

»Das tut mir leid. Es muss schwer für euch alle gewesen sein.«

»Sie hat natürlich nie darüber gesprochen, aber er war immer da. Immer perfekt.« Tess fuhr mit den Fingerspitzen langsam die warme, behaarte Linie zu seinem Nabel hinunter. »Er war nicht nur perfekt, er war außerdem tot, deshalb konnte er nichts falsch machen. Ich hingegen …« Sie sprach den Satz nicht zu Ende. »Alles, was ich getan habe, alles, was ich war, es war nie genug.« Tess verstummte. »Manchmal frage ich mich, was passiert wäre, wenn sie mich nicht aufgefordert hätte zu tanzen. Ich hörte, wie sie zu ihren Freundinnen sagte: ›O ja, Tess hat eine vielversprechende Karriere als Balletttänzerin vor sich, aber Kit und die Familie kommen natürlich an erster Stelle.‹« Sie machte eine Pause. »Sie hatten eine Band da, und sie bat den Pianisten, den *sterbenden Schwan* zu spielen.« Tess lachte leise. »Der verdammte *sterbende Schwan.*« Marco küsste sie auf den Kopf, hielt sie in den Armen. »Ich war … ich fühlte mich durch die Aufmerksamkeit geschmeichelt und zog ein weißes Seidenkleid an.« Tess stellte sich vor, wie die Wände des Häuschens wegbrachen. Sie stand wieder dort, in dem Garten in Hongkong, wo die Lampions in der Dunkelheit leuchteten. »Ich weiß noch, wie glücklich Mutter aussah, nachdem ich getanzt und alle Beifall geklatscht hatten. Es war der Abend, an dem ich aufhörte, darauf zu warten, dass alles schiefgeht. Paradox, nicht wahr?« Tess wischte sich über die Augen. »Clive kam von der Bar aus direkt auf mich zu und sagte: ›Komm, tanz mit mir, Tess. Bring es mir bei.‹ Er war unglaublich charmant, ein hervorragender Tänzer. Ich weiß noch, dass er mir ein Glas Fruchtpunsch nach dem anderen reichte. Ich hatte keine Ahnung, wie stark der war. Ich erinnere mich, dass ich damals dachte: *Ich sollte ins Bett gehen, ich bin müde.* Aber dann sagte er meinen Namen. Mittlerweile hatte er mich noch einmal zum Tanz aufgefordert, und wir drehten und drehten uns auf der Tanzfläche, die Musik war verzerrt, die Lichter und Laternen wirbelten, mir drehte sich der Kopf, alles drehte sich …« Sie sprach nicht zu Ende. »Ich muss wohl in Ohnmacht gefallen sein. Ich weiß nicht mehr, wie wir von der Tanzfläche aus in den Garten kamen. Das Haus stand am Peak, die Gärten waren wunderschön. Es gab viele Verstecke. Es war dunkel und diesig. Ich weiß noch, dass ich fror, erinnere mich an den erdigen Geschmack im Mund. Er küsste mich.« Sie spürte, wie Marco ganz ruhig wurde. »Danach hat er gesagt: ›Was hast du denn erwartet, wenn du dich vor allen zur Schau stellst, mit fast nichts am Leib. Es gibt keinen Mann auf der Feier, der nicht wollte, was ich gerade getan habe.‹«

»Dich zur Schau gestellt?« Marco atmete durch die Zähne aus. *»Bastardo.«*

»›Warum weinst du denn?‹, hat er gesagt. ›Meine Güte, sag bloß nicht, du warst noch Jungfrau?‹ Er lachte mir ins Gesicht und zündete sich eine Zigarette an. ›Na los, mach dich zurecht.‹« Tess biss sich auf die Lippe. »Ich sagte: ›Wie … wie konntest du nur? Warum hast du mich ausgewählt?‹ Er hat mich angesehen wie eine Idiotin. ›Weil du diejenige warst, die heute Abend jeder Mann wollte‹, erwiderte er. ›Du warst die Schönste. Du warst der Preis.‹

›Der Preis?‹, fragte ich.

›Du musst es niemandem erzählen‹, sagte er.

›Ich hasse dich.‹

›Du hasst mich? Du solltest mir danken. Nimm es als Abschiedsgeschenk‹, erklärte er. ›Wenn du Kit Blythe heiratest, solltest du mir weiß Gott danken.‹

›Ich verstehe nicht …‹, sagte ich.

›Ich erzähle es keiner Seele. Deine Ehre ist sicher bei mir. Braves Mädchen.‹« Tess fing an zu zittern. »Bevor er ging, sagte er: ›Hier noch ein Tipp. Um deines zukünftigen Mannes willen, es gehört zum guten Ton, wenigstens so zu tun, als würde man es genießen.‹ *Braves Mädchen.*« Eine einzelne heiße Träne fiel auf Marcos Brust.

»Es hat ihm nichts bedeutet«, sagte Tess. »Ich weiß, wie er Kit beneidete, wegen seiner Beliebtheit, seiner Stellung. Allem. Du musst wissen, Kit ist nur noch ein Schatten des Mannes, der er vor dem Krieg war. Als ich ihn kennenlernte …« Tess verstummte. »Er war golden. Das ist das einzig richtige Wort für ihn. Er war wie eine goldene Adonisfigur. Alle Frauen waren unglaublich in ihn verschossen. Er war mutig und lustig und liebenswürdig.« Sie schwieg. »Kit ist wirklich ein Rätsel. Ich kann ihn mir nicht als Kind vorstellen. Es gibt keine Fotos von ihm vor 1934.«

»Du liebst ihn immer noch.«

»Natürlich.« Tess blickte zu Marco auf. »Aber nicht so. Nicht wie dich. So habe ich mich mit Kit nie gefühlt.« Sie nahm Marcos Gesicht zwischen die Hände und küsste ihn. Jetzt war nichts mehr zwischen ihnen, kein Geheimnis in ihrem Herzen, das sie zerfraß. »Kit und ich hätten Freunde bleiben sollen, das ist alles«, sagte sie. Tess strich sich die Haare aus dem Gesicht. »Wie gesagt, ich glaube, es ging eigentlich gar nicht um mich, das ist das Furchtbare daran. Clive war eifersüchtig – er wollte Kit einfach nur etwas wegnehmen.« Als sie ausatmete, hatte sie das Gefühl, ein enges Band um ihre Brust würde sich lockern. »Manchmal habe ich mich gefragt, ob er jemals darüber nachgedacht hat, was er mir angetan hat. Ich habe seinen Namen in der Zeitung gesehen, bei den Namen der Gefallenen, und ich war froh – ist das nicht furchtbar? Ich dachte: *Gott, wenigstens kann er das nicht noch einem Mädchen antun.*« Tess starrte ins Leere. »Ich frage mich, wie viele andere es noch gab. Es ist kaum ein Tag in meinem Leben vergangen, an dem ich nicht bereut hätte, mit ihm getanzt zu haben.«

»Das war nicht deine Schuld.«

»Niemand hat mich gezwungen, mit ihm zu tanzen oder so viel zu trinken. Dafür übernehme ich die Verantwortung, dafür, dass ich nicht fähig war …«

»Er war ein Vergewaltiger. Es ist völlig egal, ob du betrunken warst oder nicht. Du warst handlungsunfähig, und er hat dich vergewaltigt.« Marco schwieg. »Bobby? Er sieht Kit so gar nicht ähnlich.«

Tess nickte. »Er weiß es nicht«, flüsterte sie. »Er darf es nie erfahren. Es würde ihn kaputt machen.« Sie legte sich auf die Kissen zurück. »Wenn ich ihn betrachte und seinen ungezwungenen Charme sehe, erkenne ich manchmal seinen Vater in ihm. Ich liebe ihn so sehr, aber in diesen Momenten dreht sich mir der Magen um.«

»Tess.« Marco rollte herum und sah sie an. Er strich ihr mit der Rückseite der Finger über die Wange. »Es tut mir leid, was du alles durchmachen musstest.«

»Meine Mutter hat mich gefunden.« Sie blickte zur Decke. »Sie hat mich weinend im Trockenraum gefunden.«

»Im Trockenraum?«

»Jedes Haus auf dem Peak hatte einen. Es war immer alles so feucht und dunstig. Dort bewahrten alle ihre Tisch- und Bettwäsche und die Papiere auf. Ich bin dorthin, um mich sauber zu machen. Ich ... ich hatte Blut auf den Schuhen.«

»Ach, Tess.« Marco umarmte sie fester.

»Zuerst habe ich mich geweigert, ihr zu sagen, wer das war. Ich wollte keine Szene. Schließlich war Clives Familie mit meinen Eltern befreundet. Mutter hat die Graves vergöttert.« Tess schob die Hand hinter den Kopf. »Aber er war nicht einmal eine besondere Persönlichkeit. Ich hätte nie ... Er war wie eine Kulisse auf Partys: Ah, da ist er ja, der gute alte Clive, ein bisschen Flegel, ›not safe in taxis‹, hieß es. Aber zu mir war er immer freundlich. Vielleicht machen solche Männer das so. Er war ein Freund. Und dann, dann ...« Mit tränenerstickter Stimme sprach sie weiter. »Er hat mir den Seelenfrieden geraubt. Ganz egal, wie glücklich ich war, ganz egal, wie viele glückliche Momente ich in meinem Leben erlebt habe, das hat seither alles gebrandmarkt. Ein Teil von mir blieb für immer beschädigt, und ich möchte mehr als alles andere wieder heil werden.« Tess rieb sich die Augen. »Mutter konnte nie glauben, dass der großartige Clive Graves das getan haben sollte. Ich heulte, aber statt mich zu trösten, hat sie mich an den Schultern gepackt und geschüttelt, mir Ohrfeigen versetzt. Sie war … sie war so wütend.« Tess überlegte einen Moment. »Nein, sie hatte Angst. Sie hatte Angst, dass alles zerbricht, die Hochzeit, ihre glitzernden, fragilen Pläne.« Tess schloss die Augen und fuhr sich mit der Hand über die Wange. »Sie hat mir gesagt, ich soll mich daran gewöhnen. So etwas würde Frauen passieren, die nicht aufpassen.« Tess atmete tief ein und langsam wieder aus. »Wie kann man so etwas Schreckliches zu seiner Tochter sagen. Das habe ich ihr nie verziehen. Wie kann man so leben – immer auf der Hut, immer voller Angst. Warum, zum Teufel, sollten wir uns daran gewöhnen?« Tess runzelte die Stirn. »Warum sollten wir davor Angst haben, durch eine dunkle Straße zu laufen, oder immer den Schlüsselbund in der Hand haben, wenn wir in der Stadt ausgehen, nur für alle Fälle?« Tess stellte sich vor, wie sie allein durch eine Straße ging, hoch erhobenen Hauptes, herausfordernd. Sie stellte sich Flammen vor, Fackeln, Lichter in der Dunkelheit. Sie stellte sich einen Strom brennender Frauen vor, einen Fluss aus Licht. *Zum Teufel mit den Männern, die uns das Gefühl geben, weniger wert zu sein, den Frauen, die uns einreden wollen, wir seien schuld daran. Zum Teufel mit ihnen! Zündet die Lichter an.* »Sie hat mir gesagt, ich darf nie darüber sprechen«, fuhr Tess fort. »Und das habe ich auch nie getan, bis heute. Sie meinte, Kit dürfe es nie erfahren.«

»Aber du hast ihm erzählt, was passiert ist? Dass du gezwungen wurdest?«

Tess nickte. »Letztendlich ja.«

»Was hat er gemacht?«

»So, wie ich Kit kenne, hat er wahrscheinlich den Weg des geringsten Widerstands genommen, hat Clive gesagt, er soll sich zum Teufel scheren, und ihm dann die Hand geschüttelt.« Tess presste die Lippen zusammen. »Ich habe gesehen, wie sie bei unserer Hochzeit miteinander geredet haben. Clive hat offensichtlich versucht, Kit zu provozieren. Ich befürchtete, Kit würde ihn schlagen, aber er ist einfach weggegangen.«

»Ich hätte den Mistkerl umgebracht.«

»Was hätte das denn geholfen? Gewalt auf Vergewaltigung?« Tess seufzte. »Ich habe mir trotzdem Vorwürfe gemacht. Ich war zu naiv, zu vertrauensvoll.« *Viel zu sehr.*

»Es war doch nicht deine Schuld …«

»Heute weiß ich das natürlich. Damals nicht. Ich dachte, es wäre alles mein Fehler. Ich glaube, ich stand unter Schock. Mutter hat mich ins Haus geschmuggelt, in mein Zimmer. Sie hat mir ein Glas Brandy gebracht, mir ein Bad eingelassen und mich ins Bett geschickt. Irgendwie glaube ich, sie hat es genossen – dass sie recht gehabt hatte, dass ich es wieder einmal vermasselt hatte und nur sie den Laden am Laufen halten konnte. Ich hörte, wie unten weitergefeiert wurde, hörte den Countdown für Mitternacht. Ich habe damals beschlossen, nie wieder für jemanden zu tanzen. Und das habe ich auch nicht, bis ich für dich getanzt habe.« Marco berührte ihre Haare mit den Lippen. »Ich wünschte nur, ich wäre unversehrt, Marco. Ich wünschte, ich wäre nicht beschädigt …«

»Wir alle halten uns für kaputt und beschädigt, das ist unser Geheimnis. Wir alle sind Verwundete.« Sein Blick wurde weich. Tess fragte sich, was er durchgemacht hatte, welche Geheimnisse er in sich trug. Sie hoffte, er würde es ihr mit der Zeit erzählen. »Lass los.«

»Das ist nicht so einfach.«

»Doch. Es ist deine Entscheidung. In dir ist nichts zerbrochen. Dieser Mann ist doch tot. Nur deine Erinnerung hält diesen Schmerz lebendig. Er kann dir nicht mehr wehtun. Also lass alles los, entscheide dich für die Freiheit. Das ist ein neuer Tag, ein neues Leben.«

»Aus deinem Mund klingt das ganz einfach.«

»Weiß Kit es? Das mit Bobby, meine ich. Dass er nicht von ihm ist?« Marco strich ihr die Haare aus dem Gesicht. »Ist es das? Verfolgt es dich deswegen so? Musstest du ihm sagen, dass sein Sohn nicht von ihm ist?«

Tess erinnerte sich, wie sie in der Hollywood Road zufällig auf Kit gestoßen war. *Es war der Tag, an dem er mir den Antrag machte.* Er hatte ihr in einem Café in einer schmutzigen Seitenstraße eine Teeblume bestellt. Im Inneren war es düster, es roch nach Räucherwerk, und das Licht fiel schräg durch die Holzlamellen. Draußen brummte die Stadt, aber sie waren die einzigen Menschen an der Bar. Bei ihm fühlte sie sich sicher. Kit zeigte ihr, wie die fest zusammengenähte Blätterkugel in der gläsernen Teekanne aufblühte wie durch Zauberei. *»Heirate mich«*, sagte er. *»Das ist das Naheliegendste. Wir sind Freunde, die Liebe kommt später.«*

»O ja, Kit weiß es«, sagte Tess schließlich zu Marco. »Bobby könnte nämlich unmöglich von ihm sein.«

30

Kit lehnte seinen pochenden Kopf gegen die kalte Stahlwand des Aufzugs. Eine Ray Ban Wayfarer schützte seine Augen vor dem erbarmungslosen Neonlicht des Bürogebäudes. Er hatte sich sein Gehirn immer als Netz unterirdischer Höhlen vorgestellt, einige davon voller funkelnder Diamanten, Rubine, Smaragde, andere gesäumt von purem Gold. Manche waren unergründliche, mit pechschwarzer Verzweiflung angefüllte Sackgassen. Heute stellte er sich eine Armee kleiner Männchen vor, die hartnäckig seine empfindliche rechte Schläfe mit Spitzhacken bearbeiteten.

In seinem Stockwerk stieg er aus und schritt durch das gemeinsame offene Foyer. Es war modern, klare Linien mit Holztäfelung und einem hellgrünen Teppichboden sowie einer abgehängten Decke mit quadratischen, beleuchteten Paneelen. Den einzigen Schmuck bildeten ein paar Bananen- und Zimmerpalmen in Stahltöpfen. Kit nickte zwei Männern in dunklen Anzügen zu, die sich mit einer Sekretärin, die ein rosafarbenes Kleid und weiße Handschuhe trug, vor dem Aufzug unterhielten. Er kannte sie von einem der anderen Büros auf dem Stockwerk, hatte aber noch nie mit ihnen gesprochen. Wenn

er … er hat dir Gewalt angetan. Ich habe es befürchtet.« Er zündete sich eine Zigarette an. »Du kannst aber auch flatterhaft sein. Hast du ihn an der Nase herumgeführt?«

»Nein!« Tess setzte sich im Bett aufrecht hin, die rote Samtdecke sammelte sich um sie. »Wie kannst du das auch nur denken?« Sie griff nach Kits Hand, aber er wich ihrem Blick aus. »O Gott, das ist ein schrecklicher Fehler.« Tess vergrub das Gesicht in den Händen. »Du liebst mich nicht. Ich kann nicht zulassen, dass du dein Leben für mich wegwirfst, für uns …«

»Uns? Du meinst, dich und mich?« Als Kit sie ansah, wurde es ihm klar. »Du bist schwanger, nicht wahr? Ist es von ihm?«

»Von wem denn sonst?«, rief Tess verzweifelt. »Ich bin mir nicht sicher. An dem Tag, als ich dich in der Hollywood Road zufällig getroffen habe, hatte ich Kräuter gekauft, für alle Fälle. Ich konnte den Sud aber nicht trinken. Allein von dem Geruch wurde mir schlecht.« Bei der Erinnerung verzog Tess das Gesicht. »Es war grauenhaft«, fuhr sie fort. »Dort in der Kirche zu stehen und dir die Treue zu schwören, in dem Wissen, dass er in der Kirche sitzt und zusieht.«

»Jetzt verstehe ich das.« Kit ging auf und ab. Die Lichter des Hafens funkelten hinter ihm in der Dunkelheit wie Glühwürmchen. »Bei der Feier ist deine Mutter ständig um ihn herumscharwenzelt. Sie war die ganze Zeit bei ihm, deshalb konnte er natürlich nichts sagen.«

»Du musst mich hassen.«

»Ich bete dich an.« Er setzte sich auf den Bettrand, beugte sich vor und griff nach ihrer Hand. »Schatz, das ist doch perfekt. Ich brauche einen Erben, du brauchst die Sicherheit einer Ehe für dich und das Baby.«

»Die Sicherheit?«, fragte Tess. *Was ist mit Freude, Leidenschaft und Liebe?*

»Du darfst dich nicht von diesem Augenblick definieren lassen. Du darfst nicht zulassen, dass dich die Traurigkeit umfängt, hörst du? Sonst wachst du in fünf, zehn, zwanzig Jahren auf und begreifst, dass du die besten Jahre deines Lebens vergeudet hast. Lass dir das nicht auch noch von Clive nehmen.«

»Du hast natürlich recht.« Sie versuchte, ihre Tränen zu unterdrücken.

»Reg dich nicht auf.« Er reichte ihr ein sauberes Taschentuch aus seiner Brusttasche. Es roch nach Zitronenverbene. »Es ist nicht gut für dich oder das Baby.« Kit drückte ihre Hand. »Ich will mich um euch beide kümmern. Lass mich dich wieder glücklich machen.«

»Aber du liebst mich nicht.« Sie blickte flehentlich zu ihm auf. »Ich wollte alles, Kit, Innigkeit, Leidenschaft, Hingabe.«

»Zufriedenheit wird unterbewertet, meine Liebe«, sagte er und brachte sie damit zum Lachen.

In seiner Erinnerung nahm das flackernde Bild des Hotelzimmers die strenge Schönheit einer Mönchszelle an. Er legte den Hörer ans andere Ohr, fischte eine Zigarette aus dem silbernen Kistchen auf seinem Schreibtisch und klopfte sie auf den Deckel. »Von diesem Moment an habe ich sie nie mehr berührt.« Er entzündete das Feuerzeug und hörte zu. »Warum?« Kit lehnte sich zurück und blies eine blaue Rauchwolke zur Decke hoch. »Tess muss es tief im Herzen wissen.« Er nahm eine Postkarte mit einer Gondel aus der Schreibtischschublade. »Wie war Venedig? Vielleicht fahren wir nächstes Jahr zusammen hin.«

31

Die Woche ohne Marco war eine Woche der Buße. Tess dachte an ihn, sobald sie die Augen aufschlug. Nachts träumte sie von ihm. Als er am Freitag bei Sonnenuntergang endlich das Strandhaus betrat, war er früher als erwartet gekommen. Sie war noch nicht angezogen. Ihre Haare waren nass, die Haut frisch von der Sonne und der Seeluft, rosa von dem heißen Wasser, und sie roch nach edler Seife. Sie blickte überrascht vom Herd auf und ließ das Gingham-Tuch fallen. Ohne ein Wort ging sie auf ihn zu und umarmte ihn. Sie sogen einander auf wie trockener Boden den Regen.

»Na, das ist ja ein Empfang«, sagte er und hob sie auf die Theke, ihre Beine um seine Hüfte geschlungen.

»Gott, ich habe mich die ganze Woche nach dir gesehnt!«

»Siehst du? Jetzt lebst du.«

Sie trugen das Essen, das sie gekocht hatte, zum Strand hinunter, wo er ein Feuer anzündete. In Decken gehüllt, fütterten sie sich gegenseitig – Muscheln, warmes Brot, Wein.

»Das ist Leben.« Er lehnte sich gegen ein Stück Treibholz, das die Zeit silbrig gefärbt hatte.

»Im Winter ist es anders. Es wird kälter.«

»Das kann uns doch egal sein. Wir haben uns, ein Feuer, ein Bett. Was brauchen wir mehr?« Er drückte sie enger an sich und brummte an ihren Hals, bis sie lachte. »Wir machen einen Winterschlaf wie die Bären und sehen zu, wie der Schnee auf die Veranda fällt.« Tess blinzelte, sie hatte ein Sandkorn im Auge. Marco sagte, sie solle ihm vertrauen, leckte den Sand mit der Zungenspitze weg und schmeckte ihre Tränen, während ihr Augenlid schmetterlingsleicht flatterte.

Als sie spät an diesem Abend, nachdem sie ein Glas Wein mit Paul und Anton getrunken hatten, nach Hause gingen, sahen sie zwei weiße Pferde auf einer dunklen Wiese, die einander gegenüber bis zu den Flanken im Gras standen, vollkommen still, zufrieden. *So fühle ich mich, wenn ich mit dir zusammen bin*, dachte sie. *Endlich habe ich das Gefühl, atmen zu können.*

Am nächsten Tag fuhren sie mit einem Boot zum Race Point hinaus und kuschelten sich in der Kälte zusammen. Tess wollte jeden Moment genießen, wollte sich an jedes Detail erinnern, für den Fall, dass alles so schnell aufhörte, wie es begonnen hatte. Für den Fall, dass ihr nur noch Erinnerungen blieben. Sie stellte sich vor, wie Sand durch ein Stundenglas rieselte.

Ein paar Meilen vom Ufer entfernt, wo eine Schule Delfine neben dem Boot herschwamm und hochsprang, entdeckten sie sie. Marco richtete sich auf. »Da sind sie – siehst du sie? Siehst du?« Die Buckelwale durchbrachen das Wasser. Ihre Haut war von Seepocken bedeckt, ihre grauen Bäuche waren vernarbt und fleckig. Die Wale rochen nach Öl, nach dem Meer. »Sie sind wunderschön!«, rief er und hielt Tess fest.

»Es ist doch wirklich traurig, dass die Wale sich so weit ins Meer zurückziehen mussten«, sagte sie. »Früher gab es hier viele Wale, sie wurden vom Ufer aus mit Harpunen gejagt.«

»Wirklich?«

»Angeblich.«

»Kein Wunder, dass sie weg sind.« Marco drückte Tess enger an sich und wärmte sie, und sie schmiegte sich an ihn. Sie lehnten sich an den Bug des Schiffs und sahen zu, wie die Sonne niedrig über den Horizont sank. »Das hier«, sagte er leise. »Wenn ich irgendwann an diesen Moment zurückdenke, dann wird es mit deiner Saudade sein. *Era già l'ora che volge il disio ai navicanti e 'ntenerisce il core lo di c'han detto ai dolci amici addio …*«

»Was heißt das?«

»Das ist von Dante.« Marco senkte den Kopf, die Lippen nahe an ihrem Ohr. »Gekommen war die Stunde, die die Sehnsucht/Der Schiffer weckt, die weicher macht die Herzen/Am Tag, wo sie von lieben Freunden schieden …« Er hielt inne und dachte nach. »Und Liebeswunden schlägt dem Pilgerneuling, hört er von ferne Glockentöne hallen.« Tess spürte, wie er ausatmete, wie sich seine Brust hob, den Wellengang. »Das … das ist Saudade.«

»Vermisst du deine Heimat?«

Er schloss sie fester in die Arme. Seine Wangen waren kalt, seine Lippen warm, Salzwasser spritzte ihnen ins Gesicht wie eine Segnung. »Du bist mein Land. Wo immer du bist, ist meine Heimat.«

»Du fährst weg, oder? Du fährst morgen.«

»Das musst du auch. In ein paar Tagen ist die Hochzeit. Frankie und Bobby brauchen uns.«

»Und Claudia und Kit und sie alle.« Tess schloss die Augen.

»Kit ist ein guter Mann. Es ist ein großes Herz nötig, um das Kind eines anderen Mannes wie sein eigenes aufzuziehen.«

»Es war uns beiden dienlich.« Tess blickte zu den Walen hinaus. »Wir schwebten beide im Ungewissen, waren beide ratlos.« Sie lachte leise. »Familienschulden, wie sich herausstellte. Vielleicht liegt es bei ihm in der Familie, Geheimnisse zu haben.«

»Eure Eltern – wie ist es ihnen ergangen?«

»Ich glaube, Kits Eltern leben noch. Sie haben sich irgendwo in den Home Counties zur Ruhe gesetzt. Meine …« Tess atmete tief ein. »Hatte ich dir das nicht schon erzählt? Ich war ein Einzelkind. Meine Mutter und ich sind zu meinem Vater gezogen, als er nach Hongkong versetzt wurde. Wir sind mit der *Canton Belle* gefahren …« Bei der Erinnerung lächelte sie verträumt. »Ich weiß noch, wie Aphra uns zum Abschied gewunken hat. Das war ein großes Abenteuer. Diese schönen grün-silbernen Wagen, die uns über Paris, Berlin und Moskau in unser neues Leben brachten.«

»Deine Eltern sind in Hongkong geblieben wie Kit?«

Tess nickte. »Sie sind dann auch dort gestorben«, sagte sie. »Gott, das ist unerträglich! Die Vorstellung, dass du so bald schon weggehst, ist unerträglich. Manchmal habe ich das Gefühl, als hätte mich jeder Mensch, den ich je geliebt habe, verlassen. Würde dieser Augenblick doch nur für immer andauern. Wie wird es weitergehen? Ich mag mir gar nicht vorstellen, nicht mit dir zusammen zu sein.«

»Wir haben diesen Augenblick.« Er drehte sie zu sich

und küsste sie. »Ich liebe dich, Tess. Ich will dir alles geben. Ich würde dir die Sterne vom Himmel holen.«

»Marco …«

»Aber egal, was passiert, die heutige Nacht werden wir für immer behalten.«

»Für immer.«

32

Hmmm, ah – Claudia, Männer schreiben Frauen schon für weniger als diese Puttanesca-Soße Sonette.« Vittorio beugte sich über seinen Teller und aß die Spaghetti. »Hurenpasta«, sagte er lachend. »So hat sie meine Frau immer genannt.« Er trank einen Schluck Wein und blickte zu Claudia hinüber, die an seinem Spülbecken stand. Sie hatte die Abtropffläche schon zur Hälfte sauber gewischt und sah aus dem Fenster. »Also, für diese Soße würde ich glatt noch einmal heiraten. Weniger Sex als früher, aber viele Spaghetti. Was meinst du dazu, Claudia? Kannst du widerstehen?« Er erwartete, dass sie lachte. »Claudia?«

»Entschuldige!« Sie kam wieder in die Gegenwart zurück und wischte die Spüle fertig ab.

»Was ist denn los? Warum ist eine schöne junge Frau wie du so traurig?«

»Jung?« Claudia lachte, nahm seinen Teller und wusch ihn ab.

»Hey, komm schon. Hör auf zu arbeiten.« Er klopfte auf den Stuhl neben sich. »Komm und erzähl einem alten Mann von deinen Sorgen. Ich werde ja wohl kaum herumlaufen und es in die Welt hinausposaunen.« Er zeigte auf seine Beine. Claudia zögerte. »Komm schon. Du hast

ein sauberes T-Shirt weiß von seiner olivfarbenen Haut ab.

»Hast du wieder rund um die Uhr gearbeitet?«

»Ja, Pa, es war eine ziemlich lange Nacht.« Er lächelte Claudia schüchtern an. »Die Kinder sind bei den Großeltern.«

»Johnny ist auch Witwer.« Vittorio sah Claudia mit hochgezogener Augenbraue an.

»Pa!« Johnny lachte.

»Ich sag ja nur.« Der alte Mann zuckte die Schultern und zeigte auf die Schüssel mit den Nudeln. »Versuch mal ihre Puttanesca-Soße. Danach hast du den Mumm, sie zu fragen, ob sie sich mit dir verabreden würde.«

Frankie und ihre jüngsten Brüder lagen im Wohnzimmer auf dem Boden. Der Applaus von Dick Clarks American Band erklang im schimmernden Licht des Fernsehers. Frankie hatte die Knöchel übereinandergeschlagen und wippte mit den Füßen im Takt zu *Chubby Checker.* Sie füllte kleine Tüllbeutel mit gebrannten Mandeln und band sie mit Satinschleifen zu, als Andenken für die Hochzeitsgäste.

»Hey, Ma!« Frankie sprang auf und nahm ihr das Tablett ab. »Wie geht es Vittorio heute?«

»Er versucht, mich mit seinem Sohn zu verkuppeln.« Claudia richtete sich die Haare. Hielt ihr Herz das aus? Einen neuen Mann. Ihr gutes Herz, ihr gebrochenes Herz. Was, wenn sie wieder verletzt würde? »Sprich mit ihm«, hatte eine Freundin neulich zu ihr gesagt, als sie ihr ihre Gefühle für Marco anvertraut hatte. »Erzähl Marco, was du empfindest. Was hast du denn zu verlieren?«

»Schlichtweg alles. Ich kann das nicht«, hatte Claudia

gesagt. »Wenn ich das mache, ist es heraus. Es wird alles zerstören. Ich kann es nicht. Wie soll man die Dinge denn danach wieder kitten?«

Als Claudia sich umwandte, sah sie Marco allein am Esstisch sitzen. Jede freie Fläche im Raum war bedeckt mit Tüten mit gebrannten Mandeln, aufgetürmten Hochzeitsgeschenken, Bestellungen. Claudias Nähkorb war ein Füllhorn, aus dem Spitze und Perlen auf den Tisch quollen. Eine Nadel steckte im Saum eines Brautjungfernkleids und wartete darauf, dass sie weiternähte. Acht gestärkte Hemden hingen am Treppengeländer, und Frankies Hochzeitskleid verbarg sich in einer an der Bilderschiene hängenden Plastiktüte, bereit, nach oben getragen zu werden. Claudia bedeutete Marco, ihr in die Küche zu folgen. Sie wartete schweigend, bis er die Tür hinter ihnen geschlossen hatte.

»Du bist also zu uns zurückgekommen«, sagte sie. »Wo ist sie? Noch an der Küste?«

»Warum hast du das gemacht?«, fragte er, ohne sie anzusehen. »Warum hast du die Schuhe zerschnitten?«

»Was glaubst du wohl?« Claudia stakste durch die Küche und wischte immer wieder die bereits saubere Arbeitsfläche unter dem Fenster ab.

»Ich wusste das nicht«, erwiderte er ruhig.

»Ich habe es dir nie gesagt.«

»Ich hatte keine Ahnung, was du für mich empfindest.«

»Weil ich es dir nicht sagen konnte.« Claudia bemühte sich, leise zu sprechen, damit die anderen nichts mitbekamen. »Ich habe nie etwas von dir erwartet. Ich habe dir nie etwas bedeutet.«

»Das stimmt nicht.«

»Aber nicht so. Du hast mich nie geliebt.« Claudia ging

hin und her und wrang den Lappen in den Händen. »Sie hat wahrscheinlich angerufen, oder? Um dir zu sagen, dass ich bei ihr war?«

»Nein.« Marco rieb sich die Hände. »Ich bin zu ihr.«

»Warum? Ein Anruf hat wohl nicht gereicht?«

»In Cape Cod hat sie kein Telefon …«

»Richtig Bohemien. Das gefällt dir wohl alles sehr …«

»Die Ruhe und der Frieden gefallen mir sehr.« Marco rieb sich mit dem Handballen über die Stirn.

»Wieso besuchst du sie? Um sie zu vögeln?« Claudia nahm einen angeschlagenen weißen Teller vom Tisch und zielte damit nach ihm. Marco wich aus, ohne die Füße zu bewegen.

»Hör auf, Claudia«, sagte er.

»Aufhören soll ich? Aufhören?«, rief sie und warf die Tischsets zu Boden. Einer der Jungs öffnete die Küchentür einen Spaltbreit, aber Marco bedeutete ihm, zu gehen.

»Ich habe noch ein Paar gemacht.« Er nahm sein Jackett von der Garderobe.

»Dann zerschneide ich die auch, wenn ich sie in die Finger bekomme.«

»Zu spät. Ich habe sie ihr schon gebracht.« Claudias Schultern sanken herab, als sie sich auf das Spülbecken stützte. »Tu das nicht.« Marco sah sie an. »Du hast mich gebeten, ihr Schuhe zu machen, das habe ich getan. Und ich mache ein Paar nach dem anderen, wenn es sein muss.«

»Was hat sie denn, was so besonders ist? Was hat sie, dass du das Glück deiner Nichte zerstören würdest?«

»Sie braucht mich.«

»Wir brauchen dich«, rief Claudia und presste die Hände auf die Brust. »Ich brauche dich. Deine Neffen und deine Nichte brauchen dich.«

»Du brauchst mich nicht. Du brauchst mich schon seit Jahren nicht mehr …« Frustriert schlug er mit der Faust auf den Tisch. »Sie will mich, sie will mich richtig. Es ist … ach, Gott …«

»Was? Leidenschaft? Liebe?« Claudia beugte sich zu ihm. »Für wen hältst du dich eigentlich, Marco? Für irgendeinen Teufelskerl aus der Renaissance? Liebhaber, Boxer, Künstler? Ist es das? Hast du vergessen, wie es war, bevor ich Carlo geheiratet habe, wie die Nacht in Flammen stand?«

»Das war ein Fehler«, sagte er ruhig. »Es war eine Nacht …«

»Du warst der erste Mann, der mich berührt hat. Hast du vergessen, wie sehr wir uns nach einander verzehrt haben?« Sie kam ihm so nahe, dass er ihren Atem am Hals spürte. »Ich habe dich in mich aufgenommen wie kaltes Wasser an einem Sommertag.«

»Claudia, nicht. Wir waren Kinder …«

»Was uns damals alles gefallen hat!« Sie zwang ihn, sie anzusehen. »Früher, da wusste ich alles über dich. Wenn ich morgen sterben würde, würdest du erst nachträglich erfahren, was ich geliebt habe, was mich glücklich gemacht hat. Du hast dir nie die Mühe gemacht, es herauszufinden. Eine Nacht. Nur eine von den vielen anderen Nächten, wie? Ich war dir nie wichtig …«

»Ich war hier, oder? Ich bin geblieben, habe mich um dich gekümmert, als Carlo starb. Ist das nicht genug?«

»Ich habe dich *geliebt*«, rief sie, die geballte Faust auf das Herz gedrückt. »Wir hätten alles haben können, Marco. Wir hätten alles haben können.«

Rocco schob die Tür auf. »Was ist los, Ma? Warum weinst du?«

»Alles in Ordnung, Kleiner. Es ist nur die Hochzeit. Die Vorbereitungen – das setzt mir alles zu.« Claudia lächelte ihn beruhigend an. »Nun geh schon. Lass mich mit deinem Onkel zu Ende reden.« Sie wartete, bis die Tür wieder geschlossen war. »Du verstehst es nicht, oder? Ich will nichts mehr mit dir zu tun haben, wenn du mit ihr zusammen bist. Wir wollen dich nicht, wir wollen dein Geld nicht.«

»Claudia, tu das nicht …«

»Du verlierst das alles – das alles hier, alles, was dein Herz erfüllt und was dein Leben ausgemacht hat. Das verlierst du alles.« Claudia schwieg, ihre Brust hob und senkte sich. »Wir wollen uns jetzt einfach um dich kümmern.«

»Kümmern? Ich will nicht, dass sich jemand um mich kümmert. Ich will leben. Ich will mich lebendig fühlen, wirklich lebendig. Ich will lieben.«

»Mit ihr ist das wohl was anderes? Es geht nicht nur um Sex, nicht wie bei mir …«

»Wenn du mich vor Jahren vielleicht, nur vielleicht, in deine Nähe gelassen hättest, statt mit Carlo loszuziehen, sobald er mit den Fingern geschnippt hat, dann wäre alles anders gewesen.« Marco runzelte die Stirn. »Er hat sich immer genommen, was ich wollte, auch dich.«

»Tu nicht so, als wäre das meine Schuld, Marco«, rief Claudia. »Mit Carlo war es nicht einfach, das kann ich dir sagen. Von Verhütung hat er nichts gehalten. O nein, er mochte es auf die altmodische Art. Wie viele Schwangerschaften noch? Wie viele Fehlgeburten …« Sie atmete scharf ein, um den Schmerz, den sie empfand, zu unterdrücken. »Die vielen Babys, Marco, die vielen Babys, die ich verloren habe.«

»Claudia …« Mit ausgebreiteten Armen trat er auf sie zu. Sie schob ihn weg, schlang sich die Arme um den Bauch und klagte leise.

»Du liebst sie also, ja? Tu uns das nicht an, Marco, tu das nicht.« Sie glitt an der Küchenwand zu Boden.

»Ich konnte das nicht aufhalten.«

»Aber warum? Haben wir dich nicht genügend geliebt? Waren wir undankbar? Liegt es daran?«

»Nein«, sagte er sanft und kniete sich neben sie. »Nichts davon.«

»Was denn dann?« Sie sah ihn mit geröteten Augen an. »Du weißt, was ich für dich empfinde.«

»Claudia, das hätte … das hätte nie funktioniert. Du warst die Frau meines Bruders, und das wirst du immer sein. Du hast dich für ihn entschieden, und das war es.« Marco nahm ihre Hand. »Wir sind die Vergangenheit, Claudia. Frankie liebt Bobby. Ich verspreche dir, nichts wird diese Hochzeit verderben.«

»Ich war doch noch ein Kind …« Claudia lehnte den Kopf zurück an die Wand. »Ich dachte, ich heirate aus Liebe, und jetzt sieh dir an, wie gut das geklappt hat.«

»Carlo war ein Idiot.«

»Er konnte nicht anders.« Claudia schob sich hoch und wandte sich zum Spülbecken. Sie drehte das Wasser auf und spülte die Weingläser nacheinander aus. »Diese vielen Frauen. Sicher, er ist immer zu mir nach Hause gekommen, aber wenn man aus Liebe heiratet, dann bricht diese Untreue einem das Herz.« Sie schüttelte das Wasser vom letzten Glas ab. »Meine Ehe – Carlo, das war mehr als nur er und ich. Es war das alles hier.« Sie zeigte auf den leeren Esstisch. »Es war die Familie. Du warst es.«

»Und deshalb habe ich euch während all der Jahre

unterstützt. Ich weiß, was du mit Carlo durchgemacht hast.« Seine Hand zitterte, als er nach dem ersten Glas griff. Es fiel zu Boden und zerbrach. »Verdammt!«

»Lass es. Ich mache das.« Claudia bückte sich und sammelte die Scherben ein. »Warum bin ich … warum ist dir das alles nicht gut genug?« Sie schüttelte den Kopf. »Ich brauche dich nicht, Marco. Wenn du gehen willst, dann geh. Schlaf, mit wem du willst. Fahr von mir aus heim nach Italien, davon hast du ja immer gesprochen. Frankie heiratet bald, sie hat ihr eigenes Leben vor sich. Die Jungs und ich kommen gut ohne dich klar.«

»Genau«, sagte er. »Verstehst du nicht? Ihr braucht mich nicht.«

»Sie aber schon?« Claudia hob den Deckel des Mülleimers und warf die Glasscherben hinein.

»Ja. Sie hat mir nicht das Gefühl gegeben, ein großes Kind zu sein, ein abgewrackter Typ, aus dem früher einmal etwas hätte werden können, der etwas hätte darstellen können.« Müde rieb er sich das Gesicht und betrachtete seine zitternden Hände. »Sie braucht mich.«

»Wir brauchen dich.« Claudia stieß ihn gegen den Arm.

»Gerade hast du gesagt, ihr braucht mich nicht.«

Sie schob ihn entnervt weg. Vom Gang her waren Schritte zu hören, die Haustür fiel ins Schloss. Frankie rief einem ihrer Brüder einen Gruß zu.

»Sag nichts«, warnte Claudia Marco und strich sich die Schürze glatt. Sie schnappte sich einen Besen und fegte den letzten Rest des Glases auf dem Terrakottaboden zusammen. »Geh. Bleib. Es ist mir egal. Ich werde nicht den Rest meines Lebens mit dem Gefühl verbringen, ich wäre nicht gut genug für dich.« Sie blickte zu ihm auf. »Geht es dir schlechter?«

»Ja. Heute war kein so guter Tag.«

»Hast du es ihr schon gesagt?«

»Nein. Ich warte auf den richtigen Zeitpunkt.«

»Wie auch immer du dich entscheidest, es darf erst nach der Hochzeit passieren. Abgemacht?«

Rocco steckte den Kopf durch die Küchentür. »Ma, da ist jemand an der Tür.«

Claudia nahm die Schürze ab und fuhr sich durch die Haare. »Hallo?«, sagte sie, als sie die Tür öffnete. »Johnny?«

»Es tut mir leid, wenn ich Sie störe, Mrs Affini.« Er hielt einen kleinen Strauß hellgelber Rosen in der Hand. »Ich wollte mich nur bedanken, weil Sie sich immer so nett um meinen Vater kümmern.«

»Ach, das ist doch nicht der Rede wert. Ich mag den Kerl«, sagte Claudia, nahm die Blumen und legte die Finger in den Nacken.

»Ich weiß das sehr zu schätzen, dass Sie ein Auge auf ihn haben. Er kann durchaus …«

»Schwierig sein?« Sie lachten beide.

»Sagen Sie, ich dachte … vielleicht, ich meine, sagen Sie ruhig Nein …« Claudia neigte den Kopf und gab ihm etwas Zeit, den Satz über die Lippen zu bringen. »Vielleicht würden Sie gerne mal spazieren gehen oder eine Tasse Kaffee mit mir trinken?«

»Sehr gerne.« Claudia warf einen Blick über die Schulter auf ihr Zuhause, ihre Familie. »Im Moment herrscht ein ziemliches Durcheinander, aber nach der Hochzeit?«

»Gut.« Er trat zurück in den dunklen Gang und lächelte, als hätte sie ihm gerade das Blaue vom Himmel versprochen.

33

Die Stadt kam Tess hart vor, mit scharfen Kanten aus Stahl und Glas. Sie hatte sich an das Flüstern von Sand, Meer und Wolken gewöhnt. Das Zuhause, in dem sie so viele Jahre gelebt hatte, wirkte auf sie wie die Wohnung einer Fremden. Sie hatte sich bereits weiterbewegt.

Bessie war unterwegs zu einem Vorstellungsgespräch, und Tess hatte sich versichert, dass Kit in der Arbeit war. Sie hatte das Apartment für sich. Der Schlüssel drehte sich laut im Türschloss, das Geräusch hallte in der Diele wider. Sie folgte dem Tapsen von Lootys Krallen auf dem Parkett.

»Looty.« Sie nahm den Hund auf den Arm. »Lass uns hier weggehen.« Die Pekinesenhündin drehte sich erfreut im Kreis, als Tess sie absetzte. »Die Hütte ist fertig, und dann ziehen wir eine Weile zu Paul und Anton ins Haus.« Der Hund folgte Tess, die von Zimmer zu Zimmer ging. Das Apartment war wie gewöhnlich tadellos gepflegt.

Tess war mit Bobby zu einem frühen Abendessen am anderen Ende der Stadt verabredet, aber sie hatte noch ein bisschen Zeit. Sie sah die Platten durch, wählte ein Album von Nina Simone und legte es auf den Plattenspieler am Fenster. Tess blickte hinaus über die Stadt, verabschiedete sich, während die Lichter in der Abenddämmerung nach und nach angingen. Sie schlüpfte aus ihren Schuhen, tanzte in Strümpfen durch den Raum und sang *My Baby Just Cares for Me,* während der Hund um sie herumhüpfte. Im Wohnzimmer öffnete sie den alten, rot lackierten Hochzeitsschrank und bereitete sich einen Martini zu. Als sie die Zitronenschale einrollte, sprühten ihr feine Tröpfchen des Safts auf die Haut, und ihr lief das Wasser im Mund zusammen.

In ihrem Ankleidezimmer stand ihre alte Zedernholztruhe bereit. Sie war leer, genau, wie sie es erbeten hatte. Bereit für die nächste Reise. Sie war froh, dass Kit ihr das leicht machte. *Ich kann das,* dachte sie, während sie ihre Kleider durchsah: *behalten, Bessie, Secondhandladen … Es ist ganz einfach,* dachte sie, als in ihrem Schrank nur noch leere Kleiderbügel hingen, die klapperten wie Orakelstäbchen in einem Behälter.

Als Nächstes die Schuhe. Fotoalben. Gemälde? Sie zögerte. *Kit hat sie alle ausgesucht. Er kann sie verkaufen oder behalten, mir ist das egal.* Looty blickte vom Bett auf, als Tess durch die Wohnung ging, um die Platte umzudrehen. Die Musik schwoll an. Tess drehte sich langsam im Kreis und ging wie eine Maus, die nach einem goldenen Korn sucht, in Gedanken den Inhalt von Küchenschränken und Schubladen durch, den Schlick einer langen Ehe.

Ich brauche gar nichts davon, wurde ihr klar. Sie dachte an einen Heißluftballon, den sie einmal in Connecticut auf einem Feld gesehen hatte. Sie hatte das Auto angehalten, um zu beobachten, wie er aufstieg und sich die Seile spannten. Genau so fühlte sie sich, als würde sie immer weiter in die Höhe steigen.

Doch dann entdeckte sie die gerahmten Fotografien auf dem Konsolentisch, und ihr stockte unwillkürlich der Atem. *Bobby,* dachte sie und nahm ein Babyfoto von ihm zur Hand. *Unsere Hochzeit.* Was machte man mit gerahmten Hochzeitsfotos, wenn man sich scheiden ließ? Warf man sie weg, tat man so, als wäre es nie geschehen? Benutzte man den Rahmen für etwas anderes, obwohl jedes Mal, wenn man es ansah, der Geist des alten Fotos hinter dem Glas durchschien? Tess' Atem bebte, und ihr Blick trübte sich, als sie sich in ihrem Zuhause umsah. Plötzlich wollte sie alles wiederhaben. Sie wollte, dass alles genau so blieb, wie es war.

Reiß dich zusammen, dachte sie. Sie packte die Fotos weg, nahm das Telefon auf ihrem Frisiertisch ab und wählte die Nummer der Werkstatt. »Hallo«, sagte sie, »könnte ich mit Marco Affini sprechen? Danke!« Sie wartete, stellte sich den Ledersessel, die Werkbank vor. Sie erinnerte sich daran, wie er sie das erste Mal berührt hatte.

»Hallo?«, sagte Marco.

»Ich bin es.«

»Tess – ich habe gerade an dich gedacht. Alles in Ordnung?«

»Ich packe gerade. Nachher treffe ich mich mit Bobby.« Tess wickelte sich das Kabel um den Finger. »Ich musste deine Stimme hören.«

»Du hörst dich traurig an.«

»Das wird schon wieder. Es ist nicht einfach. Es ist …« Sie sah sich im Zimmer um. »Ein ganzes Leben. Du weißt schon.«

»Hast du jemals Khalil Gibran gelesen?«

»Nein.« Tess legte den Kopf schräg und wischte sich

verlaufene Wimperntusche unter einem von Tränen glänzenden Auge ab.

»Er hat gesagt, dass der Kummer uns aushöhlt, sodass beim nächsten Mal mehr Platz für die Liebe ist.« Marco lachte leise. »In der Übersetzung fehlt das Poetische, aber begreifst du die Idee dahinter?«

»Das gefällt mir. Sind wir das? Das nächste Mal?«

~

Als eine Reiseuhr schlug, blickte sich Tess im Zimmer um. »Ich muss los«, sagte sie zu dem Hund und klappte die Truhe zu. »Sobald ich wieder zurück bin, gehen wir in den Park, versprochen.«

Tess rannte durch das Foyer, und der Türsteher winkte auf der Straße ein Taxi für sie heran. Sie trug ein schlichtes marineblaues Etuikleid und einen hellen Mantel. Sie sprang in das Taxi und überprüfte auf dem Weg durch die Stadt ihr Make-up in einem goldenen Taschenspiegel. Bobby sollte nicht sehen, dass sie geweint hatte.

Während sie an der Bar wartete, blätterte sie ein Reisemagazin durch und betrachtete die Aufnahme von einem Fischerboot. Sehnsucht überkam sie. *Ein Teil meines Herzens wird immer in New York sein,* dachte sie, *aber ich bin schon weg.* Sie dachte daran, wie sie am Tag zuvor im Sprechzimmer von Dr. Hiebert gesessen hatte. Auf der Tapete waren in Brauntönen Szenen eines englischen Fischereihafens dargestellt.

Voller Hoffnung war sie die Treppe zu seiner Praxis in der Commercial Street hinaufgestiegen. Sie war spät dran in diesem Monat. Sie hoffte, träumte davon, vielleicht schwanger zu sein.

»Mutter«, rief Dr. Hiebert, nachdem er Tess die Nachricht überbracht hatte. »Mutter! Mach Mrs Blythe doch bitte einen Tee.« Er schob ihr eine Schachtel mit Papiertüchern hin. »Bitte, regen Sie sich nicht auf. Es ist nicht ungewöhnlich, dass es eine Weile dauert, wenn man spät im Leben beschließt, seine Familie vergrößern zu wollen. Sie sind erst Ende dreißig, glaube ich, aber es kann Monate dauern, gar Jahre, bis man schwanger wird. Ihr Mann wird das verstehen, da bin ich sicher ...« Er hielt inne. »Ah, nicht von Ihrem Mann?«

Tess schüttelte den Kopf. »Mein Mann und ich hatten nie eine sexuelle Beziehung, Dr. Hiebert.« Mit leuchtenden Augen sah sie ihn an. »Diese ganze Zeit, all die vergeudeten Jahre.«

»Mrs Blythe«, sagte er sanft. »Ihre Ehe ist mir kein Anliegen, aber Ihre Gesundheit ist es.« Er betrachtete ihre Krankenakte.

»Das ist nicht fair«, rief sie. Sie blickte auf, als Dr. Hieberts Frau eine Tasse Tee für sie hereinbrachte.

»Danke, Mutter«, sagte er.

»Nach Bobbys Geburt hieß es, es wäre unwahrscheinlich, dass ich noch einmal Kinder bekomme, aber nicht unmöglich. Als meine Periode ausblieb, dachte ich ...«

»Mrs Blythe, Sie sind eine extrem schlanke Frau. Gehe ich recht in der Annahme, dass Sie Ihre Blutungen bestenfalls unregelmäßig bekommen?« Tess nickte. Er las die Notizen vor sich durch. »Wie ich sehe, gab es bei der Geburt einige Komplikationen.« Er setzte die Brille ab und rieb sich den Nasenrücken. »Die Wahrheit, Mrs Blythe, lautet: Es liegt in Gottes Hand.« Er verschränkte die Finger und beugte sich zu ihr vor. »Ich kann da wenig tun. Aber Wunder geschehen.«

»Sie müssen ein schreckliches Bild von mir haben, weil ich mir von einem anderen Mann sehnlich ein Kind wünsche, obwohl ich noch verheiratet bin. Wir lassen uns gerade scheiden. Ich bin sehr verliebt …«

»Es ist nicht an mir, über Ihr Verhalten zu urteilen.« Dr. Hiebert schloss die Akte. »Das ist allein eine Sache zwischen Ihnen und Gott. Ich würde vorschlagen, Sie gönnen sich ein bisschen Entspannung, Mrs Blythe. Essen Sie gut, für sich und für das Kind, das Sie sich wünschen. Viel frische Luft. Viel Liebe. Man weiß ja nie.«

Wer bin ich?, dachte Tess, als sie sich im Spiegel der *Grand Central Oyster Bar* anblickte. *Ich bin Mutter. Ich bin Ehefrau. Ich bin Geliebte. Ich bin … Früher einmal habe ich es geliebt, zu tanzen.*

»Hallo, Mom!« Bobby stieg auf einen Hocker neben Tess an der Bar. Es herrschte Hochbetrieb, und die Tische mit den rot karierten Decken waren alle besetzt. Er küsste sie auf die Wange. »Schön, dich zu sehen.«

»Ich habe dir doch versprochen, rechtzeitig da zu sein.« Sie legte den Kopf schräg.

Bobby fixierte einen Mann im dunklen Anzug am Ende der Bar, der Tess beobachtet hatte. »Du siehst wunderschön aus. Es ist gefährlich, dich in einem Laden wie diesem allein zu lassen«, sagte er. Sie fand, dass er sich gereizt anhörte. *Was ist los?*, dachte sie.

»Unsinn.« Tess lachte.

»Mir hat es immer gefallen, wie du die Blicke auf dich ziehst, habe ich dir das schon mal gesagt?« Bobby lehnte sich zurück. »Ich weiß noch, wie stolz ich jeden Tag auf dich war, wenn du mich aus der Schule abgeholt hast und mit mir nach Hause gelaufen bist. Du warst immer die eleganteste aller Mütter am Schultor. Ich habe gezählt, wie viele Männer sich nach dir umdrehen.«

»Ich werde gleich rot«, sagte Tess.

»Ich glaube, ich wollte dich immer schon beschützen.«

»Ist alles in Ordnung? War es lustig beim Junggesellenabschied?«

»Bei mir? Alles okay.« Bobby stellte einen Bieruntersetzer hochkant und ließ ihn über den Tresen kreiseln. »Ein bisschen Kopfweh, aber sonst ist alles gut.« Sie merkte ihm an, wie er mit sich kämpfte. »Und du … fühlst du dich besser, nach der Auszeit?«

»Ja. Viel besser. Ich musste einfach eine Weile weg.« Sie stupste ihn. »Du und ich, wir sind uns ähnlich. Zwei Hitzköpfe.«

»Du musstest wohl abkühlen?« Tess wurde einfach nicht schlau aus Bobbys Gesichtsausdruck. Sie kannte ihn – es war derselbe wie früher, als er klein war und etwas wollte, wonach er sich nicht zu fragen traute. »Also, was ist los?«, sagte er schließlich und senkte den Blick.

»Brauche ich eine Entschuldigung, um mit meinem Sohn einen Happen zu essen, wenn er in der Stadt ist? Ich dachte mir, es wäre schön, dich zu treffen, bevor sich alles nur noch um die Hochzeit dreht«, erwiderte Tess und wandte sich ihm so zu, dass sie sich direkt ansahen. Sie stützte das Kinn auf die Hand. »Ich habe eine Platte bestellt …«

»Mit Bluepoint-Austern? Und einem Hummer?«

»Natürlich.« Tess lachte und ließ die Olive in ihrem Martini kreisen.

»Den Hummer wollte ich unbedingt.«

»Wie viele Jahre gehen wir nun schon hierher?«

»Ewig.« Bobby schlüpfte aus seinem Jackett und

hängte es über die Lehne des Barhockers. Er winkte dem Barkeeper und bestellte ein Bier und ein Glas Mineralwasser für Tess. »Das wird sich nie ändern. Das ist unseres.«

»Doch. Alles ändert sich.« Tess tätschelte ihm die Hand. »Du bist auf dem College …«

»Ich bin in Massachusetts, nicht am Ende der Welt«, erwiderte Bobby lachend. »Außerdem verbringst du das halbe Jahr draußen in Provincetown. Wir werden einfach genauso viel Zeit miteinander verbringen wie immer.«

»Du hast bald eine Frau, Bob, und bestimmt auch eine Familie.« Tess lehnte sich zurück, als der Kellner eine glänzende Platte mit Meeresfrüchten zwischen sie stellte. »Hat dein Vater mit dir …?«

»Mom!« Bobby verschluckte sich an seinem Bier. »Herrgott, wir leben in den Sechzigern!«

»Ich meine das ernst, Bobby.« Sie berührte seine Hand. »Sei nett zu ihr. Sei nett zu Frankie.«

»Ma …«

»Wirklich. Ihr habt viel Schönes vor euch, aber hab bitte Verständnis, wenn …«

»Hey?«, fragte er leise und runzelte die Stirn. Es gab so vieles, das sie ihm erzählen wollte. Es war schlimm für sie, ihm nicht sagen zu können, dass sie weggehen würde, dass Kit sie um die Scheidung gebeten hatte. »Nicht.« Er reichte Tess ein Taschentuch, und sie tupfte sich die Augen ab.

»Ach, achte nicht auf mich.« Tess wollte ihm alles erzählen – von Kit, von ihrem gemeinsamen Leben, und dass sie geblieben war, weil sie ihren Sohn so sehr liebte.

»Wirst du im Alter sentimental?«

»So alt bin ich nun auch wieder nicht.« Sie knuffte ihn.

»Ich liebe Frankie«, sagte Bobby und schlürfte eine Auster. »Sie erinnert mich an dich.«

»Das ist ja süß. Es ist also nicht nur das Geld?« Tess lächelte traurig. Sie sah die Zukunft vor sich: ihr charmanter Sohn, braun gebrannt und strahlend, in seinem Leben aus Kaschmir, abgeschirmt von aller Mühsal. Ein Häuschen in den Hamptons, vielleicht eine Kanzlei in der Stadt, Frankie und eine Schar dunkelhaariger Kinder in einem schönen Haus irgendwo in einer aufstrebenden Gegend. Und wo würde sie dann sein? Wie passte Tess in diese Zukunft? Gelegentlich ein Lunch, um der alten Zeiten willen? Thanksgiving und Weihnachten? Taufen und Beerdigungen? *So alt nun auch wieder nicht.*

Bobby hielt inne, das Glas auf halbem Weg zum Mund. »Nein. Es geht nicht nur ums Geld.« Er trank einen Schluck. »Obwohl das natürlich auch nicht zu verachten ist. Dir entgeht nur wenig, oder?«

»Ich will einfach, dass du glücklich bist, Bobby.«

»Ich auch. Und ich will nicht arm sein.«

»Ich habe neulich vormittags mit Frankie gesprochen.«

»Das hat sie erzählt.«

Tess fand, er hörte sich gereizt an. »Ich mag sie.« Tess nahm seine Hand. »Ich wollte immer eine Tochter …«

»Und jetzt hast du eine, fix und fertig.«

»Sei nicht so. Du warst mir genug. Ich habe gehört, wie du über Claudias Familie gesprochen hast, wie sehr du sie alle liebst. Ich finde das großartig.« Sie schluckte den Kloß in ihrem Hals hinunter und wartete, bis er sie ansah. »Du und Frankie, schafft euch die Familie und das Zuhause, von dem du geträumt hast, Bobby. Sie ist ein kluges Mädchen, lass sie ihre Träume genauso verfolgen, wie du deine verfolgst.«

»Ja.« Bobby vergrub den Kopf in den Händen.

»Bobby, was ist los?« Alle Bedenken wurden von Tess' Sorge um ihren Sohn verdrängt. »Du willst es dir doch nicht noch einmal anders überlegen?«

»Das mit Frankie? Um Gottes willen, nein. Es ist nur …« Sie kannte diesen Blick. Seit er ein kleiner Junge war, schaute er so, wenn etwas nicht stimmte, wenn er bei etwas ertappt worden war. »Ich habe eine Dummheit begangen, Mom, und ich weiß nicht, ob ich es ihr sagen soll.«

»Ach, Bobby.« Tess drückte ihm die Hand. »Was hast du gemacht?«

»Es war auf dem Junggesellenabschied. Wir haben zu viel getrunken. Da war so ein Mädchen – alle sagen, sie ist leicht zu haben. Sie hat einen Drink nach dem anderen gekippt, sie hat sozusagen darum gebeten …«

»Ich will nie wieder hören, dass du so über ein Mädchen sprichst, Bobby, verstanden?« Überrascht über ihren erbitterten Tonfall, blickte er auf. »Nie wieder.«

»Klar, Mom, es tut mir leid. Ich hätte dir das gar nicht erzählen sollen.«

»Doch, ich bin froh, dass du es getan hast.« Tess atmete aus. *O Gott, mein Sohn, mein schöner Junge.* Wie der Vater, so der Sohn? Sie verdrängte diesen Gedanken und nickte, um ihn zu ermutigen weiterzusprechen.

»Meinst du denn, ich soll es Frankie sagen?«

»Ist es wahrscheinlich, dass sie es herausfindet?«

Bobby schüttelte den Kopf. »Die Jungs würden es nie verraten, und das Mädchen … ich bezweifle, dass Frankie ihr je begegnet. Aber wenn doch?«

Tess presste die Lippen zusammen und betrachtete ihren Sohn, dem die Schuldgefühle und die Angst ins

Gesicht geschrieben standen. Sie strich ihm den schweren dunklen Pony aus den Augen. »Als der Arzt dich mir übergeben hat und ich dich zum ersten Mal in den Armen hielt, habe ich eine Liebe empfunden, wie ich es noch nie zuvor erlebt hatte. Es war, als hätte ich mein ganzes Leben auf dich gewartet. Wenn ich dir in die Augen blickte, kam es mir vor, als würdest du die Geheimnisse des Universums kennen. Du warst so perfekt, so schön.« Bobby blickte auf seine Hände hinab, während sie fortfuhr: »Man will die Welt immer vollkommen machen, sein Kind schützen. Man will das Leben perfektionieren, auf eine Art, wie es das eigene Leben nicht war oder nicht ist. Aber das geht nicht. Das Leben ist schmutzig und schön, und es erfüllt dein Herz mit Liebe, und manchmal bricht es dir auch das Herz. Aber weißt du, was? Ich würde es nicht anders haben wollen. Niemand ist perfekt, Bobby. Keine Liebe ist perfekt. Wenn Frankie es nie herausfinden wird, dann sag es ihr nicht. Es wird ihr nur wehtun. Aber versprich mir, sobald ihr verheiratet seid …«

»Niemals würde ich das tun.« Er blickte rasch auf. »Ich bin einfach so verrückt nach Frankie, und sie lässt mich warten …«

»Das ist gut.« Tess trank ihr Glas leer. »Ich bin auch vernarrt in Frankie. Wenn ich sie ansehe, dann ist sie …« Tess seufzte und ballte die Fäuste. »Sie trägt so eine Herzensgüte in sich, so eine Unschuld. Man sieht ihr an, dass sie glaubt, alles über die Liebe zu wissen, aber sie weiß nicht, dass sie wehtut. Sie hat keine Kanten, niemand hat sie bisher enttäuscht oder verletzt. Sie liebt dich nicht einfach nur, sie ist verliebt in dich, sie hat sich aktiv in dem Zauber verloren, den ihr beide zusammen geschaffen habt.« Tess bemerkte, dass Bobby sie fassungslos anstarrte.

»Ich habe dich noch nie so reden hören.«

»Ach, ich fühle mich nur alt und verletzt.« Tess zog sich die Handschuhe an. »Ich liebe genau das an ihr. Im Herzen ist sie leidenschaftlich und gut und treu. In ihr sehe ich den Menschen, der ich früher war. Sie strahlt innerlich. Enttäusche sie nicht, bevor ihr überhaupt miteinander anfangt. Brich ihr nicht das Herz.« Tess stieß ihm den Zeigefinger gegen die Brust. »Und du – du hast großes Glück, so geliebt zu werden. Hast du eine Ahnung, wie selten das ist und wie glücklich du dich schätzen kannst? Reiß dich zusammen. Sei der Mann, zu dem ich dich erzogen habe. Ihr habt euer ganzes Leben vor euch. Sie wollte warten, und du hättest es auch tun sollen, aber jetzt pikst dich immer ein bisschen das schlechte Gewissen, wenn du daran denkst. Lerne daraus, Bobby. Dafür sind Fehler gut.« Sie tätschelte ihm die Hand, nahm einige Geldscheine aus ihrer Brieftasche, um die Rechnung zu zahlen, und legte sie auf den Tresen. »Sei der Mann, den Frankie als Ehemann verdient.«

»Du bist aber nicht böse, Mom?«

»Böse?« Tess lachte leise. »Dir konnte ich nie lange böse sein, das weißt du genau.« Sie stieß ihn leicht gegen den Arm. »Du hast eine großartige Zukunft vor dir, mach sie nicht kaputt, bevor sie überhaupt angefangen hat.«

»Wer weiß, was die Zukunft bereithält.« Bobby schlüpfte in sein Sakko. »Mir gefällt es nicht, was sich da in Vietnam entwickelt. Wir haben schon Tausende von Männern dort, und dieses Jahr werden noch mehr nachfolgen.«

»O Gott, hoffentlich nicht. Ich möchte nicht noch einen Krieg erleben.« Tess sah ihren Sohn an, und ihr Magen krampfte sich zusammen, als die Erinnerungen wieder an die Oberfläche kamen.

»Bei dem Junggesellenabschied haben die Jungs und ich gesagt, wenn wir eingezogen werden …«

»Wenn ihr eingezogen werdet? Was macht euch da so sicher?«

»Dann wollen wir für eine bessere Welt für uns alle kämpfen.«

»Bobby, du bist jung und idealistisch …«

»Nur, weil ich immer noch daran glaube, für etwas kämpfen zu können?«

»Was meinst du?«

»Ich glaube an die Liebe und an die Familie, das kann ich dir versprechen …«

»Bobby?«

»Ich glaube daran, eine bessere Welt zu schaffen. Ist das so verkehrt?«

»Nein, es ist nicht verkehrt, an die Liebe zu glauben.« Tess rutschte von ihrem Barhocker herunter und umarmte ihren Sohn. »Ich hab dich lieb, Bobby«, flüsterte sie und presste die Augen zusammen, damit ihr die Tränen nicht über die Wangen liefen.

»Mom …«, sagte er.

Sie spürte, dass er noch etwas auf dem Herzen hatte. »Ja?«

»Ach, nichts.« Bobby runzelte die Stirn. »Das kann warten bis nach der Hochzeit.« Er umarmte sie. »Ich habe Verständnis, versprochen. Ich habe viel über alles nachgedacht. Ich verstehe es.«

»Gut.« Sie lächelte verwirrt. »Solange du glücklich bist. Nur das ist mir wichtig. Und jetzt genug vom Krieg. Bevor du die Welt rettest, musst du zuerst über deine Zukunft mit Frankie nachdenken.« Als sie am Ausgang angelangt waren, blieben sie stehen. Sie strich ihm den

Jackenaufschlag glatt. »Wir sehen uns heute Abend beim Probeessen?«

»Um sieben im *Orsini's*. Es ist gleich um die Ecke von der Kirche in Howard Beach. Glaubst du, ihr findet es?«

»Dein Vater hat alles von seinem Büro organisieren lassen.«

»Es ist wirklich großzügig, dass ihr das Geld dafür berappt. Du … denkst du, dass er es übertrieben hat?«

»Kit und übertreiben?« Sie lächelte. »Wir werden sehen. Und er fährt. Solange er bei der Überfahrt nach Queens kein Nasenbluten bekommt, sollte alles gut gehen.«

»Und um halb sechs in der Kirche, nicht vergessen!« Bobby winkte ihr im Rückwärtsgehen zu, dann wandte er sich um und verschwand in der nachmittäglichen Menge in der Bahnhofshalle.

Nicht vergessen. Nicht vergessen …, dachte sie beim Weitergehen. *Genau da liegt das Problem. Ich erinnere mich an zu vieles. Das ganze »was wäre, wenn« und das, was man immer wieder bereut.* Sie steckte die Hände in die Taschen und schlängelte sich zwischen den Leuten hindurch, die in den Bahnhof drängten. *Vielleicht ist jetzt die Zeit, einen Schlussstrich zu ziehen.* An der Kreuzung blieb Tess stehen und blickte zu dem lavendelfarbenen Abendhimmel hinauf. *Ich muss die Vergangenheit vergessen. Bobby ist erwachsen, ich habe getan, was ich konnte, und jetzt ist es Zeit, dass er sich sein Leben selbst gestaltet. Es ist Zeit für uns beide, nach vorn zu blicken.*

34

»Kit! Was hast du gemacht?« Tess stand im Eingang zum Nebenraum von *Orsini's*. Sie zog die Hand aus Kits Armbeuge, und ihre Augen weiteten sich vor Schreck. Hinter ihnen hörte sie Frankie und Claudia im Eingangsbereich sprechen: *Kleines, wenn du durch den Mittelgang gehst, musst du den Blumenstrauß so halten, weit unten, damit alle die Perlenstickerei auf deinem Kleid sehen …* Und noch weiter hinten sprach Marco mit Bobby. *Alles ist für die Flitterwochen vorbereitet. Am Flughafen werdet ihr von meiner Assistentin abgeholt und in euer Hotel in Florenz gebracht …*

Florenz, dachte Tess. Am liebsten hätte sie mit den Fingern geschnippt, um sich sofort nach Florenz zu zaubern. Aus dem Eingangsbereich waren immer mehr Stimmen zu hören, Frankies Brüder, ihre Frauen, die Brautjungfern.

»Perfekt.« Kit rieb sich die Hände. »Marcel, Sie haben sich selbst übertroffen«, sagte er zu einem jungen Mann in dunklem Anzug, der aufstand, als sie den Raum betraten.

»Das ist zu viel, Kit«, flüsterte Tess und wandte sich ihm zu.

»Bobby ist unser einziges Kind.« Kit betrachtete die weißen Chiffonbahnen, die in der Mitte des Raums angebracht waren und sich blähten wie das Dach eines Hochzeitspavillons. »Das ist die einzige Chance, die sie uns gegeben haben, etwas zur Hochzeit beizutragen, und ich wollte, dass es etwas Besonderes ist. Sie haben das Restaurant ausgesucht, ich habe mich um die Dekoration gekümmert. Das war das Mindeste, was ich tun konnte.« Hoch aufragende Lilien-Arrangements auf gusseisernen Ständern erfüllten den Raum mit ihrem Duft, und Hunderte Kerzen beleuchteten die runden Tische. Über dem hintersten Tisch entdeckte Tess in riesigen, silbernen, herzförmigen Rahmen Fotos von sich und Kit sowie von Claudia und einem Mann, wohl Frankies Vater. Dazwischen hingen Fotos von dem Paar, umrahmt von silbern glitzernden Lettern: »Frankie und Bobby: Viel Glück!«

Bobby ging quer durch den Raum, ignorierte die Dekoration und marschierte direkt auf die Bar zu. Tess hörte Marco zu Frankie sagen: *Warum führt er dich nicht zum Platz? Hat er zu viel damit zu tun, mit seinen Freunden zu reden und sich etwas zu trinken zu holen? Ich sage dir, er ist nicht gut genug für dich.* Daraufhin Frankie: *Hör auf damit. Es ist zu spät, ich heirate ihn, und ich liebe ihn.* Tess strengte sich an, Marcos Antwort zu verstehen: *Ich wollte einen Mann für dich, der dich wie eine Prinzessin behandelt.* Sie lächelte, als Frankie antwortete: *Das wird er schon noch lernen.* Tess wandte sich um und wartete, bis Marco sie ansah. Er und Frankie standen ein paar Schritte hinter Claudia. *In einer Ehe gibt es immer einen, der mehr liebt, der mehr opfert. Ich wollte, dass dein Mann das wird. Bobby denkt zuallererst an sich. Wenn er dich jetzt nicht zu schätzen weiß, welche Hoffnung bleibt da noch?*

Marco trat zu Tess. »Ein Triumph für Kit«, sagte er leise und betrachtete die pompöse Dekoration.

»Ich bin hin- und hergerissen«, erwiderte Tess. »Einerseits will ich Bobby verteidigen.« Sie sah zu ihrem Sohn an der Bar hin. »Andererseits finde ich, dass du recht hast.«

»Keine Sorge. Ich mache keine Szene. Aber Frankie wird den Rest ihres Lebens hintanstehen – hinter deinem Sohn, hinter ihren Kindern. Mütter sind so. Das ist wahre Liebe. Das Glück eines anderen Menschen ist ihnen wichtiger als das eigene.« Marco sah ihr in die Augen. *Denkst du das von mir?*, fragte sich Tess. Es waren zu viele Menschen um sie herum. Sie hielt Abstand zu ihm, auch wenn sie ihm am liebsten in die Arme gefallen wäre. An seinem Blick, den er auf sie gerichtet hielt und mit dem er sie zu sich hinzog, sah sie, dass er sich das Gleiche wünschte.

Aus dem Augenwinkel beobachtete Tess Claudias Miene, als sie zu ihnen aufschloss. Innerhalb weniger Sekunden änderte sich ihr Gesichtsausdruck von Erschrecken über Wut zu Gefasstheit. »Kit, das war doch nicht nötig.« Claudia legte ihm die Hand auf den Arm.

»Mein Gott … das ist ja schöner als die Hochzeit«, sagte Frankie, als sie zu ihrer Mutter trat. Überrascht zuckte sie zusammen, als die Tauben in dem goldenen Käfig am Eingang gurrten.

»Nichts wird schöner sein.« Marco legte den Arm um Frankie. »Das ist … das ist sehr großzügig von dir. Danke, Kit!«

Frankie warf einen Blick über die Schulter zu ihrer Familie, die sich in der Lobby versammelte. »Aber was machen wir denn jetzt?«, murmelte sie. »Wenn sie das sehen, wird das morgen eine Enttäuschung.«

»Darf ich Sie nun zu Ihren Plätzen führen?«, fragte der Oberkellner.

Claudia stupste Frankie am Arm und nickte zu Kit und Tess.

»Danke«, sagte Frankie und lächelte. Sie küsste nacheinander beide. »Es ist wunderschön.« Sie ging allein voran. Bobby gesellte sich zu ihnen und reichte Frankie ein Glas Champagner. Tess wandte sich mit hochgezogener Augenbraue Marco zu. *Siehst du? Er denkt an sie.*

»Was? Was habe ich denn nun schon wieder gemacht?«, fragte Kit.

»Du konntest nicht widerstehen, Dad, oder?« Bobby hob sein Glas und ging mit Frankie zu ihrem Tisch.

»Was?« Kit führte Tess an ihren Tisch.

»Du hast der Hochzeit die Schau gestohlen«, sagte Tess leise und schlug einen herzförmigen silbernen Ballon zur Seite.

»Mit ein paar Metern Stoff und Luftballons?« Kit schnalzte mit der Zunge.

»Tauben. Da sind Tauben«, sagte Tess, als er den Stuhl für sie herauszog. Tess betrachtete die Speisekarte. »Und sieben Gänge?«

»Sei doch nicht so eine Spielverderberin.« Kit nahm ein Messer und klopfte damit an sein Champagnerglas.

»Nicht schlecht, das Essen«, sagte Marco, als er zu Tess an die Bar trat.

»Ich wäre auch mit einem Teller Spaghetti zufrieden gewesen.« Sie trank einen Schluck von ihrem Martini.

»Sag mal: Warum nur einen Martini? Warum entspannst du nicht ein bisschen?«

»Warum?« Tess warf ihm einen kurzen Blick zu.

»Meine Eltern waren Alkoholiker.« Sie schwenkte das Glas mit der Olive darin. »Sie hätten sich allerdings niemals selbst so bezeichnet. In Hongkong haben alle ständig ins Glas geschaut – Gin war das Allheilmittel für sämtliche Probleme der Expats. Ich bin genauso, habe das gleiche Suchtverhalten. Wenn ich einen trinke, ist das genau richtig. Wenn ich zwei trinke, will ich drei oder mehr …« Sie presste die Lippen zusammen. »Ich war immer vorsichtig, seit … nachdem …«

»Nach dem, was er dir angetan hat?«

»Ja.« Tess trank einen Schluck. »Das ist mein täglicher Genuss, mein täglicher Charaktertest. Es ist viel besser, süchtig nach Sport, Arbeit und Tanzen zu sein.« Sie wandten sich zur Tanzfläche, wo die Paare Twist zu *Chubby Checker* tanzten. *Und nach dir,* dachte sie. »Du fehlst mir«, murmelte Tess, ohne ihn anzusehen. Er strich mit dem Zeigefinger leicht über ihre Hand. »Wie geht es dir?«

»Gut. Ich will dich sehen.«

»Tanz mit mir.« Im Licht der sich drehenden Glitzerkugel ging sie zwischen den wirbelnden Paaren hindurch voraus auf das Tanzparkett.

»Ich muss mit dir reden, Tess.« Er hob den Arm, um ihre Hand zu nehmen, und zuckte dabei zusammen.

»Was ist los?«

»Nichts weiter. Nur ein kurzer Schmerz.«

»Sprich mit mir, Marco. Claudia hat gesagt, ich soll mich von dir fernhalten. Sie sagt, es sei Sache der Familie, sich um dich zu kümmern. Was meint sie damit?«

»Claudia irrt sich«, erwiderte er. »Ich … es ist … ich habe noch nie so etwas empfunden. Ich muss mit dir reden, aber nicht hier. Nicht jetzt.« Er nahm ihre Hand in seine, und sie bewegten sich zusammen zur Musik. »Lass uns weglaufen, Tess. Wir können einfach los, irgendwohin, wo niemand unseren Namen kennt.«

»Ich kann nicht«, sagte Tess. »Es tut mir leid. Das kann ich nicht.« Sie löste sich von ihm, drückte eine Brandschutztür auf und ging auf die leere, dunkle Terrasse hinaus. Sie hörte, wie er hinter ihr herkam, seine Schritte, die den ihren in die stille Dunkelheit folgten. Die Lichter Manhattans breiteten sich vor ihnen in der Ferne aus, eine funkelnde Decke aus Sternen. Tess legte die Hände auf die kalte Steinbalustrade.

»Warte, Tess«, sagte er. »Du kannst nicht einfach weggehen.«

»Ich muss es. Marco, ich liebe dich, aber ich liebe auch Bobby und Kit. Ich kann das Bobby nicht antun und Frankie auch nicht. Ich kann ihr Glück nicht für unser Glück zerstören.« Ihre Lippen zitterten, als sie zu lächeln versuchte. »Bobby benimmt sich in den letzten Tagen sehr seltsam. Vielleicht ist er nervös wegen der Hochzeit, aber ich glaube fast, er vermutet etwas. Ich will ihnen das nicht zerstören. Ihr Leben beginnt gerade erst, und …«

»Und unseres geht zu Ende?« Marco senkte den Kopf, und Tess drückte ihn in die Mulde an ihrem Hals, streichelte seine seidigen dunklen Haare. »Sag das nicht. Das tut es nicht. Es ist nur der nächste Akt, Tess. Ein dritter Akt für dich. Du warst Kind, Ehefrau und Mutter, und jetzt wird es Zeit für dich, zu sein, wer du sein willst. Das ist deine Zeit. Was willst du, Tess? Ich werde dir alles geben, alles tun, um dich glücklich zu machen.«

»Früher einmal, da wollte ich tanzen.« Sie blickte über die Lichter auf der anderen Seite des Wassers, ihre Hand hob sich bleich von seinen glänzenden schwarzen Haaren ab. »Ich wollte die größte Primaballerina der Welt sein.«

und kümmert euch um die Frauen. Das ist eine Sache zwischen Bobby und mir.«

Bobby taumelte müde auf Kit zu. »Jemand muss sich doch zur Wehr setzen. Keine Ahnung, warum du das nicht tust.« Er machte einen Ausfallschritt auf Marco zu, der geschmeidig auswich. »Verdammt! Er war mit deiner Frau im Bett.« Mit verzerrtem Gesicht sah er Marco an. »Du und sie. Du – sie widert mich an.«

»Rede nicht so von Tess.« Marco ballte die Faust.

»Sonst? Du und diese Hure von meiner ...« Er torkelte zurück, als Marco ihn auf das Kinn schlug, eine elegante Gerade, fest genug, um ihn ein wenig zurückzuwerfen.

»Das reicht.« Kit fing Bobby auf.

»Wir fangen gerade erst an.« Bobby taumelte nach vorn. Marco schüttelte den Kopf. »Kämpfe mit mir, verdammt!«

»Nein!« Frankie drängte sich an Kit vorbei und schlang die Arme um Bobby. »Ich weiß nicht, was hier los ist, aber wir heiraten morgen. Hör auf. Hör auf«, hauchte sie ihm an den Kopf, ans Kinn. Bobby schob sie mit wildem Blick weg und verschwand in der Nacht.

»Lass ihn gehen.« Kit wischte sich den Staub von den Ärmeln seines Blazers. »Ich kenne Bobby. Keine Sorge, er wird sich beruhigen. Morgen früh ist er da, dafür sorge ich.«

»Marco!«, rief Claudia, eilte aus dem Restaurant und drängte sich an den anderen vorbei. Sie redete schnell auf Italienisch, eine Maschinengewehrsalve von Wörtern, die von Gesten unterstrichen wurden, die keiner Übersetzung bedurften. Er ließ den Kopf hängen. »... und ihr hättet euch gegenseitig ein blaues Auge verpassen können für die Hochzeit. Es ist wohl alles herausgekommen mit dir und ihr?« Sie wandte den Blick von Bobbys gekrümmter Gestalt ab, die sich von ihnen entfernte – er hob eine Hand und verscheuchte ihr Geschrei wie eine Fliege –, und widmete sich wieder Marco. »Du hättest das doch besser wissen müssen.« Sie stieß ihm den Finger in die Brust. »Mit deiner Krankheit solltest du dich nicht schlagen.« Marco blickte rasch zu Tess hin, die aus dem Restaurant kam.

»Was meint Mama?«, fragte Frankie.

»Marco?«, sagte Tess. »Wovon redet sie?«

»Siehst du? Siehst du! Ich wusste, er hat es dir nicht gesagt.« Claudia wandte sich triumphierend ihr zu. »Und was dich betrifft, glaubst du nicht, du hast schon genug angerichtet? Geh mit deinem Mann nach Hause.«

»Wir lassen uns scheiden, falls das etwas ändert«, sagte Kit.

»Ihr lasst euch *scheiden?*« Claudia erhob die Stimme.

»Danke, Kit«, sagte Tess.

»Ich versuche ja nur zu helfen«, erwiderte er.

»Claudia«, sagte Tess. »Was meinst du? Welche Krankheit?«

»Ich habe es ihm gesagt.« Sie zeigte mit dem Daumen auf Marco. »Ich habe gesagt, *sag es ihr* …, und dann werden wir sehen, ob sie immer noch so erpicht darauf ist, alles für dich aufzugeben.« Claudia warf den Kopf zurück.

»Claudia, tu das nicht«, begann Marco.

»Er ist krank.« Sie beugte sich zu Tess vor. »Du hast dich in einen Sterbenden verliebt.«

»Tess …«, sagte Marco, als sie zurückwich.

Tess hatte das Gefühl, als würde ihr das Blut in den Adern gefrieren, als würde die Straße um sie herum wegbrechen.

»Nein. Du lügst.« Tess schüttelte den Kopf und ging rückwärts Richtung Restaurant.

»Warum sollte ich dich anlügen?«, fragte Claudia.

»Nein.« Frankie lief zu ihren Brüdern, um es ihnen zu erzählen. »Du lügst. Das ist nicht wahr!«

»Du konntest nicht warten«, murmelte Tess und baute sich vor Claudia auf. »Ernsthaft? Das ist ihr Augenblick, nicht unserer. Das ist Frankies und Bobbys Abend. Sieh nur, was du getan hast.«

»Ach, Frankie ist hart im Nehmen. Sie wird darüber hinwegkommen. Du hast jedenfalls gut reden. Was habe ich gemacht?« Claudia lachte. »Wenigstens sage ich die Wahrheit. Nicht alle von uns sind so zugeknöpft wie ihr«, fauchte sie und nickte in Kits Richtung. »Nicht alle von uns halten ihre Gefühle unter Verschluss …« Tess machte auf dem Absatz kehrt und drückte die Tür zum Restaurant auf.

»Das nennt man Erwachsensein«, sagte Kit. »Du solltest es einmal versuchen. Tess, alles in Ordnung?«, rief er und folgte ihr wieder nach drinnen zu der Feier.

»Lass mich in Ruhe!« Sie nahm ihr rotes Seidentuch und ihre Tasche vom Tisch. »Gib mir die Autoschlüssel.«

»Ich fahre dich.«

»Vergiss es. Ich nehme mir ein Taxi.« Tess schob sich zwischen den aufgeregten Gästen hindurch und starrte resolut geradeaus. Die Neugier der anderen zerrte an ihr wie Dornengestrüpp.

»Tess.« Draußen in dem Gewimmel auf dem Gehsteig packte Marco sie am Arm und zog sie zur Seite.

»Wie konntest du das tun?« Ihr war übel, als würde der Boden unter ihren Füßen schwanken. »Wie konntest du zulassen, dass ich mich in dich verliebe, wenn ich dich schon bald wieder verlieren werde?«

»Ich wollte dir nicht wehtun, Tess. Ich wollte dir etwas schenken, was du verloren hattest – Leidenschaft, das Gefühl, lebendig zu sein.« Er machte eine Pause. »Ich habe nicht damit gerechnet, dass ich mich in dich verliebe. Mit dir fühle ich mich lebendiger als jemals zuvor.« Er warf einen kurzen Blick zurück zum Eingang, zu den Freunden und Familienmitgliedern, die sie beobachteten. »Glaub mir, ich hatte nie vor, dich zu lieben.«

»Aber das tust du, du liebst mich.« Tess wischte sich eine Träne der Wut aus dem Auge. »Und warum hast du es mir nicht gesagt? Ich habe dir alles erzählt, Marco. Alles.« Sie ballte die Faust und drückte sie sich auf das Herz. »Warum hast du es mir nicht gesagt?«

»Ich wollte es dir sagen, als wir in Provincetown waren. In der Nacht, in der ich nicht schlafen konnte.« Er holte tief Luft und drehte den Leuten den Rücken zu. »Aber dann bist du aufgewacht und hast mir davon erzählt, was dir zugestoßen ist, und von Bobby. Es schien mir einfach nicht der richtige Zeitpunkt, dich damit zu belasten, als du gerade tapfer genug warst, dich verwundbar zu zeigen.« Marco warf einen kurzen Blick über die Schulter. Die Blicke aller Anwesenden waren immer noch auf sie gerichtet. »Ich würde dich gerne in die Arme nehmen, aber ich kann nicht.«

»Es ist hoffnungslos, Marco.«

»Sag das nicht. Mein ganzes Leben lang war ich stolz darauf, mich um andere zu kümmern. Um die Menschen, die für mich arbeiten, um meine Familie, um die Familie meines Bruders. Es ist unvorstellbar, ihnen, dir zur Last zu fallen.«

»Was ist es denn? Das Herz? Krebs?«

»Meine Krankheit? Parkinson.«

»Aber damit leben manche jahrelang …« Tess blickte zu ihm auf. »Wir haben Zeit.«

»Die Frage ist nicht, ob, sondern wann ich schwächer werde.« Marco zuckte die Schultern. »Wer weiß! Vielleicht ist das Boxen schuld daran. Ich …« Er seufzte. »Ich weiß es schon lange und habe es ziemlich gut verborgen.« Er sah Tess in die Augen. »Ich werde mit jedem Monat zittriger, steifer. Eines Tages werde ich nicht mehr der Mann sein, der ich für dich sein will.«

»Eines Tages.« Sie nahm ihn in die Arme. »Eines Tages – damit können wir umgehen, gemeinsam.«

»Ich bin nach New York gekommen, um sicherzustellen, dass für die Familie alles geregelt ist. Ich wollte mich von allen verabschieden, solange ich noch reisen kann. Sie sollen mich so in Erinnerung behalten.« Er zeigte auf seine Brust. »Ich wollte einen Gang runterschalten, aber jetzt bist du da.« Er vergrub das Gesicht in ihren Haaren, und es war ihm egal, ob das jemand sah. »Du hast mein Leben aufgebrochen. In gewisser Hinsicht wünsche ich mir, ich wäre dir nie begegnet. Ich war schon bereit, aber jetzt will ich wieder so vieles. So vieles, was ich nicht haben kann.« Er schwieg. »Ich will, dass du zum ersten Mal frei bist. Ich möchte nicht, dass du an mich gebunden bist …«

»Ich bin frei«, sagte sie entschlossen und hob das Gesicht. »Ich habe mich für dich entschieden. Was auch immer uns bevorsteht, wir sehen allem gemeinsam ins Auge.«

»Bist du sicher?«

»Ja. Wenn du krank wirst …«

»Dann entscheide ich.«

»Was meinst du damit?«

»Wenn die Zeit gekommen ist, musst du mich gehen lassen.«

»Ich weiß nicht, ob ich das kann.« Tess stockte die Stimme.

»Claudia will um jeden Preis, dass ich lebe. Sie würde mich freudig füttern wie ein Kind, hilflos und ans Bett gefesselt.« Die Straßenlampen blitzten in Marcos Augen auf, als er sich umwandte. »So will ich nicht leben. Ich lebe nach meinen eigenen Bedingungen, und ich sterbe nach meinen eigenen Bedingungen. Wenn du das nicht akzeptieren kannst, gebe ich dich frei.«

Ein Taxi mit leuchtendem Schild näherte sich, und Tess hielt es an. Kit stellte sich neben Marco und sah ihr beim Wegfahren zu.

»Was haben wir getan?«, sagte Marco, als Frankie sich vorbeidrängte, zu beiden Seiten einen Bruder im dunklen Anzug.

»Wie konntest du nur?«, fragte sie Marco. »Mit ihr?« Frankie schüttelte den Kopf. »Du hättest es mir sagen müssen. Warum habt du und Ma uns nicht gesagt, dass du krank bist?« Eine einzelne Träne lief ihr über die Wange.

»Was wir getan haben? Wir haben es wie üblich komplett vermasselt«, sagte Kit, lehnte sich neben Marco an die Wand und zündete sich eine Zigarette an.

»Wie hätte ich ihnen denn sagen sollen, dass ich sterbe?«, fragte Marco.

»Ach, bla, bla, bla. Wir sterben alle, was macht dich da so besonders?« Kit blies den Rauch aus. »Manche nur früher als andere, das ist alles.« Er wandte sich zu Marco, als Claudia und die anderen Brüder hinter Frankie her an ihnen vorbeiliefen. »Noch einen Absacker? Erzähl mir doch die ganze Geschichte, dann überlegen wir, wie wir das so hinbiegen, dass alle zufrieden sind.«

»Ich weiß nicht, was ich tun soll.«

»Du solltest dranbleiben, sonst verlierst du sie.« Kit wartete, bis Marco ihn ansah. »Ich liebe sie. Sie hat sich für dich entschieden. Ich will, dass Tess glücklich ist. So einfach ist das.«

35

Kit wartete auf ihn und ging vor dem Fenster mit Blick auf das dunkle Herz des Central Park auf und ab. »Bobby?« Er wandte sich um, als sich der Schlüssel im Schloss drehte.

»Ich bin wieder da.« Bobby warf sein Jackett auf einen Stuhl im Vorraum.

Kit ging zu ihm und umarmte ihn fest. »Ich habe mir Sorgen gemacht. Wo warst du?«

»Drüben im *Pep.*« Bobby durchquerte schwankend die große Diele. Looty rannte ihm hocherfreut um die Füße. »Rocco und noch ein paar von Frankies Brüdern haben mich beruhigt.«

»Gut. Marco hat sie losgeschickt, um nach dir Ausschau zu halten. Komm, ich mach dir einen Tee.«

»Marco? Ich hätte lieber noch einen Drink.«

»Tee«, sagte Kit entschieden. Er sah auf die Uhr. »In zwölf Stunden heiratest du.« Er öffnete die Küchentür und schaltete das Licht ein. Gasgeruch erfüllte die Luft, der Herd klickte. Bobby ließ sich auf einen Stuhl am Küchentisch fallen und lehnte den Kopf an die Wand. »Warum kommst du so spät? Der Club muss doch längst geschlossen haben.«

»Sie haben mich mit zu den Affinis geschleppt. Rocco hat einen Straßenmusiker aus seiner Bekanntschaft dazu gebracht, *Moon River* zu spielen, und ich sollte für Frankie singen.«

»Singen? Das arme Mädchen – hat sie gesagt, sie heiratet dich, damit du aufhörst?«

»Ja. Vielleicht.« Bobby lachte und rieb sich die blutunterlaufenen Augen. »Jedenfalls habe ich um Mitternacht vor ihrem Fenster gekniet und gesungen, und alle Lichter im Haus gingen an. Sie hat laut gerufen: *Es bringt Unglück, wenn du mich vor der Hochzeit siehst.*« Er schüttelte den Kopf. »Ich habe gefragt: ›Dann heiratest du mich also?‹ Und sie: *Vielleicht ist das auch nur Selbstschutz, vorsichtshalber.*«

»Was hast du darauf gesagt?« Kit goss kochendes Wasser in die Teekanne, schwenkte sie aus und schüttete das dampfende Wasser in die Spüle.

»Ich habe gesagt, dass es mir leidtut …«

»Gut gemacht.« Kit gab Teeblätter mit dem Löffel in die Kanne und füllte sie mit dem heißen Wasser. »Es erfordert Mut, es einzugestehen, wenn man etwas falsch gemacht hat. Manchmal muss man nicht mehr sagen als ›Entschuldigung‹.«

»Ich habe ihr gesagt, dass Marco glaubt, ich verdiene sie nicht. Niemand ist seiner Meinung nach gut genug für sie …«

»Du tust jedenfalls gerade dein Bestes, um ihm recht zu geben.« Kit warf seinem Sohn einen kurzen Blick zu. »Sieh dich doch nur mal an.«

»Aber Mom ist gut genug für ihn?« Bobby fuhr sich mit dem Handrücken über den Mund. »Ich habe Frankie jedenfalls angefleht und gesagt: ›Lass mich den Rest meines Lebens damit verbringen, der Mann zu sein, der dich verdient hat.‹« Er fuhr sich durch die Haare.

»Sehr gut.«

»Was ist los, Dad? Warum bist du nicht böse? Ich bin es nämlich. Ich kann es nicht fassen, dass sie dir das antut. Uns.«

»Böse?« Kit machte sich an der Teekanne zu schaffen und stellte zwei Tassen auf den Tisch. »Natürlich bin ich böse. Unsere Ehe war vielleicht … nun ja, an manchen Maßstäben gemessen unkonventionell, aber sie ist trotzdem meine Frau, zumindest noch.«

»Noch?«

»Ich habe dir doch gesagt, ich habe deine Mutter vor ein paar Wochen um die Scheidung gebeten.«

Bobby wirbelte zu ihm herum. »Aber das muss sich ändern. Es ist nicht zu spät für euch beide.«

»Vielleicht.« Kit setzte sich gegenüber von Bobby hin, ein Lichtkreis über dem gelben Resopaltisch beleuchtete ihre Gesichter.

»Es ist abstoßend. Die Vorstellung, sie mit ihm …«

»Bobby, du darfst nicht zu streng mit deiner Mutter sein.«

»Wieso denn nicht, verdammt?«

»Was wir hatten, trägt den reizenden Namen ›Zweckehe‹.«

»Wie meinst du das?«

»Wir waren – wir sind – Freunde. Nicht mehr als das.«

»Ich verstehe das nicht.«

»Ach, Bobby, denk doch mal nach.« Kit schenkte ihm eine Tasse Tee ein. »Ich war damals in Hongkong ein wenig in der Klemme – finanziell. Deine Mutter auch – in der Klemme, meine ich. Es kam uns beiden zupass. Durch die Ehe mit Tess bekam ich Sicherheit, finanziell und gesellschaftlich, und die Ehe mit mir gab ihr … Nun ja, auf diese Weise hat sie einen Vater für ihr Kind bekommen.« Er blickte Bobby an. »Für dich.«

»Ja, ich habe immer noch nicht den Mumm aufgebracht, sie danach zu fragen. Weißt du, wer mein Vater ist?«

»Ja …«

»Dann sag es mir!« Bobby erhob die Stimme. »Sie wird es mir nicht erzählen, das weiß ich. Wenn sie es so lange geheim gehalten hat. Sie ist zu beschäftigt mit ihrem neuen Leben, mit ihm …«

»Rede nie, nie mehr wieder so von deiner Mutter, verstanden?« Kit schwieg. »Das muss sie dir selbst erzählen.«

»Sag es mir trotzdem.« Bobby lehnte sich zurück. »Das ist ein verdammtes Chaos. Herrgott! Weißt du, wenn ich mir Frankies Familie ansehe, dann liebe ich das. Sie streiten und brüllen sich an, und dann vertragen sie sich wieder, aber sie reden miteinander, und es ist echt. Während du … ihr beide …« Mit den Fingern bildete er eine Kugel. »Ich habe zu Frankie gesagt, das ist wie etwas aus Zuckerwatte. Von außen sieht es toll aus, aber innen ist es spröde und hohl, und es ist nicht echt. War es jemals echt?«, fragte Bobby mit brüchiger Stimme.

»Wenn du von der Hochzeitsreise zurück bist, musst du mit Tess reden. Aber zuvor sollst du noch zwei Dinge wissen: Ich liebe deine Mutter, und ich liebe dich. Das ist echt.« Er streckte den Arm aus und nahm Bobbys Hand. »Du bist mein Sohn.« Er sah auf die Uhr. »Und jetzt musst du ins Bett.« Kit stand auf und schob den Stuhl zurück.

»Wo gehst du hin?«

»Ich?« Kit sah ihn über die Schulter an und schlüpfte in seinen Mantel. »Nachdem ich jetzt weiß, dass du ohne Blessuren zurückgekommen bist, werde ich deine Mutter suchen.«

36

Kit schloss die Tür zu ihrer Wohnung auf und ging durch den marmorgetäfelten Korridor. Looty regte sich in ihrem Körbchen und fing an zu kläffen. »Bessie?«, rief er über den Lärm hinweg. »Bessie?« Sie tauchte mit Haarnetz in der Tür ihres Schlafzimmers neben der Küche auf und hüllte sich in einen Morgenmantel aus blauer Wolle.

»Ja, Sir?«

»Ist Mrs Blythe heute Nacht heimgekommen?« Er nahm den Hörer des Telefons in seinem Arbeitszimmer ab und blätterte sein Adressbuch durch. *Wen konnte er um diese Zeit anrufen? Wo konnte Tess hingegangen sein? Denk nach!*

»Nein, Sir. Kann ich irgendetwas tun?«

»Nein danke. Gehen Sie wieder ins Bett, und nehmen Sie bitte schön diesen Hund mit. Ich rufe Sie, wenn ich etwas brauche.« Kit ließ sich in seinen burgunderroten Samtsessel fallen, den Telefonhörer in der Hand. Ihm pochte der Kopf. Er hatte das Gefühl, er müsste jeden Gedanken aus einer Kaugummimasse herausziehen. Er hatte im Studio nachgesehen, in dem Vierundzwanzig-Stunden-Café, das sie beide mochten. *Elaine? War sie vielleicht dort?* Elaine würde es ihm niemals sagen, selbst wenn Tess ihr direkt gegenübersäße, und Gladys auch nicht. Alle beide waren absolut loyal. Kit rieb sich die Schläfe. *Marco?* Vielleicht ist sie zurück in diesen gottverlassenen Schuppen in Provincetown? Er runzelte die Stirn. *Das würde sie Bobby niemals antun, nicht, wenn in ein paar Stunden die Hochzeit ist.*

Kit wählte eine Nummer, und während er darauf wartete, dass abgenommen wurde, ging er in seinem Arbeitszimmer hin und her. Aus der antiken Karaffe in dem Tantalus auf seiner Kommode goss er sich Scotch in einen schweren Tumbler aus geschliffenem Glas.

»Hallo? Habe ich dich geweckt?« Seine Miene entspannte sich. »Ach, es geht mir gut. Ich musste nur deine Stimme hören.« Er trank einen Schluck. »Die ist morgen.« Er sah auf die Uhr. »Nein, heute. Ja, ich fahre direkt danach los.« Er blickte hinaus auf das dunkle Herz des Parks unter ihm, gesäumt von funkelnden Lichtern. »Ich habe ein fürchterliches Durcheinander angerichtet. Ich weiß nicht, was ich machen soll.« Er schloss die Augen und hörte zu. »Ja, du hast natürlich recht. Ich muss einfach irgendwie den Tag durchstehen.« Er nickte. »Ich liebe dich auch.«

Kit legte den Hörer wieder auf die Gabel. *Wo ist sie?*, dachte er und sah hinaus in die Nacht. *Herrgott, das ist alles meine Schuld.* Plötzlich überkam ihn Hass auf das perfekte Glas in seiner Hand, die pompöse Gediegenheit der Einrichtung. Er warf das Glas an die Wand, wo es zerbrach, abprallte und in die beleuchtete Vitrine mit den Eiern fiel. Kit zog eine Schublade nach der anderen heraus, schleuderte die Eier gegen die Wände, auf den Boden, und gab erst Ruhe, als auch das letzte zerbrochen war.

Das Licht der schwingenden Pendelleuchte fiel auf ein

silbern gerahmtes Foto auf seinem Bücherregal. Kit kniff die Augen zusammen und ging zu dem Bild hinüber, Glasscherben und Holzsplitter knirschten unter seinen Schuhen. Er nahm die alte Schwarz-Weiß-Aufnahme in die Hand und hielt sie ins Licht. Sie zeigte Tess, nicht lange, nachdem sie sich kennengelernt hatten. Sie trug ein schlichtes weißes Shirt und einen leichten Baumwollrock, und ihre weißen Söckchen hoben sich hell von ihren Schuhen ab. *Sie war so jung,* dachte er.

Er erinnerte sich an den Abend ihrer Hochzeit in Hongkong.

Clive Graves war in der vollen Bar des *Peninsula* zu ihm hinüberstolziert. »Gratuliere, Blythe.«

»Danke.« Kit hatte gute Lust, ihm einen Faustschlag zu verpassen. Er wollte sehen, wie Clive seine zufriedenen, verquollenen blauen Augen vor Schreck aufriss. Er zog lange an seiner Zigarre und tippte die Asche in einen Glasaschenbecher.

»Sehr galant von dir«, fuhr Clive fort und schwenkte sein Glas.

Kit hob die Hand und winkte dem Barkeeper. Er wusste, dass Tess sie beide nicht aus den Augen ließ. »Ich weiß nicht, was du meinst, alter Junge.« Er betrachtete ihre Spiegelbilder in dem Spiegel über der Bar. Clive war kleiner als er, eine halbe Portion. Er hasste die Vorstellung, dass er Tess angefasst hatte, die schöne Tess. Es widerte ihn an, so, wie die Geschichte von der Schlange in Indien, die einen ganzen Wurf Welpen verschlungen hatte, ihn angewidert hatte. Sein Vater hatte sie ihm als Kind erzählt. Clive und Tess, das verstieß gegen die natürliche Ordnung der Dinge. Kit wollte sie beschützen. Er fühlte sich ohnmächtig, weil er nicht da gewesen war, als sie ihn gebraucht hatte. Er warf einen kurzen Blick zu ihr hinüber und erkannte an ihren geröteten Wangen, dass sie den Tränen nahe war, und ihr Blick flehte ihn an, keine Szene zu machen. Clive wandte sich zu ihm, und seine Zigarette glomm böse.

»Ich weiß, dass du schon eine ganze Weile ein Auge auf sie geworfen hast. Ein echter Hauptgewinn, unsere Tess. Sieht blendend aus und hat ein unabhängiges Einkommen. Manche würden sagen, sie ist steinreich. Aber im Ernst, es ist wirklich eine gute Tat, dass du beschädigte Ware annimmst.« Postwendend drehte sich Kit um, Tess' Glas mit Champagner in einer Hand, in der anderen seine Zigarre, die er fest auf Clives Hand drückte. »Herrgott, pass doch auf, Mann!«, rief Clive wütend.

»Tut mir leid, alter Junge.« Kit beugte sich zu ihm vor. »Du bist hier derjenige, der beschädigt ist, Graves. Du hältst dich wohl für den Größten, was? Immer im Mittelpunkt. Dabei bist du nur der verwöhnte einzige Sohn eines Kaufmanns, nicht mehr. Du bist es gewöhnt, dir jedes hübsche Ding, das dir auffällt, einfach zu nehmen. Aber Menschen wie du werden echtes Glück nie kennenlernen, werden Zufriedenheit oder Liebe nie erleben. Du zerstörst andere Menschen, damit dein hohles Herz etwas spürt, irgendetwas, aber das wird dir nie gelingen.«

»Tess habe ich schon gespürt, und wie.«

»Du hast sie dir zu Willen gemacht.« Kit sprach langsam und leise. Er warf einen kurzen Blick zu Tess hinüber, sah, wie besorgt sie war. »Für meine Begriffe bist du kein Mann.« Er beugte sich näher zu ihm und flüsterte ihm zu: »Du hältst dich von ihr fern, ist das klar? Wenn du dich ihr irgendwie näherst, mache ich dich fertig.«

»An deiner Stelle wäre ich vorsichtig, *Kumpel*«, rief

Clive ihm nach. »Wir haben alle unsere Geheimnisse, nicht wahr?« Er führte zwei Finger an die Lippen und warf ihm einen Kuss zu.

»Geheimnisse?« Kit drehte sich kurz zu ihm um. »Tess wird es niemandem erzählen, und ich auch nicht. Sie weigert sich sogar, darüber zu sprechen, es kann also nicht so denkwürdig gewesen sein, Graves. Ich würde an deiner Stelle nicht damit prahlen.«

»Woher wusste er das?«, murmelte Kit jetzt und wischte eine Staubschicht von dem Bild. *Bessie lässt nach, nachdem ihr gekündigt wurde,* dachte er. Neben seinem Daumen sah er die Worte »Star Ferry«. Tess lehnte an der Balustrade eines der Schiffe, der Hafen von Hongkong erstrahlte hinter ihr. *Die Fähre. Natürlich.* Kit warf das Foto in seinen halb gepackten Koffer, schnappte sich seinen Mantel und rannte zum Aufzug.

»Wohin?«, fragte der Taxifahrer, als er sich in den Verkehr einreihte.

»Zur Staten-Island-Fähre.« Kit trommelte mit den Fingern auf den Türrahmen. »Wenn Sie mich in zehn Minuten dorthin bringen, zahle ich Ihnen das Doppelte.«

Er lehnte sich zurück und betrachtete die vorbeiziehenden Lichter. *Hongkong.* Es kam ihm vor wie ein anderes Leben. *Ab wann ist es schiefgelaufen?* Was war mit ihm und Tess passiert?

»Ich liebe sie wirklich«, erinnerte er sich, zu Tess' Mutter Elizabeth gesagt zu haben, auf der allerletzten Party im Dezember 1941.

»Wenn du sie liebst, warum hast du ihr dann das Herz gebrochen?«, fragte Elizabeth mit der gebieterischen Herzlichkeit ihrer Namensvetterin.

»Ich habe ihr geschrieben, um ihr zu sagen, dass sie ein Leben ohne mich führen soll, um sie freizugeben. Ich habe ihr gesagt, ich hätte jemand anders gefunden.«

»Ach, Kit, aber warum denn nur?« Elizabeth griff nach seiner Hand.

Er blickte auf, als ein roter Ballon auf ihren Tisch zuschwebte, und schlug ihn in Richtung der vollen Tanzfläche. Die Band spielte Glenn Millers *Moonlight Serenade.* »Tess liebte diesen Song«, sagte er. »Ich hoffe, sie tanzt immer noch.« Er sah Elizabeth an. »Sie ist in Sicherheit, genau wie unser Kind. Wenn sie will, kann sie den Schutz der Ehe in Anspruch nehmen. Sie sind in Sicherheit. Darauf kommt es an. Ich vermute schon seit einer Weile, dass es hier nicht so gut für uns laufen wird.«

»Ich habe eine Heidenangst, um ehrlich zu sein«, sagte Elizabeth leise. »Ich fühle mich wie ein Kanarienvogel in einem Käfig, mit einer hungrigen schwarzen Katze, die vor den dünnen Stäbchen auf und ab läuft.« Elizabeth blickte auf die Terrasse hinaus. »Ich halte diese Anspannung nicht mehr viel länger aus, die Langeweile und das Trinken. Diese abscheuliche Farce, als wäre alles normal. Ich habe den heutigen Tag damit verbracht, in Deep Water Bay Golf zu spielen, so wie immer. Und heute Abend tanzen wir, während die Japaner irgendwo da draußen ihre Kräfte sammeln, ganz nahe, ganz nahe …«

»Ich kann nicht glauben, dass sie wirklich die Frauen verletzen«, sagte Kit. »Es gibt Regeln, selbst im Krieg. Wir sind darauf vorbereitet, bis in den Tod zu kämpfen, und Gott weiß, mir wäre ein rasches Ende lieber, nach allem, was ich von ihren Truppen gehört habe.« Er zündete sich eine Zigarre an. »Und überhaupt, wen bezeichnest du als schwach? Die besten Mitglieder der Wavy

Navy verteidigen dich hier, Elizabeth, sogar wenn Churchill uns alle im Stich gelassen hat.«

»Natürlich, mein lieber Junge.« Sie nahm seine Hand. »Gib Tess nicht verloren. Sie liebt dich. Falls du es hier rausschaffst …«

»Das ist aber ein ziemlich großes ›falls‹, liebe Schwiegermutter.«

»Wenn. Wenn du es hier rausschaffst, fahre zu ihr. Gebt euch noch eine Chance. Ihr habt ein Kind, an das ihr denken müsst.«

»Ich denke an nichts anderes als an die beiden. Aber was hätte es für einen Sinn, wenn sie um mich trauert, falls ich sterbe? Ich will, dass Tess glücklich ist. Soll sie mich ruhig hassen. Soll sie ruhig wütend auf mich sein, weil ich sie verlassen habe. Irgendein junger Mann wird sie sich schnappen, wenn es nicht schon längst passiert ist.«

»Du darfst so nicht denken.«

»Ich liebe sie, das ist alles.«

»Und wenn du es ihr erklärst, wird sie dir in die Arme fallen, und ihr werdet glücklich bis an euer Lebensende.« Elizabeth stand auf. »Wollen wir tanzen?« Kit geleitete sie zur Tanzfläche, und sie tanzten gemächlich neben der offen stehenden Terrassentür. »Ich weiß«, sagte Elizabeth leise, und Kit beugte sich vor, um sie besser verstehen zu können. »Ich weiß, was Tess zugestoßen ist.«

»Reg dich nicht auf.« Kit drückte ihr die Hand, die in einem Handschuh steckte.

»Ich habe sie im Trockenraum gefunden, sie hat versucht, sich sauber zu machen, nachdem … nachdem dieser Schuft …«

»Sei still. Keiner von uns muss jemals zurückblicken«, sagte Kit.

»Du bist ein guter Mensch, Christopher Blythe, dass du Tess und ihr Kind angenommen hast.«

»Ich liebe sie«, sagte er zum dritten Mal, kurz bevor die Band aufhörte zu spielen und der Krieg ausbrach.

~

Tess lehnte an der Reling der Staten Island Ferry und betrachtete die sich entfernenden Lichter Manhattans. Das dunkle Wasser unter ihr brodelte. *Die Nacht vor Bobbys Hochzeit,* dachte sie. Sie erinnerte sich an ihre eigene Hochzeitsnacht. Tess hatte damals das Gefühl gehabt, sie würde sich verkleiden. Sie stand in der Ankleide ihrer Suite, drehte und wendete sich vor dem Spiegel und betrachtete die junge Frau in dem Nachtgewand aus Crêpe de Chine, das ihre Mutter gemeinsam mit ihr aus dem General Catalogue von *Harrods* ausgesucht hatte. Tess wünschte, sie hätte sich durchgesetzt und den reinseidenen Pyjama gekauft, den sie eigentlich gewollt hatte. Das Nachthemd fühlte sich irgendwie dürftig an. Sie griff nach ihrer neuen Schildpattbürste auf dem Frisiertisch. *Furnier von höchster Qualität statt massivem Schildpatt, Liebes,* hatte ihre Mutter gesagt, *aber das bemerkt kein Mensch.* Als Heranwachsender war es Tess vorgekommen, als beinhalte *Harrods* ganz England. Sie hatte jedes Jahr Stunden damit verbracht, den Katalog durchzublättern, sich danach gesehnt, Sloane 1234 (»Rund um die Uhr«) anzurufen. Es kam ihr vor wie eine Initiation, als sie die Bestellung ihrer Aussteuer per Telegramm an *Everything Harrods London* schickte.

»*Gönne dir ein bisschen Luxus aus der Heimabteilung, um dein eigenes Heim einzurichten*«, hatte ihre Mutter auf ein hellblaues Blatt Luftpostpapier geschrieben und in den Einband gesteckt. Tess lag in dem schmalen Bett, in dem sie jede Nacht ihrer Kindheit verbracht hatte, und sah sich im Licht der Lampe den Katalog an. Bei der Beschreibung des weltweiten Versands hielt sie inne: *Wir versenden in alle Regionen der Welt.* So kam ihr die Ehe vor: Sie wurde in Neuland geschickt. Sie knickte ein Eselsohr in die Seite mit den Uhren und wählte eine silberne Rolex Oyster mit einfachem Lederarmband für fünftausendeinhundertfünfzig Pfund als Hochzeitsgeschenk für Kit. Sie hatte schon genug Zeit mit ihm verbracht, um zu wissen, dass er goldene Uhren als »zu viel« erachtete. *Sämtliche Rolex-Uhren werden zur letzten Prüfung mehrere Stunden in Wasser getaucht*, las sie. Sie blickte zu dem sich drehenden Ventilator an der Decke auf und stellte sich Kit beim eleganten Brustschwimmen in einem großen Aquarium vor, wie er auf die Uhr tippte und ihr den nach oben gerichteten Daumen zeigte.

Tess blätterte nacheinander die einzelnen Seiten des Katalogs durch: Mrs Sykes' Haushaltsführungsbuch 3/–, ein neuer Schrankkoffer von Pukka für die Flitterwochen auf den Philippinen, Leda-Seidenstrümpfe in Nebelgrau. Sie betrachtete die Seite mit Puppenkinderwägen und Sunbeam-Rennautos, malte sich aus, Spielsachen für Weihnachten zu kaufen, Strümpfe zu füllen, versuchte, sich auszumalen, Mutter zu sein.

Tess schloss die Augen und erinnerte sich, wie viel Angst sie bei der Vorstellung hatte, mit Kit ins Bett zu gehen. Die lange Perlenkette um ihren Hals war schwer und warm. Tess legte die Hand auf die sanfte Rundung ihres Bauchs, spürte die Reaktion des Kindes. *Ich kann das*, dachte sie und hoffte sehr, dass Kit bereits eingeschlafen war. Vom Hotelbadezimmer aus betrat sie ihre Suite. Ihr wurde mulmig, als Kit in einem gestärkten weißen Schlafanzug im Bett lag und las. Er sah unglaublich gut aus, seine blonden Haare waren von der breiten gebräunten Stirn und den hohen Wangenknochen zurückgestrichen, die weiße Baumwolle betonte die vollkommene Symmetrie seiner Schlüsselbeine.

Sie dachte an die fröhliche Tagesdecke aus Taft, die sie aus dem Katalog für ihr neues Zuhause gekauft hatte (»Eine hübsche Tagesdecke trägt viel zum Charme und zur Erholsamkeit eines Schlafzimmers bei«). Sie lag noch in braunes Papier verpackt ganz unten im Umzugskarton in ihrer neuen Wohnung in Hongkong und wartete darauf, dass Tess das gemeinsame Bett überzog. In diesem Moment wusste sie instinktiv, dass Kit die Decke verabscheuen würde.

»Wie hübsch du aussiehst«, sagte er und steckte ein Lesezeichen in sein Buch. Er schlug das schwere Leinenlaken auf ihrer Seite zurück und machte ihr Platz.

»Das war doch ein herrlicher Tag«, sagte sie und schlüpfte aus ihrem Morgenmantel. Als sie die Perlenkette abnehmen wollte, hinderte Kit sie daran. »Soll ich sie anlassen?«, fragte sie.

»Ja. Sie ist wunderschön.« Er klopfte auf das Bett.

»Ich bin auf der falschen Seite.« Tess dachte an ihren Nachttisch zu Hause. »Oder ist das jetzt meine Seite?« Kit beugte sich plötzlich zu ihr, um sie zu küssen, und sie stießen mit den Nasen zusammen.

»Entschuldige, Schatz! Ich … ach, du bist so schön«, sagte er. Starr vor Angst legte sich Tess auf den Rücken und blickte zur Decke hinauf, als Kit sie küsste und sich am Saum ihres Nachthemds zu schaffen machte. Sie schloss die Augen, als er sie wieder küsste und sich mit der Hüfte an sie drückte. Sie versuchte verzweifelt, nicht an das vorige Mal zu denken. »Tess? Tess, du siehst aus, als hättest du furchtbare Angst. Du willst doch, mein Liebling, oder?«

»Natürlich.« Sie blinzelte, als sie zu seinem freundlichen, männlichen Gesicht hochblickte, das auf sie herablächelte. »Ich will dir eine richtige Ehefrau sein. Ich will dir gefallen. Nur …«

»Ich bin ganz sanft.« Er band sich die Schlafanzughose auf und schlüpfte aus der Jacke. Tess hatte ihn noch nie nackt gesehen. Selbst beim Schwimmen trug er Badekleidung, die einen Großteil seines Körpers bedeckte. Seine Küsse waren schlaff wie ein feuchtes Papiertuch, das an ihre Haut gedrückt wurde. Sie hatte nicht damit gerechnet, dass der Körper unter den schicken Anzügen und den steifen Bügelfalten haarlos und seine Haut so weich wie bei einem Mädchen war. *Ich kann das,* sagte sie sich. *Es ist gleich vorbei.* Sie versuchte, die Erinnerung an Clives wilde, beißende Küsse wegzuschieben, nach denen ihre Lippen geschwollen und blutig waren. Seine Zähne hatten Spuren an ihrem Hals, an ihrer Brust hinterlassen.

Dann lag Kit auf ihr, und sie spürte, wie er sich bemühte, in sie einzudringen. Plötzlich war da ganz viel von ihm, überall Haut, hektisches Stoßen. Wo war der kultivierte Mann, den sie kannte, seine maßgeschneiderten Anzüge, seine manikürten Nägel?

Doch dann legte Kit ihr die Hand auf den Bauch, und das Baby bewegte sich. Er zuckte zurück, als wäre er gestochen worden, und sein schlaffer Penis verbarg sich in seinem flaumigen Nest.

»Dein … gütiger Gott, ist das das Kind? So fühlt es sich

an, wenn man schwanger ist?« Kit zog eine Grimasse. »Ich – o Gott, es hat keinen Sinn.« Weich und schlaff rutschte er von ihr herunter. »Ich kann nicht.« Er rollte zur Seite. »Ich kann nicht.« Dann setzte er sich mit gekrümmtem Rücken auf die Bettkante. Tess blieb vor Schreck der Mund offen stehen. Sie berührte die Vertiefungen in seinem Rückgrat und fürchtete, das feine silbrige Netz von Narben könnte noch wehtun.

»Kit? Was ist dir zugestoßen? Wer war das?«

»Nicht.« Er schüttelte sie ab. »Das wird einen Mann aus dir machen«, sagte er leise. Tess hob das weiße Laken an, legte es ihm sanft um die Schultern und ließ den Kopf an seine Schulter sinken.

»Schließ mich nicht aus, Kit, bitte.« Sie wartete, in der Hoffnung, er würde sie nicht wieder wegstoßen. »Mein armer Liebling. Erzähl es mir einfach, wenn du so weit bist.«

»Was gibt es da zu erzählen? Noch ein Kind, dem Gewalt angetan wurde.« Sie bemerkte, wie er sich wieder abschottete. »Dir ist vielleicht aufgefallen, dass ich keinen Kontakt zu meiner Familie habe.«

»Wir haben jetzt bald unsere eigene Familie.« Tess legte den Arm um ihn und wiegte sich leicht vor und zurück.

»Als er mich das erste Mal geschlagen hat, war ich noch so klein, dass ich dachte, sein Gürtel sei eine Schlange. Es wollte mir nicht in den Kopf, dass Vater mir wehtun würde, und so überzeugte sich mein junger Kopf selbst davon, dass ich von einer Schlange gebissen wurde. Jahrelang hatte ich Angst vor ihnen.«

»Armer Kit.«

»Ich weiß noch, wie ich in die Hose gemacht habe. Mein Schlafanzug war patschnass.« Kit fing an zu zittern.

»Als ich ins Bett ging, war ich überzeugt davon, dass ich sterben würde. Ich hatte solche Angst davor, wenn ich die Augen schloss …« Er richtete sich auf. »Herrje, sieh mich an. Was für einen Mann hast du geheiratet?«

»Schatz, ich will dir eine Frau sein, eine richtige Ehefrau.« Sie vertrieb den Gedanken an Clive, und wie er ihr wehgetan hatte.

»Ja? Trotzdem?« Sie spürte, wie sich das Kind in ihr regte, ihre Nervosität fühlte, als Kit sich umwandte und sie in die Arme nahm. Tess versuchte, nicht zurückzuschrecken, als sie Kits Zunge in ihrem Mund spürte, seine Hüfte an ihrem Schenkel. Er versuchte erneut, in sie einzudringen, machte sich unbeholfen an ihr zu schaffen

»Verdammt, es ist hoffnungslos. Es tut mir leid, ich kann einfach nicht.« Er rollte weg von ihr. Kit zog seinen Schlafanzug an, dann seinen Morgenrock. Tess verstand das nicht. Sie war sich sicher, Kit wäre ein Mann von Welt und würde wissen, was zu tun war. Über viele Jahre hatte sie ein romantisches Bild von ihnen beiden in sich getragen. Es konnte doch nicht sein, dass ein so attraktiver und charismatischer Mann wie Kit bisher keine Liebschaften gehabt hatte?

»Es liegt an mir, nicht wahr?«, platzte sie heraus, und ihr kamen die Tränen. »O Gott, gerade ist es mir klar geworden.«

»Bitte nicht, Schatz …« Er griff nach ihrer Hand, ohne sie anzusehen.

»Ich widere dich an, nicht wahr?« Sie zog die Decke über sich.

»Nein.« Er klang sicherer. »Nein.«

»Ist es das Baby?«

Er zögerte. »Ja. Ja, natürlich. Ich habe zu viel Champagner getrunken, deshalb ist der kleine Mann nicht ganz so fit, und ich habe Angst, dem Baby wehzutun.«

»Ich glaube dir nicht. Ich widere dich an. Wegen dem, was er … was Clive mir angetan hat?«

»Pst«, sagte Kit sanft. »Als er mich heute Abend verhöhnt hat, kam ich mir ohnmächtig vor.« Kit lachte leise und zeigte auf seinen Schoß. »Paradox, ja.« Er strich sich die zerzausten Haare glatt. »Gott, am liebsten hätte ich ihm eine verpasst. Er hat gesagt, es wäre ein bisschen spät, deine Ehre zu verteidigen, dieser Schuft.«

»Es tut mir leid, Kit.« Tess rollte sich zusammen. »Es tut mir so leid.«

»Dir muss gar nichts leidtun.« Er schaltete die Lampe auf dem Nachtkästchen aus und küsste sie auf die Stirn. »Weine nicht, Schatz. Das ist der glücklichste aller Tage.« Mit dem sauberen Ärmel seines Schlafanzugs wischte er ihr die Tränen von den Wangen.

»Es ist so ein Glück, dass ich dich habe, Kit. Bitte verlass mich nicht.«

»Ach was.« Er lachte leise. »Warum sollte ich dich denn verlassen?«

»Ich habe gehört, wie Mutter beim Hochzeitsfrühstück zu jemandem gesagt hat: ›Wirklich außerordentlich, dass Tess jemanden geangelt hat, der so kultiviert und gut aussehend ist wie Kit. Was für ein Fang! Was für ein Tag!‹ Ich hätte schreien können.«

»Ich bin derjenige, der sich glücklich schätzen kann«, sagte Kit. »Ich verehre dich, Tess. Daran darfst du nie zweifeln. Und was das betrifft« – er zeigte auf das zerwühlte Bett –, »das wird noch, da bin ich mir sicher. Ich glaube, im Moment ist es am besten, wenn du nach Hause fährst.«

»Zu meinen Eltern?«, fragte sie erschrocken.

»Nach England, du Dummerchen.« Kit saß auf dem Bettrand und knöpfte sich den Schlafanzug zu. »Ich habe darüber nachgedacht. Ich habe meiner Tante in Somerset schon geschrieben …«

»Wann? Wann hast du ihr geschrieben?«

»Vor ein paar Tagen.«

»Was? Warum hast du mich nicht gefragt? Ich will nicht nach Somerset. Ich bin hier zu Hause, in Hongkong.«

»Hör mich doch zu Ende an. Sie hat sich um das Familienanwesen gekümmert, Midchester – sie ist so etwas wie eine Hauswirtschafterin. Jetzt, nachdem wir verheiratet sind, erbe ich, und du kannst überprüfen, ob das Haus und die Buchhaltung in Ordnung sind, während du auf den kleinen Kerl wartest …« Er zeigte auf Tess' Bauch.

»Was, wenn es ein Mädchen wird?«

»Darum kümmern wir uns, wenn es so weit ist.« Er rechnete rasch nach und zählte die Monate an den Fingern ab. »Das Kind muss in Somerset geboren werden …«

»Hast du mich deshalb geheiratet?« Tess wich langsam vor ihm zurück. »Du liebst mich nicht. Du benutzt mich und das Baby nur.«

»Sei doch nicht albern, Tess. Ich bete dich an. Wir waren doch immer gute Freunde, oder? Der Rest wird kommen, da bin ich mir sicher.« Er lehnte sich an das luxuriöse Kopfbrett zurück und breitete die Arme für sie aus, damit sie sich an ihn kuschelte. »Ich liebe dich wirklich, Mrs Blythe.«

Tess zögerte und legte sich vorsichtig in seine Arme. »Ich liebe dich auch, Mr Blythe.« Sie fragte sich, warum sie sich so einsam fühlte, wenn das Liebe war.

»Und im September wird Master Blythe geboren. Du kannst allen erzählen, er sei ein Flitterwochenbaby, und hier wird das auch niemand bezweifeln, Tess.« Er machte eine Pause. »Was hattest du eigentlich vor, als ich dich zufällig in der Hollywood Road getroffen habe? Du wusstest, ich würde dir einen Heiratsantrag machen. Hattest du vor, so zu tun, als wäre das Kind von mir?«

»Nein. Nein, ich wollte es dir sagen. Mutter meinte, ich solle es lieber nicht tun, aber unter dieser Vorspiegelung falscher Tatsachen hätte ich dich nicht heiraten können. Ich hoffte – ich hoffte, du würdest mich genug lieben, um galant zu sein.«

»Galant.« Kit lachte leise und ließ sich auf die dicken weißen Gänsedaunenkissen zurücksinken. »Was für ein wunderbar altmodischer Begriff! Nein, ich war nicht galant. Ich habe an mich gedacht, wie immer. *›Ich habe nie einen so egoistischen Jungen erlebt.‹* Das hat meine Mutter gesagt, als ich sie das letzte Mal gesehen habe. Meine liebe Mutter.« Kit verzog das Gesicht. »Ob wir es als Eltern wohl besser machen?«

»Hoffentlich. Ich mache mir schreckliche Vorwürfe, dass ich es loswerden wollte.«

»Bis ich daherkam wie ein Ritter in zerknüllter Bettwäsche? Ich dachte mir schon, dass die Kräuter für eine Abtreibung waren. Sehr einfallsreich von dir.« Kit zündete sich eine Zigarette an und schlug die Beine übereinander. »Du hast recht, ich spiele nur mir dir. Natürlich hat das nichts an dem Heiratsantrag geändert.«

»Und es macht dir immer noch nichts aus?«

»Es hat mich tatsächlich amüsiert. Deshalb dachte ich, es wäre den Versuch wert …« Voller Widerwillen gestikulierte er zum Bett.

»Ich amüsiere dich?«, fragte Tess und errötete. »Hältst du wirklich so wenig von mir?«

»Ich bete dich an. Wir sind doch gute Freunde. Ich halte dich für klug und schön und für die perfekte Ehefrau für jemanden in meiner Position. Die Ehe kommt mir gelegen – wenn du die Wahrheit wissen willst. Wenn ich Midchester erben will, muss ich einen Erben liefern. Und so …« Er deutete vage auf das Bett. »Nun ja, ich nehme deinen gerne an. Wir können uns gegenseitig helfen, bis der Kleine groß genug ist, um sich selbst zu versorgen …«

»Oder die Kleine.«

»Natürlich. Eine Zweckehe.«

~

»Hallo, Tess!« Kit stand im Dunkeln auf dem Deck der Fähre. »Tess?«

Sie wandte sich überrascht um. Die Nacht und das Wasser verschwanden hinter ihr, während sich die Fähre vorwärtsbewegte. »Wie hast du mich gefunden?«

»Du warst aufgebracht.« Kit hielt schützend die Hand vor sein Feuerzeug und zündete zwei Zigaretten an. Langsam blies er eine blaue Rauchwolke in den Wind. »Ich weiß noch, wie du immer die ganze Nacht auf den Star Ferries gefahren bist, wenn du über etwas nachdenken musstest. Wo sonst würdest du also hingehen?« Er reichte Tess eine Zigarette. »Weißt du noch? Hier waren wir in unserer ersten Nacht in New York?«

»Ich habe gerade an unsere Hochzeitsnacht gedacht.«

»Gütiger Gott, wieso das denn?« Kit lehnte sich an die Brüstung neben sie und blickte zurück auf die schwindenden Lichter Manhattans, die wie tausend Flammen über das dunkle Wasser verteilt waren.

»Kit, warum hast du mir damals den Brief geschrieben, in Somerset?«

»Wann?«

»Während des Krieges.«

»Ich …« Er fuhr sich mit dem Daumen über die Unterlippe. »Ich wollte dir die Chance geben, mich zu verlassen. So wie jetzt, mit dieser Scheidung. Du bist meine beste Freundin, Tess. Du hast etwas Besseres verdient.«

»Ich liebe dich, Kit, das weißt du, oder?«

»Selbst jetzt noch?« Kit senkte den Blick und räusperte sich. »Aber wir beide wollen etwas, das der andere ihm nicht geben kann.« Er wischte sich rasch über die Wange. »Verlass mich nicht, Tess. Ich habe einen schrecklichen Fehler begangen.«

»Nicht, Kit. Es ist zu spät.« Tess presste die Augen fest zusammen, um die Tränen zurückzuhalten, dann sah sie ihn mit feucht glänzenden Augen an. »Ich will das alles, Kit. Ich will das Märchen, ich will glücklich sein bis an das Lebensende.«

»Ich weiß. Das weiß ich doch. Und das hast du auch verdient.« Kit nickte und runzelte die Stirn. »Verdammt, bei diesem Wind tränen einem ja die Augen.« Tess legte ihm die Hand auf den Arm, ohne ihn anzusehen. »Ich kann dir nicht vorwerfen, dass du dich für ihn entschieden hast. Ich bin bankrott, Tess. Ich lebe eine Lüge …«

»Oder eine schöne Erfindung?« Sie lehnte sich an ihn.

»Du hast immer nur das Beste in mir gesehen.« Er küsste sie auf den Kopf. »Ich mochte das Ich, das ich durch deine Augen sah. Gott weiß, ich war vor dir ein Nichtsnutz, und ich werde es wohl auch nach dir sein.«

»Nach mir? Glaubst du, du wirst mich so einfach los? Du kannst dich natürlich von mir scheiden lassen, aber ich habe dich damals geliebt, und ich liebe dich jetzt.«

»Sag mir, wie lange hat es gedauert, bis du bemerkt hast, dass ich nicht der Traumliebhaber war, den du dir gewünscht hast?«

»Wie lange? Die erste Nacht war durchaus ein Fingerzeig – eigentlich die gesamten Flitterwochen in Manila.« Tess vergrub sich tiefer in die Wärme seines schweren Wollmantels. »Ich war vom ersten Moment an in dich vernarrt, nachdem ich dich 1934 in deiner umwerfenden Uniform und dem Tropenhelm bei der Geburtstagsparade für den König in Hongkong gesehen hatte. Du warst der attraktivste Offizier, den ich je gesehen hatte.«

»Ja?«

»Das weißt du sehr gut. Alle Mädchen haben dich angehimmelt. Du hast mich kein bisschen beachtet …«

»Du warst ein Kind.«

»… bis du mich beim Tennisspielen gesehen hast.«

»Du hast immer noch einen Aufschlag wie ein Skalpell. Elegant und aggressiv.«

»Ich dachte, wir könnten glücklich sein.« Tess seufzte. »Vielleicht wäre das möglich gewesen, wenn du dein Leben nicht immer so unterteilt, wenn du uns reingelassen hättest …«

»Ich habe schon früh im Internat gelernt, keine Gefühle zu zeigen«, sagte Kit und lehnte den Kopf an ihren. »Danach ist es schwer, Menschen an sich heranzulassen. Ich habe nicht die Befähigung, glücklich zu sein.«

»Ich finde, wir hatten glückliche Momente.«

»Nach allem, was wir während des Krieges mit angesehen haben, war das mehr, als ich hoffen konnte.«

»Weißt du noch, wie ich in deine Ankleide kam, kurz nachdem du aus dem Krieg zurückgekehrt warst?«, sagte sie. »Seit unserer Hochzeitsnacht warst du nicht mehr in meinem Bett gewesen ...«

»Das weiß ich noch.« Er nahm ihre Hand.

»Ich konnte diese Distanz nicht ertragen. Mir war klar, dass du dich von mir abgestoßen fühltest ...«

»Nein, das war nie der Fall.«

»Du hast ein ehrliches Herz, Kit. Du konntest nicht so tun, als würdest du etwas empfinden, was nicht da war. Dafür respektiere ich dich.«

»Du hast gesagt, du vermisst mich.« Er blickte über das Wasser.

»Ja. Auf unsere Weise haben wir eine gute Ehe geführt.« Sie dachte an ihre zufriedenen Nächte, in denen sie eingeschlafen war, während Kit ihr Kipling oder Graham Greene vorgelesen hatte.

»Wir könnten immer noch eine gute Ehe führen. Von vorn anfangen. Nicht wie zuvor, sondern offen und ehrlich, und ...«

»Offen? Du hast Affären und ich auch?« Sie schüttelte den Kopf.

»Du hast recht.«

»Ich will mehr als das, Kit. Ich will das Märchen. Die Dunkelheit und das Licht, nicht nur Glitzern und Funkeln.« Tess blickte ihn an. »Du willst einfach nur der perfekte Mann sein. Ein glänzendes Paar, das von allen anderen beneidet wird.« Sie lachte. »Wenn Fabergé Nester entworfen hätte, dann hätten sie ausgesehen wie dieses vergoldete Mausoleum, das du für uns entworfen hast.«

»Während du dich mit einem alternden, kaputten, sterbenden ...«

»Nicht.« Tess stellte sich aufrecht hin und schnippte ihren Zigarettenstummel über Bord, betrachtete den glimmenden Bogen.

»Ich ertrage die Vorstellung nicht, dass du deine Chance auf Glück an diesen Mann vergibst. Ich ertrage die Vorstellung nicht, dass du dir noch einmal das Herz brechen lassen musst.« Kit wandte sich zu ihr. »Hast du vor, ihn zu heiraten?«

»Das weiß ich nicht. Lass uns erst einmal die Scheidung hinter uns bringen, ja?«

»Ich will nicht mehr kämpfen.« Kit blickte über das Wasser hinaus. »Ich habe auf dem Weg hierher an das letzte Gespräch gedacht, das ich mit deiner Mutter geführt habe.«

»Mit Mutter?«

»Ich habe ihr erzählt, dass ich dir geschrieben hatte, weil ich dich liebte. Du solltest frei sein, glücklich sein.«

»Aber ich habe mit Philip Schluss gemacht, als du zurückgekommen bist, oder?«

»Ach, *du* warst das, ja? Bist du sicher, dass dieser Musterknabe, der ein Auge auf Aphras Haus geworfen hatte, nicht so schnell wie möglich davongelaufen ist, als der Ehemann wie durch ein Wunder von den Toten auferstanden war?«

»Sei nicht grausam.« Sie berührte ihn an der Schulter, und Kit wandte den Blick ab. »Du willst doch sicherlich, dass ich glücklich bin? So wichtig bin ich dir immer noch, oder? Nach über zwanzig Jahren einer liebevollen Ehe …«

»Ich habe dich wohl nie richtig geliebt.«

»Wie meinst du das?« Der Boden unter ihr schien zu schwanken. Sie war mit Bobby zur Strandpromenade gefahren, als er klein war, in ein Spaßhaus auf Coney Island. Die Bodendielen hoben sich knarzend an und drehten sich wie ein Rad, sodass er sich von ihrer ausgestreckten Hand entfernte. Sie erinnerte sich, wie er vor Angst und Freude gekreischt hatte, während sie sich bemühte, ihr Entsetzen zu verbergen. Ihr geheimster Albtraum schien wahr zu werden, als sie sah, wie ihr Kind von ihr fortgetragen wurde. Jetzt stützte sie sich ab, legte die Hand auf die kalte Brüstung. »Du lügst mal wieder, um mich wegzustoßen. Du meinst das nicht wirklich ernst.« Sie hob das Kinn. »Damals hast du es auch nicht ernst gemeint, genauso wenig wie jetzt.«

»Als ich im Internierungslager in Shamsuipo war, habe ich dich beneidet. Es fällt einem sehr schwer, großmütig zu bleiben, wenn man in der Hölle lebt. Ich habe dich gehasst, weißt du das? Ich wollte nicht, dass du glücklich bist, nicht in Somerset und schon gar nicht mit irgendeinem Pfarrer, der sich über seinen Stand erheben will. Ich habe mir gewünscht, ich hätte dich nicht weggeschickt. Ich habe mir gewünscht, du würdest mit mir leiden.«

Tess' Magen krampfte sich zusammen. »Ich hatte – ich habe – immer noch Schuldgefühle. Weil du mich nach Hause geschickt hattest, und dann konntest du Hongkong nicht mehr verlassen.«

»Der Krieg hat so viele von uns kaputt gemacht.« Kit wandte sich von ihr ab und tippte sich mit den Daumen an die Fingerspitzen. »Was für Gräuel ich mit angesehen habe.« Tess legte ihm die Hand auf die Schulter und lehnte den Kopf an seinen Rücken. »Ich wäre fast an der Ruhr gestorben.«

»Du hast nie darüber gesprochen«, sagte sie. »Den Leuten in den Lagern ist es gelungen, ein Mal im Monat einen Brief zu schicken. Meine Mutter hat das gemacht, bis zu ihrem Tod.« Tess lächelte traurig. »Ihre Briefe waren genauso voller Skandale wie die Briefe in Friedenszeiten, sie freute sich diebisch über ein Missgeschick irgendeiner Frau in der Kolonie.«

»Sie wollte dir wahrscheinlich die Wahrheit darüber verheimlichen, wie verzweifelt die Lage in Stanley war. Du hättest das niemals verstanden. Der Krieg trägt einen weit weg von zu Hause, und man kehrt nie zurück. Die Einzigen, die das verstehen, sind diejenigen, die dich begleiten.« Die Sehne an seinem Hals spannte sich an. »Außerdem, was soll ich darüber reden, wenn ich es jede Nacht neu durchlebe?«

»Immer noch?« Sie nahm eine seiner Hände und zwang ihn, mit dem alten, vertrauten Trommeln der Finger aufzuhören. Er riss seine Hand weg. »Es ist vorbei …«

»Es wird nie vorbei sein. Es bleibt immer ein Teil von mir. Ich werde nie glücklich.«

»Und du willst, dass ich auch unglücklich bin? Ist es das?«, fragte Tess.

»Natürlich nicht«, erwiderte Kit ruhig.

»Ich gehe, gleich nach der Hochzeit«, erklärte sie.

»Was? Und was ist mit dem Studio, mit den vielen Jahren, in denen du dir alles aufgebaut hast?«

»Elaine ist …«

»Wie eine Tochter für mich?« Kit ahmte Tess' Stimme nach. »Elaine ist eine Frau auf der Suche nach einer Persönlichkeit.«

»Hör auf, Kit. Du warst schon immer eifersüchtig …«

»Ich? Was ist mit Bobby? Hätte er doch nur sie geheiratet. Das wäre wirklich praktisch gewesen.«

»Eine glückliche Familie?«

»Das ist nichts, womit ich mich auskenne oder was ich anstrebe.«

»Ich wollte nie etwas anderes.« Das Schweigen zwischen ihnen zog sich in die Länge. »Ich habe neulich die Tagebücher aus meiner Jugend gefunden. Weißt du, was ich geschrieben habe? *Ich will ein Haus voller Farbe, Licht, Liebe und Lachen, voller Kinder und Glück …*« Sie verstummte.

»Deshalb müssen wir jetzt einen Strich ziehen, solange du noch Gelegenheit dazu hast.« Kit nahm ihre Hand, drehte sie um und fuhr die Linien nach. »Hast du jemals deinen Blick gesehen, wenn ein Kinderwagen vorbeirollt?« Er lachte und schüttelte den Kopf. »Nein, natürlich nicht.« Er drückte sie fest an sich, gab ihr einen Kuss auf den Kopf und blinzelte das Brennen in seinen Augen weg. »Ich bin nicht genug für dich. Kann man denn so leben, in dem Wissen, dass man dem Menschen, den man liebt, nicht das geben kann, was er braucht? Wir wollen unterschiedliche Dinge, Tess.« Kit strich ihr über die Haare, und sie nahm wahr, wie er ihren vertrauten Lilienduft einatmete. »Du wirst mir so sehr fehlen.« Ihm versagte die Stimme. Als er wieder anfing zu sprechen, wusste Tess, dass er weinte. »Ich hoffe, dass wir uns nach alldem wiederfinden.«

»Nach alldem? Ach, Kit. Du meinst, wenn Marco stirbt?«

»Wer weiß!« Er lachte durch seine Tränen. »Ich hatte mir immer vorgestellt, wie wir als Tattergreise zusammen durch Somerset wackeln.«

»Durch Somerset?« Sie sah ihn überrascht an. »Was für eine seltsame Vorstellung!«

»Am Ende muss man doch nach Hause zurück.«

»Ich weiß nicht einmal mehr, wo ich zu Hause bin.« Aber in diesem Moment wurde ihr klar, dass sie es doch wusste. *Marco. Bei Marco bin ich zu Hause.* »Jetzt ist es jedenfalls erledigt. Ich habe Elaine zu meiner Teilhaberin gemacht. Ich kann ihr das Studio guten Gewissens überlassen und weggehen.«

»Warte.« Kit wischte sich mit dem Handballen über die Augen. »Was meinst du mit ›weggehen‹? Wo willst du denn hin?«

»Ich habe Pläne, Kit. Große Pläne. Mit dem Geld, das mir Elaine für die Hälfte des Tanzstudios gegeben hat, fange ich neu an, in Provincetown.«

»Am Ende der Welt …«

»Mir gefällt es dort sehr.«

»Aber wovon willst du leben, bis du Fuß gefasst hast?«

»Ach« – Tess lächelte in sich hinein –, »das schaffe ich schon.«

»Ja?« Kit runzelte die Stirn.

Danke, Aphra, dachte sie und blickte hinauf zu den Sternen. *»Du brauchst eine Kriegskasse, liebes Mädchen«,* hatte Aphra eines Abends zu ihr gesagt, nachdem Kit aus Hongkong zurückgekehrt und in das Dorfpub gegangen war, sodass die beiden allein waren. Aphra hatte ihr einen Brief mit allen Angaben zu einem Bankkonto bei Coutts überreicht, das auf Tess' Namen eröffnet worden war. Sie bekam große Augen, als sie sah, welche Summe dort eingezahlt worden war. »Du brauchst immer dein eigenes Fluchtgeld, Tess. Auf diese Art weißt du stets, dass du bleibst, weil du es willst, und nicht, weil du es musst. Für eine Frau ist es sehr wichtig, mehrere Möglichkeiten zu haben, auch die Option, unabhängig zu sein, aber dafür brauchst du dein eigenes Geld. Du darfst Kit nie, niemals von diesem Konto erzählen, verstehst du? Es ist mir egal, ob ihr beide am Hungertuch nagt und Bohnen esst, das Geld gehört dir und nicht ihm.« Tess blickte lächelnd zum Polarstern hoch. Sie erinnerte sich, wie Aphra sich in ihrem fadenscheinigen Lieblingssessel am Kamin zurücklehnte, eine Häkeldecke über den Knien und eine hellbraune Wollsocke, die gestopft werden musste, auf dem Rücken des Windhunds, der neben dem Feuer lag. »Das Problem mit Kit ist, dass er aussieht wie ein Filmstar«, hatte Aphra gesagt, »und jeder projiziert seine Träume auf einen Mann wie ihn. In der Realität läuft es dann oft anders.« *Sie hatte recht,* dachte Tess und sah kurz zu Kits Profil hin. »Menschen wie er erwarten meist, dass ihnen nur das Beste zusteht, weil sie nie etwas anderes bekommen haben. Alle sind erfreut, wenn sie einen Raum betreten. Alle geben ihnen Geld, Arbeit und goldene Lorbeerkränze. Kit wird dein Erbe durchbringen, davor warne ich dich jetzt schon.« Aphra hatte die Hand gehoben. »Er hat Lücken zwischen den Fingern. Ein sicheres Zeichen für Verschwendungssucht.«

»Worüber lachst du?«, fragte Kit jetzt.

»Nichts.« Tess lächelte und senkte den Blick. »Ich habe nur gerade an Aphra gedacht. Und was sie wohl zu alldem gesagt hätte.«

»Aphra hätte dich angespornt.« Kit zog sich den Kragen um die Ohren. »Kommt er mit dir? Das hält niemals lange.«

»Meinst du? Vielleicht kann ich dir ja das Gegenteil beweisen.« Tess hob trotzig das Kinn.

»Nur zu. Und wenn du dich dann komplett zum Narren gemacht hast, dann …«

»Was? Dachtest du, ich würde enden wie eines der verkümmerten alten Weiber von der Upper East Side und jeden Abend in mein kleines Studio zu einer Katze und einer Dose Suppe zurückkehren, sobald du nicht mehr da bist?« Tess stützte die Hände in die Hüfte. »Erinnerst du dich an unseren Streit letztes Weihnachten? Du hast mich als schwach bezeichnet, weil ich mich die ganzen Jahre über mit unserer Scheinehe zufriedengegeben habe. Und du hast mir vorgeworfen, ich hätte Angst, mein eigenes Leben zu leben. Das stimmt nicht.« Der Fluss schimmerte silbern, und der Wind blähte Tess' Mantel wie ein Segel. »Ich bin bei dir geblieben, weil ich stark war, nicht weil ich schwach war. Aber für mich ist das erst der Anfang. Ich habe euch beide geliebt, dich und Bobby. Ich habe alles gegeben, was ich hatte. Es tut mir leid, dass es nicht genug für dich war.«

»Gott, du hast noch nie schöner ausgesehen als in diesem Moment«, sagte er leise.

»Ach, Kit.«

»Es tut mir leid. Ich mag nicht mehr streiten. Wir haben beide unser Bestes gegeben, für unsere Ehe und für Bobby.« Kit legte ihr den Arm um die Schultern, und sie wandten sich zur Freiheitsstatue, während die Lichter Manhattans in immer weitere Ferne rückten. »Die Ehe ist mehr als ein Zustand. Du hast immer gesagt, die Ehe ist ein unerforschtes Land. Wir haben uns beide nach Kräften bemüht, es zu kartografieren. Wir haben uns nur verirrt, das ist alles.«

37

Tess schlief kaum vor der Hochzeit. Die ruhelosen Stunden waren erfüllt von Gedanken an Marco, an Bobby, an Kit. Um sieben Uhr ging sie unter die Dusche. Sie schnappte nach Luft, als sie die Temperatur auf kalt drehte und das Gesicht unter die Wasserstrahlen hielt, um wach zu werden. Dann hüllte sie sich in einen Morgenmantel aus Waffelpiqué, trat hinaus auf den kühlen Marmorfußboden und band die Haare zu einem Turban hoch. Sie wischte den beschlagenen Spiegel frei, damit sie ihr Gesicht sehen konnte. *Gesichter sind so wichtig*, dachte sie. Ihre Augen waren wegen des Schlafmangels gerötet, darunter hatten sich dunkle Schatten gebildet. Tess zog eine Grimasse und streckte die Zunge heraus. *Komm schon*, sagte sie sich. *Reiß dich zusammen!* Sie warf einen kurzen Blick zur Tür, als sie in Kits Badezimmer das Wasser laufen hörte, und lächelte unwillkürlich. Es war das letzte Mal, dass sie ihn morgens nebenan hören würde, wenn sie sich fertig machte. Viele Jahre hatten sie ihr Leben parallel geführt, und nun trennten sich ihre Wege.

In ihrer Ankleide setzte sich Tess vor den Frisiertisch und blickte von ihrem Spiegelbild durch die hohen Fenster dahinter auf die vertraute Skyline von New York.

Geübt trug sie ihre Make-up-Grundierung auf, ohne den Blick von der Aussicht abzuwenden, und strich sich dann mit einem dicken Puderpinsel über das Gesicht. Sie widmete sich wieder dem Spiegel und entdeckte dabei ihr Kleid, das hinter ihr in einem Kleidersack an der Stange des leeren Schranks hing. Darunter stand die schlichte schwarze Schachtel, die Marco ihr zusammen mit den Schuhen gegeben hatte.

Tess leckte die Spitze eines dünnen Pinsels an und fuhr damit durch das Kajalpuder. Mit ruhiger Hand zog sie eine feine Linie über ihr Augenlid wie eine Kufe auf Eis. Dann beugte sie sich nahe an den Vergrößerungsspiegel und trug dunkle Wimperntusche auf. Aus einem Seidenkissen auf dem Tisch zog sie eine Nadel und trennte damit die einzelnen Wimpern voneinander, bis sie zufrieden war. Zuletzt suchte sie in der Schublade mit den Lippenstiften nach der richtigen Farbe, bis sie das perfekte Korallenrot gefunden hatte.

Tess frisierte sich und tappte dann über den dicken, hellen Teppich zu ihrer Kommode. Sie ließ den Morgenmantel auf den Boden fallen und wählte sorgfältig ihre Unterwäsche aus. Die neue Wäschekombination, die sie sich eigens für diesen Anlass gekauft hatte, legte sie in die Zedernholztruhe und entschied sich stattdessen für eine alte Lieblingswäsche, in der sie sich immer wohlgefühlt hatte.

»Tess, bist du bald fertig?« Kit war vom Gang her zu hören. Er rüttelte am Griff. »Warum hast du abgeschlossen?«

»Ich wollte einen Augenblick, um mich zu sammeln.« Tess streifte sich den austerngrauen Träger ihres BHs über die Schulter und warf einen prüfenden Blick in den Spiegel.

»Das Auto ist in fünf Minuten hier.«

»Ich komme.«

»Soll ich dich vorher noch begutachten?«

»Das muss ich von jetzt an wohl immer selbst tun.« Sie sah zur Tür hin und stellte sich vor, wie Kit scharf einatmete. Als sich seine Schritte auf dem Parkett entfernten, lächelte sie.

Tess nahm den Kleidersack herunter, zog den Reißverschluss des schwarzen Stoffs auf und brachte ein prächtiges jadegrünes Kleid zum Vorschein, geschnitten wie ein Cheongsam und am Dekolleté kunstvoll in Korallenrot bestickt. Ihr breitkrempiger Strohhut war ein Understatement mit einer schlichten Bordüre in jadegrüner und korallenroter Seide. Schließlich trug sie Marcos Schuhe zu der samtbezogenen Bank und setzte sich voller Vorfreude hin.

»Tess, wir kommen zu spät, was sollen die Leute ...« Kit drehte sich an der Wohnungstür zu ihr um. Die Gegensprechanlage summte hartnäckig. Bessie hielt ihnen die Tür auf und nickte Tess anerkennend zu, als sie vorbeiging.

»Auf Wiedersehen, Bessie! Danke für alles!« Tess umarmte sie.

»Danke, Ma'am!« Bessie tupfte sich die Augen mit einem weißen Taschentuch ab.

Sie stellten sich vor die goldfarbenen Aufzugstüren und warteten. Tess schlüpfte in ihre weichen nilgrünen Wildlederhandschuhe.

»Du siehst ... atemberaubend aus«, sagte Kit.

»Danke!« Tess blickte nach oben zur Anzeige, ob der Lift schon kam.

»Die Schuhe.« Kit blinzelte, als Tess die Absätze gegeneinanderschlug. »Sie sind rot.«

»Eigentlich koralle«, erwiderte Tess und spielte mit der Perlenkette, die sie um den Hals trug.

»Ist das denn überhaupt …?«

»Passend? Wen kümmert das.«

»Soll das ein Witz sein?« Er senkte die Stimme, denn ihm wurde bewusst, dass die Haushälterin zuhörte. Tess stieg in den Aufzug. »Und? Hältst du dich für Vicky, die sich in dem Film zwischen ihrer Leidenschaft für den Tanz und ihrem Mann entscheiden muss?«

»Vielleicht.« Tess verdrehte die Augen und seufzte. »Wenn du es unbedingt wissen willst, sie waren ursprünglich in einem Nude-Ton, aus hellem Wildleder. Claudia hat sie zerschnitten.«

»Aus Eifersucht?« Kit starrte auf die Schuhe. »Er hat sie noch einmal in Rot für dich gemacht.«

»Marco weiß, dass ich Rot liebe.«

»Dann ist es eben wie in dem Märchen. Hans Christian Andersen«, sagte Kit, als der Aufzug nach unten fuhr. »Sie stehen für Magie, nicht wahr? Leidenschaft und Flucht.«

Der Aufzug klingelte, die Türen gingen auf, das herbstliche Sonnenlicht fiel in die Lobby und zog sie hinaus auf die Straße. »Das ist doch mal ein Wort, mein Lieber«, sagte Tess.

38

»Frankie, Telefon«, rief Rocco bei Claudia zu Hause die Treppe hinauf.

»Ich komme«, erwiderte Claudia und zuckte zusammen, als die Friseurin ihr den letzten Lockenwickler im Haar feststeckte. Die Kosmetikerin gab noch einen letzten Strich Mascara auf ihre Wimpern. Frankies Brautjungfern drängten sich in dem kleinen Zimmer, schwatzende Kanarienvögel in zitronengelben Kleidern, korrigierten ihr Make-up, rauchten, befestigten Strumpfbänder und Knöpfe. Tüll und Chiffon lagen quer über dem dunklen Bett wie Wolken über einem Berg. Frankie wickelte sich einen schlichten rosafarbenen Morgenmantel um Korsett und Petticoat und rannte nach unten in die Diele, vorbei an den kleinen Pagen, die an der Treppe mit Zinnsoldaten spielten. »Hallo?«

»Ich bin es«, sagte Bobby.

»Alles in Ordnung?« Frankie wich aus, um den Floristen vorbeizulassen, der eine große weiße Schachtel brachte.

»Was machst du da unten?«, fragte Claudia und scheuchte sie hinauf. »Die Wagen sind gleich da.«

»Sofort, Ma.« Frankie wandte ihr den Rücken zu und

hielt sich das andere Ohr zu. »Das ist ein Irrenhaus hier«, meinte sie. »Ich kann es kaum erwarten, endlich mit dir allein zu sein, irgendwo, wo es ruhig und friedlich ist.«

»Du willst mich also immer noch heiraten? Ich wollte nur hören, ob du deine Meinung nicht doch noch geändert hast.«

»Ja, Ma hat sich ein bisschen beruhigt.« Frankie sah ihrer Mutter zu, die in schillernder Seide und Lackstilettos durch die Küche stürmte und ihren Brüdern wie ein Maschinengewehr Anweisungen erteilte.

»Was soll ich tun, Frankie? Mom und dein Onkel. Wenn Dad nicht auf diese blöde Idee mit der Scheidung gekommen wäre, dann wäre nichts von alldem passiert. Außerdem ist er nicht einmal mein Dad.«

»Sag das nie mehr. Ich würde lieber sterben, als mir vorzustellen, dass eines unserer Kinder das einmal über dich sagt.« Frankie hielt sich den Hörer an das andere Ohr und versuchte, über das Stimmengewirr hinweg etwas zu verstehen. »Wer hat dich aufgezogen? Wer hat dir ein Dach über dem Kopf gegeben und für Essen gesorgt und Geld auf das Konto dieser schicken Privatschule überwiesen, Mr Ivy League?« Sie musste lächeln, als sie sein Lachen hörte. »Wer hat dir die Hand gehalten und dir die Tränen getrocknet und dir all die Geschichten vorgelesen, die du, wie du immer sagst, unserem Kleinen vorlesen willst, wenn er mal auf der Welt ist?«

»Stimmt, das hat er.« Bobby atmete aus. »Was für ein Chaos, Frankie. Warum mussten sie das tun und uns alles kaputt machen, bevor es überhaupt angefangen hat? Warum? Konnte nicht einfach mal alles perfekt sein?«

»Für uns spielt das doch keine Rolle«, erwiderte sie. »Außer der Familie weiß es niemand. Heute Nachmittag werden wir als Mr und Mrs Blythe durch die Kirche schreiten, und die Welt kann zum Teufel gehen.« Sie warf ihm einen Kuss durch die Leitung zu. »Warte nur … einen Tag noch, Bobby. Einen Tag, und dann können wir zusammen sein. Wenn du traurig wirst, zähle die Stunden, Baby.«

»Ich liebe dich, Frankie«, sagte er. »Wir gehen weg von hier, von ihnen allen. Vergiss das Jurastudium, wir bleiben einfach in Italien. Wir können zusammen ein Restaurant eröffnen.«

»Wir haben alle Zeit der Welt, Schatz.« Sie warf einen Blick auf die Wanduhr. »Aber jetzt muss ich Schluss machen. Los, Bobby, sag deinen Eltern, dass du sie lieb hast und dass alles gut wird, denn das wird es. Ihr Leben ist ihr Leben, und unseres ist unseres, und das fängt heute an.« Frankie legte auf. Als sie sich umwandte, stand Tess im Eingang. Ihre Silhouette zeichnete sich vor der Fliegengittertür ab. »Hallo!« Frankie lächelte strahlend.

»Frankie, ich wollte nicht stören …« Tess warf unsicher einen Blick ins Haus. Frankie schaute nach hinten, bedeutete Tess, in den Vorgarten zu gehen, und schloss die Tür hinter sich.

»Ich glaube, es ist besser, wenn Ma dich jetzt im Moment nicht sieht. Ich war den größten Teil der Nacht wach und habe sie beruhigt.«

»Frankie, es tut mir wirklich leid.« Tess runzelte die Stirn. »Ich wollte mich bei dir entschuldigen. Ich hoffe … ich hoffe wirklich, wir haben euch euren großen Tag nicht ruiniert. Was musst du nur von uns denken?«

Frankie stellte sich auf die Zehenspitzen und umarmte Tess, atmete ihren Lilienduft ein. Sie war überrascht, wie leicht sich Tess in ihren Armen anfühlte. Sie erinnerte sich an eine verletzte Amsel, die sie einmal in den Händen gehalten hatte, als sie jünger war. Sie hatte die zarten Knöchelchen unter den glänzenden Federn gespürt. So fühlte sich Tess für sie an. Zerbrechlich. »Ach, weißt du, gute Menschen machen schlimme Fehler. Menschen verlieben sich. Das ist okay.« Tränen stiegen Frankie in die Augen. »Das mit Onkel Marco ist natürlich entsetzlich, aber ich verstehe es. Ich verstehe, warum er nicht wollte, dass wir es erfahren, und ich verstehe, warum du dich in ihn verliebt hast. Er ist übrigens völlig fertig. Ich glaube, er hat überhaupt nicht geschlafen, seit du von der Feier weggegangen bist. Sprich mit ihm. Er braucht dich.« Frankie trat lächelnd einen Schritt zurück, und Tess wischte ihr eine Träne mit ihrem behandschuhten Daumen weg.

»Du sollst doch an deinem Hochzeitstag nicht weinen. Sonst fange ich auch noch an«, sagte sie lächelnd. »Es tut mir leid. Ich bin froh, so froh, dass Bobby dich heiratet. Es tut mir leid, dass alles so angefangen hat. Ich verspreche dir, ich mache es wieder gut, bei euch beiden.«

»Bobby ist ziemlich sauer, auf dich und seinen Vater und auf Marco.«

»Er wird darüber hinwegkommen.« Tess blickte auf, als Claudia im Haus nach Frankie rief. »Geh besser wieder rein. Wir sehen uns in der Kirche. Ich wollte nur sagen, dass es mir leidtut und wie glücklich es mich macht, dass du meine Tochter wirst.«

»Mich auch.« Frankie lächelte und zog den Gürtel ihres Morgenmantels fester. »Wir werden es besser machen als ihr alle, warte nur ab.«

»Ach, Frankie …«

»Bobby liebt mich. Er liebt mich wirklich. Wir empfinden Leidenschaft füreinander. Er würde mich niemals betrügen oder mich verlassen, nicht wie …« Frankie unterbrach sich, als sie sah, wie Tess das Gesicht verzog. »Hey, ich wollte dich nicht verletzen. Ich meinte nur, wir werden alles tun, was wir können, damit das funktioniert.«

»Das ist gut«, sagte Tess und sah sie mit glänzenden Augen an. »Das ist gut.« Sie reichte ihr eine abgegriffene, mit Seide bespannte Schatulle. »Die wollte ich dir geben«, sagte sie. »Sie haben meiner Mutter gehört.« Frankie öffnete den Deckel. Im Inneren lag ein feines Schmuckset aus Jade.

»Wie schön!«, sagte sie und umarmte Tess. Sie schreckte zusammen und riss ihre dunklen Augen auf, als Claudia brüllte: *Frankie!* »Danke«, sagte sie und wich zurück. »Ich muss mich beeilen. Wir müssen zu einer Hochzeit.« Sie blickte Tess' zierlicher Gestalt nach, die über den Weg zu der wartenden Limousine ging. Kit stieg aus, um ihr die Tür aufzuhalten. Er hob grüßend die Hand, und Tess winkte. *Was für ein Durcheinander,* dachte Frankie und winkte zurück. *Alles sah so perfekt aus mit den beiden. Warum haben sie so ein Chaos angerichtet?* Sie dachte an ihr Hochzeitskleid, das oben auf sie wartete. Sie hatte es nach dem Modell von Tess' Hochzeitskleid schneidern lassen. *Das Foto von euch beiden in Hongkong. Ihr saht so glücklich aus. Ich will das auch. Und ich will, dass es so bleibt, den Rest unseres Lebens.* Frankie sah dem Auto nach, das zur Kirche fuhr. *Wir machen das besser als ihr.*

39

Frankie war genau so, wie Tess an ihrem eigenen Hochzeitstag hätte sein wollen: gelassen, souverän, schwelgte in ihrem Augenblick. *Sie sehen unglaublich jung aus, unglaublich verliebt,* dachte sie, als sie ihren Sohn und seine Frau nebeneinander vor dem Altar betrachtete. Die austerngraue Seide schimmerte, wie sie es an Tess nie getan hatte. Der Stoff fiel wie Wasser über Frankies Kurven. Die Schneiderin hatte ihr das Modell perfekt angepasst. Eine Reihe winziger Knöpfe, nicht größer als die Perlen um Tess' Hals, lief an Frankies Rückgrat entlang.

Bobby strahlte eine Lebhaftigkeit aus, eine Intensität, die sie an ihm noch nie gesehen hatte. *Er will das hinter sich bringen. Er will natürlich mit ihr allein sein,* dachte Tess. *Sie sind schon halb weg,* wurde ihr klar. Am Abend würden sie bereits unterwegs nach Europa sein, nach Italien, als Mann und Frau. Tess schloss die Augen, das Herz voller Sehnsucht. Alles, was vor den beiden lag, hatte sie bereits hinter sich. Sie warf einen Blick hinüber zu Claudia, die schluchzend dasaß. Rocco hatte den Arm um sie gelegt. Marco starrte geradeaus Richtung Altar, den Blick auf das Fenster dahinter gerichtet.

Nach der Messe spielte die Orgel *Der Einzug der Königin von Saba,* und die Familie schritt hinter Bobby und Frankie durch den Mittelgang. Sie blieben immer wieder stehen, weil die Gäste aus den voll besetzten Kirchenbänken drängten, um ihnen zu gratulieren.

»Tja«, flüsterte Claudia Kit zu, »das Universum hat offenbar Sinn für Humor.« Tess und Marco gingen hinter ihnen, sodass Tess jedes Wort hörte.

»Auf jeden Fall.« Kit legte die Hand auf ihre. Als die Menschenmenge sich etwas verlaufen hatte, wandte er sich Claudia zu und fragte leise: »Alles in Ordnung bei euch?«

»Es wird schon.« Claudia hielt den Kopf hoch erhoben. »Es braucht mehr als das, um meine Familie zu zerschlagen. Das Leben, das wir zusammen aufgebaut haben, ist mehr als er und mehr als sie.« Tess spürte, wie Claudia sie ansah, und schaute zu ihr. Claudias Augen verengten sich, und ihr Blick wanderte von Tess' Gesicht zu den roten Schuhen. »Ich habe acht Kinder, an die ich denken muss. Acht, die am Leben sind.« Sie berührte die dünne Goldkette um ihren Hals. »Ach, es ist verführerisch, einfach zu sagen: ›Alles klar, zieht los und versaut euer Leben, und wir machen einfach ohne euch weiter.‹« Sie sah Marco wütend an. »Aber ich bleibe, weil ich an meine Gelübde glaube und weil ich an die Familie glaube und weil ich glaube, Liebe ist mehr, als mit jemandem ins Bett zu gehen. Ich glaube an Loyalität, und wenn man sagt, man liebt jemanden, bis dass der Tod uns scheidet, wenn man verspricht, dass man etwas macht, dann muss man es, verdammt noch mal, richtig machen und es durchstehen, selbst wenn der andere stirbt.« Claudia und Kit blieben im Eingang der Kirche stehen und betrachteten Frankie und Bobby, die lachend durch einen Regen von Konfetti und Reis gingen. »Wenn Carlo doch nur hier wäre«, sagte Claudia. »Ich wünschte, er könnte sehen, wie schön seine Tochter ist und wie glücklich euer Sohn sie gemacht hat.« Sie lächelte und nahm Tess an der Hand. »Seht sie euch an. Seht nur, wie glücklich sie sind.«

~

»Tanz mit mir«, sagte Kit zu Tess, lächelte und winkte den Hoffmans auf der anderen Seite des Raums zu. »Ein fuchsienfarbener Marabubesatz ist ja wohl die unglücklichste Wahl für eine Frau mit ihrem Teint«, raunte er ihr zu.

»Ich finde, sie sieht lustig aus.«

»Lustig? Wirklich? Habe ich dir gar nichts beigebracht?« Er reichte Tess die Hand. »Komm! Wir müssen den Schein wahren …«

»Wenn du jetzt noch ›altes Mädchen‹ zu mir sagst, trete ich dir ans Schienbein, und es ist mir verdammt egal, was die liebe Mrs Hoffman denkt.« Tess ging voran auf die Tanzfläche. »Frankie und Marco haben ihren Tanz doch ganz gut hinbekommen, findest du nicht?«

»Ich denke, ja. Diese Lieder«, sagte Kit und nahm sie in die Arme. Sie bewegte sich leicht wie ein Chiffonschal im Wind und berührte ihn kaum. »Diese Lieder über die Liebe, groß und einfach.« Sein Blick folgte Bobby und Frankie, die versunken miteinander tanzten. »Es ist nur ein animalisches Verlangen, zu lieben und geliebt zu werden.«

»Wofür soll man sonst leben?«, fragte Tess. »Da haben wir beide uns immer unterschieden. Ich habe dich geliebt, und ich habe Bobby geliebt.«

»Während ich niemanden liebte außer mir selbst? Ich bin der typische Engländer, Elizabeth, verklemmt in jeder Beziehung …«

»Du bist betrunken«, flüsterte sie.

»Mein einziger Sohn hat gerade geheiratet. Natürlich bin ich betrunken. Ich habe das Recht, ein bisschen rührselig zu sein.«

»Darf ich diesen Tanz haben?« Bobby streckte Tess die Hand hin, um abzuklatschen.

»Francesca!«, sagte Kit fröhlich und tanzte mit ihr davon.

»Das musst du nicht.« Tess lächelte tapfer. »Ich freue mich so für dich, Schatz.« Ihre Stimme zitterte. »Es tut mir so leid.«

»Du musst dich für nichts entschuldigen«, erwiderte er. »Ich bin derjenige, der sich entschuldigen muss. Kannst du mir je vergeben, dass ich mich wie ein Idiot benommen habe, Mom? Ich verstehe es nicht, aber ich möchte es gerne.«

Tess umarmte ihn beim Tanzen. Die Jahre zwischen ihnen brachen weg. Jetzt überragte er sie, aber sie wusste noch, wie sie ihn das allererste Mal in den Armen gehalten hatte und was für ein überraschend neues Gefühl das war. Sie erinnerte sich an all die Nächte, in denen sie ihn in den Schlaf gewiegt hatte, in Aphras altem Korbstuhl im Wintergarten hatte sie ihm im Licht der Lampe leise vorgesungen. Ihr Kind, ihr Junge war jetzt ein Mann, mit einer Ehefrau und einem neuen Leben, das vor ihm lag. »Ich bin so stolz auf dich«, flüsterte sie. »Ich habe dich sehr lieb, Bobby.« Sie erinnerte sich an alles.

»Komm mit«, sagte er und führte sie in den vorderen Bereich der Tanzfläche. Frankie lächelte Tess beruhigend zu. Auf Bobbys Geste hin stimmte die Band *The Way You Look Tonight* an.

»Ah, dein Lieblingssong.« Tess hob den Kopf, um ihn anzusehen. Tränen traten ihr in die Augen.

»Ich habe es mir extra für dich gewünscht.« Bobby führte sie über die Tanzfläche, und der Raum verschwamm um sie herum.

»Wie viel weißt du?«, fragte sie leise.

»Alles. Ich weiß alles, glaube ich«, erwiderte er. »Aber etwas muss ich noch wissen. Wenn du mich ansiehst, siehst du ihn dann? Siehst du meinen Vater? Wie war er, wart ihr verliebt?«

»Nein«, sagte sie wahrheitsgemäß und berührte Bobby an der Wange. »Wenn ich dich anschaue, sehe ich dich. Ich sehe den wunderbaren jungen Mann, der du bist.« *Er weiß es nicht,* dachte sie. *Danke, Kit! Er weiß nicht, dass Clive mir Gewalt angetan hat.*

»Es war sehr mutig von dir, mich zu behalten.«

»Das war nicht mutig. Dein Vater war es, der mir geholfen hat, alles zusammenzuhalten. Ich war am Ende. Wenn er nicht gewesen wäre …«

»Ich weiß. Ich weiß, dass du das Baby loswerden wolltest. Mich. Dad hat gesagt, er hat dir einen Antrag gemacht, und da hast du deine Meinung geändert. Ich bin froh darüber.«

»Es tut mir wahnsinnig leid. Ich schäme mich so.«

»Du warst ein Kind, Mom. Ein verängstigtes Kind.«

»Ja, ich hatte entsetzliche Angst.« Sie wandte den Blick ab. »Und es war mir furchtbar peinlich.«

»Aber du hast das Kind behalten.« Bobby drückte ihr die Hand.

»Wir haben es behalten. Auch dein Vater wollte dich

unbedingt. Ich glaube, er wollte damals alles – heiraten, eine Familie.« Tess lächelte und runzelte dann die Stirn. »Nur mich nicht. Mich wollte er nie.«

»Dad hat auch das alles erklärt.« Bobby senkte die Stimme. »Ich verstehe jetzt. Es tut mir leid. Ich habe so viele Mutmaßungen angestellt.« Er warf einen Blick hinüber zu Marco, der sie beobachtete. »Du kannst übrigens Dad und Marco für das alles danken.«

»Marco?«

»Er hat mich zur Vernunft gebracht, sie mir, genau genommen, eingebläut.« Bobby rieb sich den geprellten Kiefer. Tess bekam große Augen und lachte. »Keine Sorge. Ich habe quasi darum gebeten.« Er wirbelte Tess herum, das Licht der Glitzerkugel fing sich in den Kristallen auf ihren Schuhen. »Er ist ein guter Mensch.« Bobby blickte hinüber zu Claudia, als sie auf die Uhr tippte. »Ich muss los. Ich will, dass du glücklich bist, Mom. Es gefällt mir kein bisschen, dass du mit ihm zusammen bist, aber du musst deinem Herzen folgen.«

»Du … du meinst das doch nicht ernst, oder?«

»Ich liebe dich und Dad, und daran wird nichts jemals etwas ändern. Wenn ihr einander nicht liebt, dann zieht los! Ich hoffe, es funktioniert bei euch beiden. Und jetzt muss ich mit meiner Frau in die Flitterwochen fahren.« Er umarmte seine Mutter. »Ich hab dich lieb, Mom.«

»Entschuldige«, sagte Marco. »Darf ich?« Er und Bobby starrten sich einen Augenblick lang an, bis Bobby nickte und zurückwich. Marco nahm Tess an der Hand, und sie ließ sich von ihm halten und führen.

»Tess, ich …«

»Wir dürfen das nicht, nicht hier, nicht jetzt.« Sie schloss die Augen. »Alle wissen es. Alle sehen uns an …«

»Claudia hat gesagt, ich soll mit dir tanzen.« Tess blickte überrascht auf. »Sie meinte, es wäre noch auffälliger, wenn wir als Mutter des Bräutigams und als stellvertretender Vater der Braut nicht miteinander tanzen würden.«

»Stimmt.«

»Tess, komm mit mir. Sobald die Kinder in die Flitterwochen aufgebrochen sind …«

»Aber du reist doch bald nach der Hochzeit ab? Ich kann nicht zulassen, dass ich dich liebe, wenn du dann weggehst. Ich habe keine …« Ihr stockte die Stimme. »Alles ändert sich, aber jetzt gehst du zurück nach Italien und willst dir nicht von mir helfen lassen.«

»Wie gesagt, ich war mein ganzes Leben lang stolz darauf, mich um andere zu kümmern.« Marco drückte sie eng an sich, während sie sich zur Musik bewegten. Ihre Körper passten perfekt zueinander. »Es ist unvorstellbar, dir eine Last zu werden.«

Tess erinnerte sich an das Empire State Building. An den Schal, der ihr durch die Finger gerutscht war. »Aber du willst doch leben?«, sagte sie ruhig.

»Ja.« Er schloss die Augen. »Mehr als alles andere. Ich will ewig leben, mit dir. Aber du musst mich gehen lassen, wenn der richtige Zeitpunkt gekommen ist.«

»Das kann ich nicht, Marco. Ich kann dich nicht …«

»Claudia will, dass ich unter allen Umständen weiterlebe. Sie will, dass ich hier bei ihnen bleibe, und sie will mich wie ein kleines Kind behandeln und sich für die vielen Jahre revanchieren, in denen ich für ihre Familie gesorgt habe.« Zum ersten Mal hörte sie die Wut in ihm. »Ich bin ein stolzer Mann, Tess. Ich lasse nicht zu, dass sie mein Leben in die Länge ziehen, bis ich nicht mehr der

Mann bin, der ich hier drinnen bin.« Er ballte die Faust an der Brust. Tess legte die Hand auf seine und wartete schweigend, bis sein Zorn abgeflaut war. Marco senkte langsam den Kopf und drückte die Stirn an ihre. »Ich will mein Leben als der Mann leben, der ich bin. Ich will den Rest meines Lebens, so viel ich noch habe, mit dir an meiner Seite verbringen.«

»Marco …«

»Und dann sterbe ich nach meinen eigenen Bedingungen.« Tess nickte. »Ich liebe dich, Tess. Ich hatte mich damit ausgesöhnt, zu sterben, aber du – du hast mir neues Leben geschenkt. Ich habe mein ganzes Leben darauf gewartet, dich zu finden, und wir sollten die gemeinsame Zeit, die uns noch bleibt, nicht verschwenden.«

»Ich liebe dich«, sagte sie und sehnte sich danach, ihn zu küssen. Sie warf einen kurzen Blick zu den Hochzeitsgästen, die sich alle nach ihnen umdrehten, als sie vorbeitanzten, wie Nadeln, die von einem Magneten angezogen wurden. »Ich liebe dich.«

»Deine Ehe ist vorüber. Dein Sohn hat jetzt sein eigenes Leben. Worauf wartest du, Tess? Auf den richtigen Moment?« Marco wandte sich zum Gehen. »Es gibt keinen richtigen Moment. Es gibt nur jetzt.«

40

Tess dachte an Bobby und Frankie, die unterwegs zum Flughafen waren. Als Bobby ihr zum Abschied gewunken und sich umgewandt hatte, um Frankie in das mit Schleifen und Dosen geschmückte Auto zu helfen, war ihr klar geworden, dass ihr Sohn nicht einfach wegfuhr: Er zog ohne sie hinaus in die Welt. Sie würde ihn niemals wirklich als ihn selbst kennen, als Mann, er würde immer ihr Sohn bleiben, und diese Liebe verband und trennte sie zugleich. *Die Liebe steht im Weg,* dachte sie. Für sie würde er immer ihr Kind sein. Die Musik in seinem Herzen würde sie nie hören. Die spielte für ihn allein. *Ich bin so stolz auf dich,* dachte sie, als sie ihm nachsah. *Ich wünsche dir Glück und das Leben voller Kinder und Lärm und Gelächter, das du dir so sehr gewünscht hast. Das wir beide uns gewünscht haben. Ich wünsche euch beiden Liebe.*

Sie konnte sich das Zimmer vorstellen, das die beiden in Portofino erwartete, das makellose weiße Laken, das erwartungsvoll in der samtenen Nacht leuchtete. Sie hatte gehört, wie Bobby zu Frankie »Ich liebe dich, Mrs Blythe« gesagt hatte, als die Band *Stand By Me* für ihren ersten Tanz spielte. Ihr wurde nun bewusst, dass Kit das nie zu ihr gesagt hatte, nicht ein einziges Mal, nicht so. Sie wollte freizügig und uneingeschränkt geliebt werden, nur ein Mal in ihrem Leben. Sie wollte richtig zu jemandem gehören, zumindest eine gewisse Zeit lang.

»Auf Wiedersehen, Claudia!« Tess beugte sich vor, um sie zu küssen, ein leichter Hauch auf die Wange. »Die Hochzeit war wunderschön. Ihr habt unsere Familien stolz gemacht.« Sie sah sich in dem leeren Saal um.

»Wenn du Marco suchst, er ist weg«, sagte Claudia. »Ist schon losgefahren.«

»Weg?«

»Er hat seine Pflicht getan, hat Frankie dem Bräutigam übergeben, und jetzt ist es vorbei.« Claudia richtete sich vor Tess auf. »Ich habe ihm gesagt, wir müssen das Richtige tun. Die Familie kommt an erster Stelle.« Sie rieb sich die Hände. »Wenn du willst, müssen du und ich uns bis zur ersten Taufe nicht mehr sehen.«

»Claudia, ich möchte nicht, dass das so ist.«

»Was? Du glaubst wohl, wir könnten Freundinnen sein, nach allem, was du getan hast?« Sie warf den Kopf zurück und lachte, die Hände in die Hüften gestemmt.

»Ich habe das alles doch nicht geplant.«

»Ja, aber du konntest einfach nichts dagegen machen, oder?« Claudia verzog den Mund. »Es ist mir egal, ob du dich scheiden lässt. Du solltest dich schämen, eine verheiratete Frau.«

»Schämen?«, wiederholte Tess ruhig. »Ich habe mich mein ganzes Leben lang geschämt. Dafür, wer ich bin. Dafür, was mir zugestoßen ist.« Sie stand hoch aufgerichtet da. »Aber davon weißt du nichts, und du kennst mich nicht. Wer bist du, dass du glaubst, mir sagen zu können, ich soll mich schämen?« Claudia trat einen Schritt zurück, und die Farbe wich ihr aus dem Gesicht. »Ich habe mich für viele Dinge geschämt, aber ich schäme mich nicht dafür, ihn zu lieben«, erklärte Tess nachdrücklich.

~

Die Limousine setzte Tess vor ihrem Wohngebäude ab, aber statt hineinzugehen, nahm sie die Schlüssel aus ihrer Tasche und lief direkt zur Garage. Es regnete, deshalb rannte sie und hielt dabei ihren Hut fest. Die Lichter der Ampel verfärbten den grauen Gehsteig unter ihren roten Füßen. In der Garage war es still und düster, und es roch nach Öl und Benzin. Tess holte Looty beim Pförtner ab, ging zügig an den parkenden Autos vorbei, schloss ihren roten Cadillac auf und hob den Hund auf den Sitz. Dann sah sie nach, ob ihr Schrankkoffer auch wirklich im Kofferraum lag, und setzte sich in den Wagen, um den Motor anzulassen.

Kit klopfte ans Fenster, und Tess wandte sich überrascht um. »Ist noch ein Platz frei?«, fragte er.

»Ich dachte, du wolltest direkt zum Flughafen? Hast du es dir anders überlegt?«

»Das Privileg des Gentlemans«, sagte er und ging um das Auto herum auf die Beifahrerseite. »Ach, ich glaube, ich bin gerade einfach nur sentimental. Es ist gut, Angst zu haben, denke ich.« Kit warf seinen Hut auf den Rücksitz. »Du warst das einzige Zuhause, das ich je hatte, wirklich, Tess. Ich kann mir nicht vorstellen, ohne dich zu leben.«

»Dann komm doch mit«, meinte Tess, als er einstieg und die Tür zuschlug. Der Regen war nur noch gedämpft zu hören. »Ich fahre nach Provincetown.«

»Mit dem Italiener?«

»Das eilt nicht.« Tess runzelte die Stirn. »Er ist weg, ohne mir zu sagen, wohin, aber er kommt, wenn er so weit ist, da bin ich mir sicher.« *Bin ich das wirklich?*, dachte sie. *Wo ist er hin?* »Kann ich dich irgendwo absetzen?«

»Lass uns einfach ein bisschen durch die Gegend fahren. Fahr doch rüber zur 42nd.« Kit kurbelte das Fenster herunter. »Spielen wir unser Spiel von früher, mit dem Atlas.« Kit lehnte den Kopf gegen den Rahmen. »Ein neuer Anfang. Ein neues Leben, für uns beide. Nicht als Paar, sondern als Freunde. Lass uns irgendwohin fahren, wo uns niemand kennt.«

»Paris, vielleicht?« Tess schüttelte den Kopf und spielte mit. »Nein, irgendwo, wo es warm ist. Ich will jeden Tag die Sonne spüren.«

»Dann also nicht Provincetown?« Kit lachte. »Du wirst zu Eis erstarren, wenn du den Winter dort verbringst.«

»Kalifornien?« Sie ließ den Motor an.

»San Francisco? Komm mit.« Kit zögerte. »Es ist leichter, pleite zu sein, wenn die Sonne scheint. Und … ich kenne da jemanden. Einen Freund. Dort ist es anscheinend anders. Die Dinge ändern sich.« Er sah sie an. »Wir können die Menschen werden, die zu sein wir immer bestimmt waren.«

»Bestimmt waren?« Tess nahm ihren Hut ab und warf ihn neben Kits Filzhut auf den Rücksitz. Sie legte ihre in den hellen Handschuhen steckenden Hände auf das weiße Lenkrad und fuhr los. »Glaubst du denn, wir entsprechen jemals genau unserer Bestimmung? Das erfordert nur den Mut, aufzustehen und zu sagen: ›Das bin ich.‹ Ganz egal, ob wir in San Francisco oder Italien oder Timbuktu sind. Du und ich und Bobby werden unser Leben lang miteinander verbunden sein, was auch immer passiert.« Sie griff zu Kit hinüber und drückte ihm die Hand.

»Mich hat es stets begeistert, wie sehr du deinen Sohn liebst. Hoffentlich weiß Bobby, wie glücklich er sich schätzen kann.«

»Ach, Eltern lieben immer mehr, als sie geliebt werden. Wenn man ein Kind bekommt, dann verliert man eine Hautschicht – man achtet auf Gefahren, auf Schönheit, auf das Leben wie nie zuvor. Man legt das Herz komplett frei.«

»Das gilt vielleicht für dich, weil du eine Fähigkeit zu lieben hast, die manchen von uns fehlt.«

»Ich liebe mehr, als ich geliebt werde, das weiß ich.« Tess wartete, bis er sie ansah. »Das ist gleichzeitig ein Segen und traurig. Du solltest das sehen, Kit, diese Welt, dieses Leben, das ich sehe. Du solltest dich durch meine Augen sehen. Du bist wunderbar.« Kit hob ihre Hand an seine Lippen und drückte ihre Finger an seinen Mund. »Na los. Wage es!« Er schloss die Augen. *Er weint doch nicht?* Kit nahm eine Wayfarer aus der Brusttasche, hob den Kopf und blickte auf die schwarze Straße vor ihnen.

»Zeig es allen, Tess«, sagte er. »Mache Choreografien, bei denen sich alle aufsetzen und diese verrückte, wunderschöne Welt, die du geschaffen hast, wahrnehmen, und dann werde ich zu ihnen sagen können: ›Ja, ich kannte Tess Blythe. Sie hat mich einmal geliebt.‹« Er blickte auf die vorbeiziehenden Häuser der Stadt in der kalten Luft der Nacht. »Es ist doch seltsam, wie sich zwei Leben verbinden. Wie kann jemand, den man noch nie zuvor gesehen hat, zum Mittelpunkt deiner Welt werden?«

Tess wusste, dass die Fahrt durch Manhattan ein letzter Abschied war. Sie fragte sich, ob sie Kit wohl jemals wiedersehen würde. Sie sprachen über Bobby, über ihre gemeinsame Zeit, teure Augenblicke, die sie im Gedächtnis bewahrten, Schnappschüsse eines gemeinsamen Lebens. Mehrmals unterbrach sie sich, um sich Tränen aus den Augen zu wischen. *Der Wind,* sagte sie und suchte im Handschuhfach nach Papiertaschentüchern. Sie steuerte den Cadillac durch die 42nd Street, das Licht der Straßenlaternen glänzte auf den Heckflossen.

Kit wandte sich zu ihr. »Kannst du mich da drüben rauslassen?« Er zeigte auf die Grand Central Station.

»Soll ich dich nicht zum Flughafen bringen?«

»Nein, ich reise mit leichtem Gepäck. Ich nehme einen Bus.«

»Einen Bus?«, fragte Tess überrascht.

»Was sein muss, muss ein, meine Liebe.« Kit blickte zum Park. »Ich habe eine Spedition beauftragt, die besten chinesischen Möbel für dich einzulagern. Die Bank kann sich den Rest holen.« Kit nahm seinen Hut vom Rücksitz. »Ehrlich gesagt, habe ich nicht die geringste Lust, hier noch auf die Gerichtsvollzieher zu warten.«

»Soll ich dich denn nicht zum Busbahnhof bringen?«

»Das ist doch unromantisch.« Kit lachte. »Man muss sich am Grand Central verabschieden. Ich bin immer gerne Zug gefahren. Erinnerst du dich an die *Canton Belle*?«

»Das werde ich nie vergessen.« Sie parkte ein. »Diese wunderbaren Städte. Moskau, Berlin, Paris. Wir haben viele wunderbare Dinge gesehen, nicht wahr, Kit?« Sie drückte seine Hand. »Lass mich dich wenigstens begleiten.«

»Komm einfach mit zum Bahnhof.«

Tess trat in die vertraute Marmorhalle. Die hohen Bogenfenster waren jetzt dunkel, aber sie stellte sich vor, sie würden Lichtstrahlen durch den Bahnhof werfen wie Scheinwerfer auf einer Bühne, die nacheinander angingen, und die Pendler würden in der Halle plötzlich miteinander tanzen. Sie wandte sich ihrem Mann zu. »Auf Wiedersehen, Kit! Bitte … ach Gott, es klingt lächerlich, wenn ich sage, bitte bleibe in Kontakt mit mir. Du warst ein großer Teil meines Lebens. Ich weiß gar nicht, wie sehr du mir fehlen wirst.«

»Du schaffst das schon.« Kit blickte hinter sie zu Marco, der neben der Treppe stand. »Jetzt beeil dich besser, du musst einen Flug erwischen.«

»Einen Flug?«

Kit zeigte zu Marco. »In zwei Stunden hebt ihr vom New York International ab.« Er lächelte über ihren verwirrten Gesichtsausdruck. »Du kannst nicht mit dem Auto bis nach Italien fahren, Schatz. Lass den Wagen am Flughafen stehen. Soll doch die verdammte Bank die Strafzettel bezahlen.« Kit drückte die Augen fest zu, als er sie ein letztes Mal küsste. »Ich habe meinen letzten Heller für Lootys Ticket ausgegeben.«

»Ach, Kit.«

»Sag nicht Adieu, das halte ich nicht aus.« Er drückte sie fest an sich. »Wir sind Nomaden, Tess. Eines Tages werden sich unsere Wege wieder kreuzen.«

»Und wenn nicht?« Sie unterdrückte ein Schluchzen.

»Dann werde ich dich vermissen, und du wirst mich vermissen.«

»Wir finden uns wieder«, sagte Tess. »Bestimmt.«

»Es tut mir leid, dass ich es vermasselt habe«, flüsterte

Kit. »Werde glücklich, mein Liebling.« Im Laufschritt rannte er die Treppe hinunter und blieb kurz stehen, um Marco die Hand zu schütteln. Tess stellte sich die Musik dazu vor, die voller Hoffnung, voller neuer Anfänge anschwoll, und alle Menschen im Bahnhof tanzten auf ihre Zukunft zu. »Viel Glück, Tess!«, rief Kit. »Für dein Happy End ist es nie zu spät.«

Die Menschen in der Bahnhofshalle schienen zu verschwinden. Marco kam auf sie zu und zog sie an wie die Schwerkraft. Dieser Augenblick enthielt alles: die Melodie, die Erinnerung an die Sonne, das Meer, die Vergangenheit, die Zukunft. Den nächsten Schritt im Tanz.

DRITTER AKT

Ich bewunderte Tess' Eleganz, ihre Schönheit, ihren Mut. Das letzte Ballett, das sie vor ihrem Tod choreografierte, war *Der dritte Akt.* Es ist minimalistisch, weist aber eine Fülle ihrer Charakteristika aus anderen Choreografien wie zum Beispiel *Die roten Schuhe* auf – es ist urwüchsig, es enthält Feuer, Erde, Wasser, Wind. Die Tänzer erheben sich, um aus der Stadt in die Wälder, an die Küsten zu entfliehen.

Einmal erklärte sie mir: »Es gibt eine tief greifende Verbindung zwischen dem Körper, dem Geist und der Seele. Meine Arbeit beinhaltet viel Freude, weil mein Herz trauert. Aber die Liebe verlässt einen nie. Der Körper, der Geist erinnert sich. Wenn ich tanze, erinnere ich mich an ihn. Ich erinnere mich an unsere Liebe. Ich möchte Freude und Glück aus der Luft hervorzaubern. Ich möchte mich immer wieder erinnern, wie es sich anfühlt. Jedes Ballett ist ein Neuanfang …« Dem Ballett *Der dritte Akt* wohnt eine schmerzhafte Schönheit inne, eine Sehnsucht. Sie erzählte: »Ich wollte mein ganzes Leben lang tanzen. Nur davon habe ich immer geträumt. Ich habe meine Chance verpasst, und deshalb ließ ich diese große Liebe, diese große Sehnsucht in die Choreografie einfließen. Ich wollte anderen helfen, ihre Träume wahr werden zu lassen.« Tess war eigentlich wie eine Komponistin, und wir waren die einzelnen Töne ihrer Melodie. Ich weiß noch, wie sie irgendwann zu mir sagte: »Eines Tages wird all das zu den Erinnerungen gehören. Worauf wartest du?«

Anton Gerard Jones, Solotänzer,
Provincetown Dance Company

Epilog

Ich fand Tess' Tagebuch versteckt in der Schuhschachtel mit den wunderschönen Schuhen, die Marco ihr für meine Hochzeit mit Frankie geschenkt hatte. Sie standen ordentlich neben einem Paar eleganter, aber unverwüstlicher Ballerinas, die er vor seinem Tod für sie gemacht hatte und die sie jeden Tag trug und jeden Abend polierte.

In dem Tagebuch schüttete sie ihr Herz aus, und ich erfuhr die volle Wahrheit über Hongkong, ihre Ehe mit Kit und ihre Liebe zu Marco. Erst, als es bereits zu spät war, fand ich heraus, dass meine Mutter ihr eigenes Glück für mich geopfert hatte. Leider habe ich nun nicht mehr die Gelegenheit, mich bei Tess zu entschuldigen, weil ich so streng mit ihr war. Es bestand immer eine gewisse Distanz zwischen uns. Ich habe ihr nie ganz verziehen, dass sie mir vorenthalten hatte, dass Kit nicht mein Vater war, aber jetzt weiß ich, warum. Ich bin froh, dass Kit und Tess, auch wenn sie getrennte Leben führten, beide mit anderen Menschen ihr Glück fanden und bis zum Ende Freunde blieben.

Meine Eltern waren unkonventionell, aber sie brachten mir bei, was Verzicht, Liebe und die Arbeit für etwas Größeres und Besseres als das eigene Ich bedeutet. Sie glaubten an Leistung und Schönheit und daran, dass es viele Wege gibt, einander zu lieben, viele Arten von Familie. Während ich in Vietnam kämpfte, kam die ganze Familie zusammen, um sich um Marco zu kümmern. Man verzieh. Man brachte Opfer. Das gehört genauso zur Liebe wie Schmetterlinge im Bauch, sagte Kit oft.

Mit Marco fand meine Mutter die Liebe ihres Lebens. Tess und Marco lebten sehr glücklich und hingebungsvoll. Die Zeit, die ihnen noch blieb, verbrachten sie teils in der Toskana und teils in Provincetown. Marco ermutigte sie, eine Ausbildung zur Choreografin zu machen, sich ein Leben für eine Zeit aufzubauen, wenn er nicht mehr an ihrer Seite sein würde. Am Ende pflegte sie ihn ganz allein, so wollte er es, in ihrem Haus in Provincetown, und er starb in ihren Armen.

Am meisten bedauere ich in meinem Leben, dass ich damals nicht für sie da war. Ich wünschte, ich hätte ihre allzu kurze Ehe mit Marco deutlicher akzeptiert. Gegen Ende ihres Lebens kamen wir uns näher, und darüber bin ich froh, aber sie heiratete, sie liebte nie mehr nach Marcos Tod. Ich hoffe, dieses Buch vermittelt eine Vorstellung von ihrer Fähigkeit, zu lieben, von der Frau hinter den Choreografien, die so viele Menschen bewundern, und dass es nie zu spät ist, sein Glück zu finden – wenn auch nicht für alle Ewigkeit. Tess und Marco bezeichneten ihr gemeinsames Leben als den Dritten Akt. Deshalb haben mein jüngerer Halbbruder Angelo und ich dem Frauenhaus, das wir in Tess' Andenken eingerichtet haben, den Namen »Dritter Akt« gegeben. Wenn unsere Mutter uns etwas beigebracht hat, dann, dass es nie zu spät ist, seine Geschichte zu ändern und alles zu einem glücklichen Ende zu bringen.

Kein Wunder, dass so viele Menschen sie liebten. Sollte Tess sich nach Marcos Tod einsam gefühlt haben, so beklagte sie sich nie. Sie war nie allein – es gab immer Arbeit zu erledigen oder Freunde zu besuchen, und ihr Ballettensemble verbrachte jedes Jahr Monate auf Reisen, um in London, Paris, Rom oder Tokio aufzutreten. Wo auch immer Tess hinging, sie trug ihre Liebe zu Marco mit sich, sah sie Abend für Abend in den Geschichten, die sie erschuf, auf der Bühne. Und im Gegenzug wurde Tess von allen geliebt.

Vor ein paar Monaten traten die Gäste nach ihrer Beerdigung hinaus auf den Gehsteig. Die Männer trugen leichte Anzüge, die Frauen Kleider in allen Regenbogenfarben. *Kein Schwarz,* hatte sie gesagt. Ein typisches Paradox, denn Tess hatte ihr Leben in Schwarz verbracht. Die Menschen kamen aus ganz Europa. Der Abschied von ihr war schlicht und schön und voller Musik – die Beatles, Billie Holiday. Die einzigen Blumen waren ein Strauß weißer Chrysanthemen mit einer scharlachroten Seidenschleife auf dem einfachen Holzsarg. Eine junge Geigerin spielte *Lark Ascending,* als der Sarg abgesenkt wurde, und ich musste durch meine Tränen hindurch lächeln, denn es war wieder einmal typisch für unsere Mutter. Sogar ganz am Ende noch dieser wunderbare Widerspruch. Ich musste Tess' kleine Hündin vom Grab wegtragen. Sie wollte einfach nicht weg von ihr. Sie legte sich neben das offene Grab und heulte um Tess. Aber das blaugrüne Meer schimmerte hinter der Bucht, als hätten die Engel nur für Tess den Horizont mit Diamanten bestreut. So hätte es ihr gefallen – alles glitzerte und funkelte, ein wunderschöner letzter Vorhang. Ein klarer Frühlingstag, der neue Anfänge verhieß.

Zwischen den Tagebüchern meiner Mutter lag eine Diktafonkassette, die als Grundlage dieses Buches diente. Es war wunderbar, ihre Stimme wieder zu hören. Im Leben war Tess immer da, immer bereit, zuzuhören. Vielleicht ist es nur gerecht, dass Tess in der Geschichte ihres Lebens das letzte Wort bekommen sollte.

Robert Blythe, Februar 2018

~

F.: Eine letzte Frage noch, wenn ich darf, Mrs Blythe. Welchen Rat würden Sie einer jungen Tänzerin geben, die gerade erst anfängt?

A.: Welchen Rat? (Lacht.) Gar keinen, meine Liebe. Überhaupt gar keinen. Jeder trägt doch die Antworten in sich. Weitermachen, das ist alles. Die Liebe kommt. Hören Sie – hören Sie die Musik?

ENDE

Danksagung

Ich möchte Sheila Crowley, Emily Harris, Katie McGowan und allen anderen von Curtis Brown Books danken. Bei Piper danke ich Michaela Sappler und ihrem Lektoratsteam sowie Elke Link für ihre verständnisvolle Übersetzung. Ich danke Jim Moske, dem Metropolitan Museum of Art sowie dem Parkinson's UK Research Team für ihre Hilfe und Gloria de Santis und Paolo dafür, dass sie mir Italienischunterricht gegeben und mir Dante nahegebracht haben. Wie immer gehen meine Liebe und mein Dank an meine Familie.

»Ich brauche ein Buch, das mein Leben retten wird«

* Cover- und Preisänderungen vorbehalten

Jenny Colgan

Happy Ever After – Wo das Glück zu Hause ist

Roman

Aus dem Englischen
von Sonja Hagemann
Piper Taschenbuch, 448 Seiten
€ 11,00 [D], € 11,40 [A]*
ISBN 978-3-492-31634-7

Bibliothekarin Nina weiß genau, was ihre Kundinnen lesen sollten, was gegen Liebeskummer hilft oder Trübsal vertreibt. Doch als die Bibliothek geschlossen und Nina arbeitslos wird, helfen Bücher ihr auch nicht weiter. Oder vielleicht doch? Nina eröffnet ihre ganz besondere eigene Buchhandlung: Mit einem Bücherbus kutschiert sie durch die schottischen Highlands, um Leser mit Lektüre zu versorgen – nur um festzustellen, dass das Happy End im wahren Leben komplizierter ist als in manchen Romanen …

PIPER

Leseproben, E-Books und mehr unter **www.piper.de**

Weihnachten duftet nach Whiskey-Punsch, Zimt und Pferden.

*Cover- und Preisänderungen vorbehalten

Nicola Förg

Das Winterwunder von Dublin

Roman

Piper Taschenbuch, 256 Seiten
€ 12,99 [D], € 13,40 [A]*
ISBN 978-3-492-06179-7

Anfang Dezember kehrt Stella zu ihrer Familie nach Irland zurück: voller Vorfreude auf deutsch-irische Familienbräuche und stimmungsvolle Weihnachtstraditionen, aber auch in Erwartung eines anstrengenden Tauziehens mit ihrer erfolgreichen Schwester Luna. Vor allem freut sie sich auf die gescheckte Stute Puzzle, ihr Halt in Jugendtagen. Doch Puzzle ist weg, ausgesetzt, wie viele irische Pferde aus Kostengründen. Unterstützt von dem TV-Reporter Daniel macht sich Stella auf die Suche ...

PIPER

Leseproben, E-Books und mehr unter www.piper.de

Ein ganz besonderer Adventskalender zum Verlieben

* Cover- und Preisänderungen vorbehalten

Holly Baker

Der Zauber der Schneeflocken

Roman

Piper Taschenbuch, 320 Seiten
€ 10,00 [D], € 10,30 [A]*
ISBN 978-3-492-30338-5

Noch immer erinnert alles in der Weihnachtszeit Leni an den Verlust ihres Mannes an Heiligabend vor zwei Jahren. Um die Trauer zu überwinden und Leni ihre einstige Weihnachtsvorfreude zurückzuschenken, haben ihre Freundinnen einen besonderen Adventskalender erstellt. Und mit jedem Türchen öffnet sich auch Lenis Herz etwas mehr für eine neue Liebe …

Holly Bakers berührender Roman ist perfekt für kuschelige Lesestunden vor dem Kamin!

PIPER

Leseproben, E-Books und mehr unter **www.piper.de**

Düstere Mauern verbergen ein tragisches Schicksal

* Cover- und Preisänderungen vorbehalten

Laura Andersen

Das geheime Turmzimmer

Roman

Aus dem Amerikanischen
von Susanne Keller
Piper Taschenbuch, 464 Seiten
€ 10,00 [D], € 10,30 [A]*
ISBN 978-3-492-31375-9

Als die bücherliebende Carragh den Auftrag erhält, die Bibliothek einer alten irischen Burg zu katalogisieren, kann sie ihr Glück kaum fassen. Und als sie dort dem jungen Lord Aidan Gallagher begegnet, schlägt ihr Herz noch schneller … Doch etwas stimmt nicht mit Deeprath Castle und seinen Bewohnern. Ist es wahr, dass ein Geist im Turmzimmer umherirrt? Und was hat es mit dem mysteriösen Tod von Aidans Eltern auf sich? Carragh stößt auf ein altes Tagebuch, das sie der Wahrheit näherbringt. Dabei ahnt sie noch nicht, dass ihr eigenes Schicksal mit dem der Gallaghers eng verwoben ist …

Leseproben, E-Books und mehr unter **www.piper.de**